楔子

玻璃上的人影是半透明的，轻摇摆着。

室内的光线昏暗，从玻璃窗打出去，勉强照亮了半条街。她借着光，看到路对面一个巨大的黑影落下来，砸上了一辆轿车的车顶。

警报声立刻响起。

"什么声音？"电话那边问。

"树断了，砸了一辆车，"殷果捂着左耳，让自己在嘈杂的音乐声里，能听清好友的话，"暴雪太可怕了，你知道现在多少度吗？零下25℃。"

"谁让你要冬天去的，我都提醒过你了，"郑艺打着哈欠，还不忘嘲笑她，"纽约的冬天，暴雪很常见的，你自求多福吧。"

殷果连抱怨的力气都没了："我都三天三夜没洗澡了，你今晚一定要帮我搞定酒店。"

"再等等，我一直在查。"

电话挂断。

殷果疲惫地回到表弟孟晓天身边："等一会儿吧，郑艺在找酒店了，说一会儿给我消息。"

孟晓天玩得正嗨，毫不在乎："实在不行，就在这儿玩通宵呗。"

她可没孟晓天的精神好，颓颓地趴在吧台上，望了眼窗外。

谁会想到，她能遇到十年来最强暴风雪。

先是在首都机场延误十个小时起飞，飞越茫茫大海到了纽约。因为暴风雪，飞机不能降落，在天上盘旋了两个多小时，还是去了芝加哥。

当晚，芝加哥酒店全满，航空公司也无力安排住宿。

姐弟俩在候机大厅，一个睡长椅，一个睡地板，跟着一群滞留旅客等第二天的航班。翌日清晨，他们在机场洗手间里洗漱完毕，满怀期待地整装待发。结果从清晨等到天黑，才被安排上了去纽约的飞机。

这回运气好，终于降落。

飞机刚停稳，空姐又通知众人，纽约没有停机位，所有人都不能下飞机，要等机场安排。

在机场睡了整晚的一群人，继续在飞机上蒙头大睡。

一睡六小时，被广播叫醒，红着眼、耷拉着脑袋排队下飞机。

下飞机后，殷果坐在手推车上，等行李等得再次睡着，到黄昏，行李终于被传送带送了出来。她以为见到了曙光，结果酒店来了电话：由于没有准时入住，两个房间都取消了。

彼时，她站在入境口，差点哭出来。

万幸的是，一起在芝加哥睡机场的一个华裔女孩在出关后叫住她，说自己是家人开车来接的。对方告诉殷果，这样的暴雪，想打车比登天还难。她建议殷果先蹭她的车离开机场，去曼哈顿，总比留在机场好。

靠着好心人的帮助，殷果和表弟被送到这里。

尽管户外暴雪不断，起码有了酒和食物。

身后有人推开结冰的玻璃门。

冷风毫不留情地吹过她的后脖颈，殷果打了个哆嗦，拉高羽绒服的领口。

孟晓天也裹紧大衣："真够操蛋的，还以为穿越进《后天》了。"

还别说，真像。

《后天》取景就是纽约，被冻住的自由女神像，海上冲上来的游轮，还有拯救众人的图书馆……殷果最喜欢看灾难片，把这个电影看了十七八遍，没想到最后竟原景重现了。

此刻，手机显示室外是零下25℃，寒风效果加持，体感温度已经是零下40℃。他们穿了最厚的羽绒服来的，这样的天气在户外完全扛不住。

刚刚只是搬着行李下车，就快要冻疯了。

殷果把手机摆在面前，让孟晓天盯着，别错过郑艺的消息。交代完毕，她把羽绒服帽子戴上，两手搭在吧台边沿，头枕在上边，闭目养神。

"真的好冷。"孟晓天在她身边跟念经一样。

殷果迷糊着，闻着面前烤鸡翅的味道，想吃，懒得动。

台上的乐队唱起了一首老歌，音调悠扬，像烈日，像晴天，像所有和夏日有关的画面。主唱在乐曲间隙，低声用英文说，他在弹唱给自己爱慕着的女孩，他被她深深吸引，不能自拔，神魂颠倒，已深深爱恋，却胆怯羞涩，徘徊止步，不知该如何靠近——

是《Yellow》。

"姐。"孟晓天叫她。

"嗯。"殷果答应着。

"小果。"孟晓天拍她，好像是真有事。

殷果用尽最后一丝力气，抬头，睁开眼。

模糊的视线里，出现了一个陌生的东西，是一杯酒。

当然，还有酒杯后的男人。

是个年轻男人。上半身穿着黑色底色的防寒服，黑帽子，看不出头发有多长，反正不是长发。瞳孔漆黑，皮肤偏白，脸瘦，下巴尖，鼻梁不如欧美人的高，但也算是高了。

亚洲人？像是。

中国人？不敢肯定，他还没说话。

"请你的。"男人说。

欸？中国人？

殷果摘下羽绒服的帽子，坐直身子，刚要开口，一个同样是华人面孔的眼镜男也靠过来，把第二杯酒放到了孟晓天面前："这杯你的。"

"这多不好意思。"孟晓天嘿嘿傻笑。

"别客气，"眼镜男说，"同胞嘛。"

孟晓天马上给他们介绍殷果："这我姐。"

他们认识？怎么可能？孟晓天是第一次到纽约。

殷果看表弟。

"刚你打电话的时候，他们进来的，就在我隔壁桌，"孟晓天对她解释，"我听他们说中文，就随口问了句这里什么酒好喝。"

殷果明白过来。

眼镜男笑着问："你们俩是没找到酒店，被困在这儿了？"

这种天气，没人会有心情带着三个粘贴新鲜标签的大行李箱专门来酒吧消遣，合理推测，两姐弟是被困在这里了。

"是啊，本来订了酒店的，被取消了，现在等着朋友给找呢，"孟晓天主动说，"希望能找到吧。实在不行，在这儿等到明天早上也行，反正有吃有喝的。"

眼镜男一笑："他叫了车，如果你们能确认酒店，先送你们过去。"

眼镜男口中的"他"，自然是那个不太说话的男人。

"那太好了。"孟晓天感动疯了。

"等你们订到再说，"眼镜男笑着说，"要是早，跟着他的车走，实在不行，我送你们。这里地铁四通八达的，差不多地方都能到。"

孟晓天开心地举杯："谢谢哥。"

"客气。"眼镜男和他碰杯。

两人相谈甚欢。

那个男人在他们隔壁的小圆桌上，要了小食，一口口啜着酒，看乐队表演。

殷果不像表弟自来熟，低头看自己的酒，消遣时间。

表弟那杯是奶白色的，自己这杯一看就为女士做的，橙色的，有少量水果块。她好奇地闻了闻，酒精味儿不浓，用吸管搅拌了一下，仔细看酒液。

突然，她发现，那个男人好笑地瞥了一眼自己。

好像是在说：怕有东西？

殷果松开吸管，掩饰地将耳侧的长发掖到耳后，装傻。

手机振动，郑艺的微信跳出来。

老天保佑，是酒店截图和联系电话，紧跟着发了一段话：曼哈顿能订的房间不多，还死贵死贵的。给你订了皇后区，最后一间，快点儿去，人家只答应留两个小时。

殷果用手肘撞孟晓天的胳膊，给他看手机。

"牛 × 了，"孟晓天大喜，对眼镜男说，"我们搞定了。"

"挺快啊，"眼镜男表扬说，"看来你们朋友挺靠谱的。酒店在哪儿？"

孟晓天递给眼镜男手机。

眼镜男摇头，把殷果的手机放到那个男人眼皮底下："你车还要多久到？"

"十分钟。"

男人说了今夜第二句话。

"那快了啊，"孟晓天放下玻璃杯，"我先去个洗手间。"

"一起去。"眼镜男带着孟晓天离开。

这里，剩下了殷果和那个男人。

殷果始终在低头聊微信，在和郑艺汇报自己遇到了两个华裔男人，看上去挺友善的，还请了他们喝酒，还说要让自己搭车去酒店。虽是感动，可她也担心安全问题，悄悄和郑艺讨论，是不是会有危险。郑艺的判断是——在如此鬼见愁的天气，骗子也不会营业的，但保不齐碰上人面兽心的变态呢？

郑艺：你还是当心点儿，多了解一下。

殷果揿灭手机。

她握着吸管，慢慢地搅动着自己那杯酒，看向隔壁桌，仅和她隔了一步远的男人。

没多会儿，男人感知到她的目光，回视。

"你是留学生？"殷果礼貌地问，"还是在这里工作的？"

"留学生。"男人说。

"纽约大学？"

男人摇头。

他看着殷果眼中的闪烁，猜到了她的忐忑："怕我是坏人？"

殷果不好意思地笑了笑，没否认。

男人从怀里掏出了一个钱包，拿出一张中国身份证，放到她面前的吧台上，紧接着，又拿出一张磁卡，和自己身份证摆在一起。

"这是我学校的磁卡，"他指上边的名字，"你对一对。"

随即他又指自己的脸，让她随意对真人和照片。

平时他不带身份证的，只是今天刚好白天有用，没想到在这里还能派上用场。

殷果视线下滑，先看到磁卡。

Georgetown University？郑艺也有一张，她见过。竟然和郑艺是校友？

殷果记得郑艺的学校地理位置巨好，在华盛顿特区的富人区，是个牛校，也是个学费昂贵的大学。这张看上去不像假的。身份证，也挺真的。

磁卡上的个人照片和身份证照片一样，姓名也一致。

要不要和郑艺求证？怎么求证？拍照发过去吗？

太不尊重人，还是算了。

殷果将身份证和磁卡叠在一起，想要还给他，男人又将手探入了防寒服内袋——还要拿什么？

在殷果困惑的目光里，男人掏出手机，解锁屏幕，打开相册。很快，他掉转了手机屏幕，正对着殷果的，是他护照的信息页，名字也是这个：

林亦扬

LIN, YIYANG

波士顿海水倒灌。

尼亚加拉大瀑布冻成冰雕。

连海浪也被冻成了艺术品。

这就是他们到这间酒店后，看到的各种新闻。

万幸，暴雪结束，天气回暖了。

"那帮专家老说全球气候变暖，逗我玩儿吗？"表弟在拿火腿，顺便吐槽。

"这里是大湖效应，地理教过的，你肯定没好好学，"殷果还没睡醒，站在烤面包机旁，等自己的面包片，喃喃着抱怨，"要晚点儿来，就不会这么倒霉了。"

她原计划是三月来，四月走。可孟晓天非要一月就到，说要全方位多季节适应环境，其实就是想趁着殷果在的机会，奴役她做向导，带自己在纽约玩。

孟晓天自知理亏，讪笑着说："帮我也来一片。"

殷果答应了声。

"姐？"

"嗯？"

"你不感谢一下大帅哥吗？"

啪嗒一声，面包片掉落在银色不锈钢托盘上。

殷果用夹子把面包翻了个面，继续烤："是想要谢，没想好怎么说。"

"有什么不好说的，大家都是中国人。我把他微信推给你。"

那天下车前，孟晓天千恩万谢，厚着脸皮把林亦扬的微信要到了手，算有了一线联系。据说这两天，表弟在微信里也和他聊了几句，挺和善的。

殷果乱七八糟地想着，孟晓天把林亦扬的微信推了过来。

名字：Lin。

啪嗒一声，面包片再次掉落。双面烤完。

殷果夹起面包片，拿了小盒黄油和草莓酱，回到靠窗的餐位上。身后表弟发现她忘记给自己烤面包，连喊她三次无果，只得郁闷地自力更生。

殷果将盘子放在红色格子的餐布上，看着林亦扬的名片，想加好友，犹豫了会儿，没加。她放下手机，拿起叉子，埋头吃炒鸡蛋。

想到那天晚上，她有点犯怵。表弟和眼镜男从洗手间回来时候，撞见林亦扬在收身份证，眼镜男哈哈大笑，问殷果还想不想看户口本的信息页？反正那个时间国内是大白天，有机会让林亦扬家人拍照给她看。

太尴尬了。

孟晓天拿完食物，回到殷果身边，看到她握着个手机在犹豫，一把将手机捞了过去，自说自话地加上了林亦扬的微信："怕什么？大帅哥人多好啊。"

刚申请通过好友，对方就接受了。

"通过了。"孟晓天给她看屏幕，顺便发了一个笑脸。

殷果抢回来手机。

看着屏幕上孟晓天发出去的表情，知道自己不得不打招呼了。

她捧着手机，谨慎措辞：你好，我是殷果，那天在 RED FISH 酒吧的中国人，就是那对你帮助过的姐弟俩，我是那个姐姐。

发出去，又觉得自己这段自我介绍太啰唆，想撤回。

还没操作，对方已经回复。

Lin：知道。

真简洁。

小果：那天多谢你帮忙，我们才能顺利到酒店。你如果有空的话，我和弟弟请你吃顿饭，表示感谢，你看可以吗？

Lin：不怕被骗？

小果：……那天我刚到纽约，又遇上暴雪，六神无主的。对不起，让你好心被误解了。

Lin：好说。

小果：你现在还在曼哈顿吗？我们可以过去。

Lin：我人在火车站，要回 DC。

回华盛顿了？

"说啥了？"孟晓天问。

"他说回学校了。"

孟晓天嚼着面包："那我们也去，正好玩一趟。"

殷果"啊"了声。

"去找他玩啊，反正我天天闲着没事。"

"都没提前准备，车票、酒店要提前订，"殷果求饶，"你别折腾了，先在纽约玩吧。又不急在今天吃饭。"

再说了，哪有追着人家请吃饭的，还是从纽约追到华盛顿，听着就变态。

孟晓天看殷果不乐意，也不多争了。

他三下五除二解决了面包片，再去拿了一盘食物。

这间旅馆虽然设有餐厅和酒吧，可一过饭点，服务生都会消失无踪。前两天暴雪未停，他们不想出门，想在旅馆里解决午饭，结果找寻了一圈，别说是厨师，连服务员都没见到一个。最后两人饿得去问前台哪里能吃饭，美国小妞热情地告诉他们说，要等到五点半，餐厅的人才会回来工作。两人不得已，可怜巴巴地在旅店上下几层找自动售货机，想要找到一点点食物，发现所有的售货机都只出售饮料。最后两人无功而返，在房间里唠嗑喝水、喝水唠嗑，上网喝水、喝水上网，熬过数个小时，终于吃上了牛排。

经过那一饿，孟晓天彻底学聪明了，只要还能吃早餐，就要吃到死撑。出门在外，绝对、绝对不能放过任何一个吃饱的机会。

两人关于华盛顿的话题截止在早餐厅。

后来孟晓天没再提，殷果也没当回事。她回到房间休息了半小时，找到附近的超市地址，拉上一直在聊微信的孟晓天出门，去采购生活用品。他们这次在纽约预备住三四个月，殷果没带大件的日用品，都计划在当地购买。

她一进超市，第一时间去了日用品货架，孟晓天则杀去了食品区。

按照标牌提示，她最先到洗发液和浴液专区，很快看中最上层的大瓶，刚好两人能用三个月差不多，踮脚够了半天，抓到一瓶。

"买啥呢？"孟晓天绕过来。

"洗发液，"殷果又去找浴液，"你别跟着我，我要买好多东西。"

还有些是不能让孟晓天围观的。

身后的人伸手，越过殷果的头顶，抽走了她手里的洗发液："先走啦，回来再买。"

洗发液被放回原处。

"我刚拿下来，"而且是从那么高的地方够下来的，"你快给我。"

孟晓天不由分说地拉起殷果，向外走："我刚买了车票，时间挺紧张的，快点回去收拾东西，要不然来不及。"

"你买了票？怎么买的？在哪儿买的？"殷果蒙了，他们俩不是一块儿进的超市吗？进超市之前也没分开过，是什么时候买的票？

他把自己的手机在殷果眼前晃了晃，显示着去华盛顿的电子票："大帅哥教我的。我和他说你是个废柴，连火车票都不会买，他就推荐了一个 App 给我。"

孟晓天嘚瑟着，觉得自己连火车票都能搞定了，简直是飞速成长。

殷果则震惊于孟晓天主意大，抢走他的手机，翻看着他们的聊天记录。何止是编派自己笨，简直是连家底都对林亦扬交代了。孟晓天在微信里充分开启乖巧模式，对林亦扬解释：自己申请了这边的大学，提前来适应生活，顺便多参观几个名校，万一今年没申请上，明年继续。而殷果因为去年来过，被家人委托照顾他这个表弟，成了他的专属陪游。

聊天记录里，那个男人回复不多。

最后一句结束在三分钟前。

Lin：DC 火车站有 Shake Shack，第一次来的话，试一试。

"这是什么？"孟晓天在身后问她。

"汉堡店。"

"人家比你靠谱多了，你都不告诉我。"

"我们不是刚到吗？"殷果委屈，"纽约也有，你想吃我带你去找。"

孟晓天才不理会殷果的解释，第一时间拉她回了旅店。

他没经验，订的车票就在两小时之后。两人完全没准备，来不及收拾行李，抓了两件衣服和洗漱包塞进双肩包，拿上证件、信用卡和手机，夺路狂奔，直奔火车站。

在出租车上，殷果埋头挑酒店。

到火车站时，她专心订酒店。一路都在和工作人员通电话，选房间，报信用卡订房。孟晓天一手拽着她的双肩包，穿过人流，跟在进站队伍里，领着殷果往前走。

刷票，进站。

两人就如此，像是在打仗一样地上了车，大部分乘车的旅客都已经落座了。

"找个挨着的座位吧。"

殷果看这节车厢是没希望了，所有双人座位都被占了其中一个，只能往下一节车厢走。穿过两节车厢后，她看到了双人空座，把自己的小双肩包搁在脚下，靠着窗边坐下。

孟晓天将大双肩包扔到行李架上，坐在殷果外侧："你说，这火车也不提提速，纽约到华盛顿这点儿路，咱高铁一个小时就跑完了。买票时候，告诉我要三个多小时，吓我一跳，高铁的票价，绿皮车的速度，绝了。"

孟晓天在身边念念叨叨。

殷果拒绝说话。她现在也没闹明白，是怎么被孟晓天连催带赶弄上火车的，明明只是想逛逛超市，买买洗发液和生活用品，莫名其妙要去华盛顿？

殷果看着车窗外的站台，几秒后，脑子里冒出了一件很重要的事——

好像那天的车钱也没给他？

* * *

火车临开前，林亦扬上了车。

他懒得往后走，挑了一个位子坐下，身边是个黑人母亲抱着一岁的孩子。孩子正在哇哇大哭，母亲束手无措，只能心疼地拍着孩子，不停地说"Sorry"。

在年轻母亲哄慰的声音里，他脱掉防寒服，把衣服团成一团塞到头顶的行李架上，又把运动包也塞了进去。他昨晚没睡，刚坐下就拉高帽子，挡去车窗外的光。

"帮个忙，可以吗？"黑人母亲的声音在问他。

林亦扬困得不行，以为是幻听。

黑人母亲尴尬地再次问了句，他从半梦状态惊醒，拉下帽子，两手在脸上搓了两下，彻底清醒过来，低声说了句："Sorry."

于是，在火车离开站台之后、漫长的十分钟里，他都在帮这个年轻母亲拿背包，掏奶瓶，倒奶粉……

等人家不再需要帮助，林亦扬也睡不着了，头疼，困，视线一直在婴儿喝奶的动作里停滞着。口袋里的振动声把他唤醒。

是微信消息。

他从裤子口袋里掏出手机，打开看，有两条新消息。

第一条来自"无所谓"：上车没有？我下一站上来找你。

第二条来自"Red Fish"，这是林亦扬给殷果备注的名字，是那天两人相遇的酒吧。

她给自己发了一笔转账款：

非常感激你那天的帮助，希望我能有机会回报你。但在回报之前，希望你先收下那天的车钱和酒钱。

车开了没多会儿，孟晓天已经用外衣盖着脸，睡着了。

检票员从后一节车厢走到这节，开始一个个核对车票。殷果从孟晓天的手心里拿走手机，找到电子票，让检票员检票，又把表弟手机塞了回去。

她坐正身子。
林亦扬恰好也回了微信——
Lin：不用客气。

四个字，很简短。转账也没收。
殷果没孟晓天自来熟的性情，盯着手机看了半晌，搁在一旁，自暴自弃地想，等见了面再说吧。没多久，车停靠在一个小车站，窗外站台上只有寥寥几个旅客在等着上车。殷果看看四周车厢，本来人就不多，这一站又下去两个人，车厢里只有不到十人了。
上一下洗手间没问题，她推醒表弟："我去洗手间。"
孟晓天迷糊着答应着。
殷果把自己的包背在身上，孟晓天的背包够下来，塞到他的腿下。

殷果离开没两分钟，一个中国男人从后一节车厢穿行到这里，是那天的眼镜男。
刚刚上车。
因为孟晓天的脸被衣服盖上了，眼镜男没机会认出他，就走过了这节车厢，按照手机里的提示，往前走，穿过两节车厢，看到了林亦扬的行李袋。
再往窗口一看，是他。
林亦扬身边的黑人女人抱着孩子刚下站，他身边的位子空着。
"还好赶上了，"吴魏推了一把林亦扬，让他去窗边，自己则坐到了外侧，把防寒服解开，喘着气说，"就怕追不上你。"
林亦扬知道他是来干什么的，所以没说话。
吴魏说："大家都要到了，你跑了，算怎么回事？"
林亦扬把自己的运动衣的领口拉高，挡住大半张脸，想避开这个话痨。

吴魏试图扯他的衣服。
林亦扬闭着眼，头抵车窗玻璃，低声说："那天请小朋友喝酒，钱花光了，没钱买车票。"
"我出，"吴魏掏出钱包，扒开给他看，"你看看，还剩多少，咱俩一起花，同生共死。"
在吴魏摇晃了他十几下后，他无奈，坐直身子，扫了眼吴魏的钱包。
两个穷鬼，半斤八两。

……

火车在天黑前到了华盛顿特区。

这里也因为暴雪停工停课了两天，昨天刚恢复正常。

孟晓天从下了火车就在找林亦扬所说的汉堡连锁店，一直走到出口这里，终于看到了醒目招牌，就在星巴克隔壁。既然看到了，肯定要满足表弟的心愿，去买来吃的。殷果算了算时间，没什么大问题，带孟晓天进了汉堡店。

没多会儿，吴魏拉着林亦扬的运动包带子，往这边走："快，坐巴士。"

林亦扬被拖着往前走。

吴魏身上的钱不够买火车票了，刚在车上想尽办法，买到两张大巴打折票。从一小时前就在林亦扬耳边嘟嘟，嘟嘟自己倾家荡产买了巴士票，要是林亦扬不跟他回纽约，就是不够兄弟，就是薄情寡义，就是狼心狗肺……

林亦扬听了整整一个小时的四字成语。

认识多年，他深知吴魏具有狗皮膏药的一切属性，韧性非常强，凶不走、骂不走，只要他想让你干什么，就一定能干成。今天是肯定逃不掉了，一定会回去纽约。

饿着肚子的林亦扬站定，环顾一圈，看到了汉堡店。

他在思考是不是先去吃点儿什么。

还是算了，等会儿去坐巴士的路上看看，能不能买块比萨吃，运气好也许能碰上一美元一块的。

"包里有什么能吃的吗？"他问。

"有，当然有。"

吴魏打开背包，掏了半天，找出三分之一块巧克力，塞给林亦扬。

巧克力是用锡纸裹着的，皱巴巴，拧成了一团。

他拆开锡纸，咬了口，要不是吴魏给的，是真下不去嘴。他将锡纸攥成一团，扔进垃圾桶里，跟着吴魏离开了火车站。

两分钟后。

汉堡店门口，孟晓天咬着汉堡走出来，殷果低头约车。

"我们请他吃什么？你在华盛顿有吃过好吃的吗？"孟晓天问。

"都一般吧，"殷果说，"这儿也不是美食出名的城市，要想吃好的，还是纽约多。"

孟晓天没问出个所以然，掏出手机，决定征询下林亦扬的意见。

反正是准备请他吃饭，让他挑也好。

"坏。"

"怎么了？"

孟晓天给殷果看聊天记录。

天天：我和我姐也到 DC 了。晚上约个饭吧，林哥。

Lin：好好玩，我回纽约了。

殷果和孟晓天对视了足足两秒。

殷果低头看 Uber，约车快到了。

殷果无奈。

"去哪儿？"孟晓天完全没了主意。

"去酒店，"殷果看看外头，华盛顿的天气比纽约好点，"反正都订好了，好好玩吧。"

她赌着气，没忍住，踢了一脚孟晓天："浪费死了。"

孟晓天自知理亏，作揖求饶。

姐弟俩对视，没绷住，全笑了。还真是莫名其妙的华盛顿之旅。

"给你五分钟，快点拍照。"殷果指四周。

她深知第一次来旅游的人都喜欢拍照，主动避到一旁，吃着自己的汉堡，等吃完，在四处找垃圾桶时，表弟已经兜一圈儿回来了："走吧。"

殷果"嗯"了声，看到垃圾桶其实就在自己身后，刚才也不知怎的，眼盲了。她将汉堡的外包装纸团成一团，扔进垃圾桶里，带着表弟离开了火车站。

孟晓天临出站前，特地拍了汉堡店，一上车，他就开心地发了个朋友圈。

天天：一个有生以来我见过的最帅大帅哥推荐的。

殷果就爱和他唱反调，习惯了，照例在底下反驳。

小果：没多帅，欺骗大众。

郑艺回复小果：有照片没有？这两天一直听你弟说，没见到人，心痒痒。

天天回复郑艺：当然不会骗你，要我是女的，一准看上。

小果回复郑艺：一般，普通人，我弟夸张。

天天回复小果：你实事求是行不行？

郑艺回复小果：对啊，实事求是，不许带个人情绪。

小果回复天天：好吧，我承认，是不错。

孟晓天是坐在前排的，看到殷果认输，回头，对她挤了挤眼。

殷果回了个鬼脸，指车窗外，意思是：快拍照。

路边开始有规律地出现一个个博物馆和市政建筑，预约车司机是个中年白人女人，她见孟晓天举起手机，特地减了速，热心地告诉他每个建筑的名称，又看两人没带行李箱，猜他们不是来旅游的，问他们是不是来念书的。

一来二去的，他和司机聊起来，从建筑说到了华盛顿的大学，司机第一个提到的就是乔治城，毫不掩饰地感慨那所学校的费用昂贵，过来的留学生都是有钱人。

"你听到没？司机说的？"孟晓天小声问。

殷果点头。她记得郑艺来这儿第一年，连学费带吃住，滑雪度假什么的，一年确实花了不少。不过那位小姐大手大脚惯了，也没法做标准。

她想的是郑艺，孟晓天却想的是林亦扬，得出一个结论：林姓哥哥是个有钱人。

车开了二十分钟，把他们送到酒店。

她一进去就去前台，着急确认房间，把两人的护照和信用卡递给前台工作人员，沟通着订房情况，等着对方处理入住手续。

再看朋友圈，提示，有一条新回复。

顺手点开，是那张汉堡照片下的——

Lin：有家 OLD EBBITT GRILL 在白宫附近，还不错，试试。

……

坏，彻底忘了，他能看到孟晓天朋友圈。

除了郑艺的回复，自己和表弟所说的话，他全都能看到，一句不差，全看到了。

太乌龙了。

等于当着林亦扬的面，热烈讨论他的长相，比那晚查身份证还尴尬。

她把自己的留言读了几遍，窘得不知如何是好。

怎么就给忘了呢？

孟晓天看她一直在看那张汉堡图，后知后觉地发现了林亦扬的留言，也笑得不行："还好你最后说实话了，要不然更惨。"

殷果气得用手肘撞孟晓天。

酒店前台办好手续，把护照、门卡和签单都放到殷果面前。

殷果拿起笔，脑子里仍是那几条留言，签下名字，还想着那几条留言。

删吧？人家都看到了。不删吧，留在那儿好扎眼。

"这个餐厅怎么样？你吃过吗？"表弟问她。

殷果满腹心事，没听到。

孟晓天转而去问给他们办入住的工作人员这家餐厅远不远，值不值得去。

褐发美女听到餐厅名字，立刻表示推荐，百年老店，因为紧邻着白宫，常有议员去吃，所以很多人都因此慕名而去。最重要的一点，他们可以从酒店步行过去，十分近。

孟晓天心动："我查查电话，订个位？"

"明天再去吧，懒得动了。"殷果还沉浸在留言事故里，兴趣乏乏。

她把签单还给工作人员，拿回护照和信用卡，低头看门卡上的房间号。

孟晓天在旁边，似乎在和谁聊着，等进了电梯，突然对她笑着说："大帅哥和我说，害我们白跑一趟，很不好意思，这顿饭他请了。"

林亦扬和吴魏在一个大停车场旁，等着他们要坐的巴士。

虽然这两天升温了，但临近天黑，还是风大，温度低。

吴魏两手插在防寒服的兜里，冻得跺脚。林亦扬却还在一只手玩着手机，似乎还在笑。笑什么呢？吴魏想看，被林亦扬用手肘撞开。

正好一辆华人巴士满载着人，经过这里，司机透过车窗看到林亦扬，特意踩了一脚刹车，对着外头喊了句："回纽约？带你一程啊？"

林亦扬拨通一个电话，趁着等待音，对司机说："你车都满了，先走。"

司机笑骂了一句"假客气"，弹出个烟头。

赤红的光划出一道弧线，险些落到林亦扬的衣服上，他让开半步，避开了。

电话正好接通。

"帮我招待两个小朋友，我临时有事，顾不上，"他对着手机那边的人说，"对，那个赌局答应你了。"

＊　＊　＊

"你答应了？"殷果惊讶。

电梯门打开，两个商务打扮的男人走入，将姐弟两人隔开。

"快说。"殷果背靠着电梯壁，小声用中文催促。

"没，他说要让朋友来买单，"表弟把手机从两个男人身后绕过去，递给殷果，让她自己看，"我和他说，朋友来没问题，钱我掏。"

殷果草草看完两人聊天记录。

林亦扬回复的话不多，说在路上。照他给孟晓天的回复，是在说殷果他们远来是客，到这里了，自然要他来请。这是中国人的规矩，虽在异国他乡也要守。

孟晓天本来是要请他吃饭，当然不肯答应。

寥寥数句后，林亦扬转而关心他们在华盛顿逗留几日，孟晓天说殷果不能离开纽约太久，所以只订了一晚酒店，明天下午离开。他反问林亦扬何时回这里，林亦扬也说不准。

他最后的回复是——

Lin：会再见的。

结果孟晓天那个馋鬼，虽然拒绝了林亦扬请客的建议，仍对那家餐厅念念不忘，到房间第一件事就是订位。可惜客满了。

两人在酒店餐厅里简单吃了点，晚餐后，她带着孟晓天到附近白宫那条步行的路上拍了一组照片，直接回了酒店。

由于在纽约那晚订旅馆太匆忙，只剩下最后一张大床，姐弟都是和衣而眠，一床头一床尾，睡得很委屈。到了华盛顿这里，殷果第一时间要了两个单人床的房间，终于能舒展开睡了。她洗完澡，迫不及待钻到被子里。

"你要早起了，去看看附近博物馆，有好多。"

这是殷果睡着前，说的最后一句话。

等她再有意识，是被落在脸上的阳光晃醒的。

屋子里的小餐桌和书桌上摆着外卖的盒子，应该是昨晚叫的，表弟人不见了。她趴在床上，连叫了几声孟晓天，没人答应。

殷果懒散地抱住棉被，给孟晓天发微信：你去哪儿了？博物馆？

天天：在乔治城。

小果：自己去的？

天天：没，林哥早上特地叫醒我，让朋友开车带我去的。他说，万一今年没申请到纽约大学，明年也可以试试这个学校。

小果：他对你真好。

天天：是啊，大好人。你等着吧，一会儿回来，在楼下给你买午饭。

殷果翻了个身，下床。

那个人，看上去很冷淡，可对孟晓天是真照顾。

她趿拉着拖鞋，迈入洗手间的门，拉开抽屉翻找出一盒新牙刷。又停下所有动作，趿拉着拖鞋回到房间里。她在枕头下翻找到手机，给林亦扬发了个感谢消息。

小果：谢谢你，还特地找人带我弟去参观学校。

Lin：好说。

小果发了个"愉快"的表情。

Lin 发了个"咖啡"的表情。

好像，没话说了。

她靠在墙边，手机边缘轻轻在墙壁上敲着，被他的冷淡吓退，很少见到这么话少的人。好像他和表弟更投缘。算了，不想了，谢也谢过了。

那天后，殷果再没和林亦扬单独聊过。

权当他是表弟在美国的新朋友，和自己无关。

两人回纽约后，旅店也有了多余的空房，她赶紧把大床房换成两个小房间，填补了不少日用品，正式开始短居生活。

上回她自己来是郑艺做向导，标准的游客行程，去的全是地标建筑。今年这些景点她不想再去，让孟晓天自己摸索，反正有谷歌地图在手，去哪儿都丢不了。

每天上午到中午，两人四处游荡，以吃为主。

下午分道扬镳，各干各的。

毕竟她还有比赛任务，需要按时训练。

其后的一个多星期，偶尔孟晓天嘴里会蹦出林亦扬的名字，都是林亦扬在他当天独自游玩时，进行了补充推荐。有这么个新朋友在，殷果省力很多，而她听着听着，也渐渐习惯了他的存在，不像一开始发生什么都惦记着要道谢。

周六，殷果起晚了。

孟晓天准时来报到，她在刷牙，口齿不清地问："今天想去哪儿？"

"纽约大学附近吧。"表弟靠在门框边。

殷果漱口，把嘴抹干净："不是去过几次了吗？"

"那边好玩，"孟晓天给她看一张截图，是个咖啡馆，"想去这个。"

Caffe Reggio，她莫名对这个名字有印象。

去也行，反正没固定目标。

"我们到这儿那天，去的酒吧也在那儿附近。"殷果一直忘记告诉表弟。

"真的？"表弟那天初到这里，搞不清东南西北，完全不知道那个酒吧是在哪儿。

"嗯，要路过指给你看。"

殷果拿着梳子梳顺头发，将自己长发绾成松垮的丸子头，这样要是下雪，戴帽子也不怕散架。她分神地回忆那儿附近的特色店，想带孟晓天地毯式过一遍。

等人到了咖啡馆门口，她才终于记起为什么会对这个名字印象深刻：颜色醒目。

全绿的墙壁、遮阳棚，想忘记都难。这个时间，外头的座椅绝大部分空着，仅有两个年轻人裹着羽绒服，在风里聊天。里头的客人多，隔着玻璃望进去，差不多全满了。

"没位子吧？"她张望了一眼里面。

"没事。"孟晓天神秘笑笑。

殷果奇怪看他。人满为患，还笑这么高兴。

"林哥订了。"

林亦扬？

她还以为幻听："你约了他？"

"是他约我，"表弟推开门，"他不让我提前告诉你，说赶得及就来见一面，赶不及的话，只当是我们自己喝个咖啡，免得又是一次错过。"

殷果被表弟推着后背，送入咖啡馆。

吱呀一声，玻璃门在她身后闭合。

满墙挂着装饰物，人都在聊着天。客人多，亚洲面孔不多，一下就能看到他。

他坐在一幅巨大人像油画下，暗红长沙发的角落里。

人是背靠着墙的，穿着一件黑色帽衫，防寒服搭在椅子背上。桌子小，人高，只好一只手臂搁在小巧的咖啡圆桌台，另外一只手则搭在自己膝盖上，感觉只有半个身子在桌后。

人对母语的警觉性都是最高的，他早听到中文，知道是他们到了。

抬眼，望向她。

这算是，两人第二次正式见面？

殷果下意识停了一下，在离他两三步远的地方。

文字聊了不少，乍一相对，还是陌生的，五官和身形会眼熟，但都是在酒吧留下的最初印象。在白天一看，又略微不同……

林亦扬的目光始终在她身上。

殷果在他的注视下，慢慢到咖啡桌前，将背包斜挂在椅背上，和表弟先后落座。桌子是真小。

他推过来一张餐单："看看想吃什么？"

"你点吧，"她推回去，"你比较熟，我没来过。"

林亦扬点头，没再推拒，给他们直接点了提拉米苏和咖啡，自己要了帕尼尼。吃这种用来填饱肚子的硬货，一看他就是没吃过午饭，直接赶来的。

点完餐，三人之间有短暂的安静。

殷果怕自己和他一聊，就像微信里似的冷场，索性低头看手机。

翻了会儿朋友圈，又去刷微博，最后退回来，开始删减对话框，总而言之，没事找事做。删着删着，到了和林亦扬的对话框。

还是十天前的对话，他最后一个表情就是"咖啡"。

没想到再见面，也是在喝咖啡。

孟晓天见两人都不说话，憋不住打圆场："聊天，聊天，冷场多不好。"

于是，他先和林亦扬聊起来，从大学专业说到这间咖啡馆。林亦扬告诉他，这里是二十世纪初期建的，这一百年来这个地方恰好也是艺术家、作家们的聚集地，所以很有可能，某个文豪在落魄未成名前就来过，比如海明威？又或者，《麦田里的守望者》其中几页就是在这儿写出来的。有年代的地方，总能带点儿传奇色彩，加上名人自然会更吸引人。

林亦扬随便说了两句，并未赘述。

但殷果看了看眼前的桌子，还有四周墙壁上的挂件。

被他一说，还挺有感觉。

咖啡端上来时，郑艺的问候也到了。

她问殷果今天在哪儿玩，听说是在纽约大学那边，想起自己要采购的东西。反正殷果也在，不如今天就去，就免得她自己跑一趟了。

其实买东西不麻烦，麻烦点在于店名她给忘了。

郑艺：你问问林亦扬，能推荐 Caffe Reggio 的人，肯定认识那个地方。

也只能问他了。

殷果求助："我朋友说，这里有家卖咖啡豆的小店。很多餐厅在那里买豆子，还会专门在门口招牌上写咖啡豆出自那里，吸引客人。不过门脸不好找，你知道吗？"

林亦扬想了想，说："我带你们过去。"

"不用，你告诉我名字，我搜一下地图，肯定能找到。"

"我顺路。"林亦扬回她。

她怕耽误人家时间，将剩下半杯咖啡一饮而尽："那走吧。"

本意是不耽误他时间，可做得太明显了，倒像在抢食……

林亦扬好笑地瞥了一眼那个空咖啡杯，好像是在说：这么急？

这目光，这表情，还有这种笑，初见那晚也出现过，是她用吸管搅拌鸡尾酒，观察酒液的时候。殷果下意识将耳侧的长发捌到耳后，很不自在。

这简短的、微妙的交流，孟晓天全盘错过。

他从听说要走，快速消灭了蛋糕，灌下两口咖啡，用餐巾纸擦干净嘴。再看两人，已经一先一后起身，很有默契地在穿外衣了。

"你俩真快。"孟晓天感叹。

怎么感觉自己很多余？

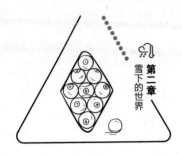

林亦扬对这儿附近很熟，很快找到那家店。

很朴实的店铺，巴掌大的地方，右边一个玻璃柜和结账台连在一起，左边是几个小货架，摆放着周边产品，几十个麻绳袋子里，装着棕色的咖啡豆，都有手写的白纸板。

店里只有一对年轻情侣，也在挑豆子。

他们在对着麻袋上方的白墙壁，指指点点，轻声交流着，那上头都是咖啡豆的名称、产地和口味。情侣里的女孩子挑了一粒，塞到男孩嘴里，让他尝。

林亦扬挑了两粒，放到她手心。

他指指她的嘴："试试。"

她恍了神，听话地把那粒咖啡豆放到嘴里，咬住，轻轻咀嚼。

本来想仔细品品，可林亦扬一直看着自己，渐渐嚼得慢了，越发不自在。他似乎察觉了她的心思，移开视线，从旁边的麻布袋里捞了两粒莓果酸甜味的，又塞到她手心里。

殷果接了，握在手心里，这回没好意思再试。

那对情侣离开后，这家店只剩下他们三个客人，她和林亦扬在咖啡豆这边，表弟在货架的最后一排，挑选周边礼物。

殷果不太习惯试吃豆子，掏出纸巾，吐出渣滓，在手心里攥成团。

这一切又被身边的这个男人看到了。

他指着柜台左侧的小角落，示意她垃圾桶在那儿。

殷果丢了纸团，听他问自己："你朋友想要什么？"

好几种。

刚她还想研究怎么念，查查词典，会念了才好问店员。林亦扬这么一问等于救了她。

殷果给他看那几个名字，他招呼了一个店员过来，指了几袋咖啡豆。店员笑着和他聊了两句，殷果听着，是在说这几样卖得最好什么的。

在去结算时，林亦扬抬起右手手臂，在看腕表。

殷果马上说："你要着急，赶紧走吧，反正我也买好了。"

从咖啡馆出来到这里，他都看了好几次腕表了。

先是着急赶到那里，午饭都没吃，到草草消灭掉咖啡和帕尼尼，带他们来这里，虽嘴上不说，却能让人有万事匆匆之感，估计又是从华盛顿赶过来的。

"有空再约？"他也知道不能再耽搁了。

殷果点头。

林亦扬没多废话，推门而出。

殷果隔着玻璃，她看到他穿过马路，没打车，应该是往附近地铁站去了。

这个穿越马路的画面，让她想起初遇那晚。

眼镜男先带着姐弟俩上车，装好行李箱，林亦扬在酒吧里买单。

殷果隔着车窗和酒吧两层玻璃，看到他把没喝完的大半杯酒一饮而尽，签了卡单，戴上自己的防寒服帽子，推门而出。

一阵狂风卷起路面的积雪，把路边车和人裹在白色的雾里，很快又散去。他快跑了两步，穿过马路，绕到车右侧，坐上车。

司机问，要去哪儿？

他说，皇后区。

司机诧异，这鬼天气，还要绕路？

他说，对，绕路。

……

"姐？"表弟拿着两个周边回来，惊讶地发现林亦扬不见了，"他走了？"

"是啊，赶时间。"她掏钱包，要结账。

手里竟还攥着两粒莓果味咖啡豆，想丢回到麻布袋里，可又停住。在自己手里攥半天了，还是别扔进去了，万一人家拿起来试吃呢？多不干净。

她没地方丢，把两粒咖啡豆塞进书包内侧的小袋子里。

买完咖啡，她和表弟分开行事。

孟晓天接着在附近区域闲逛，她直接回旅店，从房间里拿了球杆，背了个小包，装着手机和钱包、门卡，去了球房。

上一次她来美国，报名的是美式九球公开赛的青年组。

一般这种大赛的青年组和少年组都是鼓励性质，有奖金，但没有正式的世界积分。而比赛的报名费加上来回路途的花费，奖金都不够用，所以在去年试水之后，她今年直接报名的是职业组。今年也算是她步入职业道路的第一战。

去年比赛时，她在青年组认识了几个朋友，今年只剩下一个和她转战职业组的比赛，是个新加坡女孩，叫苏薇。这间球房也是她推荐给殷果的，十五美金一下午，非常实惠。

两人每天在这里碰面，训练。

她们选择这个美国本土球房，还有一个原因是可以见到不少美国本土的世界冠军，大家都像普通人一样练球，偶尔搞搞小型比赛，很有意思。

出门前，殷果刷新天气预报，又有寒流，今天会有局部降雪。

果不其然，从咖啡店出来时，还是大晴天，到球房门外，不到三点，天已经暗了。

她进门后，球房角落里，有人叫："殷果。"

苏薇用眼神指不远处，安静地坐在台球椅上，观看对手打球的一个美国本土名将贝瑞："昨天你不就想看真人嘛，今天来了。"

苏薇说完，对贝瑞笑着用英文招呼："这是我朋友，刚刚和你说过的，小果。"

殷果把背包丢到台球椅上，和贝瑞打了声招呼。

贝瑞看上去有四十岁上下年纪，很老成，也很热情，过来寒暄了半天。

球房里大多是男人，只有苏薇和殷果这一桌是这次报名参赛的女选手，余下一桌的两个金发女孩子纯粹是来玩的。苏薇有一半的混血，身高比较接近这里人，那两个本土美女更是腿长胸大，球房里的四个女的，只有殷果一个小个子的女孩。

她初次来，还被人问过，是不是报名参加十四岁以下的少年组比赛。

但是后来，就没人问了。

因为她的技术，虽说不能秒杀球房里的这些区域冠军和名将，也绝对不比他们差。

球桌上见真章。

况且台球桌上，没有什么年龄分别。

比赛报名也只有年龄上限，大于十四岁不能再报名少年组，大于二十一岁也不能再报名青年组，以此来保证比赛公平。

年龄下限是没有的，孟晓天的哥哥——孟晓东就是十四岁开始征战职业组的。

今天她因为下午茶，来得晚，想顺延时间到八点。

可惜计划跟不上变化，到六点多，贝瑞就收拾好东西跑过来，热情邀请苏薇和她去法拉盛附近吃晚饭。那里是亚裔和华人的聚集地，被人叫新唐人街。

殷果还没去过，有点儿远。

苏薇的男朋友住在那边，她过去了，直接住下就可以，不用再返程。也就是说，她要在天黑后独自回来，怕不安全。

"我和你说，法拉盛那里，有我男朋友家里开的中餐厅，川菜，水煮牛肉很好吃。"

水煮牛肉还真是一道享誉全球的中国菜……

她被勾起了馋虫。来了一个多星期，还没吃过过乡菜，舌头都快要被西餐消灭味觉了。可再好吃，也不用这么晚跑过去，明天也可以单独去。

贝瑞见她还在犹豫，和苏薇耳语了两句。

苏薇找到了一个新理由诱惑她："他说，因为公开赛，今晚有个聚会，你会见到不少职业组人，各国都有，能提前见到哦。"

正中靶心，必须要去。

她果断在微信里和孟晓天确认他的位置，顺便叮嘱孟晓天早点儿回酒店后，把球杆放入杆桶，背上，跟着两人走了。

路上花了不少时间，等到了中餐厅，苏薇刚开始点单，贝瑞就连着接了七八个电话，催促他尽快到球房。她们不得已，放弃水煮牛肉，点了份炒饭。

没扒拉两口，匆匆买单，直奔下一个目的地。

今晚聚会的地方，是一间华人球房。

老板是华人，早年斯诺克的知名球员，退役后在这里开了一间球房，规模不小，招待的都是老客人。球房的入口在街角，两人到时，有几个人在门口的垃圾桶旁抽烟，其中一个认识贝瑞，丢掉烟头，笑着指门内："快去看好戏。"

贝瑞心领神会，推开玻璃门，带她们进了球房。

一张张球桌排列规整，从球房门口一直到底。

大多数是绿色球桌，里侧是几张蓝色的球桌，球桌间保持着两米左右的运杆空间。

球桌两旁，一水棕色的台球椅。

她们进门后，发现台球桌上都是没打完的球局，人全离开了，都拥到最里的一张蓝色球桌旁。人头攒动，热络闲聊，明显是要观战。

贝瑞大声问自己的朋友是谁在打。

有人回，有区域冠军在赌球，三千美金。

贝瑞又问，是谁？

对方回答了一个名字，贝瑞兴奋起来，笑着放下背包和球杆，走入人群。

看贝瑞的表现，应该也是个本地很有名的选手了，她把自己的杆桶竖在一旁，还没来得及摘下羽绒服的帽子，就从两个男人的缝隙当中，看到了……

是他？

只是一闪而过，但满是本土人的地方，想要认出一个华人还是很容易的。黑发，短发，穿着今天中午见面时的黑色连帽衫，袖口挽到手肘的地方，背对着她站在这里。

会不会认错了？

贝瑞看到她们过来，笑着拨开两个好友，让两个女孩能看得清楚点儿。

她被挤到人群最前面，正对着那个背影。

这场比赛还没开始。

他正在给自己的球杆的撞头涂抹巧粉，捻着小小的蓝色的粉块，慢慢地、一下下地滑过撞头，涂抹得十分均匀，一看就是熟手。

"今天的赌注上限五千美金，"他用英语对围观的陌生人群说，"我只凑了三千，如果你们谁想替我加注，随时欢迎。"

是他，一定是他，这个声音下午还在给她讲落魄文豪的趣事。

而现在却不同了，从内容到语气、到整个人都是漫不经心的，在说着：他能拿下这一局，在场诸位加注，只会稳赢。

左手的巧粉被放到球桌边沿。

他掉转头。

目光停住，在她身上。

……真的是他。

后来殷果想起这天晚上，始终认为这才是她和林亦扬真正相识的开端。这里，这个华人球房里的人才是他，那个懒散的，才华横溢的，不拘于规则的，永远都用一种不太在意、输赢皆随心的态度战胜对手的中国男人。

林亦扬右手握着球杆，身子慢慢靠上台球桌边沿，慢慢探手，从球桌上捞起两颗球，丢出去一个，给自己今晚的对手，那个区域冠军："来，让我看看你的实力。"

他本来没吃晚饭，情绪并不高，而现在，不同了。

殷果发现，他打的是九球，就是自己的比赛项目。

"这是一个业余爱好者，"苏薇指着林亦扬的背影，轻声和殷果耳语，"贝瑞说，他在挑战这里的一个地区赛冠军。"

殷果轻点头，原来是业余爱好者。

贝瑞在说，苏薇在转述："而且这个区域冠军，已经在这间球房拿过三场胜利了。这里是他的福地，贝瑞还说，三千美金太草率了。"

殷果不了解这里的赌球金额，没吭声。

三千美金确实不是小数目。

林亦扬自己拿着橘色球，递给对方的是黄色球。

殷果知道他们马上要争夺开球权了。

他和那个区域冠军走到球桌的一侧，各自把球放到发球线上。

四周安静下来。

殷果和苏薇也不再轻声交谈。她们两个都很清楚，在九球上，开球权很重要，拿到会赢面大很多，所以两个选手一开场，要夺一次发球权。

规则很简单，两个人要在发球线一起击球，各自的球撞击到对岸后，反弹回来。谁的球停下时，离自己最近，谁就赢。

在满室的安静里，两下轻微的撞击声。

两颗球几乎是同一时间滚出去，在蓝色的球桌上划出一条笔直的轨迹，齐齐撞上对面球案，匀速反弹回来。

两颗球的速度越来越慢，越来越慢。

殷果盯着它们，她已经差不多知道结果了——

慢慢地，慢慢地，林亦扬的橘色球超过对方的黄色球。那颗球滚到林亦扬的身前，贴着球桌边缘停了下来，不多不少，贴上球案，没有比这个再近的距离了。

黄球也在掌声里，停下来，仅仅落后了一厘米。

在一厘米的鸿沟面前，林亦扬赢了。

"谁来做裁判？"林亦扬拿起白球，放到发球线上。

"我，我来。"贝瑞主动请缨。

他本来是奔着区域冠军来的，看完林亦扬这漂亮的一击后，情绪更加高涨。

他来做裁判，他来保证公平，其实是更想确信，林亦扬刚刚是不是侥幸一击。

球桌上有一盏偏低的长照明灯，在蓝色桌面投下柔和的白光。光照得很低，低到只能照亮他腰以下的位置。贝瑞很快将球码放好，在球桌上摆出一个漂亮的菱形。

他换了绿色巧粉，涂抹着杆头。

在球桌一侧，俯下身子，视线落到了白球上，杆头对准。一击而出。

在球落袋的同时，他人已经绕到台球台子右侧，跟上了下一击，又有球落袋。殷果刚看到落袋，他再次换到下一个位置，快速击球。

这是要打快球？

一般大赛上，很少有人会打快球，因为都是关乎职业生涯和世界排名的比赛，要稳扎稳打。反而在球房里会有机会碰到打快球的高手。

有的人就是追求快、漂亮，但对走位和准度要求就很高。

越快，越要准。

九球和中八不同，永远只能击打球桌上号码最小的一个球。

1号球、2号球、3号球……

到最后，台面上剩下7、8、9三个球时，他以白球撞击7号球，让7号球撞上9号球，两颗球竟然先后落袋。

这一局结束的掌声响起。

在九球比赛里，谁能最终打进9号球，谁就是赢家。

他赢了。一杆清台。

她紧盯着林亦扬的背影，看着他，再次用巧粉抹杆头。

如果不打快球的话，在正式比赛上，每一杆都很重要，每一杆都要上巧粉，这是为了稳定心神，也为了下一击做足准备。

而今晚不同，这更像是一场表演。

"现在还来得及，各位，"这次不是林亦扬在邀约了，是兴奋的贝瑞，他在笑着用英语说，"我们还可以加注，一共有十五局。不要错过，各位。"

大家笑着，纷纷加注掏钱。

林亦扬的第一局征服了在场所有的陌生人，包括那个区域冠军。也许在之前，他还是这间球房和这个地区蝉联的冠军，今晚，恐怕是一场可怕的对战了。

……

"他真像专业的。"苏薇轻声感叹。

最后，他越打越快。

杆杆到位，球球落袋。没有任何失误，零失误。

你完全没见到他停顿、瞄准，全都没有，只有球不停落袋，他不停换到下一个位置。这是殷果第一次近距离看到有人全程打快球，观赏性和爽感，真是无法形容。

第十局，9号球在众人注视下，被击中，直接落入底袋。

林亦扬站直了身子。

没有打完十五局，已经拿下了今晚的赌局。完美结束。

那个坐在台球椅上，看完最后一局的区域冠军，站起身，对他伸出右手，笑得十分开心，这是遇到对手的酣畅淋漓之感。输得心服口服，自然没有任何怨言。

"很荣幸。"林亦扬一手撑着球杆，和对方握手。

对方重重拍了拍他手臂侧："年轻人，告诉我，今年的全美公开赛上有没有你？你一定报名了对不对？"

林亦扬笑着，摇了摇头，他把球杆物归原位，放到了球杆架子上。

和这些职业选手不一样，他哪怕是来赌一局数额如此巨大的桌球，都没有带自己的球杆来，只是用了球房提供的公共杆。

球房老板笑吟吟地递给他一块毛巾，附赠一杯热水，这是林亦扬刚刚在最后一局前，和老板要求的。他渴了。

林亦扬握着杯子口，喝了小半口，润了润喉。他在身旁几个美国人注视下，一直低头在喝水，看来真是耗费了不少精力，缺水严重。差不多喝了有小半杯后，他抬起头，似乎刚刚才看到殷果一样地将目光投注到她的身上，兀自一笑："Hi."

她本来是要等林亦扬喝完水，再上前招呼，猛地被他抢先了，倒显被动了。

"Hi."她轻挥右手。

因为紧张看球，长久没说话，嗓子还有点哑。

不觉清了清喉咙。

"你们认识？"苏薇惊喜地问殷果。

"你们是朋友？"输的区域冠军也同时问林亦扬。

"刚认识不久，"林亦扬把水杯搁到台球椅上，认真看她，用英文对在场八卦分分的众人说，"我倒是很希望她把我当朋友。"

……

"当然，"殷果在大家目光灼灼当中，像是做了什么坏事，在承认错误一样，态度端正，语气诚恳，"我们一直是朋友。"

林亦扬被她的较真逗笑，换回中文："开玩笑的，不用当真。"

殷果也松了口气，用中文回说："我一开始还以为自己认错人。"

林亦扬笑了笑，没再说什么。

不过他看上去心情不错，很快从裤子口袋里摸出一张黏成半截的便笺纸，递给区域冠军，告诉对方，这是同学的账号，输的钱打入这个账号就可以。

区域冠军欣然接过，笑呵呵地表示，自己会攒钱，等着和林亦扬再赌一局。

"应该没下次了。"林亦扬说。

对方没当真，拍拍他的肩："这里随时欢迎你。"

人群很快散开，各自回到自己的球台旁，因为林亦扬的这一场精彩的赌局，都被调动起了打球的心情。没多会儿，全都热火朝天地拉开了今晚的大战。

只有他们这里是安静的。

殷果把苏薇介绍给林亦扬："苏薇，和我一起来的。"

林亦扬点点头。

他递了一张钞票给服务生，低语了一句。没多会儿，服务生端着两杯饮料过来，他拿起来，递给殷果和苏薇。

苏薇道谢后，被贝瑞拽走，去开了一局，边走还在边回头道谢。

殷果独自留在这里。

她咬着吸管，坐在林亦扬这张球桌的旁边、靠墙的台球椅上，两只脚踩着椅子下的横栏，在看旁边一桌的战局。

忽然察觉到林亦扬身边没人了，回望了一眼，对林亦扬笑了笑。

林亦扬靠在台球桌旁，在玩着一个白球。

安静。

这还是两人头一回独处，没有孟晓天在场。

他把手里的白球放到开球线上："怎么跑这么远过来？"

他知道殷果旅店的位置，自然也很清楚，她的旅店离这间球房很远。

"刚刚和你说话的贝瑞，是他带我来的，我听说今晚这里有很多参赛选手，过来看看，"殷果想了想，又解释说，"我报名参加了全美公开赛。"

林亦扬点头。其实他知道。

从第一天在酒吧，看到墙角的三个行李箱上摆着一个球杆盒，林亦扬就知道姐弟俩是为了公开赛来。暴雪天带一个定制球杆躲在酒吧里，只会是这个理由，这个身份。

　　只不过那时，他以为球杆是弟弟的。

　　殷果看他不说话，继续咬吸管。
　　心里有好多疑问，但不太熟，还没习惯像朋友一样闲聊，只好憋着。

　　林亦扬一个个从袋子里掏刚才自己打进去的球，放到球桌当中，将九颗球摆成了菱形。她以为他想重新开一局，没想到他只是想把球桌整理好。
　　等所有搞定，他从椅子上拿起自己的防寒服："你那个朋友，和你住同一个旅店？"
　　他用目光指苏薇。
　　苏薇正在俯身，瞄准她要击的那颗球，在远处、靠门边的台桌旁。

　　"不是一家，但离得不远，"她也想到了要回去的问题，"不过她今晚住在法拉盛，男朋友家，估计我要自己回去了。"
　　林亦扬已经穿好了防寒服，拉上拉链："我送你回去。"
　　送我？
　　"你顺路？"
　　应该不会，头一晚打车，司机明明都说了他送殷果他们去旅店，去皇后区是在绕路。

　　"我一个男的，多晚回去都没关系，"林亦扬看了一眼墙上的壁钟，"你不一样。"
　　是挺晚了。好友也严肃警告过她，在纽约除了住曼哈顿，她一个女孩晚上千万不要单独外出。因为知道殷果每天要在球房练球到天黑，还叮嘱她，要孟晓天每天去接她回旅店。
　　可这里离旅店太远了，又让他绕路送自己？
　　吃人太多恩惠，不大稳妥吧？

　　殷果还在纠结。
　　"又怕我把你卖了？"林亦扬开她玩笑。
　　"不是，没有，"殷果摇头，"是不想一直麻烦你。"
　　"应该的，"他说，"我是男的，在送女生回家这件事上，没什么好推脱的。"

　　林亦扬没给她多考虑的机会，指了指殷果堆在旁边台球椅的衣服和包，意思是让她穿上，自己则直接替殷果拿起了球杆桶，拎着，走到前台，和老板结账。

老规矩，谁赢了球，谁结球桌租金。

殷果也来不及多考虑，把杯子还到吧台那里，去和苏薇打了个招呼，穿上羽绒服，拎着包，跟上推门而出的林亦扬。

十五局不到的时间，外头竟然已经下雪了。

"我约个车，等一下。"殷果从羽绒服口袋里掏手机。

"来这么久了，还在打车？怎么不坐地铁？"

"我去年来，坐错了好几回，后来就不敢随便坐了。"她也郁闷。

殷果也苦闷，其实她旅店门口就是地铁入口，按理不用一直打车的。可她一想到地铁，就有心理阴影。

这里的地铁上百年历史了，很多车厢都十分破旧，她不怕脏，而是怕地铁车厢里没有电子显示屏，因为不是母语报站，要全程仔细听着站名。

最惨的是，通常这种破车厢，报站喇叭也经常坏。

一旦没了广播提示音，更成了傻子。

她曾经连着两次坐上没有电子显示屏，也没有报站音的地铁车厢，还正好碰上地铁抽风，四站不停，颇有种坐上黑车要被拉走卖了的感觉……

在漫天的鹅毛飞雪里，林亦扬笑了。

他按下殷果的手机，指了她的帽子："戴上，我们要走三个路口，至少十五分钟才能到地铁口。跟着我，丢不了。"

说完，他把殷果的球杆桶背上，走入风雪当中。

殷果戴上帽子，紧跟上他，好冷啊，手都不敢从口袋里掏出来。

她的靴子不停在一层新雪上踩下新鲜的脚印，跟着林亦扬的脚步。林亦扬本来是在看车况，低头，看到那双小靴子频率极快地走着，看着就累。

他大步走习惯了，没试过为谁慢下来。今晚，倒是很有风度，减慢了速度。

他一慢，殷果松口气。

她呵着白气，和他一起静默着，走了五分钟。这么安静下去不妥，要找话说。

"你喜欢赌球？"她主动闲聊。

"一般。"

"都是这么大金额的？还是这边喜欢这么大的赌局？"殷果刚才听到数字，被吓了一跳，没想到这里数额这么大。

林亦扬摇头："我一个同学和别人赌球，下了重注不敢来，一直求我，求了半个月。"

林亦扬停住脚步，他们这么一会儿，已经到路口了。

面前就是红灯，要等绿灯。

他看殷果这么安静，低头看她："怎么不问了？"

"我在想，是很好的朋友吧？"

从华盛顿赶到纽约法拉盛，肯定是为了很重要的朋友。

林亦扬摇着头，不算。

"是我想请人吃饭，没钱，"他发现变了绿灯，手按在殷果后背，将她推上人行道，走到了她的右侧，"算是一个交换条件。"

原来是这样，殷果边过马路，边琢磨，他可真爱请人吃饭。

两旁的行人有些撑着伞，有些走得脚步急，只有林亦扬和她走得不紧不慢的。林亦扬很熟这里的街区，左转，走到一条小路的人行道上，将殷果拉到了自己的右侧。

两人左侧有一串公寓，每个公寓底下有一个个斜向下的楼梯，通往地下室。在雪天，台阶被皑皑白雪覆盖，看不清。稍有不慎离得近了，很容易摔下去。

所以还是他走在左侧，比较安全。

当然，他的用意，殷果完全没懂。

她只是觉得林亦扬走路肯定有一定的强迫症，一会儿左边，一会儿右边的，怪人……

再过一个转弯，看到了地铁入口的狭窄楼梯。

她跺了跺脚底的雪，跟着林亦扬走下去。

台阶上，有一排湿漉漉的脚印，是林亦扬留下的，紧接着她添了一排。林亦扬特意停在最下一级台阶前，等着她。地铁站里躺着三个流浪汉，各自为政找了个避风的角落睡觉，其中一个就睡在售票机旁。

殷果把信用卡从钱包里拿出来，想去自动售货机插卡买票，礼貌地绕开两步。

"跟我走，"林亦扬在身后说，"车来了。"

站内，地铁伴着碾轧轨道的噪音，呼啸入站。

纽约地铁任性，大雪天更是能赶上一趟算一趟，已经来不及买票了。他把殷果从售票机前拉走，送进检票通道，刷了自己的地铁卡。

紧跟着，他再刷了一次，自己也进了站。

殷果还没看清站台长什么样，人早被推进了车厢。

车门在身后关上。

她环顾四周，又是最破的那种车厢。

没空调，没电子显示屏，也不知道车厢喇叭好不好……

还没有人？

整节车厢竟然只有她和林亦扬，两排橙色的空座椅在等着他们，随便坐哪里都可以。殷果指了指一个位子，看林亦扬没反对，挨着门口坐下来。

林亦扬坐到了她身旁，把球杆桶摘下来，立在自己腿边。

这是他唯一拿着的东西，还是属于她的。说起来这个男人除了手机和钱包，真是什么都没带，就如此去法拉盛赌了一场球，真是随性。

两人的鞋底都还有残留的碎雪，在车厢地板上踩了一摊水。

地铁车厢没有信号，不能上网，没有消磨时间的东西。车厢外也没风景，一片黑，只有行驶的声音，充斥着整个空荡荡的车厢。

林亦扬不爱说话的脾气，她差不多适应了，只好充当两人之间的润滑剂。

"我们——"她冒出两个字。

林亦扬的视线转过来，停在她脸上。

她说："还没正式认识过。"

她的脸白里透红，鼻子很小，眼大，但不是圆溜溜的，偏长，双眼皮很明显。因为扎高了头发，整张脸的轮廓都露出来，圆圆的，下巴也不尖，是一张显年纪小的长相，美得毫无攻击性，很甜。

"你想怎么认识？"林亦扬对上她的双眸。

"我叫殷果。"

"你发的第一条微信，说过。"他提醒她。

……好吧，全忘了。

她只好硬着头皮，接着说："我和我弟是一届的，大四。其他的，他应该都告诉你了。"

两人都在大四下半年，没有课，是学院要求的"实习期"，她想要转战职业九球，表弟想留学，所以自然就把实习的时间放到纽约了。

林亦扬点头。

她说完，轮到他了。

林亦扬沉默了会儿，反问她："你看过我的全部有效证件，还有什么想要知道的？"

他问这话时，带着七分笑，三分促狭。

国籍，出生年月日，出生地，全在那些证件上写得明明白白，连学校磁卡也都给她看了。除了所学专业，他想不出还能交代什么。

"我那天没有认真看，没看你的隐私。"她解释着。

只是知道他二十七岁，比自己大了六岁而已。

林亦扬一笑。

"我本科是在国内读的，毕业赚了两年钱，觉得没什么意思就过来了，"他靠在座椅靠背上，简单地告诉这个女孩，"在这里学的是传播，part-time，三年，今年是最后一年。"

说完，他想了想，又道："大部分时间住在 DC，偶尔来纽约。"

他停了一下，殷果还在等。

"没了，"他最后说，"你有什么想知道，随时问。"

"我也没了。"她笑得很无奈。

很好。干巴巴的聊天内容，还不如不说话。

他们继续肩并肩坐着。

地铁入站，让她想到了一件更要紧的事，刚刚上地铁太着急，写好的微信还没发出去。

趁着地铁停，要快找信号。

她举着手机，左右晃了半天，也不知是因为下雪，还是这站台的网络格外差，不管是移动，还是站台 Wi-Fi，全都连不上，只好眼巴巴看着车再次启动，继续等下一站。

"没发出去？"身边人看到了她的窘况。

"一直这样，半点信号都没有。"殷果气馁，给他看自己手机。

林亦扬扫了眼。

屏幕上，有她发送失败的微信——

小果：我要饿死了，房间里有泡面没有？要没有，你帮我出去买个比萨，趁着现在还能买到。等我回去就关门了。

真是想不通，她问林亦扬："是不是因为我用的国内手机号，会比较难连？"

"会有点影响，你可以等着换乘，下了车再发。"

也只好这样了。

她呼出一口气，收妥手机。

不料，林亦扬反倒掏出了手机，趁着车刚离站，不知在和谁聊着什么。

等到完全进入隧道，他把手机揣进裤子口袋，出了声："饿不饿？"

殷果蒙了一瞬，想到自己的微信，明白了。

"还可以，能坚持。"

坚持到旅店，应该问题不大。

"坚持什么？回去啃比萨？"他好笑。

那怎么办？

她也不想吃那个："我们旅店位置太偏了，这么晚，只有加油站超市里有比萨卖。"

"吴魏，就是那天戴眼镜的那个人。他叫我吃拉面，"林亦扬随口问她，"想去吗？"

现在？

"会不会太晚了？"她犹豫着。

"这站直接坐下去，三站就到，"他靠在那儿，看了看腕表，给了一个友善的建议，"我们可以先去，再继续坐地铁走。"

说完，又道："我也没吃。"

在这样的雪天，饿着肚皮，听到"拉面"两个字，她眼前浮现的全是——滚烫的浓汤，加上猪软骨、海带、泡菜、玉米……刚刚的犹豫全没了。

自己饿着就算了，让人家饿着肚皮送自己，多不人道。反正自己也没吃，还不如下车一起解决，也省得去吃干巴巴的比萨。

这么一想，更该去了，不为自己，也要为他。

殷果当即答应。

结果本来要去换乘另一条线路的两人，为了吃拉面，直接坐到了三站之后。

两人到拉面馆门外，竟看到还有几个人冒雪在面馆门口等着位。林亦扬带着殷果，拨开人群，走下去，进了一间地下室改建而成的拉面馆。

在玻璃门被推开的刹那，香味扑面而来。

每桌上，每个大拉面碗上都蒸腾着白雾，狭窄过道两侧，每桌满员，热烘烘的室内，热烘烘的面，这真是今天做的最好选择。

吴魏早占了里面的一张四人桌，见两人，笑着招手："这儿呢。"

殷果和他第二次见面，友好地招呼完，放下包，先去了洗手间。

吴魏见殷果一走，马上压低声音："你太够意思了，我衣服都脱了，头发都抹上泡沫了，被你揪出来占位？就为了吃一碗拉面？"

"来了就别废话。"

林亦扬把防寒服脱下来，搭在椅背上，招手，和老板打了个招呼，两人热络地用日语聊了两句后，他先要了清酒。

老板问是否点单，被他否了，要等殷果出来再说。

吴魏一头雾水："你不是去法拉盛赌球了吗？怎么碰到小美女的？"

"球房碰上的。"他说。

两人说了两句，将来龙去脉讲清楚，殷果恰好返回。

吴魏当即收起"看好戏"的嘴脸，笑吟吟地问："听他说，你也是来参加公开赛的？"

"对，是女子组。"她笑着，坐在两个男人的对面。

"我也是名单上的一员，"吴魏伸出右手，"来，这么有缘，握一个。"

"好有缘。"殷果和他握手。

"那天我进门，你弟和我搭话，我还以为是骗子。后来一看球杆在箱子上放着，就放心了，"吴魏笑着讲起了暴雪那夜，"开始以为球杆是你弟的，也没想到是你。"

难怪，会这么轻易地成为朋友，还特地请喝酒。

她终于想通了。

两人聊了会儿，殷果从吴魏这里，反倒多收获不少林亦扬的信息。

吴魏是在纽约大学读书的，当初是林亦扬帮忙准备的资料，过来读了硕士。两人专业不同，林亦扬早来一年，要学三年，吴魏只要读一年。他毕业没走，就是想等林亦扬完成学业，一起回国。

"其实我九球一般，年轻时候练的。就是美国九球盛行，入乡随俗了。"吴魏笑着说。

他倒是说得没错。

美国很多人会把九球当家庭娱乐，家里有球桌，但玩斯诺克的就很少。今天她遇到林亦扬的球房，还有平时训练的球房里都只有一个斯诺克台子，不见有人玩。

职业赛上，这里人也不热衷斯诺克。

对殷果来说，她是打美式台球的，美国的九球公开赛很重要。

但从吴魏的话里，她能听出对方是主打英式台球的，是斯诺克选手。

倒是和表哥一样。

他的朋友都是职业选手，为什么他不是？

殷果看向他。

林亦扬一直坐在那儿，喝着先送上来的清酒。小玻璃瓶，巴掌大，蓝色半透明的，被他握在手心里，抿了两口，大半瓶已经没了。

他看似没认真听他们对话，在殷果看他时，顺手把餐单推到她面前："先点，再聊。"

"对，先点，先点。"吴魏附和。

那张餐单上，是一张张照片。

拉面这种东西，在全世界开店都是一个门道，只要看着图片选面和加菜就好。殷果很快看好菜单，她还给林亦扬。林亦扬招手，直接叫人来点单，对这儿太熟，他和吴魏根本不用看单子也能盲点了。

吴魏则话锋一转，聊起了在纽约的日常生活，关心起殷果接下来的住所安排。

"应该还是旅店吧，"殷果说，"现在那个。"

"没考虑租房子？短租？"

"是想过，可觉得三个月不长不短，怕麻烦，也找不到好的。"

吴魏马上热情地邀请，说自己租住的公寓是三居室，其中两间是一对姐妹，这个月都要搬走。他可以帮着问问房东，能不能让殷果先短租一段时间。这样呢，有两个好处，第一是现阶段省钱，第二是倘若殷果表弟确定被纽约大学录取，直接租下来也不错。

地段好，交通方便，现成的房子。

吴魏的话确实打动了她。

当初她来，好友也建议短期租房，只是因为好友在国内，不方便给她找房子，就此作罢。既然有信得过的房源，租房当然合算。

殷果开心道谢，加了吴魏的微信。

"等我先问问房东，明天给你确切消息。"吴魏最后说。

因为他们还要赶路，没再多聊，很快吃完面。

消夜散伙后，林亦扬和殷果再次坐上地铁，到殷果旅店时，已经是十一点。

她住的旅店算比较偏僻的街区，四周都是修理工厂，唯一热闹的是一个小加油站。从地铁口走到旅店，要经过一条漆黑的路。除了加油站的光亮，没多余的灯，三五分钟路程。

半夜起了风，将她吹了个透心凉。

他把殷果送到旅店门口，那里有两个酒吧女招待在抽烟。两人走近时，她们正好把烟头掐灭了，两人帮忙着，拉开旅店厚重的黑漆铁门，进去了。

她停在台阶前："你回去还有地铁坐吗？"

"地铁是二十四小时的。"林亦扬把肩上的球杆桶摘下来，勾着绳子，不像要递出来的样子，好像在等着什么。

他勾着绳子的手，露在外头，殷果看到，联想到他握球杆时的右手。

台球这种运动，需要漫长、不间断的岁月打磨和苦练，和任何体育项目一样，一天不能懈怠。外行人看不出来，内行人不可能看不出。他这样的水准，是常年练出来的，不太像业余爱好者……

身后玻璃门被敲响，打断她的思路。

她回头，看到表弟在磨砂玻璃后对着他们挥手。

林亦扬的手臂同时从她肩上越过，替她拽开了铁门。他把殷果推进了温暖的室内，球杆桶递给了孟晓天。

"谢了啊，扬哥，送我姐回来。"表弟笑呵呵地道谢。

他点了下头，算是道别。

随即两手插兜，掉头，沿着加油站旁、没有路灯的小路原路折返。

殷果摸摸耳朵，刚刚林亦扬拽门，袖口拉链把她耳朵剐了一下："你这么巧下来？"

"扬哥给我微信啊，说你要到了，让我接一趟，"表弟说，"估计我提过咱旅店下有酒吧，他不放心吧，怕你撞上醉鬼？"

出乎意料的答案。

殷果再回头看外头。

林亦扬正拉高帽子，挡去冷风。他的远处是加油站灯光，左侧是路旁的墙壁，渐渐地，人影消失在漫天风雪里，应该是下地铁了。

回到房间，殷果洗了澡，换上睡衣，扑到被子里，想要和郑艺探讨是不是要临时租公寓的事，郑艺暂时没回复。算着国内的时间，估计还要再等半小时。

等着，等着，眼皮开始打架。

她倚着床头，强撑着精神，玩手机，等好友的回复。

刷新着，跳出来十几条新的朋友圈消息，她一条条赞下去。

手指突然停在了屏幕上，那上边有一条简短的文字——

无所谓：小扬爷心里有人了。

这个名字是吴魏，刚刚新加的微信，她还有印象。

那个"扬"？林亦扬？

……还好没点赞，就差一点点。

　　殷果走神的一瞬，不小心踹掉了被子上的电视遥控器。她下意识坐直身子，竖在身后的枕头碰到她的耳朵。好疼。

　　她摸了摸，好像是肿了，被他袖口拉链剐到的那个地方。她下床，趿拉着拖鞋，到行李箱里去翻找万能的红霉素软膏。扭开小瓶盖，没拿稳，掉到了箱子里。

　　结果找了半天瓶盖也没找到，郁闷地挤出来一点，涂了涂耳朵。

　　回到床上，郑艺活过来了。

　　郑艺：我觉得可以啊，反正你现在已经和他们熟了，都是好人。虽然住在学校宿舍更安全，毕竟贵，让你弟提前试炼一下挺好的，在外边租公寓。

　　殷果又绕回到租房的话题上。

　　小果：假设搬过去的话，要换球房了。

　　郑艺：怕什么？那个吴魏不是要比赛吗？肯定也是要训练，会有球房给你介绍的。

　　也对。

　　郑艺说要出去办事，没再多说。

没了聊天对象，她的心思又溜到了那条朋友圈上，不由自主地去重新看。

无所谓的朋友圈下，仅有一条可见留言。

Lin：删掉，她能看见。

果然是在说林亦扬。

在说他暗恋一个女孩？她猜。

过了一分钟，殷果好奇刷新，真删了。

　　干干净净，像没存在过。不知道有几个人看到了，反正她是其中一个，还要装作绝对没看到。这种感情的事被不熟的人看到……不太好。

殷果靠在那儿，两只手颠来倒去地转着手机。

难怪，他和表弟说话比较自如，回自己都是能省则省。是有喜欢的人了，在避嫌。

她忽然想找好友说，你知道吗，林亦扬有喜欢的人了。

可很快，停住，说这个干什么。

* * *

林亦扬在地铁车厢里。

这节车厢除了他，只有两个黑皮肤的少年，很嗨地在聊着天。他最钦佩黑人的天生自嗨功夫，肢体语言丰富到极点。

林亦扬低头，看了眼手机。

他需要网络信号，能刷朋友圈，看看吴魏是不是删了，顺便叮嘱那小子别乱说话。另外，他抬腕，看了看自己的表，一贯喜欢右手戴表的他，磕坏过表壳玻璃，只是在修表的那一刻萌生过想要改成左手戴，没几天觉得别扭，最后不了了之。

林亦扬解开金属链扣，取下。刚刚后知后觉，殷果进了旅店，他回忆着细节，好像自己剐了一下她的耳朵。

地铁进站。

两个黑人少年蹦下车。

林亦扬第一时间刷朋友圈，删掉了，很好。

他在地铁关上门时，打开殷果的微信对话窗口。

Lin：是不是把你的耳朵弄伤了？

Red Fish：不会，没有。

Red Fish：只是碰到了一下。

Lin 发了个"咖啡"的表情。

Red Fish 发了个"愉快"的表情。

林亦扬看着两人对话，看不出哪里有问题。

不过好像，他是不太擅长和女孩聊天，没几句，就变成表情告别。

他把手表戴到左手腕上，又看了看手机上两人的对话，琢磨了一下，也不知道该说什么。估计人家也该睡了，把手机揣进了长裤口袋。

回到吴魏的公寓。

吴魏在狭小的房间里，床边上铺了一张瑜伽垫，手撑着身体，趴在垫子上，在做有氧健身，脸上的汗一滴滴往下掉，正是最疲累的时刻。

林亦扬进门，把厚重的防寒服脱了，扔在吴魏身上。

后者泄了气，彻底趴到垫子上："差两分钟就做完了，你回来得可真是时候。"

防寒服上是化了的雪水，吴魏小心拿起来，观察林亦扬的表情，看上去还可以？那就好。

"我刚才发那个，是故意的。"吴魏说。

林亦扬警告地瞥了一眼吴魏。

他拉开抽屉，找硬币。

"干吗，现在洗衣服？"

他不置可否，拿上硬币，在床边找了个空纸袋子，把屋里的脏衣服找出来，塞进去。

他从床上抄起一件拉链的运动外套，披上，拎着纸袋子，开门要走。

"我还没说完呢，"吴魏问，"你到底对小美女有没有意思？"

他看了一眼吴魏。

"有，对不对？动心思了，必然的。"

关门声，直接阻断了吴魏。

到楼下公寓洗衣房里，正好和吴魏一同租房子的姐妹在，两人在笑着聊天，和林亦扬招呼着，顺便告别，明天她们就要搬走了。

林亦扬礼貌回应了两句，塞了五个硬币进洗衣机，塞衣服，设定时间。开洗。

两个姐妹走了。

这里没人，坐着等也挺好。

他挑了最当中的椅子，背靠着墙坐下，看到殷果在刚刚发出来的朋友圈，是转发一个小学校园的桌椅捐赠。还没睡？

Lin：还没睡？

Red Fish：……失眠了。

Lin：时差？

Red Fish：来十多天，早没时差了。估计面太好吃了？

Lin：这家一般，口味。

主要是，拉面馆就在吴魏住的公寓楼下，他和吴魏都是老熟客，奴役他先去最方便。

Red Fish：很不错了，起码我吃得心满意足。

Lin：今晚这个鸡汤底，没传统猪肉的好吃。

Red Fish：我都没吃出来，是鸡汤的？

Lin：对。

Red Fish：感觉你好熟，对拉面。

Lin 发了个笑脸。

林亦扬搜了下，找出了不错的几家拉面，地址推给她，推了五六家。

Red Fish：谢谢，谢谢。

Lin：有机会请你。

Red Fish：……

Lin：？

Red Fish：……你可真爱请人吃饭。

林亦扬被这话逗笑了。

这是一个错觉，他最讨厌和不认识、不熟的人吃饭。吃饭是一件极其私人的事，一般要认识超过四五年的人，他才会主动找人陪吃。否则，就算被硬带入饭局，都只是一杯酒解决掉，饭局后再找地方真正吃。

他看着殷果的那句话，想不到该回什么，惯性地，发了个"咖啡"的表情。

不出意料，那边也是相同的——

Red Fish 发来"愉快"的表情。

有多久了，没和人这么聊过，尤其对方还是个女孩子。

在这边大多是球友，没什么女性朋友，身边称得上最熟悉的也是吴魏。

那晚，他心情烦躁，冒着暴风雪也想去找个地方喝酒。

叫了吴魏，两人到 Red Fish 去。就在要进门前，他隔着玻璃窗看到这样一个女孩，黑发，黑眼，个子小小，围着围巾，在玻璃内打电话。玻璃上都是水汽，看不清太多，他却忽然对一个陌生人有了点好奇心，猜测她是亚洲人？还是华人？

在心情最低谷，全城交通瘫痪，公司停工，学校停课的暴雪天里，在一家最常去的酒吧，遇到了一个陌生的，让人心动的，同一国籍，同一血统的女孩子。

真是暴雪里唯一的慰藉。

想认识她，一切从这个念头开始。

想把她安全送到旅店，继而有了这个想法。

明明是想去喝个通宵的，却和吴魏说有急事要走，让吴魏去问问那个弟弟，要不要"顺路"送他们……

那几天，是他心情的最低谷。

有故友来纽约，他不想碰面，接连几日泡在酒吧和球房，订了回华盛顿的火车票，想尽快走，避开这些老朋友。

就在他去火车站的路途中，她发来好友申请。

在火车上，她再发来转账申请。

一直到今晚，顺理成章认识了真正的彼此，之后呢？

林亦扬，之后呢？

他问自己。

又有人进了洗衣房，打断他的沉思。

半夜三更的，洗衣服的人倒是不断。

林亦扬不想等了，他提着空纸袋上楼，扔给吴魏五个硬币，让他算好时间，下去烘干衣服，再给自己取上来。

他抱出一床棉被，倒在沙发上，和衣而眠。

再醒来，是清晨。

两姐妹在搬家，吴魏在床上翻了个身，蒙头继续睡，他也没起来告别，翻身朝里，接着补觉。外头从吵闹变得清静，到后来，是深眠听不到了，还是人家搬完了，他也不清楚。

十一点多，他被手机闹钟振醒。

坐起身，两手捂住脸，清醒了足足一分钟，听到外头又有笑声。

前天发烧刚退，昨天又赶火车回来，一整天到深夜都没停下过，睡前不觉疲累，现在，疲劳感全涌上来。他搓了搓脸，额头短发乱乱地，用手胡捋了两下，找到拖鞋，穿上。

运动外衣穿了一整夜，热，不舒服。

他脱掉外套，扔到床上，起身去，打开了卧室的门。

想找水喝。

世界在一刹那，全安静了。

客厅里，沙发上坐着三男两女，很年轻，看上去大的十七八岁，有两个估计十三四岁的样子。厨房的吧台后，倚在冰箱旁的是吴魏，他对面是个三十岁上下的男人。

众人听到门被打开，齐齐看向那个房门口。

林亦扬在大冬天穿着白色短袖，黑运动长裤，刚睡醒的姿态，扶着门把手，倚着门边沿，短袖上还有睡出来的褶子。白皙脸上，那双黑眼睛最漂亮，可惜，满是困意，没完全睁开。

右脸还有枕头压出来的一道痕迹，很醒目，不知道的以为是什么疤。

他的视线不太聚焦。

先看到的是沙发上一排小朋友……眉头蹙起来。

吴魏那小子在搞什么？没钱花了，要收徒弟？

真人好高啊，小师叔。沙发上的男孩们想。

真人好帅啊，小师叔。沙发上的女孩们想。

这就是只在球社的几个长辈嘴里听说过的——老师的六师弟。

和他们的老师一样，十二岁参加少年组，十三岁开始在职业组征战，和老师一起，分别拿下了那年比赛的冠军和亚军。

在球社里，每个人提起他，都是不一样的称呼，小扬爷，顿挫，六哥，六叔，老六。

而大家都知道，提起的就是他——林亦扬。

他看到这些陌生人，第一反应是皱眉，不喜欢这么热闹。

再看到那个三十几岁的男人——沙发上那些孩子的老师江杨，目光停顿了几秒。

"听说上星期他们过来，没碰上你，"江杨穿着衬衫和西裤，鼻梁上架着一副白色细边框的眼镜，"还以为你这次又要跑了。"

林亦扬张口，要说话，觉得嗓子发干。

他趿拉着拖鞋，从房间门口走到了吧台那里，打开冰箱，找水，没有，直接找到了一瓶冰镇啤酒，打开，喝了口。

润了喉，他手肘撑着吧台，看向江杨，声音哑哑地问："来比赛的？"

"对，主要是带他们来的，少年和青年组比赛，"江杨指沙发上的几个，"全是我徒弟。"

"小师叔好。"大家此起彼伏地叫，毕恭毕敬。

林亦扬随便地挥挥手，纠正他们："我早退球社了，这里没什么小师叔。觉得我年轻，叫句六哥，觉得我老，叫句六叔。"

江杨嗤笑了声："他们叫你六哥，你叫我什么？"

林亦扬一笑，没回答。

他又喝了一大口酒，和江杨对视，打量着彼此。

多年未见的兄弟，以为感情已经淡了，但在再见面的这一刻，才会发现，年少的感情，一起早晨五点起床在球房练球，七点背着书包，骑着自行车拼命赶去学校读早自习的岁月，都刻在骨子里了。

漂泊多年，再见同门师兄、挚友。

胸中灼烧的痛感，没有变。

林亦扬和江杨是同一年拜师的，差不多先后差了一个星期，是江杨先到球社，他后到。

那天晚上，他吃了一碗刀削面，下着雪，裹得和一个小粽子似的，自己骑着车，独自去了球社。他进门时，江杨正在拿着抹布擦台球桌，看到他，大概是意识到林亦扬想来拜师，没进去找老师，先走到他面前，比画了一下身高："这么矮啊？你爸妈同意吗？回去叫你妈来。老师收徒弟，要父母点头的。"

"我没爸妈。"小小少年告诉对方。

拿着抹布的江杨，彻底哑巴了。

这个妄图欺负他的师兄，叫江杨，和他名字最后一个字音同字不同。

那年，他二年级，江杨六年级。

这么比身高，实在非君子。不过小破孩的年纪，还不懂什么叫君子，什么叫绅士运动。

当然，那年在国内，这个运动和绅士基本无关，那时候一块钱一桌，台球厅给人最多的印象就是抽烟的、吵闹的、爆粗口的……他只是听说这个竟然有比赛，比赛有奖金。很好。

而他，林亦扬，最后还是成功拜师了，成为老师最后一个徒弟。

少年时，没成名前，大家在球社都互相起外号。

他是顿挫，江杨是大盗，吴魏是无所谓，范文匆是小贩，林霖是总总，陈安安因为名字像女的被叫安妹……诸如此类，不一而足。球社有几个老师，他们都是不同老师教出来的。他和江杨是贺老徒弟里最有天分的。大家常说，贺老找了六个徒弟，终于在收山时，找到了两个资质好的孩子，其中以林亦扬天赋最高，还是自己找上门的。

大家喜欢在十三岁这个年纪征战国内的职业组比赛。

在那之后，要是拿到名次，尤其是冠、亚军，互相就会开玩笑，尊称一声"爷"。

江杨先拿到冠军，是杨爷。到林亦扬这里，只好屈尊加一个"小"字，谁让两个师兄弟最后一个字是音同字不同呢。

"为什么来打九球？"林亦扬问江杨。

江杨是打斯诺克的，教了一群徒弟打九球，有点奇怪。

"是我收的徒弟，但是安妹在教。安妹早几年转了九球，这次家里有事，不能提前来。让我早点带小朋友过来。"

"不是四月比赛吗？"林亦扬记得没错的话，吴魏和殷果都是那个时间比赛。

"少年组和青年组在三月。"吴魏替江杨回答。

"哦。"林亦扬继续喝啤酒。

沙发上的小朋友们，翘首期盼着能和小师叔聊聊。

"你们聊着，我下去吃饭。"

林亦扬回到房间里，套上自己的防寒服，光着脚穿上运动鞋，拿着钥匙和钱包，径自从客厅穿过。只是在最后，看到孩子们齐齐盯着自己时，没太忍心，摆了下手，权当告别。

门被关上。

他在楼道里，慢慢地，走下楼。

出门两分钟，仍旧是那个拉面馆，他记性极好，记得那晚殷果吃过的面，配料加过什么。这个时间，人不算多，老板闲下来，坐到了林亦扬对面。

他们认识有一年了。

林亦扬会说日语，老板会说英语，互相一补充，每次都聊得很开心。

"昨晚那个女孩子，你带来的，很好看。"老板说。

林亦扬用筷子挑起面，笑了。

"她是，你第一次见到，就想认识的那个人。"老板四十多岁了，是过来人。

他没否认。

"是哪天？我是说，哪天认识的？"老板问。

"那晚，我睡这里的那晚。"

老板立刻回忆起来："暴风雪。"

那晚，暴雪满城。

他送殷果回到旅店，再回来这个公寓，发现自己根本没带公寓的钥匙。公寓里两姐妹被困在城市的另一端，也没回来。

幸好有好心老板收留他，让他在这里，在店里睡了一晚。

一个女孩，让他第一眼就想认识，二十七年来，仅此一个。

那晚，林亦扬帮她搬箱子到旅店的大门口，殷果对他认认真真鞠躬、道谢。在那晚，他睡在这间拉面馆里，脑子里反复都是她鞠躬道谢的画面。

朋友圈真是一个好东西。

殷果不知道的是，当她申请加他微信好友时，林亦扬刚进地铁站台。

看到她第一个朋友圈发的就是公开赛的报名介绍，他才知道放在三个行李箱上的那根球杆不属于弟弟，而是姐姐的。他怕地铁里没有信号刷不出来，在入站口待了足足一个小时，那一个小时里，在朋友圈里，获得各种和她有关的信息。

她更不知道的是，他在从华盛顿特区回纽约的大巴上，看了她多少比赛报道和视频。

她是一个……怎么形容？

如果说林亦扬自己是随心型的选手，那殷果就是丝毫不见失误，一上场仿佛失去了个人情绪的稳定大师。

这是多少次被击垮的比赛换来的？

他甚至能想象到她训练的日常，被高手磨炼打压，反复训练临场的心理素质。

在过去，林亦扬一直被球社的老师们称为天才型选手。

但其实他最喜欢的是殷果这种选手。

你知道她有天赋，但你更能看出她为此而做了多少努力。这种选手不管走到何种地步，都会被致以最热烈的掌声，因为"值得"。

大家都会由衷恭喜，因为实至名归。

漫长的十天。

林亦扬看了她运动生涯的所有资料。

昨天，他为了见一面殷果，改了三次车票，终于找到一个空隙时间，能约孟晓天去那间咖啡馆喝咖啡。可真看到殷果在眼前出现，他又不知道该如何开场了。

总不能说，我看了你所有的比赛，从小到大的，连带粉丝八卦的帖子全都翻看了。

也不能说，你有两场比赛的精彩程度，堪比大赛集锦，在那样的状态下，把你的对手换成我，我也不敢说能赢你。

更不能说，你哥哥孟晓东当初和我在赛场上遇到过很多次，各有胜负，算是天敌。你问问他，他一定记得我。

最后的林亦扬什么都没说，只是看着她从阳光里走入咖啡馆。

看她惊讶地停了一下脚步，看着她稳定心神，慢慢走到咖啡桌前，将背包斜挂在椅背上，看着她落座，才推过去一张餐单："看看想吃什么？"

比起聊天，还是请她吃东西最容易。

……

林亦扬收回心思，接着吃面。

"昨晚，你们在这里，你都没有和她说过几句话。"老板笑着。

"我过去……说话带刀，伤了不少人。尤其用手机，看不到脸说话，怕误会更多。"

当然，面对面也没好多少。

昨晚地铁上的对话，像是一场被人强行介绍的相亲现场。

"其实刚认识，还不了解。"他补充。

说的是殷果不了解他。

过去，现在，和未来，两人本该毫无交集。

面馆老板似乎很明白林亦扬的这种状态，笑着说："我太太，是我高中同学。在一段很长的时间里，我也没学会和她正常说话，后来，她告诉我她当时很委屈，认为我很讨厌她。"老板从伙计手里接过一碟芥末章鱼，放到他的面碗前。

老板最后教他："说你最真实的话，她会有感觉。"

* * *

殷果在球房里，在和苏薇练球。

今天不知在想什么，接连失手，被苏薇调侃了数次，问她是不是昨晚和赢了区域冠军的人共度春宵，以至于没了精神。起先苏薇说两句，殷果还笑笑不说话，被调侃的次数多了，她不得不澄清，自己和林亦扬的关系很一般。

甚至，殷果认为，在昨晚之前林亦扬是有点讨厌自己的。

苏薇当然不信。

殷果为了证明自己的话，给苏薇看了两人的微信聊天。

干干净净，清清白白。

所有的聊天记录，她都是好脾气，大段大段的自我介绍，频繁示好，拉拢关系想成为朋友。可全部对话都以林亦扬冷冰冰的回复收场，不是"不用客气"，就是"好说"，要不然就是扔过来一个表情，结束对话。

尤其在华盛顿，她感谢他招待表弟，也是冷冷一个"好说"加表情，她当时是真被伤到了。后来漫长十天，一个字都没交流过。

如果这样都能自作多情到，认为人家对自己有意思，那也太自我感觉良好了……

"我收回之前的话，"苏薇把手机塞给她，"你得罪过他？"
这也亏得殷果脾气好，要是苏薇自己，早放弃了。
殷果无奈笑笑："开始认识那晚，得罪了一点点。"

苏薇也累了，她建议两人一起休息十分钟，放下球杆出去吹风去了。
殷果独自坐在台球椅上，无所事事地翻着微信，突然想到，还没看过他的朋友圈。
她悄悄打开——
什么都没有，一条都没发过。
他是一个没有朋友圈的人。

*　*　*

林亦扬倚靠着拉面店的墙，掏出手机，打开殷果微信的窗口。
他把两人全部对话仔细研究了一番，从加好友到昨晚，一条没漏。该说点儿什么好呢？他一根指头压着空的小玻璃酒瓶，一圈圈转着，在思考着。

门外，穿着黑色棉服的江杨走到台阶边沿，半蹲下身子，对店里的林亦扬招了招手。隔着一扇玻璃门，老板在问："找你的？"
"对。"林亦扬把手机揣进兜里，放下餐费，草草套上外套，推门而出。
冷风里，他跳上两节台阶。

"我让教练来，先把小朋友带回旅店了，"江杨头一歪，指右边，"无所谓说，附近有个球房，走，去开一局。师兄弟见面，总要有个见面的样子。"
林亦扬想拒绝。
但不知怎么回事，或许是刚才正在琢磨怎么给殷果发消息，导致他心情还不错，起码比早上醒来时好上不少。
他没说话，点点头，和江杨肩并肩往右边的那一条街区走。

江杨掏出一个电子烟,打开盖子,把一小根纸烟插进去,加热后,深深吸了口:"说句心里话,你从小就让我佩服。我们那群人,只有吴魏一个人念书还凑合,他能读书到现在不意外,你能熬到今天,大家全没想到。"

江杨笑:"当初咱俩,都是倒着数的成绩吧?差不多全班四十个人,你能排三十吗?"

"初中?差不多。"他回忆着。

球社的孩子,成绩好的极少,那时有一部分是读不下去书,家长开通的,另择出路送到球社,要不然就是家里是干这个的,开球厅的,有这些条件和环境,直接入行的。林亦扬自己,在初中成绩不好。

高中退出球社后,受了刺激,没日没夜学。除了赚钱就是读书,苦是真苦。

包括过来留学这三年,他什么工作没做过?

第一年来,不让打工,就跟着华人巴士混,到处打黑工赚钱……

赚钱不易,连吴魏都念叨他,念个便宜的学校多好,非要去读学费贵的,不过嘀咕了两次也不再说了。因为吴魏也知道,他这也是赌气的一部分。

林亦扬两手插着裤子口袋,抬头,看远处的车来车往。

这十几年,他爬得辛苦,都是因为当初授业恩师的一句话:你林亦扬连家都没有,出了这个球社,没有了球杆,就什么都不是。

现在,他好好地站在这里。想是什么,就是什么。

拿得起球杆,也放得下球杆,怎么都能活。

"这些年,不容易吧?"江杨看自己这个小师弟。

林亦扬回头,笑得很轻松:"对我来说,会有难事吗?"

还和当年一样。

江杨被逗笑,又吸了一口烟,拍拍他的肩:"也对,对我们小扬爷来说,没什么搞不定的。"

林亦扬斜了眼他手上的电子烟。江杨了解到了他的想法,手从棉服兜里掏出一盒刚买的烟,连着打火机一起塞给他:"我换着抽的,当戒烟了。"

林亦扬低头,撕开烟盒的塑料薄膜,又觉得没意思,连着薄膜和烟盒,还有打火机,一道塞回了江杨的衣兜里。

"干吗?"江杨笑,"不像你了。"

"你多少年没见我了?"林亦扬反问。

两人说话间,进了球房。

老板看到林亦扬，先笑着掉头回去，拿了一个大冰桶，装了七八瓶啤酒，把冰桶放到他的面前，指里面的一个球桌。

林亦扬抱起冰桶，走向常去的那个球桌，放下桶，没挑球杆，先开了酒，灌了一口："这里随便喝酒，抽烟不行，收好你那个——"

他想说，娘炮一样的电子烟，忍住了。

"挑杆子。"他头一偏，指架子上的那些球杆。

林亦扬仰头，又灌了一口酒，放下瓶子，看江杨挑好了球杆，自己也不挑剔，直接拿起了最右边的那根。

江杨把九颗球在蓝色桌面上摆成了一个菱形。

林亦扬找到了那颗白球，就听到江杨顺口问了句："昨晚上，我看到无所谓发了个东西。"

林亦扬手一停。

"什么姑娘？哪国的？什么皮肤人种？"

林亦扬指了指自己的漆黑瞳孔："中国人。"

白球在手里掂了掂，又道："刚认识的，没吴魏说得那么玄乎。况且，"他从球桌侧，弯下腰，把那颗白球，放到了开球线上，"人家也不一定看得上我。"

"这么不自信？"江杨意外地笑了，指白球，意思是让林亦扬开球，"人要知道自己的长处，发挥长处。比如你，当然是色诱最省力啊，小师弟。"

林亦扬白了对方一眼，没再说话，俯下身，摆正球杆。

瞄准那个白球。

右手用力，击飞白球，啪的一声撞开了满桌彩球。不间断落袋的声音，一桌球只剩了三颗，最后连九球也滚到了江杨面前的球袋，应声而落。

九号球直接落袋。

开球一杆，就赢了第一局。

江杨吹了声口哨。

林亦扬站直了身子，拿起瓶酒喝了口，盯着桌上仅剩下来的两颗彩球，在琢磨。发什么消息好？和女孩聊天……是不是先要下个表情包？

　　殷果在吴魏的帮助下，和房东签好了短期租约，一直租到四月底。将近两个月短租，两间房。她在合同上也和房东约定了，孟晓天那间，一旦他们确定被录取，就续租一年。

　　搬过来这天，殷果主动请吴魏下楼，去那个拉面馆吃饭，感谢人家帮忙。
　　刚点了单，一盘芥末章鱼就被放到殷果面前。
　　老板对她笑了笑，用英语说："请你的。"
　　这么好？
　　"谢谢，谢谢。"殷果受宠若惊。
　　老板很快又去招呼别的客人。

　　"姐，"孟晓天无比羡慕，"你人缘真好……"
　　她也很蒙，问吴魏："你们是老熟客吧？"
　　吴魏摇头："林亦扬和老板熟，那天送完你，他回不去家，就在这里睡的。"
　　"真的啊……"表弟惊讶。
　　"是啊，我一开始也奇怪呢，"吴魏颇有深意地笑着，"突然说有急事要走，结果急事没办成，又绕到家里了。"
　　那天，吴魏的手机被冻到开不了机，本来想坐地铁回家，一夜停运十几条线路。他觉得太折腾，索性不回去了，在酒吧喝到嗨。大清早回来一看，人家小扬爷睡拉面馆了，也真是亏得林亦扬是朋友遍天下，怎么都能活。
　　不过吴魏后来一琢磨，那晚绝对有什么猫腻。

　　"那真是被我们拖累了，"表弟直接把责任揽上身，"扬哥啥时候还来？我带他撮顿大的。"
　　"下回啊？说不准，"吴魏似笑非笑，继续道，"他要念书，还要赚钱，自由时间不多。每次都来去匆匆的，一两个月打个照面。"

说完，吴魏又特地补充："放心，他来了也睡我屋，不打扰你们。"

殷果点点头。

原来林亦扬也住这里？那岂不是，以后会经常碰到？

自从那晚，两个人在半夜短暂聊过拉面馆，就没了交流。

一晃，都两个多星期了。

其间，殷果每次想到，都在琢磨，要不要聊聊天？

可又觉得自己这个想法是不是太殷勤了？

"你们可以谢谢他，"吴魏恰到好处地说，"房东肯短租给你们，他说了不少的好话。"

"要谢，要谢，"表弟附和着，"等扬哥回来的。"

殷果听着他们说，一边等着面，一边翻出微信，打开 Lin 的窗口。

小果：我们今天搬到公寓了，吴魏说，你帮着和房东说了不少好话。太谢谢了。

那边回得很快。

Lin：好说。

殷果见到这两个字，反射性地停住。

幸好，这次他自己先接了话。

Lin：我在上课，下课说。

Lin 发了个"咖啡"的表情。

小果发了个"愉快"的表情。

也许因为有点熟了，此刻看这个咖啡表情，还挺可爱的。

她暂放手机，拿起筷子，没留神夹了一大口芥末章鱼，全塞嘴里了。一股子芥末味儿冲上鼻子，眼泪唰地落下来。

两个男的一同看她。

"这芥末……好地道。"她流着眼泪解释。

丢人死了。真是。

吃了饭，屋子也收拾好。

一切该步入正轨了，比如训练。

吴魏知道她的心思，不用她自己提，直接让她拿上球杆，带她去了离公寓最近的球房。桌球在全球都不是热门运动，在这里也不是，所以本地球房并不算多，要找合适的也需要花心思。吴魏这个公寓当初也是林亦扬推荐的，就是因为紧邻着球房，方便他平时训练。

两人一进门，老板看到吴魏，热络招呼着。吴魏特地交代球房老板，是林亦扬的"女性朋友"，直接和老板预定了每天训练时间，留下林亦扬最喜欢的那个台球桌。

"林亦扬过去在这里打工，教人台球，所以和老板关系好，"吴魏给她解释，"在这里，他名字比我好用多了。"

"他在这里打过工？"

"对啊，你以为他富家子啊？"吴魏笑起来，"第一年留学的人，都不让打正式工。在这儿教教人台球，算是一个办法。"

一开始，她和表弟一样，认为林亦扬是个富家子弟，和郑艺差不多，学习好，生活平稳，各方面都很优秀。可吴魏接下来的话，却让她对林亦扬的印象彻底颠覆了。

吴魏大概讲了讲，林亦扬是如何从初中三十多名的吊车尾，到高中后铆足劲迎头赶上，吃尽苦头，到最后一层层剥皮，一层层往上追。在过去的十几年里，从他决定从头开始起，他从一个吊车尾到学霸，可以说除了桌球，几乎放弃了全部个人生活。

大学毕业，光是大小奖学金的存款就还清了高中全部借债和大学的助学贷款。

大学毕业回归赤贫，重新赚钱，再申请留学。

"林亦扬是我这辈子最佩服的人，我就服他，敢把自己往死里弄。"吴魏站在台球桌旁，把一个巧粉递给殷果。

殷果接过巧粉，轻轻抹着自己的球杆头。

吴魏看了一眼表："行，你练着，我打工去了。"

吴魏走后。

球房老板又特地来关照过一次，让殷果遇到有人骚扰，或是麻烦，不要客气，直接找球房的人过来解决。殷果答应着，对方又友好地拍拍她的肩，说：Lin 的朋友，就是大家的朋友。

好像，她一下子走入了林亦扬的世界。

这里每个人都和他有点交情。

她独自一个人练球到天黑。

这里步行回公寓就可以，所以今天多练了一个小时，恢复在国内的作息。到晚上，球房的人多了起来，老板还特地把她这个小隔间的门关上了。

但一个木门，挡不住多少外头喝嗨的男人们的吵闹。

欢笑和大声喝彩不断。

这点倒是和国内差不多，人多的球厅，都是这样。

小时候她为了练习临场心理素质，还被表哥孟晓东特地带去最乱的台球厅，满是烟雾，骂人的吵闹，表哥坐镇，把她扔在最里边的一个台球桌，随便拎过来一个小混混儿打球，这是常有的事。所以，现在外边的环境对她完全是小菜一碟，和舒缓音乐没什么两样。

不过自从表哥开了俱乐部，她就很少接触这样的环境了。

没多会儿，外面竟放起了华语歌，不是华人球房，放这种歌曲还是很让人惊喜的。这歌勾起了殷果一些儿时记忆，是《乱世巨星》？

她俯身，对着自己摆出来的一个角度刁钻的三个球，心里还哼着这首歌。

啪的一声，四个球冲向四个底袋，全部落袋。

今天手感不错。她一开心，哼起了心里的歌："天生我喜欢，傲慢做本性……天生我喜欢，用实力争胜，横行全凭真本领……"

门被拉开，走进来一个人。

她的视线恰好被桌球灯挡着，直起身，竟看到了他。

林亦扬。

嘴里哼着的歌，一下子止住了。

"唱得不错。"他一笑，把手里的啤酒瓶放到一旁桌上。

这个星期他为了能周末赶过来，过得十分匆忙，头发没来得及修剪，额前的头发险险挡住了眼睛，痞帅痞帅的。估计是打小在台球厅混出来的，他其实骨子里痞气很重，这些年收敛多了，藏得很不错。但有时候，不留神就会露出来。

比如，现在脱衣服的姿势。

他把手套放在墙边的台球椅上，脱下外套，里面是个黑长袖T恤、普普通通的牛仔裤……腿可真长，殷果冒出了这个念头。

她憋了半天，还是问了："你不是……在上课吗？"

怎么和从天而降一样。

林亦扬回头，撞上了殷果的一双眼。

"下了课过来的，"他尽量让自己避开她的脸，免得轻浮，"听说你在这里训练，顺路来看一眼。"

他说着，拍拍球桌："习惯吗？这里的球桌？"

每家球房的球桌产地不同，总会和殷果一直去的那家有点区别，他怕她刚来不适应。

"差别不大，"殷果指旁边的一个公共球杆，"我偶尔也用公共球杆，总要习惯的。"

"练多久了？准备回去吗？"他一手撑在台球桌旁，偏着身子问她。

"今天都是自己练的，"殷果对他示好地笑笑，"你要有空的话，陪我开一局？"

"我？"

殷果点点头。

他忽然笑了："不怕被我打哭？"

殷果蒙了一下："我……水平挺好的。"

起码是准职业选手，打不赢也不会哭吧。

"OK，"林亦扬拿起那根公共球杆，"我当你陪练。"

这些年，除了自己练球，就是赌球，教人打球。哪怕是教人，也是严苛教学，因为怕女孩被自己训哭，从不教女孩子。

所以，要让几个球呢？

他还是头回给人做陪练，要仔细琢磨一下。

殷果看着他拿起巧粉，擦着那根球杆，好像看上去不太愉快。

她本意是和他随便玩玩，以共同爱好拉近关系的，现在看，似乎强人所难了。

她抱着球杆，友好地对他笑笑："要不然，吃饭去吧？我忘了你刚下火车。"

"没事，不饿。"林亦扬说着，把袋子里的彩球一个个掏出来，丢上球桌。

找到摆球的塑料框，将彩球摆成菱形。

最后，把那一颗白球放到了发球线上，指了指球："五局三胜，你要有精神，十局六胜也可以。"

这气场，可真像表哥。

重放一遍的歌又到了殷果哼的那句："天生我喜欢，傲慢做本性……天生我喜欢，用实力争胜，横行全凭真本领……"

突然发现古惑仔的歌很配他，拿着球杆的他。

殷果收回心思，提着球杆，走到了球案一侧。

俯身，摆正球杆。

"想玩快球，还是稳着来？"她刚要出杆，林亦扬忽然问。

她被分散了精力，想了想："都行吧。"

"今年你们女子组，有一个夺冠热门是打快球的，"林亦扬建议，"我先陪你适应适应。"

她再次被分散了注意力，惊讶地看了他一眼。

他竟然熟悉女子组的选手？

不能再分心了，收心，收心。

殷果凝注那一颗白球，当她的视线里，出现那一颗白球开始，这就是一场比赛了。对手是谁都一样。

啪的一声，白球撞开彩球，四球落袋。

一个很好的开场。

这是她第一次和林亦扬打球。

因为不是正式比赛，也不赌球，所以是轮流发球。

第一局，她险胜。

第二局，林亦扬一杆清台。

第三局，她输了。

第四局……她明显感觉到林亦扬开始压着打，让自己赢了。

她又不是输不起。

现在第五局，轮到林亦扬击球。

桌面上，9号球在底袋附近，他只要击中4号球，很容易间接进球赢了这一局。

九球要赢，有三种方式。

第一种，按照顺序击落球，123456789，最后击中9号球落袋，赢。

第二种，击打桌面上号码最小的彩球，间接击中9号球落袋，赢。

第三种，开球一杆，9号球直接落袋，赢。

"你不用让着我。"这个局势给她打，她也能赢，他的水平不可能会失误。

林亦扬思索了几秒。

刚才他涂巧粉时候，都在思考要怎么放水才像真的，毕竟这个局势太好，不好作假。他借着球桌上的灯光，看殷果的样子挺高兴的，放心下来。

俯身，出杆，利索拿下。

殷果鼓掌致意。

林亦扬拉开门，去还了球杆，顺便结了今天的球桌钱。

殷果抱着自己的球杆桶跑过来，想要自己买单，被他用一只胳膊挡住，顺便，把她的球杆桶接了过去："远来是客，今天你第一次来，台桌钱算我头上。"

殷果还要争论。

老板已经笑着把钱推回给林亦扬，说算他的。

林亦扬和老板是朋友，没多客气，笑着寒暄了两句，带着殷果离开球房。

外面的温度比她来时还要低，殷果觉得天气预报说得没错，肯定又要下雪了。

"晚上，我在家里准备了火锅，一起吃吧。"她跟在林亦扬身边，往公寓走。

林亦扬答应着。

"其实我有个好朋友，和你是一个学校的，是校友，"殷果又说，"她是 Law Center 的。"

"你弟弟说过。"他回。

哦，好吧，你又把天聊死了。不怪我。

她原本想着，到家还有吴魏和孟晓天两个话痨，碰到一起，总会中和气氛。没料到，回到公寓，灯都没开，屋里黑漆漆一片。

桌上还能看到殷果离开前准备的很小一个锅子，还有没切的菜。

人呢？走之前还都在的。

她趁着林亦扬打开灯，去洗手的当口，掏出手机，追问孟晓天在哪儿。

天天：魏哥下午买了百老汇的票，带我来看剧了。

小果：你不是看过好几次了吗？

天天：没看全啊，这次刚好是我没看过的，又有人陪多好。每次我都自己来，姐你自己在家吃吧。

还好有林亦扬在，要不然这一桌白准备了。

她郁闷地放下手机："他们两个不在，你还想吃吗？"

林亦扬理所当然点头："吃。"

他说着，挽起 T 恤的袖子，拧开水龙头，把水池子里吴魏丢在那儿没洗的盘子都顺手给先洗了。殷果竟意外发现，他的右手臂有花臂纹身。上次在法拉盛穿的衣服厚，他袖口象征性挽着，也挽不了多高，所以没露出来——

好好看。

林亦扬察觉她在看自己，甩掉盘子上的水滴，拿起抹布，边擦干盘子，边回头看她。

殷果这才发现自己在干什么，忙转过身："那我去准备了。"

今天怎么了，一直盯着人家看。

殷果洗好菜，一盘盘切好，肉片没有，用肉肠代替。

火锅通上电，滚烫的水烧开。

林亦扬坐了火车过来的，路上奔波，身上不干净，草草洗了个澡。这里是他在纽约的落脚地，自然会常备几件运动服，换了运动服，走到殷果身后。全套运动服一穿，人瘦，脸也白白净净的，倒像个乖学生。

他刚才琢磨了一下，估计殷果看的是自己的手臂。其实图案不夸张，也没满，大部分都在右手臂内侧。只是可能对于女孩子……也许会夸张。

于是，他虽然觉得袖子卡在手腕上别扭，也克制了撸袖子的想法。

人坐下，在她右手边。

一秒的安静后，两人同时出声。

"你想先吃什么？"殷果是这样说的。

"要不要喝饮料？"林亦扬是如此说的。

……

"挑你喜欢的吃。"他答。

"酒吧。"她同时答。

两人又停住，突然都笑了。

这一笑反倒化解了微妙气氛。

"我去拿，你下菜。"他离开座椅，拿了酒回来，开瓶，倒满了自己的杯子。

酒瓶口悬在她的玻璃杯上，征询她的意见："多少？"

"倒满吧，"她回答，"我酒量很好的，而且第一次一杆清台，就是喝醉打的。"

林亦扬再次笑起来。

头次有人当着他的面说：我酒量好。

小麦色的酒液将杯子注满，她注意的却是倒酒的人。

他笑起来的时候真好看。而且笑和不笑差别很大，像两个完全不同的人，不笑时，帅是帅，但很难亲近，有股子漫不经心、瞧不起人的感觉；笑时却像个邻家大哥哥，那种小妹们一摆摆追在后边的大哥哥。

这一晚，两个人吃着火锅。水沸了就放菜，煮熟了就客气地谦让谦让。

后来殷果吃得尽兴了，会手撑着下巴，望着他说话，因为喝了几口酒，时不时大舌头两句，绕不清楚嘴里的话。

林亦扬晃了晃玻璃杯，盯着她看，时不时直接一仰头，喝光杯子里的酒。

酒量好的人，一瓶没喝完大舌头了。

而他，脚边已经放了至少六个空瓶子，还是清醒的。

吃到后半茬，窗外狂风大作，树枝被吹得弯成一个夸张的弧度。又下雪了。

"他们怎么回来，会不会地铁又停运了？"她有点担心。

林亦扬倒不当回事："两个男人，又不是女孩，在哪儿都能过一夜。"

也是。

锅里的东西捞得差不多了。

是要再坐会儿，还是起来收拾呢？

殷果不由得看了一眼他，蒸腾的水烟白雾里，他真像那晚，瞳孔漆黑，直视自己。那晚是她第一次以那样近的距离和男人对视，当时吓了一跳，只想着猜他是哪国人……

林亦扬弯腰，捞起地板上搁着的半瓶酒，示意性地对她抬了抬瓶口。

这是在问她，还要不要了。

"我不要了，你喝完吧。"殷果站起身，把盘子都摞在一处，是准备收拾的架势。

"放这儿，"他说，"我还没吃完。"

他是想，自己来收拾，只能找这个借口。

但锅里确实也没什么东西了，他拿着筷子，象征性地在水里划了两下。

估计没吃饱，也不好意思说吧？殷果想。

下次要多准备点菜。

那天晚上，满城暴雪。吴魏和表弟混在酒吧里，没回来。

三月份的纽约，冷得像十二月的大东北。

屋里的暖气却热得吓人，比旅店热多了。她睡到半夜，闷得不行，喉咙发干，从床上爬起来，喝了床头的一杯水，想去洗手间。

本以为林亦扬睡了，没想到打开门，他独自坐在客厅里，在餐桌那里上网，因为外面没开灯，全部的光亮都来自他笔记本电脑的屏幕，一下子就把她的注意力吸引过去了。

"你还没睡？"她惊讶。

他第一个动作就是扣上电脑："电脑太亮了？"

很好。

这下屋里完全没光了。

"不是，没有。我是要去洗手间。"殷果一步一探，向前摸索着。

她刚来第一天，不熟悉屋里的结构，要回忆下开关在哪儿。

啪的一声轻响，满室明亮，林亦扬帮她开了灯。

在满室灯光里，她看清林亦扬早就换了身衣服。估计也是因为太热，他脱了外衣，只穿着运动短裤和半袖上衣，也因此，晚饭刻意遮挡的纹身全露了出来。

林亦扬看她又盯着自己的右手臂，探手，把沙发上的运动服拿起来，草草套上。

殷果趁机跑去洗手间。

照了照镜子，真邋遢。

她睡觉前解开了头发，因为太热，翻来覆去地在床上折腾了太久，及腰的鬈发乱七八糟地散在肩上。难怪很少有男女混租，乍一当着外人面跑进洗手间，确实难为情。

还好她穿的不是睡衣，而是运动服。

她对着镜子懊恼地做了个鬼脸，先洗了一把脸。

再出来，林亦扬已经收拾好了电脑，电源线也绕了起来，看样子是要回房睡了。

殷果挥挥手，小声说了句"晚安"，一溜烟从客厅跑回去。

房门刚关上，下一秒，她再次打开，探头出来："你接着写，吵不到我。我其实也睡不着，要玩一会儿。"

他看着房门再次撞上，轻轻呼出了一口气，右手揉了揉脖后，僵了大半宿，很酸。

他不自觉，再次看那扇门。

殷果躺回到床上，玩着手机。

外边似乎没什么动静。

门缝下，能看到客厅里的光还在，在写论文了？

手机里突然跳出林亦扬的消息。

Lin：说个事儿。

小果：嗯。

Lin：我答应你弟弟，明天带他去个地方。

小果：去吧，不用特地和我说，他一直单独活动。

Lin：吴魏也去。

小果：哦，好。

Lin：我们都走了，你留家里有没有问题？

当然没有，又不是小孩。

小果：没问题，反正我下午要训练，也不在家。

Lin：OK.

没下文了？

门缝下，客厅的光也灭了，估计是去睡了。

殷果盯着两人的聊天框，好像，少了点儿什么。他怎么不发咖啡表情了？

人果然不能养成习惯，任何一点点习惯被打破，都会不自在。殷果握着手机，闲极无聊，扒拉到郑艺的微信，和她聊起了她和林亦扬的母校，郑艺一听到林亦扬是个穷学生，异常惊讶，连着感慨了好几句，真是牛 × 闪闪的男人，最服这种靠自己的。

突然，跳出一个消息提示。

Lin 发了个"咖啡"的表情。

她的心，竟也跟着跳了一下。

没来得及回，郑艺又发来一段话。

郑艺：我母校有个特色，因为是教会学校，不给你领免费tt。别的学校都有，哎。

……

看到这句话——

她真是，都没法正常回复林亦扬了。

＊　＊　＊

林亦扬靠在冰箱旁，在想，自己表达是不是有问题。

难道她没听出来，是想约她出去？

她没再回那个"愉快"的表情了，不是很习惯。

他靠在那儿，无意识地敲了两下冰箱门，决定不再想了。他从冰箱里捞出一瓶罐装咖啡，趿拉着拖鞋，抱起笔记本电脑，回卧室接着干活去了。

＊　　＊　　＊

这回的雪停得快。

表弟早上回来，补觉到十一点，打起精神换了身干净衣服，跑到殷果的房间里，热情邀请她和他们三个去切尔西市场。

表弟的理论是，午饭总是要吃的，自己吃，不如大家凑个热闹。

殷果想想也对，换了衣服，从房间出来。

林亦扬和吴魏在厨房吧台那里，在等他们，看到殷果被拐出房间，吴魏的脚在吧台下，暗示性地踢了林亦扬一脚。

林亦扬没搭理他，反倒问殷果："准备几点回来练球？"

"三四点吧？"她琢磨着，"吃饱一点的话，晚饭不用吃，可以一直练到八九点。"

他点头，大概在心里有了谱。

中午前，他们到了切尔西。

一整个市场从头走到尾，全是吃的，你站着吃端着吃坐着吃，在拍档外吃，在店里吃全都可以。林亦扬轻车熟路，把他们带到海鲜自选的店。店里全是一个个冰柜，环绕的是生鱼片、寿司什么的，当中都是存放海鲜的柜台。

大块的白冰上，摆放着虾、海胆、生蚝、牡蛎，等等。

表弟一直爱吃生蚝，站在生蚝柜前，看着三四十种生蚝，盘算着自己的钱包负荷程度。林亦扬直接拍了一下他的后背："先买四打，我请客。"

他让殷果拿着切好的海胆，去小桌子那里等，从钱包里掏出钱塞给吴魏，让他跟着孟晓天买他想吃的小东西，他自己则去了龙虾的摊位。

光是海胆和生蚝，已经堆满了桌子。

"太挤了，太挤了，"吴魏主动把海胆放到临窗的长桌上，那里坐了一排的人，刚好空着两个位子，"殷果，你去坐窗边。"

殷果没多想，跑过去坐了，顺便给林亦扬占了一个位子。

林亦扬端着两只龙虾回来，先放到了殷果面前，掉头走，没多会儿回来，又是两只。

孟晓天笑着说："谢谢哥。"

"你扬哥大方吧？"吴魏笑呵呵地表扬，"他最大方了。"

好家伙，生蚝一人一打不打折，龙虾一人一只，再算上海胆、海虾。

我的小扬爷，您这泡妞规格可真够高的。

一个月伙食费没了吧，不过您也能赚，可劲儿造吧。

林亦扬坐到殷果身边，手机振动了一下，低头看，是吴魏。
无所谓：你要敢说对人家没意思，我把脑袋给你掰下来，踢着玩儿。
他没回。

殷果刚吃了一口海胆，林亦扬又走了。
再回来，是给四个人买了热的海鲜汤，怕他们吃得太生冷，会肚子疼。
吴魏和林亦扬从小到大的情谊，从没觉得这位小扬爷有如此爱心，被照顾得内心疯狂流泪。果然男人要长大，首先，他要心里有人。

林亦扬落座，发现殷果连吃了几块海胆，没碰生蚝，就把其中一打生蚝拿去换了吴魏那桌的海胆，放到殷果手边。
"你不吃吗？"殷果问坐在自己右侧的他。
林亦扬拿起一个生蚝，示意自己在吃。
殷果对他笑笑。

他看她用叉子在叉龙虾身子，顺手就把两只龙虾的钳子都掰下来，丢到她面前的盘子里。
林亦扬想说的是：钳子的肉最嫩最甜，身子的肉老，不好咬，所以让她吃钳子。
不过话到口边，就变成了："先把这个都吃了。"
殷果不觉得有什么，猜他可能觉得钳子小，吃起来麻烦，所以给自己了。

她拿了叉子，开始分解第一个钳子。男人吃东西倒没她那么秀气，拿起面前的龙虾身子，两三口就吃完了，殷果刚开始分解第二个钳子。
于是，他速度也减下来，慢悠悠地喝着海鲜汤，慢悠悠地往生蚝上挤着柠檬汁，再一个一个，当消遣地吃着生蚝。
吃一会儿，再玩一会儿生蚝壳。

女孩吃东西慢，他过去不太耐烦，哪怕和小师妹们在一起也是，吃完就走。
不过从昨晚开始，觉得慢悠悠吃东西也好，可以充分了解她的口味爱好，还能顺便说说话。他食指戳着生蚝壳，慢慢在桌上打转，和殷果聊起了过去的暴雪。
顺便，听着斜后方吴魏和孟晓天的嘀嘀咕咕。

后边两人在聊附近有什么好玩的，吴魏介绍这儿附近有个高线公园，一个废弃铁路桥改造的空中公园，旁边有个艺术馆也挺不错。

孟晓天提不起兴趣，公园有啥好去的。

吴魏压低声音："你走在公园上，能看到一个酒店，所有房间都是落地窗，跟一个个小玻璃盒子一样。"

不就是酒店吗？漂亮成花了也就是酒店啊，表弟一脸莫名。

林亦扬大概猜到，吴魏接着会说什么了。

他好笑地喝了一口海鲜汤。

他们说的是 Standard Hotel。

因为一个个房间和玻璃盒子一样，你站在公园仰头看上边的房间，能看到情侣在房间里做一些爱做的事。大家保持默契，不拉窗帘，还喜欢一边表演，一边和酒店下，走在公园里、仰头看的游客打招呼。

这算是一种情趣，也不一定天天有，运气好就能看一场。

上回林亦扬和同学过来，是一对情侣，两人听到林亦扬讲这个典故，立刻兴奋了，当场上去开房，不拉窗帘做了一场。

当然他没看，自个儿跑到艺术馆旁边喝咖啡去了。

小伙子血气方刚，喜欢这个，两人交流完，在五分钟之内消灭了所有海鲜。说要去逛公园，当即跑了。殷果惊讶地隔着玻璃，看着两个大男人勾肩搭背走了："公园很好玩吗？"

那公园不是在高架铁路上吗？这么冷的天气上去吹风？

林亦扬抽出一张餐巾纸，擦着手，看了眼手机："风景不错，看看也挺好。"

手机里，又是吴魏的消息。

无所谓：灯泡弄走了啊，哥哥给你指一条明路，这里是泡马子圣地。

吴魏发来了一张定位图，定位了一家店。

林亦扬对这里很熟，大略一扫就知道是哪家店，干什么的。他把手机揣进裤子口袋，继续转了两圈生蚝壳。

忽然，停住，若有所思地看她。

殷果本来在喝海鲜汤，发现他这种神情，以为是自己吃得慢了，他也想去逛公园，端起纸碗，灌下去两口，胃里暖和舒服了。

她抽出纸巾，擦干净嘴巴："我吃完了。"

"你——"他看着她。

殷果回视，一秒，两秒，三秒……

是有什么要紧的事，这么严肃。地铁停运了，要打车回去，打不到，走回去吗？还是房东突然反悔了，不想租房子给自己了？

"想吃梦龙吗？"他最后问。

欸？

"这附近有家 DIY 梦龙店，"林亦扬解释自己的话，"很近。"

竟然有定制店？殷果眼睛立刻亮了。

果然，女孩都喜欢这个。

他刚刚在犹豫，是怕她刚吃完生冷食品，再吃冰激凌受不了。后来转念一想，那个地方情调大于食用，不用吃完，拍个照也不错。

其实不用吴魏发给自己，他去过一次。

就是那两位在酒店里做了一场的，尽兴了，非要来点纯情浪漫的约会，跑去了这家店定制了一模一样的冰激凌，卿卿我我吃着。林亦扬喝完咖啡，找到那家店，真是全程冷漠脸，还想着，这么一家店，没几个椅子，人稍微多几个就要站着吃。就为了吃根雪糕，至于吗？

不过一看殷果这雀跃的小眼神，倒改观了。

不过仅仅在二十分钟后，他再次对这间店有了新认识。

在寒风里走了近二十分钟，却仅仅找到一个内里空荡荡，没有任何工作人员的空店。

两人面面相觑。

"我问问吴魏。"林亦扬背过身，给吴魏打了个电话。

那边的人一听说店铺关了，才反应过来："我忘了，十月关的。我这边儿也没看到东西，大冬天的全不爱活动了……你们哪儿呢？我一会儿带她弟过来。"

"一会儿地址发给你。"

林亦扬挂断电话："关店了。"

他掂着手机想了几秒，又说："跟我来，找个避风的地方等他们。"

两人继续沿着 SOHO 的街道走，七拐八绕地找到了一家餐厅。

林亦扬径直带她走入。现在不是营业时间，老板一个人坐在吧台后，正在看棒球比赛的转播。

林亦扬敲了敲吧台。

老板一回头，看到是他，马上笑了："这周过来了？"

"对。想吃个下午茶，帮我做个冰激凌，和梦龙定制那种差不多的。"

"没问题。"

林亦扬带她去位子上休息。

没多会儿，老板挖了一大块冰激凌过来，还拿着几样工具。

林亦扬则去外面买了点儿配料，是一包可食用的干玫瑰花瓣，还配了红色的莓果干，交给老板。香草冰激凌，浇上白巧克力外壳，撒上林亦扬带来的配料。

最后，老板还特意浇上黑巧克力酱，将盘子推到殷果面前，友好一笑。

"谢谢。"殷果礼貌道谢。

"不用客气，反正这小子会付钱。"老板笑着拍了拍林亦扬的手臂，问他看不看道奇队的比赛，有现场票。林亦扬摇头，苦笑拒绝了，临近毕业实在抽不出时间看比赛。

对方瞟了一眼殷果，笑着又说："我去看电视，你要什么直接过来。"

等到人离开，她轻声问："你朋友？"

"球房认识的，一个退役的棒球选手，台球也打得不错。"林亦扬边说着，边把这里地址发给吴魏，从隔壁的桌子上拿了酒单过来，翻看着。

殷果慢慢吃着冰激凌："马上毕业了，你不忙吗？"

"还可以。"他回。

事实是：忙疯了。在华盛顿合租的同学，听说他这周要来纽约，全都露出了一副"林亦扬疯了"的表情。

她吃了两口，又好奇地问："你以后留这里，还是准备回国？"

是回去，还是留下，他一直没想清楚。

但……他对着面前的女孩，迟疑了几秒，又收回了心思，想得太多不好。至今为止，他对她的感情生活还是一片空白，有没有男朋友都不知道。

"还没想清楚。"他如此答。

"考虑打职业比赛吗？"

"我？"林亦扬自嘲一笑，"没想过。"

从没想过再回到过去。

可在殷果看来，以林亦扬的水平，不打职业比赛可惜了。

于是她好心建议："我觉得，你可以试试打职业比赛。"

他合上酒单，丢回隔壁桌："很多人都不参加国际大赛，只打区域赛，你知道为什么吗？"

她摇头。

在中国没有区域赛这种说法，她自然不知道。

"有的是对世界排名没爱好，有的是不适合大型比赛，心理素质不够，"林亦扬把甜品单拿来，翻看着，"我也一样，到大赛就掉链子，根本登不上台面。"

"怎么可能。"她笑。

"怎么不可能？"林亦扬笑着反问。

他知道，两个人想要相互了解，必然会说到过去。

而殷果的哥哥是孟晓东，哪怕她现在还没意识查问自己的过去，未来的某一天，孟晓东也会告诉她——林亦扬是个什么人。

什么人呢？他也不知道。

殷果一时想不到能接的话。

"甜酒喝过吗？"他似乎想到了什么。

这里有一瓶甜酒，还是他上次来的时候店主开的，不知道还有没有了。

她摇头："好喝吗？"

"就是酒，不过都是印在甜品单上的，不在酒单上。"

殷果跃跃欲试，笑着点头。

他合上单子，起身去问那个看比赛的男人要酒。

没多会儿，端回来一杯，放到她面前，细长的玻璃杯身，褐红的酒液。

"有多甜？"她两手趴在桌上，闻了闻。

"不甜，"他在上个月开酒时，尝过一小口，"存了二十多年的古董甜酒，很冲。很幸运，这是最后一杯。"

酒这种东西，每瓶都有差别，尤其是有点年代的，开一瓶喝完，这瓶酒就永不复存在了。

不分贵贱，能喝到就是独一份的运气。

她又闻了闻，在他鼓励的目光里，缓缓喝了口。

嗯……确实好冲。

好烈，烧喉咙，但确实够厚。

她缓了口气，想着难得来喝一次，又是这瓶酒的最后一杯，还是勉力，继续喝着。

吴魏他们进门时，看到殷果和林亦扬相对坐着，殷果在喝着一杯酒。

这颜色，这杯子，吴魏怎么看着怎么眼熟，一坐下立时记起是什么了。店主给人喝酒是分杯子的，这种杯子专门装古董甜酒。

"这酒好，开一瓶少一瓶。"吴魏笑呵呵地介绍。

得，吹个风的工夫，您这一个月伙食费又没了。自己吃一刀一块的比萨，给人家喝三百刀的古董酒，你要再说对人没意思，我跟你姓……

吴魏坐下，面不改色地掏出手机。

无所谓：你没事儿给人喝古董酒干啥，锔贵，人家也不懂。

林亦扬一看是吴魏发的消息，都没点开看。

殷果慢慢喝着。

虽然喝着冲，可吃完海鲜喝这个，极暖胃。

孟晓天张罗着，要请大家，对面两个男人不约而同要了最便宜的香槟。杯子摆在桌上，其实差别不大，唯独殷果那杯的酒液颜色深。

林亦扬出门前问过她练球的时间，看差不多了，留了吴魏和孟晓天继续在SOHO这里玩，他先把殷果送到了球房。

还是那个单间，拉上一扇木门，能隔绝外面的视线。

不过林亦扬今天没办法陪她了，要回去学校："这里不太平，鱼龙混杂，总会有闹事的，"他说着，拍了拍球桌，"都知道这桌子是我的，有事，随时找我。"

她"嗯"了声。

有种被人罩着的错觉。

面前的男人似乎还想说什么，她在等着。

林亦扬看着她，张口，却是招呼门外，叫了老板十四岁的儿子来，他从钱包里掏出了一张纸钞，递给对方，低声耳语了两句。少年答应着，跑出去了，没多会儿，提着两个纸杯子装着的拿铁咖啡回来，递给林亦扬，顺便还为他们关上了门。

她诧异："早说你要喝……应该我请你了。"

感觉从今天睡醒，就在吃吃喝喝，林亦扬这个人太客气了。真的。

他举了举自己的纸杯："是我想喝，顺便给你带了一杯。昨晚通宵论文，有点困。"

昨晚他通宵了吗？

她还记得后来客厅的灯光很快没了，难道是回了房间。

殷果还在分神想着，他已经把纸杯递过来。

她随便接过，没留神，握在他的手上。

她吓了一跳，猛收回手，抱歉笑笑，窘得说不出话。

林亦扬也不太自在，清了清喉咙，笑着说："还要赶火车，走了。"

他把纸杯子搁在球桌边沿，那只被殷果握过的手，斜插进了长裤口袋里，一把拉开了门。

门外，每张球桌旁都有人。

有些认识他的，高声招呼着，林亦扬回应了两句，在关上门之前，认真叮嘱了一句："下周我不过来了，还是那句话，有事随时找我。"

"嗯。"看着门被关上，殷果舒了一口气。

她绕着球桌，从袋子里一个个掏球。

外头，是音乐声，还有人酒后的吵闹，还有从门缝里飘进来的炸鸡香味。这些都不是她在意的，她想听的是，他是不是已经走了。

好像还在，在和老板说话，还有其他人。

很快，大家都在和他说着再见，热闹寒暄的声音渐渐散了。

林亦扬走了。

她从球杆桶里抽出球杆，将彩球摆成菱形。

手摸在球桌的绒布上，她慢慢静了心。好了，开始训练，不要再分心了。

可惜今天的训练效率不是很高，她在球桌旁打打停停到了七点，也没太进入状态。最后，只好暂时停下，在考虑，要不要专注练一个小时跳球。

语音通话的提示音打断了她，是陈教练的电话。

这个教练是俱乐部里负责九球的，更多是管女生这里的日常生活和训练。这一次殷果来比赛，私人行程提前了两个月，所以教练没有先跟来，但每天还是定时要和她通话，掌握她训练的情况。

殷果接通电话后，两人没多废话，从训练进度聊起，到今天的任务完成程度，再讨论了一下明天的主要训练方向。

　　十几分钟谈完工作，陈教练口吻放轻松，笑着问："我看新闻，你那里又下暴雪了？"

　　"下了雪，不过已经停了。"

　　她很难得和教练聊私事，但今天特别想问："教练，你听过吴魏吗？这届公开赛的选手。"

　　"参赛名单上见过，"陈教练说，"不过他没参加过九球比赛，了解不多。"

　　他们的俱乐部里，打什么的都有，九球、中八、斯诺克一应俱全，各路高手，各路冠军，教练也配了七八个。此时，那帮教练全聚在健身房里早锻炼。

　　其中一个斯诺克的教练听到"吴魏"的名字，接了话："吴魏是东新城的，资质不错，就是这两年没怎么比赛，还没在世界排名上。"

　　"林亦扬呢？林亦扬听过吗？"殷果紧跟着问。

　　有人在笑。

　　陈教练索性开了免提。

　　九球男子组的付教练说："这孩子我记得，打斯诺克的。他拿冠军那年，我老婆是裁判。"

　　"他打过职业？"

　　"打过啊，不过是好多年前了。"

　　殷果惊讶："是什么比赛出来的？最好成绩是什么？"

　　"冠军，第一年露头就拿了冠军。你哥和他是同期出来的，你可以问你哥。"

　　殷果停住。

　　"十几岁的事儿，你让她问孟老六，肯定不记得了，"陈教练知道殷果怕表哥，笑着在电话那边打圆场，"他哪个球社的？没听过啊，还比赛吗？"

　　"退了十多年了，也是东新城出来的，"付教练忽然记起来，"我们前天来了个新教练，就是那个球社过来的。等着，我给叫过来问问。"

　　电话里暂时没了声音。

　　很快，新教练被叫来，一听是问"林亦扬"，笑起来："贺文丰，贺老你们知道吧？"

　　谁会不知道。业内最受尊敬的教练，虽然正式收的徒弟不多，但曾是许多人的启蒙老师。殷果家俱乐部里的好多高手，一说起启蒙老师都是贺老。

　　新教练接着介绍："林亦扬是贺老的关门弟子。不过我没见过他，我进去得晚。

都说这位是个天才，但也挺浑蛋的，谁都压不住的那种。"

新教练又简单说了几句，大意是：林亦扬这个人少年时代特别狂，把授业恩师气得不轻，最后卷铺盖走人了。可小一辈的师兄弟们又都和他关系好。当年贺老还没退休时，大家不敢当面提。后来贺老退了，这一辈当家做主的人是江杨，他是林亦扬的正牌师兄，在球社里绝不准人说林亦扬的一点不好，渐渐地大家也就不再提十几年前的事了。

东新城里的人提到林亦扬仍旧是一句六哥，一句小扬爷。

"你要真想了解他，我可以给你问问杨爷。"新教练提议。

殷果一听到要问江杨，马上缴械投降："不用不用，不用特地问。还有，你们千万不要告诉我哥，我打听过他们。"

江杨可是表哥的死对头，还是不要找骂了。

电话匆匆收线后，殷果还是不满足于听到的这一点点信息，试着在网上搜索他。

有人点评东新城球社的人，密密麻麻的一行行的名字里有一个林亦扬；也有人记录那几年国内的大赛，列出冠亚季军的名字，十几个里边会有一个他。除了这些老旧网页里的一个"林亦扬"之外，再无多余介绍，连照片都没有。

林亦扬这个名字，早被大家遗忘了。

国内这么多运动项目，热门的很少。在冷门项目里，有成千上万的运动员奋斗着，只要没在世界大赛上闯出名堂，就很少有人去关注。更何况林亦扬夺冠是在十几年前，想要留下点痕迹都很难，不像现在，很容易在网络上留下印记。

一想到江杨是他的师兄，这种成败的落差更大了。

他们两个是同一个老师教出来的，现在一个在世界排名前几，另一个在国内却连资料都没留下，除了东新城球社内的人，没人会记得他，提到他。

殷果关掉搜索网页，打开林亦扬的微信，盯着看了足足半分钟，想说点什么，最后还是关掉了。可又有一种无法克制的表达欲，想要做点什么事，说点什么。

最后找到下午拍的一张古董甜酒的照片，发了一个朋友圈。文字编辑半天，全不对味，翻来覆去也只写下：忘了问年份。

这个时间，国内众人都醒着，留言、点赞不断。

她没仔细看，心神不定地退出、进入，如此几次，才点开留言提示。

手指突然就停在了屏幕上，那里，是一条简短的留言——

Lin：你出生那年。

又有新留言显示，再刷新。

Lin：我是说酒。

如果问她什么时候发现自己对林亦扬动了心思，那一定是这一天，在这间小球房里。

她在嘈杂的吵闹声里放下手机，又按捺不住地举起，如此反复多次也无法克制自己想要再读一遍的念头。读完，还想再读。

似乎读出点什么，又怕自己在自作多情。

＊　＊　＊

林亦扬在回华盛顿的火车上。

他靠在座椅里，盯着头顶的旅行架看。他发现，自己对殷果已经不只是想要认识，想要了解那么简单了，他从踏出那间球房开始，就想着要回去几分钟，再和她多说两句话。比方说，问问她，球房门口有家炸鸡不错，要不要试试？

他都被自己的无趣逗笑了。

或许是小时候太穷了，穷得没什么生活情趣，穷到至今为止都觉得吃东西是世界上最幸福的事，能吃饱，能变着花样吃饱，是他小时候的心愿。

他偏过头，看着车窗玻璃上的自己，手指轻拨了拨额头乱糟糟的头发，看看自己的脸，虽不如十几岁了，但还不错，能看。

在信息如此发达，联系如此便利，人和人之间能轻易发生任何关系的年代里，他，林亦扬喜欢上一个女孩，却裹足不前，不敢问她到底有没有男朋友。好不好笑？

是不想问，是因为在意而慎重，是……

怕得到一个不好的答案。

他听到了一声微信提示音，回了神。

他对手机里的人都设置了免打扰，唯独对殷果没有。所以微信只要一响，肯定是她。

殷果发来的东西是一个餐厅的定位截图，在布鲁克林大桥旁，是一家餐厅的地址，离那个网红的旋转木马不远。

Red Fish：这家你去过吗？

布鲁克林他经常去，但这家还真没试过。

Lin：没，你想去？

Red Fish：下次你回来，我请你。我闺蜜喜欢吃意面，扫荡了很多地方，说这家的龙虾意面最赞。不要拒绝，更不要说你来请，有来有往才是朋友。

列车刚好停靠在了小火车站旁。

有人下车，有人上车，林亦扬独自一个靠在第一排的车窗旁。他把左臂倒背到脑后，垫着自己的头，眼睛目倒映着屏幕上的字，笑了。

慢慢地，打出了一行字。

Lin：OK.

*　*　*

她把手机收起来。

淡定，只是为了回请而已。

当天晚上，殷果拐着弯、找了个不易被拆穿的借口，和好友再次确认了餐厅地址，两人开着大众点评，翻看菜单，挑了几样菜，连红酒都敲定了。

她把这些记到备忘录里，只等着林亦扬回来。

一天天临近公开赛。

殷果把自己的训练时间表进行了调整，从下午集中训练四小时变为上午三小时、下午三小时的每日六小时集训状态。孟晓天知道她要比赛了，也不敢打扰，约了几个新朋友在周三去了西海岸，说是要两周后回来。

到了周五晚上。

她七点多从球房训练完，在路边的店里买了份西班牙拌饭，吃完八点，回到公寓。

在掏出钥匙开门时，她听到房间里有笑声，似乎还不止一个人在，估计是吴魏的朋友，没多想，掏出钥匙打开了公寓的大门。

走进去时，她却忽然停住了，惊讶地看着咖啡色沙发上坐着的男人。

沙发里，江杨正端着一杯刚泡好的咖啡，喝到半截，他看到门打开也自然望过去。视线里，出现了穿着白色防寒服、背着球杆桶的殷果。

他在脑海里很快搜索出这个女孩的身份，也觉得不可思议。

范文匆本是在猫腰找吃的，听到门响，抬头回望过去，不认识。

殷果干笑着对江杨点头："你好。"

江杨还没想透彻为何会在这里见到殷果，但已经礼貌地笑了："你好。"

殷果在两个大男人注视的目光下，友好地点头，进了自己的房间。

范文匆困惑求证于江杨，江杨一笑："是孟晓东的妹妹。"

孟晓东的妹妹？范文匆以为自己穿越了。

洗手间的门打开，吴魏是听到了殷果回来的动静，急忙忙打着赤膊从洗手间出来，没见到殷果，反倒被这两位大男人齐齐盯住。

"解释一下吧？"江杨用下巴指了指殷果的房门，"怎么认识的？还住一起了？"

"和我没关系，"吴魏拿起一件半袖套上，坐到江杨身边，压低声音，"顿挫那个。"

两个男人再次被颠覆了世界观。

"有谱没谱？"江杨扫了一眼紧闭的房门，询问殷果和林亦扬的关系。

"开玩笑，会没谱吗？"吴魏对林亦扬信心满满，"你见我们小扬爷怂过吗？"

江杨一笑。难说，看他那天在球房提起这姑娘的状态和语气，明显是先动心的那个。当时江杨还想着是何方神圣，没想到，真是没想到是殷果。

可真是狭路相逢，躲不开的缘分。

当年，林亦扬出道时，连着打了三届职业赛。那三届最热门的夺冠选手就是江杨、孟晓东和林亦扬，他们三个人实力不相上下，谁也不服谁。三届比赛的冠亚季军也是轮着来的，一人拿了一届冠军。总成绩来说，林亦扬当时最好，一个冠军两个亚军。

江杨是个理智的人，对于他来说比赛输赢都正常，毕竟三个人实力旗鼓相当，只看临场发挥和运气，赢了不代表一直赢，输了也不会一直输。可对孟晓东来说，这个结果就很让人挫败了。孟晓东家里是开台球俱乐部的，怎么能输给林亦扬一个突然冒出来的黑马？

两人当年狠狠较劲了三年，要不是林亦扬突然退社，估计能一直鏖战到今天。

江杨再次看了一眼紧闭的房门。

小师弟，你也太会挑了。

房间里，殷果困惑不已。

江杨不是打斯诺克的吗？怎么过来看九球比赛了？

她坐在暖棕色的床铺当中，一边打开笔记本电脑，一边凝神听外头的动静，想等到这两个客人走了再出去。

时间推移到八点半，貌似外头安静半小时了。

她光着脚下床，悄悄趴在门上听着，确定了自己的想法后，拉开这扇门。

客厅里，竟然全是人，比先前还多。

东新城这次来公开赛的人全到了，之所以没动静，是因为范文匆在门外全叮嘱了，屋里有个"重要人士"在睡觉，不许出声。于是大家很有秩序地坐在沙发上，打着无声电玩，吴魏拿出来一盒象棋，给他们，围在一起下着。

吴魏无聊，和范文匆在下跳棋。

带队来的陈安安，也就是现在转到九球的，算是这帮孩子的老师，刚进门，在暖气旁边烤着手，和江杨小声说着话。

总之，客厅里的全貌就是一场大型娱乐现场，被消音的。

殷果乍一打开门，又变成了一场群体围观事件。

一个熟悉的身影从对面的屋子出现，林亦扬右手拎着一套干净的运动服，看上去风尘仆仆，没睡醒的神态。他是打算趁着殷果在睡觉，去冲个澡，精神一下的，这猛地瞧见她，脚步一顿。殷果和他遥遥相望，拼命在脑海里回忆今天是星期几。

两人一个立在东面房门口，一个扶着西面的房门，中间隔着满客厅的人，还不出声，神色各异，老一辈在互相打眼色瞧热闹，新一辈的更多是好奇。

林亦扬在满室安静里，对殷果交代了一句："我去洗个澡。"

殷果无意识地点了头，在众人的注视下。

等林亦扬进了洗手间，还在想——不是说这周不回来吗？

吴魏突然笑了声，问江杨是不是要叫外卖了。其实他是为了给殷果打圆场，再如此被围观下去，估计小姑娘真要钻进房间，不肯再出来了。

江杨两只手撑着吧台，答应着："小贩，你来叫。"

范文匆心领神会："好嘞。"

几个上一辈人开了口，下边的人也都热闹了。

闹哄哄的客厅，大家各玩各的，给了殷果一个缓冲的空间。她装模作样地去拿了盒冰激凌，回到房间，虚掩上门。屋子里有个扔在地上的单人软沙发，深红色的，她坐着陷在里面，一勺勺挖冰激凌，从门缝里听着外头的动静。

林亦扬洗得很快，出来时，江杨还在问他要吃什么。

他回说，吃过了，不用管他。

好像回卧室了？起码外头的对话没有他参与了。

手机突然亮了，在她的膝盖上。

Lin：在干什么？

殷果把冰激凌的纸盒子搁到脚边，捧着手机回。

小果：吃冰激凌。

Lin：洗衣房见。

洗衣房？他要洗衣服？

小果：哦，好，正好我也有衣服要去洗。

Lin：你先去，我一会儿来。

小果：OK.

她把冰激凌的纸盒子丢到垃圾袋里，从门后边找到叠好放在那里的一个大纸袋，把床上和沙发上的衣服塞进纸袋子里，顺手从床头柜的抽屉里找到一把硬币，提着一袋脏衣服堂而皇之从客厅穿过，佯装坦然地下了楼。

洗衣房没有人，有衣服在烘干，估计主人稍后会回来。

她把脏衣服塞进一个空着的洗衣机，投了硬币。

看看四周，在墙边的一排空椅子和正当中的蓝色塑料长桌旁，挑了后者，拉开凳子坐下，等他来。没多会儿，林亦扬手里拿着一包烟和打火机走入。他穿着刚换上的干净运动服，头发是用毛巾擦干的，还半湿着。除了抽烟的东西，手上没个袋子，也自然没有带一件脏衣服出来，坦然得很。

他把手里的东西丢在塑料长桌上，在殷果身边坐下。

其实都有两年没抽烟了，也不馋烟，刚刚在那群狼一样的兄弟眼前明目张胆地走，总要有个借口，于是跟吴魏要了这些。

两人坐在桌子的一角，一个在左，一个在右，既能聊天，也能看到彼此的脸。

整间洗衣房里，只有一个洗衣机和一个烘干机在运转着，机器作业的动静不大不小，烟火气浓郁。

"刚刚，江杨说见过你。"他说。

"对，他在国内和我哥打比赛的时候，我们见过两次。"

"你哥这些年好吗？"他问。

"挺好的，"她答，"我哥前两年嫌原来俱乐部的地址不好，就开了一家新的。我舅舅就退休了，只是投资了一半，大事都交给他决定了——"

一个魁梧的中年男人打着电话，说着一口流利的中文走入，他拉开椅子，在塑料长桌的另一端坐下，等自己的衣服烘干。

因为陌生人的闯入，殷果停下来。

洗衣房很快呈现出了一个诡异的场景：殷果开始摆弄手机，林亦扬则在把玩着香烟盒，而那个男人百无聊赖，一双褐色的眼睛盯着烘干机在发呆。

殷果心神飘忽着，看看窗外的夜色，看看洗衣机。怎么都要一个小时才能洗完、烘干，这一个小时不会就这样干干坐着吧？

她看到林亦扬从长裤口袋里掏出手机。

没几秒，自己的手机里，他的微信发过来。

Lin：为什么不说话？

殷果抬眼，发现他在看着自己。

她抿起嘴唇，笑着用两手握住手机，回复他。

小果：你也没说。

Lin：在听你说。

小果：……说完了。

林亦扬清了清喉咙，殷果猜想他要开口了，没想到又是一条微信。

Lin：我不知道你想听什么。

小果：随便聊……都是朋友聊天，你搞得这么严肃，我都紧张了。

殷果发完，咳嗽了声，嗓子有点儿痒。

她有种回到高中时代的错觉，上课和后桌不敢说话，一直传纸条在说着没营养的废话。可那时后桌是女孩，现在，身边的这个可是男人。

那个中年男人打了个哈欠，瞥了一眼坐在长桌另一头的这对"小情侣"，猜想估计两人在冷战？一人举着一个手机，各玩各的。

恰巧烘干结束，中年男人的衣服烘好了，他把衣服全掏出来，堆到了长桌上，一件件在他们两个的面前叠着。

林亦扬换了个坐姿，斜靠在长桌边，将桌上的打火机捞起来，在掌心里把玩着。

殷果单手撑着下巴，还在和他有来有往地聊着。

小果：我认输了，可以说话了吗？

Lin：都装哑巴到现在了，还是继续装得好。

也对。要是这时候突然说话，估计能吓人家一跳，肯定会把人家弄得很尴尬。还是继续装吧，看样子，大叔把衣服也叠得差不多了。

她继续打字。

小果：我们要不然上去吧？还要等一个小时，坐在这里也没事干。

Lin：上边人多，不方便说话。

小果：在这里你也没说话，不都一样。

Lin 发了个笑脸：问你个问题。

小果：说吧。

等了会儿，没下文了。

殷果奇怪地抬头，林亦扬恰好在看她。殷果摆出了一个"困惑"的表情，林亦扬嘴角微扬起，用食指点了点面前的手机屏幕，意思是：看手机。

什么问题，搞这么神秘。

她抿嘴一笑，在洗衣房的灯光里，在洗衣机运转的声音里，在中年魁梧大叔哼唱着的二十世纪九十年代的摇滚歌曲里，垂了眼。

对话框里，林亦扬的头像旁出现了一句话——

Lin：有男朋友吗？

她的手指悬在那儿……

Lin：或者说。

Lin：看得出来，我想追你吗？

长发悄然从耳边滑落，扫过手机，她悬在手机屏幕上的手指一直落不下去，时间跳到了下一分钟，漫长得像过了一个世纪……

"是不是信号不好？"林亦扬突然问。

"啊？"殷果乍惊，抬头看他。

他收了手机，顺势起身，伸了个懒腰说："这里信号不好，微信连不上。出去抽根烟。"

他说完，从旁边的大叔身旁经过。大叔一米八几，身形魁梧，有一百八十斤上下，林亦扬倒是和大叔的身高不相上下，只是因为瘦更显高。他从大叔身后走过，身形如此一对比，走路姿势更像是二十岁出头的吊儿郎当样。

殷果眼瞅着他离开洗衣房。

魁梧大叔也眼瞅着他走，"嘿"了声："你俩不说话，还以为是哪国人呢。吵架了吧？瞧这低气压的，我都只能哼歌。"

大叔讪笑着，抱起一沓衣服，走了。

殷果又看了一眼微信，头一下子压在了双臂里，趴在了长桌上。

在胳膊围出来的阴影处，睁着一双眼，看自己的鞋子——

刚刚脑子里都是空的，现在却有成百上千的念头飞出来，零碎的、凌乱的，全没逻辑的。甚至在想是不是在开玩笑，可也没人这么开玩笑的。隔空就算了，还是面对面。

他突然说信号不好，人也走了，就是要带过这件事吧？

要不要也当没看到呢？

* * *

在洗衣房外，林亦扬站了一会儿。

魁梧大叔抱着一沓衣服出来，被他吓了一跳，看清楚是他之后，了然一笑，对里头打了个眼色，轻声说："进去吧。"

大叔料定自己识相离开是成全了这对吵架小情侣，接着哼唱着歌，迈上楼梯。

林亦扬两手插着兜，在门外绕了两步，还是出了公寓。

他下来穿的衣服少，站在风里冻得不行，于是后退，靠在了门边，借着门避风，顺带着掏出一根传统的白色香烟，啪的一声，啪的一声，连着五六次才点燃香烟。

有点后悔是真的，问得急了。

估摸了两三天没好好睡，头昏脑涨回来，冲了个热水澡，人太放松了。

刚刚的气氛又太好，一时没收住，冲动了。

他是一个信奉多少付出多少回报的人，认为追姑娘也是这样，还没做什么呢，也不指望人家真瞧上自己，慢慢来才对。

慢慢来，林亦扬。

林亦扬深深吸了三口，将烟雾喷出来，直接捞出手机给楼上的吴魏打了个电话："拿件衣服下来，不用你，让安妹下来。"

陈安安是话最少的，一门心思除了台球就是台球，让他下来清净。

果然，陈安安没多会儿跑下来，把衣服往他怀里一塞，半个字没说。

"我闷，你比我还闷，"林亦扬揶揄他，"十好几年没见，不想和我说话？"

陈安安内敛地笑着，从林亦扬手里接了根烟："你让我下来，不就是因为不想听他们开你玩笑吗？"

不说话，可不代表心里不清楚。

林亦扬被逗笑，揉了揉陈安安的头发："还这么矮，也不长个儿。"

陈安安一歪脑袋，避开来。

"哥给你点上。"林亦扬主动两手围拢着，给陈安安点烟。

陈安安是个不爱说话，情绪丰富敏感的人，总觉这动作像回到过去，眼眶一红，没来得及点上烟，已经紧紧抱住了林亦扬。他个儿矮，只到林亦扬的鼻梁处，再往林亦扬肩膀那里一埋头，像个大姑娘似的。

林亦扬怕他哭，叼着烟，去拍拍他后背："抱得松点儿，你这样，让人看了误会。我还怎么找媳妇儿了？"

"滚你的。"陈安安带着鼻音骂。

林亦扬被逗笑，拉开陈安安。两兄弟在公寓门外，零下几度里，哆嗦着聊着那些未曾有交集的过去。陈安安时不时红一下眼眶，还想往林亦扬怀里钻，林亦扬笑着寒碜他，楼上那么多学生在，还这样不端着老师的架子，忒丢人。

* * *

殷果洗完衣服，磨磨叽叽烘干了，抱着一摞衣服回到公寓。

客人全走了，吴魏送兄弟去了，林亦扬在收拾房间。

客厅里，只有一盏朴素的落地灯开着。

殷果反手关上公寓大门时，林亦扬正在把玻璃杯丢到水池子里，拿起抹布，在擦吧台。殷果隔着吧台，和他对视了一眼。

林亦扬以为她不会和自己说话，没想到她主动先开口问："明天你回去吗？"

他点头："对。"

"上午？还是下午？要是下午，来得及去布鲁克林吗？"没等林亦扬回答，她又说，"我是随便问的，你要忙下周也可以。"

林亦扬刚要答应，殷果没给他这个机会，三步并作两步进了卧室。

看着闭合的房门，他把白抹布搁在吧台上，两手撑在吧台边沿，看着台面，看了半晌，忽然笑了。这什么破桌子，这么难看？改天换个新的。

而房间里的殷果，还站在门边，手搭着门把手，在走神。

慌什么啊，都没问完。所以他到底要不要去？难道还要微信问吗？

她现在打开微信窗口，都不敢说话。

那三句话还是结尾。

忽然，房门被敲响。

她猛地松开门把手，心怦怦地剧烈跳着，隔着一扇房门听到外边的林亦扬说："不用开门，约个时间。"

她心怦怦地跳着，没吭声。

"十点出发，你看怎么样？"

殷果"嗯"了声。

外头的人估计没听到，停了两秒说："十点半也可以。"

"十点吧，"她终于说着，嗓子发涩，"十点。"

……

门外，林亦扬的手撑在门框边，低头，对着房门低声说："明天见。"

女孩子的声音在回答他，明天见。

林亦扬在门边立了会儿，吴魏回来，撞见这一幕，还以为自己眼花了。这是干吗呢？刚私会完？亲了？在门边回味呢？这进程有点儿快啊，不就在洗衣房里约会了没多会儿吗？

林亦扬掉转头，把桌上抹布拿起来，走神太过，悬悬将抹布当作毛巾擦了脸。

万幸，最后在吴魏贼兮兮的目光里，把抹布丢进水池子。

吴魏一脸狐疑地观察着转身的林亦扬，瞄着他，看他有模有样地收拾屋子，懊恼刚刚没强硬代替安妹送衣服。安妹那种三棍子打不出一个屁，问了半天都没说出个四五六来，白白浪费了唯一去偷看林亦扬约会的名额。

到凌晨，殷果还是没睡着。

她怕吴魏或林亦扬还在客厅里用电脑，抱着被子，坐到窗边上悄悄打语音电话。一开始扭捏，顾左右而言他，扯了半天洗衣服的事，连带抱怨烘干不如阳光晒。郑艺以为她是在分享生活见闻，还在给她吐槽，刚到这里念书时，不知道不许户外晾衣服，把衣服挂在了宿舍窗外，还被同学警告是违法，吓得赶紧捞了回来……

郑艺巴拉巴拉，说了半天。

殷果终于支支吾吾问她："过去有人和你表白，你都怎么说的？"

"干吗？有人要追你？"

殷果辩白着："是我俱乐部的女孩，在咨询我，我不知道怎么建议。"

"说了什么？怎么表白的？你要告诉我才有建议啊。"

她一字不差背出来："看得出来，我想追你吗？"

郑艺咂吧品味着这句话："听着不太认真。"

有吗？

殷果倒是觉得他挺认真的："假设是认真的，你怎么回？"

"分情况吧，我要是喜欢他，就说'看不太出来？要不你再表现得明显点？'要是我不喜欢……那就不回，等他自己找台阶下，这事就算过去了，当没发生。"

殷果琢磨着，好像人和人面对事情的处理方式有很大不同。千人千面。

为什么不敢回，是不知如何措辞，如何应对——怕说"没看出来"，人家误以为自己是拒绝，也怕说"看出来了"，就让他误以为自己答应了。

她自己还没整明白呢。

不是来比赛的吗？所以现在自己在干什么？考虑可能性吗？

殷果哀怨地用被子蒙上头，自暴自弃地决定：不想了。

现在是三月，少年组和青年组即将开始，正式公开赛就在这个月底了。比赛完她马上回国，他在这里，见面都没机会。

她六点多睡醒。

平日里，吴魏和表弟都醒得早，她起来时两人通常都出门了，一个玩，另一个兼职赚钱，所以她在公寓里一直很自由。今天开门出去，想去洗手间，却发现里边亮着灯。

殷果穿着一身白色运动衣，内里带绒布保暖的那种，在客厅晃悠也不冷。

她在沙发上坐着等洗手间的人出来。没太睡醒，垂着头，脚上的拖鞋一下下地踢着，啪嗒落地，啪嗒又落地。林亦扬从洗手间出来，见到的就是这一个画面，她低着头，长发挡着大半张脸，还在迷糊着打瞌睡。

"在等洗手间？"他问。

殷果一抬头，和他视线撞到一处："啊？对，你用完了？"

林亦扬让开洗手间的门，殷果绕过他。

两人错身而过，她敏感地闻到他身上的香味儿，刚洗完澡的那种味道。昨晚不是洗过了吗？一天要洗两遍？

她掩上门，上了锁，看到镜子前的水池边摆着几样没见过的男士洗漱用品。不是吴魏的，也不是表弟的。殷果猜到是他的，发现了一个刮胡刀。

他竟然用的是刀片，不是电动的，好神奇，不会刮破吗？

门外，林亦扬摸着自己的下巴。其实他洗完澡，刮了胡子，发现毛巾太旧了，想出来换条新毛巾，还没来得及收拾洗手间。可一见到殷果也不能多说什么，先让她进去了。

这刚六点，没想到她起这么早。这一星期都太累，怕一睡就是整个上午，所以特地早起出去跑了个步，回来冲个澡，清醒着和她去布鲁克林。

殷果洗漱完，对着镜子看自己脸上，睡得不好，冒出来一个痘痘，在下巴。

可冒得真是时候，她用食指比画着，懊恼自己没化妆的习惯，不然备着遮瑕膏应该可以一解燃眉之急。额头的刘海因为洗脸湿了一点，她用纸巾按住吸了吸水，用手指拨开，自然了一点。

再回到客厅，林亦扬在煎鸡蛋："吴魏去波士顿了。"

"五点走的，"他说，指两个白盘子，里边有炸好的薯条，"早饭一起？"

殷果答应着，又补了句"谢谢"。

相安无事的早餐。

相安无事的龙虾意面之约。

林亦扬背着大运动包和她去吃饭，里头装着电脑和杂物，一看就是时间不足，要从布鲁克林直接去火车站。两人在地铁里告别，人很多，林亦扬又赶火车，没顾得上多说两句话，在换乘的站内，彼此挥挥手，掉头各自往各自的路上走。

殷果要坐的线路乘客多，她到站台上，站了不少人在等车。算起来这还是她第一次自己坐，祈祷要最好的车，有报站有电子屏。

两分钟后，轨道尽头出现了灯光，地铁轰隆驶入，正是她要等的那条线。

殷果跟着几个人迈入车厢，左右看了一眼。

"往右边走。"身后的人指挥她。

好耳熟——

她回头，睁大双眼望着他，是已经掉头去另一条地铁线，要赶火车的林亦扬。

林亦扬也刚进了车厢，后头还有人，没多余的话，推着她往右边走，让她坐在了自己的面前，唯一空着的座位上。

殷果脑子没跟上步伐和动作，人落座，被动靠上椅背。

而因为车厢里的人多，林亦扬站得离她很近，腿挨着她的膝盖，甚至是和她双腿交叉在一起的……

"你不是去赶火车了吗？"殷果小声用中文问。

林亦扬低头说："怕你坐错站。"

第一次坐地铁殷果控诉过纽约的地铁，他都还记得。刚走了没多会儿，还是追了过来，及时在远处看到站台上的殷果，幸好追上了。

殷果指电子显示屏："有这个，我找得到地方，"她想到他的火车时间，替他着急，轻声说，"你下站赶紧下去，还来得及赶火车。"

林亦扬低头看着她，"嗯"了声。

地铁一开动，车厢里的人都在各自的小天地里，或是聊天，或是盯着一处发呆走神。殷果感觉自己和林亦扬的腿一直随着行驶晃动摩擦着，渐渐地，脸热了，手心出汗，人越发不自在，眼睛也不知该看哪儿。

这一站好长，怎么还没到，殷果想。

"昨天——"他说了两个字，又停住。

殷果抱着自己的背包，仰头看他。

林亦扬其实是想说，自己昨天就是头脑发热，直接问的，但殷果不需要放在心上。他不想让她误解，自己是个刚认识没几天，没说过两句话，趁着殷果在异国他乡，就想要泡她，等她回国就一拍两散的那种男人。

不过看着殷果的双眼，又打消了这个念头。

有些话不用说出来，像今天这样慢慢相处着也不错。

报站声响起，车已经开始进站了。

车缓缓停下。殷果又在想，这一站好短，还没说完呢。

"到公寓告诉我。"他好知道她是安全的。

林亦扬调整了一下运动背包的肩带，挪动脚步，被殷果一把拽住了背包的肩带。他一愣，在下车的人流里停下，被身边人撞了一下肩膀。

殷果马上松了手，脸颊滚烫，压低声音说："你到 DC 了，也告诉我。"

前后左右的乘客，只有他们能听懂彼此的话，这是属于他们的母语。

林亦扬停了半秒，低头一笑，真想拍一下她的后脑勺，其实今天一直想做又屡次打消了念头。到最后，他收住了，再次调整了自己的运动包肩带："好。"

他快走两步，从车厢跳上站台。车门在他身后闭合。

殷果回头去看，玻璃不太干净，还有几个刚下车的乘客挡住了他。在车再次启动后，她看清了他。可惜只有三四秒的工夫，光没了，他也不见了。

呼啸而行的地铁带着她再次进入了漆黑的轨道。

车厢空了不少，可林亦扬像还站在她面前，两人的腿和膝盖还挨着……殷果心里麻麻的，控制不住地搓了搓自己的膝盖。不要再想了。

殷果在球房练了没多久，回到公寓。屋子里空无一人。

她在洗手间，看到林亦扬早上走得太匆忙，没收妥的刮胡刀，想到一个问题，一直不收起来会不会对刀片不好，没经验。

她靠在门边，打开微信想问他。

于是——再次看到了那三句话，摆在那儿，仍旧是两人最后的对话。

今天一起去了布鲁克林，吃了午餐，在海边溜达了好久，还对着那个网红的大型旋转木马讨论了半天。又一起坐了地铁，甚至他为了怕自己坐错站，跟着白白坐了一站……殷果头靠在那儿，这算在约会吗？

刚拉住他的背包带子，想说的是：我没男朋友。

后来没磨开面子，不过他应该有感觉吧？让他到华盛顿给自己消息，听得懂吗？

殷果仰头靠着门框，觉得硌得慌，拆开马尾辫，让头发散下来，又盯着那个刮胡刀看了半天，又想到林亦扬。

突然，手机振动，正是刮胡刀的主人。

他发了一个定位，是 DC 火车站的。他到了。

这是两人分开前的约定，真是个……遵守承诺的男人。

小果：我也到了，在家。

她想了想，决定坦诚一点，快速打字，趁着自己没后悔赶紧按下了"发送"——

小果：还有，昨晚你的消息我看到了。我没有男朋友。

没来得及喘口气，林亦扬就回复了。

Lin：知道。

怎么可能？

小果：谁告诉你的？你问过我弟？

Lin：你如果有男朋友，今天不会和我出去。

Lin：合理吗？这个推断。

如果没有昨晚的三句话，今天就是个普通午餐，可有了昨晚的问题，今天吃饭就不单纯了。说得倒也没错。

殷果刚要回，大门打开，是吴魏回来了。

吴魏提着一袋打包的晚饭，一进屋就看到殷果穿着防寒服，围着围巾，戴着帽子，不知道要出去还是刚回来的样子，靠在洗手间门边抱着一个手机在笑。满屋子只有那里有光源，黄色的光，她偏过头瞧吴魏，眼神有点乱，把挡着大半张脸的围巾拉下来："你回来了？"

"啊，对，你这是——"吴魏说，"出门？还是刚回来啊？"

"刚回来。"

殷果像做坏事一样，离开洗手间，回了卧室。

吴魏实在摸不到头脑，探头，看洗手间里有什么东西，能让姑娘笑这么开心……

* * *

林亦扬在汉堡店的二楼，靠墙边的一个四人桌上，撕开包裹着汉堡的纸，咬了口。

他低头看手机，是两条新消息。

无所谓：人姑娘站洗手间门口傻笑，我瞅了半天，也没懂她笑啥呢。对了，你那刮胡刀我给你收起来了，搁洗手间也不用，该钝了。作为回报，你告诉我一句，亲了没？

Red Fish：嗯。

先看着吴魏的消息，再看殷果的。

一堆字，一个字，却还是后者更生动一点儿，他能想象出她这个"嗯"的声音。

林亦扬嘴角带笑，喝了口可乐。

面前，和他约好一起回学校的同学刚到，走上二楼，笑着坐到他对面："听他们说你要进新华社了？华盛顿分社？"

林亦扬点头。

"那挺好的。"同学评价。

是挺好的，在没认识殷果前。

新华社的华盛顿分社，他一个师兄也在里边。当初面试时帮了忙，师兄家在国内，准备在这边留两年就回，而他填意向时是选的定居在 DC。

他咬了一大口汉堡，缓慢地嚼着。

这些年，他过日子是只看今天，明天都懒得多想。人不能想太多，计划太多，顾虑太多，会削弱执行力。

而现在，他要开始学会多想想了。

＊　＊　＊

一周很短，尤其当日子只有单调的训练时，更是过得快。

殷果虽然没直接问他这周周末会不会来，但潜意识里已经将时间做了调整。周五特地训练得早了点儿，在六点时就到了家。

她租住的公寓在三楼，没等电梯，直接爬楼梯上去的。

到门外，特意听了一耳朵，不吵。

下周就是青年组和少年组的比赛了，估计东新城的那批人要封闭训练，不会过来了。

她猜想着，掏出门钥匙。

"姐在球房呢。"表弟的声音从楼梯传上来。

和谁说话呢？不会碰上林亦扬了吧？

她惊喜回头，看到楼梯转弯处，先走上来的是表弟，随后，是穿着黑色的休闲西裤，外边套着一件黑色羊绒短外衣的男人。

男人抬眼。

殷果心一颤："哥……"

"嗯。"孟晓东答应了。

表弟谄媚地跑上来，从殷果手里接过钥匙，狗腿地给自己的亲哥开门："这儿可好了，你看看，等定了学校，我准备直接续租一年。"

表弟平日里最怕——

不，应该是家里大小孩子平日里最怕的就是这个人。他从小就是那种"别人家的孩子"，优秀得要上天的那种人，家里亲戚管不住孩子的，都喜欢交给他训，在孟晓东手里挨揍的人可不少。孟晓天这个亲弟弟挨揍最多，殷果是女孩，挨骂而已，算不得啥。

"你不是不过来吗？"殷果让到一旁，小心地问。

孟晓东走入，殷果和表弟紧跟其后。

公寓里没人。

表弟开了灯，孟晓东环顾公寓。

"我来不是找你，"他回说，"连这种比赛都应付不了，还打什么职业？"

我也没说我应付不了。

殷果暗自腹诽，好脾气地又问："那是来看青年组比赛的？"

他们俱乐部的人来得晚，下周六开始比赛，要周三才会到，倒几天时差适应下，直接上赛场。不像东新城他们很宽松，早带队到了，还要四处游玩消遣一下。

"我来找林亦扬。"孟晓东给出了一个意料之外的答案。

他？殷果心里咯噔一下，匆匆和表弟对视一眼。

是表弟说漏嘴的，还是俱乐部教练们闲聊被表哥听到了？

"他什么时候回来？"孟晓东又问。

"说不太准。"殷果含糊地回答。

"你们两个不是和他很熟吗？"

"我们两个……是和他关系不错，"殷果慢慢地说着，让自己保持逻辑性，试图掩盖住自己和林亦扬的那一点点不同于寻常朋友的关系，"他好像每周末都会回来，大概就是周五这时候，"她看表弟，"是吧？"

"啊，对。"表弟和她配合着。

"有联系方式吗？"

"我有，哥，我有。"表弟抢先说，主动替殷果挡子弹。

日常殷果对这个表弟，比亲哥哥对他可好多了，所以关键时刻，他第一反应就是扛下所有，保护好可怜得像一只小鸡仔一样的表姐。

"帮我问问，他什么时候到，"孟晓东提醒表弟，"不许说我在。"

哥你想干什么？殷果心里直突突。

她快速又和表弟互望了一眼。

表弟只好照实发了消息，很快林亦扬回复了。

表弟清了清嗓子，汇报说："到楼下了。"

孟晓东应了声。他脱下外衣，对折，放在沙发一旁，上半身是量身定制的白色衬衫，袖口的袖扣是黑色。

殷果留意到表哥解开了一粒衬衫纽扣。

他穿衣规矩多，素来是扣紧的，该不会真要打架吧？不至于吧？十几岁的对手，高中就没再见过了，还惦记到今天要打一架？

殷果不敢说话，快速给表弟发了条微信，表弟被唬得发愣，没看手机。殷果挪到他身边，用脚踢表弟的鞋。表弟惊醒，看到她打眼色指手机，这才低头看了眼。

小果：你哥脾气不好，一会儿要是吵起来，记得拦着点。

天天：拦不住……

门锁，有了一声响动。

三人齐齐看过去。

门外，林亦扬把运动背包搁到地板上，钥匙插在钥匙孔里，他抬手揉了揉脖子，在火车上不小心睡着，姿势不对，僵了一路了。他的手指又绕回来，摸了摸下巴，有新出来的胡楂儿，两天没刮了，全忘。

推开门，第一个看到的就是殷果，她站在门口，长鬓发扎成一个马尾，显得脸极小，弧度漂亮。林亦扬没想到她在门口，低声问："不进去？"

殷果抿着嘴唇，一个劲儿瞥客厅。

"扬哥，"表弟硬着头皮，离自己亲哥哥那边近了两步，"这我哥，亲哥，我叫孟晓天，他叫孟晓东。"

这句是废话。孟晓东在到纽约时就说了，他认识林亦扬，具体怎么认识的，晓天没概念，在屋子里的四个人，只有他这个外行人不懂。

林亦扬听到"孟晓东"三个字，看向那个早打量自己半天的故人。

时隔多年，孟晓东还是孟晓东，一心只有台球，连平时的着装也和赛场上没差别，只要再套上无袖西装马甲和领结，就能上场比赛的严谨衣着。

而他呢？孟晓东皱着眉头，回看林亦扬这一身装束。

运动帽衫，外头套着一件休闲夹克，黑色运动鞋，尤其还是牛仔裤。右手拎着一个运动背包，胡子都没刮干净，头发也乱，站姿也是一半倚靠在门边的散漫状态。

几秒的寂静。

啪的一声，林亦扬把运动包丢去墙边。那个运动包很脏了，这回他本来打算洗一下的，所以都是到处扔。

他指了指自己的脖子下，暗示孟晓东领口扣子没有纽合："不像你的作风。"

"屋里太热，自己解开的。"孟晓东说。

林亦扬拉开外套的拉链，随便一脱，丢到沙发扶手上："是有点儿热。我洗把脸，你先坐。"

"都是男人，不用这么客套，"孟晓东冷淡地说，"多脏的人没见过？"

林亦扬揉了下脖子后，还是很疼，估计用热水冲一冲会好点："没和你客套，脖子疼，想用热毛巾敷一敷。"

他直接进了卧室，声音从里边传出来："你要找我有事儿，就等着。"
孟晓东几乎以为自己见到了一个完全不认识的陌生人。
如果是过去的林亦扬，不会这么随和，包括进门时和殷果说话的那种神态，那是在他身上绝不会出现的态度。他懂得给人留情面了，懂得人情冷暖了，可在孟晓东眼里，他就像被人拔了毛，从在高空遨游飞翔的鹰成了一只躲在美利坚的斑鸠。

林亦扬没多一句废话，进了洗手间。
表弟一个劲儿说好累，好困，回了卧室。殷果也进了卧室。她虚掩上门，担心地坐在床上，从门缝里看外头。十分钟过得极其慢，完全是数着秒数度过的。
大概在几分钟后，她从门缝里看到洗手间的门开了，林亦扬穿着运动长裤，打着赤膊走出来。一条细细的缝，看不到具体的画面。
"殷果。"表哥在门外叫她。
她刚要答应。
"把门关上。"
"哦。"她答应着，推上了门。
一声轻微的锁芯扣上锁眼的声响，外头人说什么再听不到了。

林亦扬站在客厅里，刚刮干净了脸上的胡楂儿，刚用热毛巾压了几分钟，不太有用。他光着上半身，在客厅靠墙的塑料杂物柜里找扶他林："想说什么，还让人关门？"
"还没想好怎么开场。"孟晓东说了句实话。
"那你慢慢想。"他答。
两人都故意压低声音，不想让卧室里两个小朋友听到。

林亦扬把凉了的毛巾丢回洗手间，打开纸盒子，倒出一小塑料管的扶他林，拧开，挤出了一点，抹到脖子后。人绕进卧室，挑了件干净的短袖，又走出来。
"想好了吗？"他问。
"我是来找你的，这些年你一点消息没有，要不是晓天说起认识两个哥哥，我真没想到你和吴魏会在纽约。"
他没吭声，把药丢回到塑料抽屉里。
"你不打球了？"孟晓东是个不爱拐弯的人，打了个直球，"不觉得可惜？"
他关上抽屉："一直打，赌球来钱快。"

孟晓东听得不太高兴："不想聊赌球，你知道我脾气不好。"

他斜了一眼孟晓东："陪你聊几句不错了，懂不懂什么叫假客气？"

四目相接。他们两个昔日的对手，在这一刻的静默里，再次端详着彼此。

一晃多年，也变，也没变。

当年他们三个人里边，孟晓东长得最娘，偏秀气，却是骨子里最正直、最严肃的一个。而他，长得一张乖戾的脸，里外如一，性格也最难捱。只有江杨，道貌岸然、正人君子、斯文有礼，其实一肚子"坏水"，每次都能化解他们两个争斗。

而现在，江杨不在。

让林亦扬乍一面对孟晓东还真吃不消，多年养出来的假涵养即将破功。

林亦扬叹口气，先打了圆场："你一个世界冠军，和我这个无名小卒较什么劲？"

"会自嘲了？过去的小扬爷呢？"孟晓东不吃他这套。

"都奔三的人了，还什么小扬爷，"林亦扬自嘲，"能不聊过去了吗？故人相见，吃吃喝喝可以，叙旧就免了。"

"好。"孟晓东意外地答应了。

下一句就是："那聊聊我妹。"

……

他没吭声，一双眼盯着对方，似嘲非嘲。

好像在说：战术不错？

在进屋后，孟晓东难得地露出了第一次笑容。

也像在回：我又不笨。

来的路上，孟晓东已经通过弟弟给的信息，猜到了七八分。刚刚林亦扬一进门，看他的状态，还有股果惴惴难安的小表情，就提升到了九分。

而此时，林亦扬的神态，更让他完全确定了。

"猜对了？"孟晓东乘胜追击。

林亦扬终于笑了："孟晓东，你幼不幼稚？"

孟晓东也笑了："难得抓你个把柄，感觉不错。"他把沙发角落里的外衣拿来，穿好，又说，"听说楼下有个球房，走两杆，让我试试你有没有这个资格，在众多追求者里插个队。"

林亦扬不太爽这句话："想找借口和我打球，不用这么迂回。"

孟晓东算默认了："楼下见。"

提殷果只为给彼此一个借口，孟晓东太怀念和他打球的日子了。

正因为是对手，才是最好的朋友，是那种不需要一起宿醉胡闹、不需要彼此交心胡侃，而是在一次次比赛里成就的深厚友谊。

"找件衬衫套上，"孟晓东离开前，丢下了最后一句话，"我不和穿这个的人打球。"

"这个"是指他身上的短袖。

人走了，门也关上了。

真是欠揍，这点倒没变。

林亦扬放下杯子，回了卧室，打开衣柜翻找着吴魏的衬衫。吴魏和他身材差不多，衣柜里衬衫不少，大多也是备着比赛用的。林亦扬扒拉了一会儿，拿出一件纯黑色的，解开纽扣，将身上的半袖脱下来。他光着上半身看那衬衫半天，手指捻着料子，手感真不错。

小时候穿的都是最普通的，睡前要有褶子，用毛巾擦，挂起来，第二天穿去比赛。

也许是对衬衫西裤有奇怪的、抹不掉的情感，他这些年没买过一件自己的，临时要用也是借。

那套赛场着装的要求倒还记得牢，忘不掉：长袖衬衫，深色西裤，衬衫上所有纽扣都要保持纽合状态，包括袖口也是，上衣要束在西裤里。

林亦扬套上了衬衫。

门口，殷果听到大门被关上，偷偷摸到吴魏卧室门外。

她轻轻推开半掩的房门："我哥没怎么你吧？"

话音悄然止住，她扶着门边沿，看到了一个完全不同于往日的林亦扬。房间里，窗帘是半拉开的，有光照在他的上半身。他在一粒粒扣着衬衫纽扣，黑色的衬衫让他的那张脸变得很不寻常，很……

林亦扬到她跟前，用只有两人能听得到的低音，问她："还能看吗？"

他说的是？

"我穿这个。"他指的是衬衫。

很多年没为打球穿过了。

俱乐部里的大小少年、青年还有男人们比赛的标准衣着就是衬衫西裤，她以为自己早看得审美疲劳了，可还是想多看两眼他现在的样子。

殷果悄无声息地指了指自己的领子后，在暗示他。

林亦扬看懂了，没动。

她小声说："领子没折好。"

"哪里？"他低声问。

……

殷果左手绕过去，点了点那里，这回是碰到了。

林亦扬领会了意思，右手绕到自己的脖后，三指捏着领子外围滑了一圈到领口的塑料纽扣位置，不平的褶子没了："还行？"

"嗯。"她努力单纯地理解为还是在说衬衫。

但估计是职业病，留意到他穿着的西裤上没有腰带，想说，要不然你去找我弟借一根，算了，又不是上赛场。

林亦扬和她面对面，腿挨着腿，站了约莫半分钟的样子，才一笑。掉转头，去衣柜的裤子堆里捞出了一根黑色皮带，不像孟晓东那么高档，是吴魏打折时淘来的。他是肩宽腰细，勉勉强强最后一个扣眼能用，起码裤子不会掉下来。

殷果看他往自己腰上穿皮带时，不好意思再看了，扭头出去。

"你哥，"他交代着，走出来，扣好皮带前搭扣，"找我玩两杆。想看就去看看，"他说，"不想看在公寓等着，一会儿我回来。"

林亦扬最后拍了拍她的肩："走了。"

他越过她，拎起进门时丢在沙发上的外套，打开公寓大门，反手撞上，边下楼梯边琢磨，一会儿是让一让那哥们儿，还是真刀真枪地干？

这是个需要认真考虑的问题。

反正几分钟的路，天气也不错，他没穿外套，拎在手里就到了球房外。

孟晓东在地图上找到这间球房，在门口等他。

林亦扬也没和他多扯，要了那个房间。因为殷果一直训练，所以从下午到晚上都直接包场的，这是林亦扬私底下打的招呼。他一出现，里头的大叔们都在和他招呼了，极热情，甚至在说，你那个小女朋友真是用功，日复一日地训练。

孟晓东听在耳朵里，瞄了一眼他。

林亦扬当什么都没听到，关上门，指了指面前的九球台子："打这个？"

孟晓东说："你应该知道我，除非转行，或是退役，是不会打九球的。"

这是他尊重自己项目的表现。

林亦扬闲闲一笑："我从退社，就没碰过斯诺克的台子。"

两人互相递了一眼，看上去谁都不会让步了。

林亦扬把桌子上的一颗橙色的球拿起来，在手里颠了颠，说了句："等着。"

人出去了。

孟晓东靠在窗边看外头渐黑的街道。几次来比赛，都是住特定的酒店，和俱乐部人一起，球房也是预订好的，比较大和干净，不吵不闹。这种小球房，外头喝酒的，门口抽烟的人不少，闹腾，还有音乐，真像小时候。

没多会儿，林亦扬左手拎着个球杆，右手抱着个纸盒子回来了。

白色外皮的纸箱子里装着斯诺克一套球。这里也是只有一个斯诺克的台子，玩的人不多，平时都空着，球都用个过去装饮料的纸箱子装着。他把纸箱子里的球全倒在了台子上。

1个白球，15个红球，6个彩球，一共22个。

怕有缺失的，他用手扒拉着，在台面上清点着球。猛一看到满桌红球，尤其还是在不属于它们的蓝色桌面上，还挺不习惯。

林亦扬屈尊弯了腰，用手一个个摆球："九球的台子，斯诺克的球，我们各让一步。"

九球的球桌比斯诺克的小，袋口比斯诺克的大，孟晓东没玩过这么小的球桌，而林亦扬十几年不打斯诺克。如此一弄，也算公平。

林亦扬指了指外头，意思是：挑杆子。

他知道孟晓东没带自己的球杆："公共的，凑合凑合。"

回来时，孟晓东从钱包里摸出了一枚硬币。

斯诺克和九球不一样，开球权没什么优势。他们过去在赛场上，都是裁判抛硬币决定谁先开球。林亦扬不想抛硬币，直接说："来者是客，你开。"

因为要计分，他叫了个懂斯诺克的老人家进来，帮两人计算分数。老人家来这个球房的次数不多，对林亦扬并不熟悉，但一进门就认出了孟晓东。

这个国家虽不热衷斯诺克，可"世界排名前几"这样的描述还是很吸引人的。那位临时裁判悄声一传播，球房里的人全都围了过来，在门口旁观比赛。

两个人，一个黑衬衫，一个白衬衫，都穿着西裤。

林亦扬比孟晓东更高一点。亚裔人显年轻，在中年大叔眼里，他们都像是二十岁刚出头的小伙子。

第一局是孟晓东的。

孟晓东击球一贯很稳，从小就以准度成名，他把每个球送入袋前都要端详一下，略作思考，但都会在 25 秒之内击出一球。

林亦扬在他打时人靠坐在墙边的台球椅上，看着满桌的红球，有那么几个瞬间的恍惚，这些是斯诺克才有的红球，每一次红球应声落袋，都有熟悉的画面从脑海闪过。

他以为，第一局孟晓东能一杆收完，还特地问人要了一杯热水暖胃。

可没想到，这位大少爷在这个不知名的小球房意外失手了。

"换你了。"孟晓东说。

他嘴角带笑，放下杯子，从台球椅上下来，带着让孟晓东熟悉的玩闹劲儿，一只手握着球杆，另一只手插在口袋里，先俯身，借着桌灯的光看了台面上剩下的所有球："想让着我？"

孟晓东不搭理他的调侃。

穿着黑衬衫的男人提着球杆，绕了大半的球台，突然俯身，一个用力，毫无悬念地击落一个红球。他直起身，食指指着最远处的那颗黑球，无声地告诉孟晓东：我要打那个了。

斯诺克和九球玩法不同，是记分制的。

要先击落一个红球，再任选一个彩球打。每次彩球入袋，都要拿出来，放回原位。直到桌子上 15 个红球全部入袋后，彩球就不用再拿出来了，一个个按照顺序打入袋。

红球 1 分，黄球 2 分，绿球 3 分，棕球 4 分，蓝球 5 分，粉球 6 分，黑球 7 分。

简单来说，想要拿高分，就要不停打入分值高的彩球。

还有许多规则，稍有不慎就会扣分。

……

所以在这个黄昏，球房里出现了千载难逢的一幕——

速来喜欢打快球的林亦扬停下来了，能让人看到他思考的过程了。除了孟晓东，外人不知道他在想什么。他是在回忆，斯诺克的规则是什么，这些球是多少分。

两人都是高手，在三局后全进入了比赛状态。

林亦扬越打越快，在第四局一杆全收，赢得了满室的掌声和喝彩，有人举着啤酒瓶，大喊着"Lin"，纯粹是为他加油。

然而林亦扬只是一耸肩，指外头的墙角说："一箱啤酒，我请了。"

这一句话引来了更大的欢呼声。

到第五局，轮到了孟晓东开球。

林亦扬回到台球椅上，老板儿子马上凑过来："他是谁？"小孩好奇地问。

"过去的——"林亦扬顿了一顿，缓慢地说了一个词，"兄弟。"

"职业打斯诺克的？"小孩又好奇地问。

林亦扬点头。

"裁判说他在世界前五，奖金很高。"

林亦扬不熟悉现在的行业，那天江杨用孟晓东举过例子，给他讲了现在的奖金制度。本赛季至今孟晓东世界排名暂居第五，奖金累计六十多万英镑，这个年入确实不低。

不过也就那么回事。

他再努力一把，工作上的事儿再多找几个选择，过上几年，想要追平孟晓东也不难，和殷果在一起应该不算寒酸。

想到这里，他不禁一笑：想什么呢？林亦扬？

他右手从额前的头发捋过，让自己能再清醒一点，从口袋里掏出了几张纸钞，递给老板儿子，耳语了两句，让他去柜台结清啤酒钱。

小孩听话地跑腿去了，再回来时悄悄趴在他肩膀上，耳语说："你女朋友在门外。"

殷果？

林亦扬掏出手机，找到 Red Fish。

Lin：来了？

Red Fish：……我让他不要告诉你的。想等你们打完再说。

Lin：打完了。

Red Fish：这么快？谁赢了？

Lin 发了个笑脸。

他把手机搁在椅子上，走到台球桌旁，拍了拍边缘："收球。"

这一局还没分出输赢。

孟晓东直起身："你能不能认真点？"

林亦扬倚在那儿，毫无战意："累。"

有句话懒得说：我坐几个小时火车回来，又不是为了和你打球的。

林亦扬看桌上还剩了三个红球和所有彩球，端了球杆，一个个快速打入袋。击球快，入袋快，走位也快，也不管什么斯诺克的规则了，一个个收进去完事儿。

最后桌面只剩下白球和黑球，他纯粹为了好玩，俯下身，将下巴轻压在深棕色球杆上，视线里，有殷果的身影，她在一堆糙老爷们儿身后张望着这里。

他一笑，用力重重一击——

黑球飞一般冲向底袋，在一声钝响后，径自落袋。

孟晓东看着袋口那颗要进未进的白球，赞许地笑了。

力度如此大的一击，黑球很容易反弹出来，白球也很容易跟着落袋，然而都没发生。没有成千上万次的实践，怎能打得如此漂亮？

林亦扬还是过去那个人，追求的是每一杆、每一次进球的绝对完美。

殷果也不晓得谁赢了。

待到众人全散了，她到门边望向记分牌，已经擦干净了。

孟晓东擦干净了双手，抬腕，看手腕上那块银色金属表，问殷果："你和我回去吗？俱乐部订的酒店？"

"不了吧，天都黑了，"殷果说着，"明天我去看你。"

孟晓东答应了："送我出去。"

平时没这种要求，恨不得全天下人都不要耽误他训练，今天吃错药了？

殷果暗暗嘀咕着，跟孟晓东出了门。

刚在外面等着他们结束球局，吹了好久的风，进去没几分钟又出去，风顺着耳后的脖领子一个劲儿地往里头钻。门口路边停着一辆餐车，陈列着一排红红绿绿黄黄的酱料瓶，随着风，贴在车身前的食物海报一掀一掀的。

黄色的灯，照着他们的脸。

"我给你叫车。"她对表哥说。

"不用，我去找地铁。"孟晓东到餐车前，先要了个热狗。

殷果等在深棕色的木门边，避着风，今天表哥真是怪怪的，可以回酒店吃饭，非要在路边的餐车买热狗。没多会儿，餐车里的人递出来了一个新做的。

孟晓东接了热狗，回到殷果身边。

当年在比赛后台，有姑娘把林亦扬堵在更衣室里边，还是自己给解的围，真是记忆犹新。时隔多年，他和自己的妹子凑成了一对，也是缘分。

孟晓东低头，咬了口热狗，皱起眉。他不吃辣的，莫名其妙要人加了辣酱，也没法当着妹妹的面吐出来，于是硬着头皮往下咽。

他吞下嘴里的食物，终于开口："你们两个，是奔着结婚去的？"

殷果以为自己听错了："啊？"

"他人很好，家里条件差了点儿，主要是没爸妈。这点不成问题，要是你爸妈不乐意，我帮你摆平。"

殷果被表哥一个个直球打得直蒙。

他没父母？不对，不对，为什么说到了自己爸妈？

孟晓东不停歇地说："你努把力，拐他回国结婚。"

怎么就结婚了？

"哥你误会了！"殷果急着打断，"我和他没到那种程度！"

孟晓东笑了。

殷果被表哥笑得心虚，可确实不是那种关系啊……

孟晓东看她涨红了脸，摸了摸她的刘海："我们这行的职业年龄长，以他实力打到四十岁不成问题。他刚二十七岁，正该是黄金年龄，还有大把的机会。殷果，试试劝他回国，你不知道……"他有多高的天赋。

孟晓东的心情，殷果不会全懂。

当年他们都在国内崭露头角，一起苦练、比赛的人有一大批，如今所剩无几了。其实今天孟晓东来这里，还有一层目的，想试试他的基本功。台下十年功，台上一分钟，他但凡有一点懈怠，都不会逃过孟晓东的眼睛。

很欣慰，林亦扬骨子里还爱着、无法放弃这项运动。

可惜林亦扬这个人没好胜心。

他是最不追求输赢的人，赢球会高兴，输球也就输了，他更追求的是场场要打得精彩、打得出彩。就是他这种人，才能在三个少年中拿到最好的成绩。虽然十几岁的林亦扬一直自嘲比赛纯为钱，可一上场，大家都能看出来他不管是击球方式，还是走位，都是为了打得漂亮，打得高兴。

就是这样才难办，你用"要夺下世界第一"这样的口号，是没法触动他的。

孟晓东一直拿林亦扬没办法，赛场上没有，私底下也没有。他是真心祈祷，一段好的感情能改变林亦扬。真心实意的。

他卷好纸，不再吃手里那个热狗，重复着说："一定要结婚。"

"哥！"殷果窘得跺脚。

孟晓东心情大好，笑了声，找寻到地铁标识，往下一个街区大步而去。

殷果在门口驻足半晌，回味表哥那一番话。

手机突然振动，打开看，是表哥。兄妹俩上一条的互动还是孟晓东过年发的红包。

M：以为你会找个成熟点的，没想到喜欢个小白脸。

你才是圈内公认的第一小白脸……

小果：我们还没在一起呢，真的。

表哥不回了。

"啪嗒、啪嗒"，轻微的打火机扣盖声。

如此轻，像落到了心尖上。

她意识飘了回来，回到球房这里。林亦扬单手斜插着西裤口袋，靠在门边，玩着打火机在看她。看这神态，该是出来一会儿了。

球房门口这一条街都在室外装修。带着锈斑的脚手架搭出一条长长的走道，在两人的头顶还悬着木板。此时天全黑了，木板挡去了路灯，黄色光照到两人的脚下。

话在舌尖上兜来绕去，也没说出来，都是表哥那一堆话，还扯到了结婚……让她都没法直视他。她故作悠闲，开始观赏一个大叔到餐车旁买热狗，黄色芥末酱瓶子被挤扁了，在热狗的香肠上绕出了一道道螺旋圈儿。

林亦扬不厌其烦，继续玩着打火机，等着她。

餐车前的大叔走了，没人可看了，殷果只得再次瞅着他。林亦扬一笑，还是不说话。

殷果无奈地从左侧的木门后绕出来，到球房大门口的两节台阶下，站在他跟前，说了句不痛不痒的闲话："你今天……回来得比上周早。"

上周这个时间刚到纽约，这周都打完球送走表哥了。

"想早点见你。"他扣上打火机的盖子。

球房里笑声很大，那帮人喝嗨了。夜幕降临，夜生活开始。

他在盯着自己，一直盯，一直盯。

"打火机挺好看的。"她继续废话。

"还行吧。"他说。

"你的？"

林亦扬摇头。

为了证明自己的真诚，殷果索性伸手去要，意思是：给我仔细看看。

林亦扬递出了打火机，做旧的银色不锈钢外壳在夜色里一晃，被他丢去自己的右手，左手一用力，就握上了殷果的手。

有人在笑，是刚出来，就掉头进去的球房老板儿子。
殷果心跳得发慌。
在纽约的街头，夜色里，好像所有人都在围观他握着自己的手。餐车老板，买热狗的路人，对面临街的餐厅室外的客人们，还有球房里的人……可其实谁都不认识他们是谁，谁也不会在意他们是谁。

有人在里边，叫着"Lin"。
她被惊醒，想抽回去。
他答应着："我不进去了，要带她去吃东西。"这么说着，人倒是没动，仍旧靠在门边的原位，将殷果往前拉了下，让她站得离自己更近了一点。
近到不管是谁路过，看到他们两个，都会毫不犹豫地认定这是一对在热恋的有情人。

林亦扬没站直，是为了配合她的高度。
他偏过头，闻到她下巴和脖子上的香水味，淡的、甜的，是果香味。人很累，火车近四个小时，再加上火车候车、大巴候车、等地铁这些路上的时间，单程要六七个小时。
每周往返十二三个小时，这时间都快能直飞回国了。

眼睛闭上，听觉会更灵敏。
他听到球房里的人还在讨论他和孟晓东的球局。甚至有人起了兴趣，在问那个临时裁判斯诺克的规则，尝试着要打一局。

老板翻找出来林亦扬给他拷的盘，放了一首歌，是《友情岁月》。
林亦扬这一代的男孩是受古惑仔影响的最后一批，摸了个尾巴，所以当初打工时出于私心想听，给老板弄了全部的电影插曲。
他听着歌，把右手上的打火机放到了裤兜里。

音乐声里，有人问：Lin那间包房，反正也没人了，能不能用？
老板回：人家先说好了，除了他女朋友谁都不给用。

殷果觉得他的下巴真要到自己肩上了。
"能抱吗？"他低声问。

……

她被问得心一软，可还是故意说："不能。"
声音很轻。

他听出了她的语气，笑着，歪过头去看她的眼睛。
如果目光能烫到人，那林亦扬就做到了。

身后有两个年轻人，说笑着从转弯处走来，要进球房。
因为林亦扬和殷果靠在左侧的门边，他们还特意绕了半步，想避开他们两个。
可惜入口不宽，两个小伙子又是人高马大的，难免碰到。殷果感觉自己鞋后跟被人
家踢到了，礼貌地往前让了小半步。这下，是真靠在他身上了。
林亦扬笑了："不能，还往我身上靠？"
虽这么说了，但右手却还老老实实地什么都没干。

有风在吹着她的脸和头发，凉凉的。
"这里太窄了。"殷果迅速抽回手。
她掉转身子看餐车："要不……吃热狗吧？"盯着人家老板看了一个世纪那么
久，总要照顾一下生意。

满手心的汗。是他的，也是自己的。
林亦扬看小姑娘脸上快挂不住了，站直了，叫着老板儿子，要小孩把自己衣服
拿出来。人家马上给送了出来，仿佛就躲在门后，就等着跑这一趟。
"带你去韩国城。"他对殷果说。
这回没坐地铁，他约了车来接。

结果真是不凑巧，车经过曼哈顿的一条路时，正好赶上大游行，路被堵得水泄
不通。
司机问林亦扬，他们是选择汽车绕路，还是走过去。
林亦扬付了车钱，和殷果下了出租车。道路两旁，站了不少警察，手里拿着一
捆白绳子，还有拿着木棍的，在看守着这里。殷果每回在国外撞上的都是白天的，
在夜晚碰到乌泱泱的人群，举着各色标语从面前走过，人还是有点发虚的。
"上次来我也碰到过两回，是抗议警察误杀黑人，"殷果小声说，"这次又为什么？"
林亦扬倒是不太关心："经常有，每次目的都不一样。"

有的不错，比如国庆日的很有观赏性。有的就很麻烦，他刚来时去旧金山撞见

过一回，也是冬天，入夜就成了斗殴砸店的暴力事件。

虽然在曼哈顿的安全系数高，但已经入夜了，他并不想殷果在这里久留。

左右都是人，林亦扬将她让到自己前面，两手握在她手臂两旁，慢慢往前走。这样的位置，他能挡住左右和后边的人，他个子高也能看清前路。

这条路平时就人流多，眼下更堵了。

殷果走在斑马线上，和主路上举着标语的人群逆向而行，前面开始变得乱糟糟的，有人在避道退回来。林亦扬眺望下一个路口，估计是有人起了肢体冲突。

殷果右脸旁出现他的声音："右转，换个路走。"

还没来得及转向，左右两侧的人群都开始乱了，殷果脚背一痛被奔跑的人踩到，她惊呼了一声，左肩又重重被人撞到。

林亦扬一把搂住她，拉着把她人拽到一个餐厅的门外。

他是聪明的，完全没选择在路上跑，而是找了不容易冲散的角落，把殷果推到墙边，背对着路，用自己的身体隔开了路人和她。

殷果背贴着很脏的外墙，鼻尖贴着他的衬衫口袋。

因为太紧张，嗓子疼，耳朵也疼。

隔着一层布料，他能感觉心口的位置比旁边都要热，是她呼出的热气。

背后是不断撞到他身上的人，冲得快，撞得也狠，林亦扬小腿一下钝痛，不是被人踹到了，就是被什么砸到了。他眉头都没皱一下，只是侧头看着主路那里，判断事态会不会更严重。如果严重，这里也不能久留。

幸好，只是小范围的闹剧。

受到惊吓的路人全跑散了，新来的路人什么都不知道，继续往前走着，好像什么都没发生一样。"没事，"他对怀里的人说，"前面在斗殴，不是大事，那些跑的人是自己吓自己。"

他松开她。

殷果的视野开阔了，她心有余悸地扭头看，队伍还在前行。

"我们……就去这家吧？"她指小路对面的一家朴素的餐厅，"就吃这个。"

林亦扬点了下头，想搂着她过去，又觉得不妥，于是握着她的右臂，让她保持离自己很近的距离，贴身带着她斜穿过小路，推开玻璃门。

一家本土的便宜餐厅，里边坐着的都是本地人。

老板在收银台后，看到林亦扬举了两根指头，说是两人后，拿着两份餐单把他们带到里侧一个靠墙的四人位。

餐单搁到桌上，换了个人点餐。

殷果心还跳得不稳，人也不在状态，林亦扬随便指了两个东西："鸡翅？薯条？"

"嗯，好。"

"意面？"他记得她特地请自己吃过一次，应该不会讨厌这个。

"嗯。"

"什么形状的？面的形状？"

殷果茫然看他，意识仍在飘。在如此亮堂的偏黄灯光下，在闹哄哄的小餐馆里，在这一秒，在经历过刚刚被抵墙壁，脸贴在他心口被保护的事情，在被他握着右上臂，贴身拉着斜穿过一条路边还有生活垃圾的小路后……

她看到他的脸，还有那双眼睛就开始神游，开始脸红，开始后知后觉地在心底完完全全地中了他的招。

"这里种类不多，有细长形的，扁平的，还有通心粉，螺旋的，还有千层的。"

"通心粉吧。"她挑了个好听的。

林亦扬告诉点餐员是通心粉后，殷果反应过来：欸？不对，我最讨厌吃通心粉了。

这顿饭，是她自从过来比赛，所吃过的最难吃的一顿。

却是她和林亦扬第一晚正式的约会，意面端上来，食物形态一点都不美好，但有平时餐厅的三倍量。鸡翅和薯条也一样，都是平日吃的三四倍量。量倒是足。

难怪，林亦扬只点了这三样，要了饮料。

殷果努力吃了三分之一，终于放下叉子，喝了一大口饮料。太难吃了。

林亦扬全程旁观着，到她放下杯子才说："这么喜欢吃？"

他倒是把鸡翅都消灭了，并非为了美味，是不想浪费。所以自然判断出来了这家餐厅的评分水平。

"嗯，"她夸不出口，对不起自己良心，假惺惺指着杯子说，"这个柠檬茶好喝。"

全餐唯一及格的东西。

他眼睛真好看，鼻梁也是，嘴巴也是，下巴和脸形简直完美……

人又高，头发乱糟糟的都好看，更别说现在这样刮干净胡子、打理过头发的样子了。之前怎么没觉得人长得如此优秀？难怪，孟晓天老要叫他"大帅哥"。

殷果咬着吸管，和他从目光交汇到转向，盯着他身旁那个破了墙皮的地方，猛看着。

"我倒是觉得一般，不合胃口，"他说，"回去要弄点能吃的。"

"你会做饭？"她视线挪回来。

"不太会，不复杂的还OK。"他答，拿起结账单，去买了单。

结果到了家，吴魏已经摆了一桌子的消夜，顺便狠狠白了林亦扬一眼，把账单塞给他。林亦扬发现那家餐厅鸡翅味道一般后，就给了吴魏消息，让他准备第二餐。

不过殷果被晚餐的通心粉塞得饱饱的，吃不太多，全让表弟和吴魏扫荡了。

回到家里的他们在多余的两双眼睛注意下，没太多接触，吃到一半，殷果教练来了电话，她回房间去汇报训练情况，再出来，吴魏已经在收拾东西了，而林亦扬正好在和教授打电话，再次错过。到睡觉前，隐晦地交流了两句，各自洗澡回了房间。

倒是独自在房间里，才有机会交流了两句。

小果：你明天回去吗？

Lin：对。

小果：上午？下午？

Lin：和上周一样。

那就好，不会睡醒就不见人了。

小果：晚安，明天见。

Lin：Night.

互道了晚安，也关掉了手机，人却睡不着。

凌晨三点，殷果几番努力都召唤不到周公后，彻底放弃。她坐起来，翻看着手机里的俱乐部大群，还有九球小群。

现在是国内的下午，大家都在训练间隙，在讨论各种比赛，聊得热火朝天。

九球最近最大的一个比赛就是这个公开赛，群里，大家在核对着每个人到纽约的时间。

今、明、后三天，所有人都会抵达这里。小朋友们在下周比赛，而她是在下下周，进行为期一周的比赛，之后在四月初回国。

大家知道殷果是在睡觉时间，没人直接和她说话，仅有陈教练在两小时前给她留了微信。

陈教练：明天下午我到机场，如果不延误。

陈教练：等我到了，你搬过来酒店住，房间已经安排好了。需要调整你的训练计划，准备备战。见面细聊。

搬过去？

也对，是要搬过去。

当初租这个公寓，就有过这个打算。这个房间虽然租到四月底，那是为了让吴魏对房东有个交代，毕竟太短租也不好。

所以，最多过了这个周末，下周就要搬走了。

她抬眼，看自己房间的那扇门，默默出神。

门缝下有光，谁在客厅里？她尝试着用微信试探。

小果：睡了吗？

没有回复，那估计不是他了。

她关上台灯，头刚挨上枕头，手机在床头柜上振动了一秒。她立刻重新坐起身，看自己的手机。

Lin：刚看到。

小果：所以你在门外？

Lin：对。

Lin：在客厅，出来吗？

殷果丢下手机，披上件运动衣，轻手轻脚到门边，右手握住黄铜色的门把手，向下一压。门刚出现一条缝隙，突然就感觉到被人推开。

高大的影子一步迈进来，反手就虚掩上了门。没有闭合是怕有锁的动静。

"你弟弟。"他压低了嗓音。

很快，有趿拉拖鞋的声音从殷果门口经过，由远及近，又渐渐远了点儿。

"咋没关灯？"孟晓天半梦半醒地嘀咕了声，反手关门。

林亦扬也悄无声息地关上了身后的门。

她没开台灯，屋子里的帘子都是拉上的，也没什么自然光。

在漆黑的环境里，殷果站在他面前，甚至有种错觉，他是不是也能听到自己的心跳声。应该不会，理论上不会……面前的林亦扬穿着整套白色的运动衣，应该是睡觉时换的，在睡前还没看到。

两个人都在等，等孟晓天回到房间，这样说话才不会被听到。

如此磨叽了三五分钟，脚步声绕回来，再次消失。

殷果松了口气，轻声问："还没睡？"

"找药。"他洗澡都没注意，睡到半截总觉得不舒服，爬起来看了看，是在路边躲避乱跑的人流时，被东西砸过的那个地方，下去一块皮。

"你生病了？"她心提起来。

林亦扬举起右手给她看，他正拿着药膏和纱布，还有一沓创可贴："小伤口。"

林亦扬指窗边那个小沙发："方便吗？我坐那儿？"

"快进来。"她要打大灯。

林亦扬拉住她的手，指了指床头灯。

她照他的意思，扭开那盏小灯。

林亦扬已经在那个小小的软沙发里坐下，把手里的东西放到了地板上。他裤腿是卷起来的，露出那块地方。这还是他第一次进这个房间，虽然吴魏已经租了这里好久了。

小沙发是殷果搬进来时买的，很便宜，都不能叫"沙发"，只是个大坐垫。平时她坐没问题，林亦扬毕竟是男人，坐在那暗红的软垫子里，略感滑稽。

殷果蹲在他身边，借着光看那个伤口，倒是不深，但很长的一条，像是尖锐物隔着布料生生划出来的。她皱眉，轻声问："怎么弄的？"

"火车上划的。"他随口编了个地点。

"到现在才知道？"这也心太大了，从下午到现在。

"也不疼，就没注意。"

殷果看着都疼。

他已经抹过药了，在殷果找他之前，在洗手间处理的。

林亦扬想着伤口不深，还是不上纱布了，穿裤子麻烦。他想贴几个创口贴，主要是明天在路上，不想碰到伤口，回华盛顿后撕下来，一两天就能好。于是他把那一沓创口贴撕下来几个，借着灯光，在想要横着贴几个。

"我帮你。"殷果蹲在那儿轻声说。

没听到他说话，她奇怪地仰头，借着床头那边的光，看他的脸。

林亦扬正在回看着她，因为这句话。

我帮你。

这句话他从长大就没听到过了。

没人有机会对他说，他也不需要。

夜深人也静。

隔壁人静是因为又睡着了。

而在这里是一个人的突然安静，导致另一个人的被迫配合。

"我自己来。"他的声音变得有些怪。

平日被自己包装得很好的，用后天养出来的涵养、学历和台球技术堆砌围成的一个人，在这个公寓东面最小的房间里，内心突然有了一种奇怪的情绪：低落，无法释然，还有什么用语言无法表达的。

他撕开了一个，再次预估了长度，最后把手里揭开了一半的创可贴揉成团、丢进废纸篓。

还是用纱布吧，只是为了不被碰到。

他打开医用纱布，在腿上比画了一下，绕了一圈，太薄，于是加了一圈。

绕完发现忘拿剪刀，她也意识到了。

"等我去拿。"殷果丢下这句话，拿着手机，蹑手蹑脚地跑了出去。

她没开灯，用手机打出强光，找到了一把剪刀回来。林亦扬已经系好了纱布，接了剪刀，收了尾。用完了剪刀，特地靠墙搁着，免得殷果踩到。

"困吗？说会儿话？"他问。

"不困。"殷果拉过来一个方形靠垫，垫在地上，环抱着膝盖坐在他面前。

林亦扬腿太长，身下的沙发又矮，伸展不开，就把两条腿伸到她身子两侧，手臂也搭在了他自己的膝盖上。如此一来，倒成了她坐在他两腿当中，和他面对着面。

"我家里没什么人，爸妈不在了，有个弟弟，去年结婚的。"

"这么早？"弟弟肯定比他小，结婚真算早的。

林亦扬的重点在前面，发现殷果一点不意外，猜孟晓东肯定说过什么。他盯着殷果的眼睛说："我弟比我小好几岁，爸妈死那年过继给一个亲戚了，那家人没孩子，一直把他当亲儿子养，过得不错。他结婚时候我给了一笔钱，都给我退回来了，也不想麻烦我。"

"那他对你不错。"

他点点头："所以我这里就是家底薄，倒没多大后顾负担。"

殷果"嗯"了声。

可尬可尬的自我介绍，好像哪里不对？像在相亲，在介绍家庭背景。

两人在地铁上经历过相似的一场对话，她记忆犹新。

果不其然，林亦扬下一句就是："你有什么想知道，随时问。"

但又和在地铁车厢里不同。

他说完，还在瞅着她。

她摇摇头："没了，没想问的。"

数秒安静。

他不能让自己一直盯着人家看，略微环视了一下这间卧室。白瓷的台灯是房东的，藕粉色的床单被罩……应该是私人自己带来的。笔记本电脑在台灯底下，是银色的。

行了，该走了。

林亦扬觉得两人再如此共处一室，不发生什么都对不起大半夜偷摸说话半天的情绪，他果断手撑着地板，起身，把剪刀、纱布和一沓创口贴拿上，离开了她的房间。结果手里的东西刚搁在塑料柜里，身后的房门又打开了。

他回头看。

殷果心虚地指了指洗手间，默不作声地往那里走，等她关上门后，人还不在状态。其实是来洗脸的，一晚上没睡着，脸上油腻腻的，洗清爽一点睡觉舒服。她打着泡沫，竖着耳朵听外边，这回应该去睡了吧？

再等等，再等两分钟。

于是左手搓搓，右手搓搓，最后冲干净，重新打开了门，顺手关上灯。

刚迈出门槛，就看到他在洗手间外等着自己，吓得差点叫出来，幸好有多年赛场的心理素质打底，在声音从喉咙口跳出来之前克制住了自己……

"你还不睡？"她背靠门框，觉得再这么压低声音说话下去，都能应聘情报工作者了。

面前的人没说话，走近。

他低头，从她的额头上闻到了香味，像洗面奶，应该是大半夜去洗脸了。

殷果下意识往后靠，也不过是和门框贴得更紧了一分。

他继续看着她。

殷果紧张地抿了下嘴唇："要不，去……我房间？"

"去干什么？"他问。

"说话能大声点儿，"她悄声说，"比这里强。"

吴魏的房间紧邻着洗手间，出来能吓死。

林亦扬没回答。

"或者没什么要紧的事……明天说也行，"她轻声道，"你又不是一早就走。"

殷果在等着他的下文，林亦扬反倒不说了，在黑暗里，他在找她的鼻梁，往下是一直试图想要找几句话说的嘴唇。

她的嘴唇上是他呼出来的气息，一呼一吸。

吴魏卧室里突然有电话声响,是手机在响。

殷果一颗心被提得老高,她推林亦扬。林亦扬反倒直接亲了上去。起先只是在亲嘴唇,后来,很快在做别的尝试。

她分分秒秒怕吴魏跑出来,根本来不及体会这一个突如其来的亲吻。直到,林亦扬找到了方式,找到她的舌尖,轻轻吮了一会儿。

两个人都同时……停了下来。

"对,睡觉呢,废话,你不知道咱俩有时差啊。"吴魏带着困意抱怨。

"这不是在等顿挫吗?对。"门内的人继续说。

……

声音由远及近,由近及远。

不是人走出来了,而是她的耳膜像蒙了一层水,震荡着,让所有外在声音显得不真实。

林亦扬右手扶在她脑后,指腹在下意识地摩挲着她细软的长发,两个人对视着。殷果觉得自己快得心脏病了,紧咬着下唇,不敢相信地望着他,腿是软的,头皮也是麻的,整个人极其不对劲,像是缺了氧。

林亦扬偏过头,感觉着她呼吸的力度时轻时重,低声说:"快进去。"

殷果终于明白了他的意思,松开抓着他运动外衣的手,穿过客厅,险些撞到吧台旁的高凳,直到回了卧室,锁好门,才发现自己右手关节都是酸胀的。

刚刚抓他的衣服到底用了多大的力气,一点都没意识。

林亦扬立在原地,手胡乱捋了头发,偏头看了看吧台上摆着的一个小闹钟,电子灯光显示着凌晨3:17。

吴魏卧室的门被打开,他困得睁不开眼,瞧见林亦扬在洗手间门口,打了个哈欠:"就知道你在外头,帮我拿瓶冻咖啡,总总一骂人至少仨小时。"

吴魏说着,转身回去,扑倒在床上:"哎,您接着骂,小的听着呢。"

林亦扬在客厅里转了半圈,没什么可做的,盯着殷果的卧室门看了会儿,还是按照吴魏的意思,拿了两罐冰咖啡回了卧室。

他把其中一罐丢到床上,自己靠在沙发上,啪的一声打开,仰头喝了口。

液体是苦的,从口腔顺着流到喉咙口,冲散了舌尖上她留下的味道。他摸出手机,琢磨了会儿,估摸她和自己一样应该还没法睡着。

吴魏按下免提,把自己的手机扔在了两人当中的地板上。当年关系最好的一批人里,唯一有个女孩子,就是林霖,大家都叫她总总。她在那边长篇大论地骂林亦扬，吴魏蹲在林亦扬身边，给他打了个眼色，凑在他耳边说："既然是骂您的，就一起听呗。"

林亦扬没吭声，跷起二郎腿，仰靠在沙发椅背上："音量调低。"
他一偏头，指门外，意思是还有人在睡觉。
估摸是林霖听到了，在那边爆了一句粗，在骂林亦扬不识好歹。

当初球社里的男男女女里，林霖是最漂亮的一个，脾气却比男人还硬。她和林亦扬同岁，但不是一个老师。林亦扬刚进去时，二年级八岁，十三岁正式打职业赛，在这空当期间报名过少年组，开始成绩很烂，后来就闭门训练，十二岁拿下少年组冠军，十三岁拿下职业赛的冠军。

所以在那之前，圈内没人瞧得上他，无名小卒一个。
有一回林亦扬在外头的台球厅打球，吴魏一个小四眼被人欺负了，他没吭声直接动手，一人对五六个人打了一架，挂了彩回来的。当时只有林霖在球社吃午饭，听到教练说林亦扬去打破伤风针了，她二话不说，丢下筷子骑着白色的小自行车就出去了，在半道上从工地捡了块板砖，进去直接就动手。一美女进去看见谁挂彩就揍谁，大家全蒙圈儿，刚被林亦扬揍完又撞上个疯子。

那回还是孟晓东把她拉出来的，结果也被她给揍了，以为孟晓东是那帮小流氓的同伙。

后来人家问林霖，知不知道自己揍的是一帮小流氓，不怕？林霖说了句名言——横的怕愣的，愣的怕不要命的。她不惜命，谁都不怕。

在那事之前，没人知道球社有两个还没成名的孩子：林亦扬和林霖。
在那之后，大家都知道东新城有双林，一男一女，都长得漂亮，还是两个狠货。
……
林亦扬听着手机里的女人声音，忍不住微笑。这回见到、听到的所有故人，都是骨子里和过去一个揍性。

吴魏调低了音量，坐在沙发旁的地板上，抱着膝盖在那儿喝着冰咖啡继续听着。
林亦扬看着自己的手机屏幕。
Lin：有没有被吵到？
殷果完全是秒回。
Red Fish：听不清其实。
Lin 发了个笑脸。
Red Fish：还不睡吗？

Lin：等天亮。
Red Fish：为什么？

为什么呢，不太睡得着。

照自己大脑的亢奋程度，肯定是要耗到天亮了，估计明天到火车上能睡死过去。选择在最忙的时候谈恋爱，真是在挑战他的体力极限。

* * *

殷果斜趴在床上，全屋唯一的光线就是面前的手机屏幕。

林亦扬没有立刻回复。

她点开他的头像，找到了备注，想给他改一个名字，改什么好？最后想想，还是算了。

小果：没收到吗？
Lin：收到。
小果：那怎么不回？
Lin：回什么？为什么要等天亮？
小果：嗯。
Lin：睡不着。

很快，跟了三个字。
Lin：因为你。

殷果下巴压在软软的藕粉色棉被上，盯着最后两句，最后，把脸埋下去。脑子里反复都是刚刚在洗手间门外的接吻感觉。她太紧张了，全程都是，怕被人看到，怕被人听到，全程大部分时候都过于刺激……

不能再想了。

一整个晚上，她在这间卧室，他在一个客厅之外的卧室。

都没睡着，殷果在黎明前略微眯了十分钟，又醒了。

她其实是困的，意识也不连贯，但就是睡不沉。难怪郑艺说恋情刚开始的那一段时间完全可以不吃不睡，和吃了兴奋剂没两样，她现在信了。

天刚亮，六点二十分，再次出现了他的消息。
Lin：醒了可以出来，我在客厅。

殷果一骨碌坐起来，拉开床头柜的抽屉，拿出镜子看了看自己。还好，没睡过就是憔悴了点儿，不至于头发乱糟糟得很狼狈。

人出去，客厅里不像昨夜，已经布满晨光。

林亦扬在煮咖啡，还在醒神，瞧见她出现，就望了过来。

他对她招招手，让殷果到吧台那里。男人比女人经得起熬夜，除了眼底有一丝红，和昨晚前没太大差别，仅仅有点颓，站姿不讲究，半靠半倚着吧台。

"睡得好吗？"他哑声问。

"嗯。"她违心地说。

林亦扬指了指旁边的一包豆子："试试这个，很快就好。"

殷果认识这个包装，就是上回自己帮郑艺买咖啡豆的那家店，可昨天家里还没有。她靠在他手臂旁，拿了包豆子看，刚拆过的样子："你什么时候买的？"

"昨天，回来前绕了点路。"他说。

从火车站到那里，再到公寓，何止是绕了点路。

这就像他那次要去法拉盛赌球，先绕到纽约大学附近和自己喝咖啡一样，绕了个大远路。殷果捧着那包豆子。

咕嘟咕嘟，褐色的液体在冒着沫。

咖啡已经煮到了油沫溢出，他调小了火，准备再煮半分钟，他瞥见殷果还抱着那包豆子在看自己，弯腰，拉开了最底下的一个抽屉给她看。

那里还有几包，口味不同，都是买来给她尝的："不嫌麻烦，平时就自己试试看。"

殷果更感动了，抿着嘴唇看他。

林亦扬看了眼腕表，在算关火时间："别总盯着我看。"

明明让她不要看自己，却偏过头来瞅着她，低声说："我已经很克制了。"

没在你走过来时，就亲你。

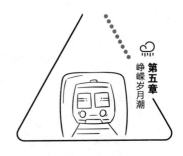

殷果起先没懂。

琢磨了几秒，懂了。其实也是似懂非懂，毕竟林亦扬说得很隐晦。

林亦扬伸出右手，让她把那包咖啡豆给自己，殷果给他，豆子给了，手也给了。他接了纸包，丢到抽屉里，手却没松开。

在林亦扬拽她时，她想的是，不行，还没刷牙。

"你咖啡，好像能关火了。"她找借口，想要避开他。

"这壶煮得不好，"他低声说，"一会儿倒掉。"

殷果还在纠结，不行，还是要刷牙。

她摇头，再次躲开。

刚开始的两个人还有着微妙的羞涩，总不好大咧咧对他说，你等我先刷个牙。殷果纠结的神情，被林亦扬看了个透彻。

他偏过头，去看她的双眼："反悔了？"

洗手间的门突然被打开。

吴魏迷糊着溜达出来，看到如此一个画面：林亦扬不太爽地瞥了自己一眼，关上火，在等着那壶锔贵的咖啡冷却。殷果则靠在吧台旁，和林亦扬隔了一步远的距离，在猛瞅着空无一物的吧台桌面发呆。

吴魏特想探头瞧一瞧，两人在吧台下面的腿是不是挨在一起了。

顺便回忆了一下，昨晚自己打电话之前，林亦扬去哪儿了。

林亦扬用腿把抽屉推回去，声音挺大，是在提醒吴魏见好就收。

吴魏咳嗽了声，揉着脖子："早啊。"

殷果抬头，友好地笑了笑。

"昨儿没吵到你吧？我姐来的电话。"吴魏说。

她摇头："也没听到几句。"

"是林霖，听过吧？也是打九球的。"

"听过，"她说，"我四月底在杭州有比赛，说不定就能碰上她做裁判。"

林霖，女子九球的前辈，世界排名一直是前几，在某一年曾连夺三场大型比赛的冠军，完成了心愿，直接宣布退役，退居幕后做了裁判。听人说，退役主因是林霖身体不好。

殷果发散着思维……
难道林霖和林亦扬关系非同一般？

"这些年，你哥提过她吗？"林亦扬忽然问。
怕殷果误会自己，他只好选择出卖孟晓东。
这思路跳跃太大，殷果蒙了几秒："我哥和她熟吗？"
"何止是熟啊？"吴魏看林亦扬都说了，自己也不用藏着了，"林霖追了你哥好些年。"
殷果一脸茫然。

"林霖是……你姐？"她记得吴魏刚这么说过。
"叫着玩的，"吴魏说，"不过感情和亲姐没两样。"
林亦扬解释："小时候吴魏读书好，人尿，经常被小流氓堵在校门口揍。林霖一直护着他，吴魏一直把她当亲姐姐。"
"她护孟晓东才是用命吧，"吴魏撩起半袖，指了自己后肩的位置，"林霖这里有个纹身，就是十六岁那年为你哥得罪了人，被小流氓留的疤，她嫌难看文的。"
这到底是什么天大的八卦。
"我哥真一个字没提过。"她努力回忆两个人，完全没交集。

林亦扬和吴魏对视一眼。
"我哥喜欢过她吗？"她轻声问，怕被屋里睡觉的表弟听到。
林亦扬摇头："不清楚。"
他倒了三杯咖啡，一人一杯。

殷果看向吴魏。
吴魏也摇头："你哥怎么想的，鬼知道，"说完，又愤愤不平了一句，"你哥那断情绝爱的，不也才第五，今年一直被江杨压着。"
殷果反射性地保护自己哥哥："江杨也就今年是第四，前年还是被我哥压的。"
吴魏看她一脸认真，被逗笑："是，是，咱不为他们俩的成绩较真，斗了多少年了。"

林亦扬听他们说着，两指捏着白瓷杯口，抿了口咖啡。

好似这些都和他无关。

吴魏也没再说，认定自己"该走了"，于是连着几口喝完咖啡，拿上钥匙，走了。

等到他们两个单独相处，又回到了初始的氛围里。

"听我们聊过去，烦不烦？"他问。

殷果摇头，反问他："让你听我小时候的事，会烦吗？"

林亦扬也摇摇头，什么都行，可惜没人讲给他听。

一段感情的开始阶段是最美妙。

我不了解你，你不了解我，我渴望认识所有的、全部的你，而你也是。

他和吴魏说的每句话，对她来讲都是新鲜有趣的，关于林亦扬，关于面前这个男人的过去。每个字，她都在认真听。

林亦扬把咖啡杯推到她手边，让她喝。殷果再次警觉，自己还没刷牙的事实："我先刷牙，才能吃东西。"说完就跑进了洗手间。

关上门。

她对着镜子，看自己。镜子里的样子，就是林亦扬刚刚看到的……有着所有人晨起都会有的邋遢……好吧，很真实。

等到她再出去，吧台前已经多了一个人，是表弟。

林亦扬看咖啡凉了，重新给殷果煮了一壶，尚未沸腾。两人隔着表弟，目光交汇了几秒。

"等一等。"林亦扬指咖啡壶，是对她说的。

她"嗯"了声。

等着等着，倒是想到了另外一桩事："我今天要搬走了。"

林亦扬看她。

"是俱乐部大部队都来了，教练让我去酒店住，"她解释，"所有人都要集合。"

"这就走啊？"孟晓天惊讶，"我哥也真是的，一来就把你绑回去了。"

殷果的话在情也有理，林亦扬没多想，直接说："收拾收拾，我送你过去。"

"你不是要回学校吗？"她记得，他午饭之后就要去赶火车。

"先送你。"他说。

实在不行，换一班火车回 DC。

"那我先去收拾。"她立刻说。

这样午饭前能收拾好，送到酒店之后，再去火车站也来得及。

林亦扬点头："去吧。"

孟晓天发现，没人搭茬自己，眼睛左瞟瞟、右瞄瞄。

殷果刚走出去一步，又被林亦扬拽着手腕，拉了回去。

这回咖啡是真好了，能赶上喝一口最称心的。

自从拉回去，手就没松开过……

孟晓天彻底明白了，捋了下自己的短发："那什么，姐，你收拾着，我可不想见我哥。等他走了，我再去酒店看你。饿了，饿死了，我先去吃了，不等你俩了哈。"

表弟没耽搁，走得飞快。

未料，前脚表弟走，在楼下就和东新城的一票人打了个照面。

东新城的人喜欢晨练，一帮小孩都是早上训练，非说要来小师叔打工过的球房，包场训练。结果一清早全来了，小一辈的训练，老一辈的蹭饭……

殷果可不想同一天，一个小时内被林亦扬身边所有的朋友都仔细打量几次，躲到了屋里，收拾着。林亦扬心不在焉地在外头，一口口喝着第二杯热咖啡。

江杨想和他聊两句："帮我也来一杯。"

林亦扬当没听见："昨晚一宿没睡，你们自己待着，我去补个觉。"

半个好脸色都没。

殷果中途想出去，怕单独碰上几个男人，给林亦扬发微信。

小果：他们什么时候走？

Lin：我们会先走。

小果：……我不敢出去。

Lin：？

小果：觉得尬。

Lin：我让他们去洗手间，你出门，他们再出来。

小果：别，别，以后更没法见面了。

小果：算了，我硬着头皮出去吧。

Lin 发了个笑脸：好了就走。

小果：嗯。

殷果收拾完行李，整装待发，林亦扬找到一把备用钥匙，扔给江杨："我回学校了，你们随意。"

他拎着殷果的行李箱，先出了门。

殷果临迈出公寓大门，被一群人的目光灼烧着后背，努力半天，维持着镇定，回头，对叫了外卖、凑在一起吃的众人挥挥手，算是道别。

等到公寓大门撞上，几个大男人面面相觑：林亦扬回学校，姑娘拎着行李箱跟着？

不愧是从不守规矩、不按常理出杆的小扬爷，谈恋爱也一样。

快，准，狠。

"准备上红包，"江杨评价说，"不能给东新城丢人。"

"多少够？"范文匆是个实在人，掏出手机查了下网上银行。

陈安安想了想："今年奖金吧。"

江杨没异议，觉得是个好彩头，庆贺找回兄弟。

范文匆看这个世界第四都没异议……默默地收起手机，反正我这个排名十几的比你差远了。只是在心里默默吐槽了一下，好歹给你那么多红包，未来老婆不给多看两眼。亏了，都没认真看。亏了，下回要好好看看到底长啥样。

* * *

公开赛有指定的酒店，可以提供住客打折。

所以基本外国选手在这里，都会选择入住同一家酒店，在酒店球房，或是附近两间球房训练。殷果办好入住，发现教练和同俱乐部的人都在酒店球房。

她看林亦扬没有排斥去的态度，带他去了三楼。

今天北城的人刚到，孟晓东直接让包了场，给大家练练手，适应适应当地时差。

殷果推门进去时，外头八个九球桌和四个斯诺克的台子都满了，全站着自己人。大家看到是小师妹来了，招手，纷纷招呼着。

"你们怎么都来了？"殷果奇怪地看斯诺克台子旁的人。

有人回："本来要去巡回锦标，六哥说要先来美国，估计是担心你第一次职业赛。"

在北城，排行老六的是孟晓东，自然说的就是他。

殷果点点头："我教练在里边吗？"

她刚接电话，说是在休息室。

"在，"另外一个回答，"进去吧，等着你呢。"

殷果看了看四周，在窗边，有一排椅子。

她对林亦扬招招手，林亦扬低下头，她轻声耳语："最多二十分钟……或者半小时。"

林亦扬点头，顺便，拍了一下她的脑袋："不着急。"

殷果对他笑了笑，依依不舍地跑了。

说实话，林亦扬这个动作是故意的。

他和殷果不一样，殷果进了这层的球房，像回家一样，放眼望去都是熟人，也不会察觉出有多少的不同和审视。可林亦扬从迈进大门，就知道，全场人都在打量着自己。

包括现在。

他走到窗边，没坐，只是靠在玻璃窗旁，看着北城的选手练球，尤其是斯诺克那边的。

这些年他不关注赛事，但因为吴魏还在打球，多少回提到过北城几个新苗子，给他看过几眼比赛视频，评价是：和孟晓东都是一个路数的。

其中一个林亦扬在视频里见过的人，现在就在斯诺克的绿球台旁，在用巧粉擦着杆头，从进门开始就毫不避讳盯着自己和殷果看，一秒都没移开视线的男人，好像叫……李清严。

从进来，林亦扬看着这个男人打了几杆，和孟晓东一样，节奏稳定，严格控制在 25 秒之内出杆。那天，林亦扬发现孟晓东这个新习惯后，查了一下各类大赛的规则。

这是超级联赛的规则，很苛刻。

许多别的国际赛事并没有这种 25 秒的要求。但是，孟晓东显然在用最苛刻的比赛规则在训练自己，包括他旗下的选手。

一分钟后，九球那边和殷果熟悉的两个大男孩，笑眯眯地越过了在场众人和林亦扬之间的一条安全线。

"兄弟，幸会。"高一点的靠在林亦扬左边，伸出右手。

林亦扬伸出右手，和对方象征性地握了下。

"打球吗？"旁边矮一点的问。

如果是职业的，不会没人认识他，所以大家都认定他是外行人。

林亦扬看这两个还算友善，带着好奇的成分多，也就倚在那儿，随便应付着说："偶尔。"

竖着耳朵听的众人懂了：业余的。

所以殷果先来纽约一趟，竟然莫名其妙让一个业余爱好者给追上了。他们这些人都不敢痴想，可让那位和殷果青梅竹马长大的李哥怎么想。

斯诺克台子旁，一直和李清严练球的对手——硝子拿起了一颗球，笑着指面前的绿色球桌："进我们北城包场的球房，按规矩，都要走一杆的。"
林亦扬摇头："不打斯诺克。"
谁都不可能让他破了这规矩，包括孟晓东也只是让他退了半步而已。
"九球？"有人指不远处的蓝色球桌。

林亦扬想想，还是算了。
九球那边都是年轻气盛，而且是这次公开赛的参赛选手。让自己不好好打、放水，是不可能的，但要认真打，在公开赛前和职业选手来这么一局不太厚道。
于是，他又摇头："也不打。"

大家互相对望了一眼，原来是打中式八球的。
"给他摆一个中八，"硝子说，"用九球的台子。"
硝子说完，大家都在看李清严。
李清严终于开了口，他说话很客气："能进我们包场的地方，不是自己人，就是朋友。想做朋友就来一杆，否则很难服众。"
硝子最后接了话："除非你说，你从来不碰、不懂这个，我们就不勉强了。"

林亦扬看这个局势，知道自己今天不走一个过场是说不过去了。
他看得出来这个李清严是重点人物，估计过去不是追过殷果，就是在一起过，而且至少到今天为止还在惦记着。
他离开窗边，径直走到李清严和硝子练球的那张斯诺克台子前，拍了拍边沿："就这个。"

球房内，渐渐静了。
"不是不打斯诺克吗？"李清严隔着球桌，笑着看他。
"对，不打。"林亦扬环顾四方，在找公共球杆。
"硝子，给他。"李清严说。
硝子把自己的个人球杆递给林亦扬："我还要比赛，悠着点儿玩。"
林亦扬接过球杆，拍了一下硝子的后肩："谢了。"

桌上还剩下了三颗球，林亦扬用手，把台子彻底清了，只留下了一颗红球和一颗白球。

林亦扬指了指红球："红球随便你们摆，我来打。"

这一句，所有看热闹的人都惊了。
太狂了，随便摆一个球就敢打？
林亦扬捞起球桌边沿的巧粉，又跟了一句："五十个球，有三次没落袋，算我输。"

其实这是一个基本功练习，和斯诺克，和九球，和八球都没太大关系。
是在训练准度。
但五十个球，只能丢三个球，在场的人里，包括李清严，谁都不敢打包票自己能做到。其实林亦扬说这句话时，还是觉得自己老了。少年的他可以做到不丢一球，可惜……斯诺克的球桌对他来说，还是太陌生了，常年在九球的小桌子上打球，他不敢说，自己换到斯诺克的大桌子上能不丢球。

李清严再次在记忆里搜寻这是一号什么人物，然而毫无结论。
"他是内行人。"李清严走到硝子身后说。
硝子点头。
从林亦扬说"不打斯诺克"那一句话开始，大家都猜到了，他不仅仅是业余爱好者，面对一堆高手能如此平静，只能是同类人。从林亦扬审视了几秒九球球桌，再次拒绝后，硝子就更加肯定这个人一定是心里有底，手上有活的。

硝子拿起那一颗红球，放在了正当中，这是一个毫无难度的位置。
算是给彼此一个简单的开场。

林亦扬从心里赞赏孟晓东带人有方，就算要给自己一个下马威，第一个球也摆得很有礼貌。他把白球放在发球线上，一击落袋。
毫无悬念。
"第二个。"林亦扬收杆，指球桌，让他们继续摆。

接下来的十分钟里，红球被放在了各种位置，越来越刁钻。
林亦扬竟然没有一次动作慢下来，他这个人就是这样，越有手感，会越打越好，越打得好，会更有手感。
红球刚被摆好，白球就飞一般撞了过去，全部收入袋口。
前二十个，硝子摆得都比较常规，全部落袋。
到三十个，硝子开始往刁钻位置摆，全部落袋。

到四十个，仍旧没有丢一个球。

……

在场年纪小的看得太投入，十三四岁的少年们全紧张得手心里冒了汗，盯着四十几个斯诺克的红球满桌飞。这样的准度已经不是这些少年能企及的了。

第四十九个。

硝子刚拿起一个红球，被一直沉默观看的李清严接了过去。

李清严看他："指定袋口，有问题吗？"

林亦扬毫不在意："随意。"

李清严摆上了三颗球：1个白球、1个红球、1个黑球。

像是一场比赛片段的还原。

"这是你赢过的？"林亦扬问。

"不，"李清严说，"威尔士公开赛丢的球，三天前。"

林亦扬绕着球桌走了两步，又问了一句："当时你要进哪个袋？"

"中袋。"可惜失败了。

林亦扬点头，在俯身的一秒做了判断。他把球杆架在左手上，慢慢地瞄准、出杆。

一声轻响，白球击中红球。

在场所有人都认为林亦扬的这一杆会把红球打向中袋，可红球竟然飞向了底袋。

出其不意的一击，极难的角度。

但是，球进了。

在红球入袋后，林亦扬顺手把黑球也打入球袋。

李清严盯着球桌，在片刻的思考后，率先鼓掌致意。

当时李清严在赛场上也想过这个方案，但太冒险了，他选择了更保守的中袋路线，可惜失误了。没想到，几天后在纽约的这个酒店里，面前的这个男人完美解了这一个局。

加上最后的一颗黑球，整整50个球，全部入袋。

没有一个失误。

北城的这些少年心服了，口也服了，纷纷报以掌声致敬。不管这个男人是什么项目出身，他的准度毫无疑问是最高水准，职业水准。

他的身份、背景和参赛经历是什么？他到底从哪里来的？

太多的疑问，充斥在每个人的心里。

没人开口，连李清严都不知道要怎么去问。

在这诡异的安静里，没人动。

时间仿佛是静止的。

直到林亦扬把球杆递还给硝子，才打破了凝固的空间。

殷果和一个穿着灰色西装的中年男人同时穿过人群，其实殷果一直在人群后，和自己的教练一起旁观了最后的几个球，只是没有出声打扰。

她见过他打球，一点不意外他的准度，在法拉盛的赌球可比今天精彩多了。

陈教练走到了球桌旁，拍了一下硝子的肩，随即遗憾地拿起一颗红球，对林亦扬和善地说："出来晚了，没机会凑个热闹。"

他刚出来时还在担心，怕林亦扬影响这些孩子的赛前心情。

顺便作为带了殷果数年的教练在心里默默给这小子有了第一面的评价——有傲气，有骨气，还有风度。

"这是我的教练，姓陈。"殷果给他介绍。

"你好，陈教练。"林亦扬主动伸出右手，"我是林亦扬。"

陈教练把球递给殷果，握住了林亦扬的右手，自我介绍名字："陈放。"

握手后，陈教练对众人介绍："这位我也是来之前听说的，林亦扬，当初和你们六哥是一代选手。"

李清严再次仔细看林亦扬的脸，他自己不是天赋型的选手，入行晚，打比赛也晚，不可能了解孟晓东入行阶段的所有选手。大浪淘沙之后，孟晓东那一代剩下的人不多了，都是现在行业内的中坚力量，比如江杨。

所以对于那一代人，本身就代表着两个字——前辈。

而李清严作为新一代的带头人，必须给今天的这场面做个善后，他走到林亦扬面前，主动握手："幸会。"

林亦扬没说话，和他握手后，很快松开。

"你不是要赶火车吗？"殷果给林亦扬打眼色。

林亦扬看殷果紧张的小眼神，轻声说："对，是该走了。"

"我送你，"殷果当即说，又对陈教练解释，"地铁站很近，我马上回来。"

"去吧。"陈教练笑着答应。

等两人出了门，陈教练才笑着问硝子："平时嚣张惯了，摔了吧？"

硝子打着哈哈："这不是闹着玩呢嘛。"

"人家也在和你们闹着玩呢，看不出来？"陈教练直接说，"他可是连你们六哥都照样削的人，要不是看你们都在赛前状态，早来真的了。"

* * *

两人在电梯里，开了几次门，到2楼全都下了。

殷果等着楼层显示，还是1层，他就要走了。今天全是走马观花被人看，匆匆收拾东西来这里，好像白白浪费了大半天。

"你到DC又要天黑了。"她说。

"对。"林亦扬插着裤子口袋，在看着电梯镜子里的她。

1楼到了，电梯门打开。

林亦扬没动。

她赶紧按住开门的按键："到了。"

等在门外的入住旅客纷纷入内，拖入几个大箱子，隔开了两人。

有人拿出门卡，刷了楼层。

"再不出去，电梯要上去了，"她隔着一个中东人，探头看他，催促着。

又进来两个人，刷卡，选了楼层。

殷果都不好意思再按住电梯了，她有感觉，已经有人开始不满地瞄自己了。

一秒的沉默。

"你住几楼？"林亦扬问。

"……6楼。"

他点头："我送你上去。"

不是要送他出去吗？

殷果松开手指，在电梯上升后，才想到找出门卡，在四排楼层按钮下的黑色感应区域刷了下，按下6。

两人是第一批出电梯的住客，走廊里只有两个客服人员。

殷果办好入住后，自己上来放过一次箱子，在门卡上确认房间号后，指了指左边。两人绕过了一辆银色的客服车，从一沓沓堆积如山、码放整齐的白浴巾旁路过。

她前脚走，他后脚跟着。

到门口，进去时，服务员推着客服的工作车走过去。

殷果险些被自己丢在门内的箱子绊倒，林亦扬先看到了，把箱子往里面推了一下。她还想插门卡，就被林亦扬把手按在墙面上了。

"和人合住？"他低声说，用脚带上门。

啪嗒一声，门锁挂上。

殷果浑身的血液都在往上冲，转过身，背贴着墙："嗯，还有个小朋友，女的。"

我在说什么，谁会来比赛和男的合住，当然是女的。

林亦扬的右手在她的腰上，左臂压到她头顶上的墙壁上，低头，想亲她。

"万一人回来——"

"五分钟就走，"他已经拖到无法再拖，"没这么巧。"

他呼出的气息，在她的额头上……她的心脏好像失去了跳跃的力气，人也是，呼吸停在那儿，直到嘴唇和他的碰上。和昨晚不同，这次她对接吻有经验了，可也和昨晚相同，一次的经验还是极其匮乏的。

林亦扬的舌尖在她的牙齿上扫过去，殷果人立刻腿软了。

幸好有墙支撑着，还有他抱着自己，他低头的姿势并不太舒服，换了个方向，再次低头。殷果的下唇微微一痛，低低地"嗯"了声。面前的男人含着她的下唇吃了会儿，最后开始了正经事。

殷果好像能看到每一个动作，看到他如何偏过头，和自己的舌尖搅到一处。

好像大脑又是一片盲白的，完全不会思考了，只是和他靠在墙边，做这种亲密的事。五分钟究竟有多长，她根本没法判断，最后舌尖都麻了，下唇也被咬得发胀。

很痒，自己咬着也不管用，心里更痒。

殷果努力地喘着气，眼前的景物有点晃，忽大忽小。

一个男人，从一月底到三月，认识不到两个月。

可是两人只是每个周末匆匆见面，怎么在一起的呢？她的逻辑全都断线了，只是有个单纯的想法，想和他在一起，像这样在一起。好像又有点害怕，万一他是渣男怎么办……

他说追自己，可万一其实有女朋友怎么办？或者脚踩多条船。

自己连他的学校都没去过，除了纽约这里的一票行业内有声明的朋友，除了表哥和他认识，好像林亦扬这个人对她来说，还有许多未知的区域。

"老样子，"他用脸贴着她的，在她耳边低声说，"周末回来。"

"嗯。"她答应着，在自己的猜想里神游着。

他笑了。

"除了'嗯'，能不能多说两个字，再见又是下周了。"他说。

她被他笑得脸红："我们可以发消息。"

对，是可以。

但摸不到，碰不到，拉个手都不行。

每次，每周，林亦扬见到殷果都觉得是新鲜的，像第一天认识，这是远距离恋爱的迷人之处，可也折磨人。接下来的四五天，他确信，刚刚的接吻能被反复回忆很多遍。

"我初中时候经常逃课，在台球厅待着，操场抽烟吹风，洗浴房里睡觉，荒废了不少时间，"他感慨说，"那时认识你多好，逃个课天天陪你。"

这两天，殷果已经不止一次让他怀念过去的自己了，好的，坏的，有激烈情绪的，有血性的，甚至时不时会有犯错冲动的一个人。

"我又不是这周走，"殷果说，"要到四月初呢。"

殷果本意是告诉他，自己三月还在，可说完，却意识到这句话仿佛是在提醒两人：快了，四月初的比赛结束，她就回国了。

两人都安静着，殷果看到他的喉结微微滑动了一下。

她猜不到他想说什么。

"等我回来，快的话周四晚上。"她听到他说。

殷果点点头。

林亦扬没让她送下楼，在门口摸摸她的头发，径自帮她关上门走了。这家酒店已经入住了不少参加公开赛的选手，林亦扬乘着电梯下楼，遇到了好几个。

电梯门打开，恰好有张熟悉的面孔，是贝瑞，那个在法拉盛球房认识的、殷果的朋友。贝瑞看到他很是惊喜，但林亦扬赶时间要走，两人迅速换了联系方式，相约下周林亦扬回纽约时再联系后，彼此告别，一个离开酒店去地铁，一个上楼。

地铁站台人来人往，有风，有吵闹，还有因为地铁行驶而隆隆作响，仿佛要散架的生锈金属架子。林亦扬在站台上，想掏出手机给她发点儿什么，最终作罢。

等上了车，在他还没想好要说什么的时间里，殷果先发来了一段语音。

点开，收听："嗯，等我想想，怎么问你，"两声咳嗽，好像是在犹豫，"你……说句实话，有没有别的女朋友？在华盛顿？"

……

殷果在酒店房间里，发完那段语音后，开始坐立难安。

很长时间没回复。

其实也不长，只有五分钟，但五分钟对于这种问题已经太长了。她在这五分钟里干了好多事，开箱子，找衣服，洗脸……但都是没带着心的。

心全在手机里，微信里。

在她擦干脸时，突然微信振动。

殷果赶紧打开，紧张得像在看期末成绩。

Lin：想什么呢？

简短的，林亦扬风格的回答，她能想象出他说话的语气和好笑的眼神。

紧跟着，林亦扬发来了四条，却换了更慎重的语气。

Lin：刚在地铁里，没信号。

Lin：相信我。

Lin：我对你是认真的，非常认真。

Lin：相信我。

柔软的白色毛巾在手里，被她攥出了一个小疙瘩。

很快又收到一条，仍旧是重复的、慎重的那句话。

Lin：相信我。

没多余的修饰词语。

殷果在洗手池旁，却被这三个"相信我"敲到了心里最软的地方。她完全没有抵抗力，几乎在看到的一瞬就缴械投降了，甚至有深深的欺负老实人的内疚感。

不过，他是真没有一张老实人的脸。

他们这个运动对赛场礼仪有很高要求，要绅士，再绅士。

可在她眼里，这些男人也都是普通人，不少人私下相处会开荤笑话，会泡妹子，一个比一个会打嘴炮。当然也有内敛克制的，比如表哥和李清严。

但过去的林亦扬一定不是内敛的人。

用他形容自己的话，就是那种混不吝的少年，不良且浑蛋。殷果想到他，就能想到初中时经常会遇到的，在学校里坐在双杠上，翘课抽烟，在校门口和一帮社会青年混迹，在台球厅里聚众斗殴的人。

可就是这样一个人。

当他不打嘴炮，不花你，反倒有着令人无法抵抗的杀伤力。

星期日，星期四。

还有五天。

还有五天才能再见面。好想见他。

*　*　*

林亦扬在站台上，等殷果给自己的回复，他怕再进地铁里又没信号。

这里离殷果的酒店只有一站地铁，尚处在繁华的闹市区。

有个人在敲打着手鼓，跪坐在一块破烂的毛毯上唱着歌，人来人往，停下来听的少。只有林亦扬这种人会站在一旁，陪着那位鼓手。

一分钟后，殷果有了回复。

Red Fish：我去火车站送你，现在就出门，我们火车站见。

收到这条消息时，又一辆地铁停了下来。

从两节车厢下来了一群孩子，提着球杆，是参加下周公开赛的孩子，十几岁，有说有笑地从林亦扬身旁经过。其中有两个黑发的女孩回头，特地看了一眼林亦扬，笑着耳语着，交流难得在大街上碰到一个这么帅的黑发黑眼的亚裔男人。

然而被瞧上的男人，只看得到自己眼前的一行字。

他看向那个吉卜赛风格的鼓手，在极富节奏的乐声里，告诉她。

Lin：我就在下一站。站台上。

*　*　*

当殷果跑入地铁车厢，气喘吁吁地看着门关上，自省了三秒，觉得用一个词形容自己十分贴切——色令智昏。

她开始反思，自己到底是什么时候对他另眼相看的。

一定比那杯酒要早，一定是。

是那天在法拉盛的华人球房里，当他背对着自己，掂着手里的球，劝大家加大赌注时，是他说"让我看看你的实力"开始……

每个运动员都会有一颗好胜的心，哪怕隐藏再深，再谦逊，骨子里也是这样的。有的是想争赢别人，有的是想争赢自己。有好胜心的人，自然也会欣赏强者。

车厢里，已经在报站了。

下一站到了。

林亦扬说过，他会在站台上等着，让她不要下车。

车驶入站台，她隔着门，望着窗外，在找他的身影。

很快，就看到了人。

他独自一个背着运动背包，在站台旁也在用目光搜寻车厢内的人。两人在酒店那一站是同一个入口进站台，自然上车的位置相差不会太远，所以林亦扬能预估出她所在的车厢大概位置。车厢门一开，他就上来了。

殷果扶着座椅旁的金属杆，看着他走入车厢，穿过大半节车厢，站定到眼前。

"我反正见过教练了，训练时间也灵活，送你去再回来也没问题，"她给自己的行为找合理的借口，"每次都是你来，也该我送一次了。"

公共场合，林亦扬不能做什么过分的动作，只是低头，瞧着她。

陌生的林亦扬，或者是真实的林亦扬。

这一刻的他可不绅士，倒像是蹲在台球厅外，用眼神招惹喜欢姑娘的不良少年。

殷果因为从小长得好看，老碰上这种人，但是表哥的朋友多，放话在学校和临近的街区，谁都不能泡孟晓东的妹子，所以也最多被人目光逗逗。

过去可烦这种事，现在……

被看得脸上一层层地热，不烫，就是热。

"再不说话，我下站回去了。"她挨不住了，小声抱怨。

"我说话又不好听，"他实话实说，"说多了怕得罪你。"

其实细想想，他没和她说过几句正经话。

两人聊天都少。

"你过去也都这样？"殷果好奇地问，"不爱说话？"

"差不多，"林亦扬回忆，"和男的说话不用顾忌。"

这她倒是懂。

男人关系越好，越是互损互骂互飙粗口，女人关系越好，越要交流八卦，十有八九往情感问题上兜，完全是不同的交流方式。

"和女孩呢？"她又问。

"女孩？"他说，"估计怕我，很少找我说话。"

"没有你想主动交流的女孩？从来都没有？"她不太信。

他林亦扬知道她要问的重点在哪里，反问她："过去见你哥对谁主动过吗？"

殷果摇头。孟晓东是怪咖，自大得要命。

他又问："所以，你以为我会比你哥差？"

终于，终于遇见一个和孟晓东一样的自大狂了。

殷果被他噎得没词了。

不过，她很快发现了不严谨的地方——他主动过，他追了自己。

林亦扬同时也发现了这个言语上的纰漏，倒是没点破，只是和她对视了一眼，心照不宣。所以不是自大狂，是没碰上能让你摔的人，多骄傲的人都一样，众生平等。

很快到了新一站，换而言之，两人相处又减少了一站。

"为什么说我在华盛顿有女朋友？"他低声问，声音在她头顶。

"觉得……太快了，"她坦白着，"心里不是很踏实。"

哪怕已经站在地铁车厢里，跟前是他，也欠缺真实感。玄幻，玄妙，冲动。

很难说清楚，明知自己不冷静，可更怕的是后悔。

如果她理性拒绝了林亦扬，两个人回到各自生活的轨迹上，会渐渐不再往来，又或者是保持着联系，在日后的某一天，得知他结婚生子的消息……

光是这么想想，就不舒服。很不舒服。

"说说看，怎么能证明我是清白的？"他又问，这回语气很轻松了。

殷果被逗笑："我都来送你了，还要证明什么？"

不相信的话，来都不会来。

他也笑了。

想说，从来读书就是每天忙于赚钱，忙于修学分，还要每天留出固定练球的时间。这一年毕业季更是一天当三天用，一面找工作，一面申请读博。连他自己都想象不到，在这样的时间段，可以每周往返纽约，果然人的自我压榨潜能是无限的。

在这样的状态下，交女朋友都是奢侈，更别说不清不白地搞三搞四了。

……

那天到了火车站，林亦扬险些没赶上火车，他在检票口匆匆刷票进入，在下电梯前对殷果向外挥手两次，让她尽快回去。

但殷果一直没动，站在排队的人群外，等到他的背影消失，怅然若失地站了会儿。

刚要走，林亦扬发来了一条消息，是 Uber 的截图。

Lin：坐车回去。

小果：我地铁原路回去，很方便。

Lin：车到了，快去。

Lin：听话。

被他催着出站，找到车后，前排的司机回头，笑着问是不是 Lin 的约车。

殷果点点头，汽车驶离这里。

同样驶离的，也有林亦扬乘坐的那趟开往华盛顿的列车。

这趟车的旅客不多，林亦扬环顾车厢，意外看到了一个熟悉的路人，就是那天，他在暴雪后返回学校，在火车上遇到的那个黑人母亲。

他第一时间认出的不是对方的脸，而是那一大一小的婴儿。

仍旧是一个在哭，一个在玩，黑人母亲手忙脚乱地想要弄奶粉。林亦扬把自己的运动背包扔上去，主动坐在了黑人母亲身边，哑声说了句："我帮你。"

人家没马上认出他，感激笑着，说着谢谢。

林亦扬按照上次的记忆帮忙冲好奶粉，摇匀了，把奶瓶递给黑人母亲时，对方终于联想到了熟悉的画面，惊喜地说："上次，几个月前我们见过，在这趟车上？"

林亦扬点头："两个月前。"

黑人母亲一边给小婴儿喂奶，一边介绍自己是为了定期探望丈夫，不得不带着两个婴儿，来回跑，顺便问他，是不是也经常往返两地，是为了什么？工作？女朋友？家人？

林亦扬笑笑，什么也没说。

他是一个没法彻底敞开心扉的人，越慎重，越少说，哪怕对着毫不相干的人也不说。

后半程，他睡了会儿，再醒来嗓子生疼，是生病的前兆。

过于忙碌的生活本是超负荷了，往返两地，路途奔波让劳累增加，不病才是奇怪的。

到晚上回到公寓，吃了点 VC，昏沉沉就睡了。天亮前醒了一会儿，看到自己给殷果发的微信，都写完了，竟然没有点击发送。

……

凌晨四点，殷果的手机在枕头下振动。

她迷糊着，强行地让自己清醒，摸到手机，期盼着是林亦扬的微信。这个报平安的微信她等了几个小时，问过一句，他没回，就想着是太忙了，没再催促着发。

在屏幕的光里，眯着眼看。

Lin：到了。

不会刚到吧？凌晨四点？

小果：是路上遇到麻烦了吗？好晚到。

没了回音。

这么晚到，肯定还要回家整理东西，洗澡睡觉什么的。

殷果没多想，关掉手机，接着睡了。

少年组和青年组比赛在本周，职业赛是下周。

殷果在酒店按部就班训练着，偶尔在早餐厅和酒店附近的餐厅里会见到东新城的人。自从林亦扬的事之后，东新城全班人马都把她当小师叔的未来老婆，热情得不行。

弄得她也被自己俱乐部的人嘲：

东新城和北城斗这么久，最后还是要"联姻"，真是分久必合……

周四一早，陈教练通知她上午看青年组比赛。

殷果算着时间，如果上午看比赛，自己训练的时间势必要挪到下午，怎么算都赶不上晚饭了。于是，在早餐厅的角落里、临窗的位子上，她舀了勺牛奶泡的麦片，塞进嘴巴里，单手给他发消息。

小果：今天要去看比赛，没办法陪你吃晚饭了，你找吴魏先吃吧。

Lin：今天到不了，不用管我。

殷果心里一空，忽然不晓得回什么。

她一直满打满算，把所有的事情都堆到前几天处理，虽表面上瞧不出来，可在心里每一天都是掰着手指算过来的。

小果：还是老样子，明天回来吗？

Lin：这周学校很忙，超出预期，下周早两天过去。

所以这周都不来了？

这周浪费的话，就又少了一周见面的机会。

殷果一想到回国以后和林亦扬见面遥遥无期，心里更空。

她手里的勺子在搅着牛奶麦片，陶瓷勺碰到碗，发出脆生生的响声。再有微信，她以为是林亦扬，却是表弟。

天天：姐，陪你过周末啊。

小果：……没空陪你，你自己玩吧。

天天：是林哥交代的。

孟晓天发来了六七张截图，都是餐厅的地址。

天天：他订好位子了，钱也转账给我了，让我从周四到周日负责陪吃。

小果：你吃饭，要人家钱干什么？

天天：他说，这是他和你的私事……我就是出个人力。

殷果撑着下巴，瞅着最后一句话，刚空的心又慢慢地，开始满了。

小果：他刚和你说的？

天天：昨天半夜吧，我给你看看时间。

天天：半夜两点多。

原来昨晚就安排好了。

殷果低头，默默地喝了两口麦片，做了决定。

小果：我不去了，但你不许告诉他。

天天：哦……

小果：把钱转给我，不许贪污。

天天：哦……

孟晓天很快把钱转给了她。

殷果端起碗，大口吃完麦片，还有水果，结束了早餐。

她回到房间，在网上选了下午的火车票，先去找了趟陈教练，从今天下午开始，请假外出，这周末也不在酒店训练了，但是训练不会打乱。

陈教练对殷果很放心，直接批了。

下午三点多，殷果坐在前往华盛顿的火车座椅上，她看着窗外无人的小站台，还在想要何时告诉他。

这是她第三次去 DC，第一次是和郑艺，第二次是两个月前和表弟……第三次是自己。这次也最没准备，因为不知道林亦扬的公寓地址，怕住得离得太远，都没预先订酒店。

检票员在一个个排查着车票，车窗外是不熟悉的风景。

一切的一切，都像在电影里，是的，电影，因为她在做一件过去自己不会做的事，独自、长途跋涉去见一个人。

到站，下车，跟着人流出站。

她在火车站的大门里，看着门外那一点点黄中泛红的天色，知道即将要天黑了。
终于拿出手机，按捺着内心的期待，给了他一个惊喜。

小果：你在学校吗？

Lin：对。

她抿嘴一笑，挑了那个林亦扬给表弟推荐的汉堡店，拍了一张。

小果：我在这儿。

一秒、两秒、三秒……他是不是被吓着了？

殷果刚要再说话，林亦扬有了回音。

Lin：站着别动，我过来。

小果：不，不用，我是想给你个惊喜。你把地址给我，我叫车过去，没必要来接。

Lin：站着别动。

林亦扬是个较真的人，应该是动身了，不会让她争论的。

殷果凭着对他的一些了解，没再回，乖乖买了杯冰可乐，立在原地等着，一杯可乐喝完，人还没到。她把可乐杯丢进了垃圾桶里，看看外头，天黑了。

车站大，旅客不多，显得空旷旷的。

殷果见月色不错，想到外面去等，念头刚起，就瞧见了一个熟悉的身影。又是没刮胡子的状态，颓颓的眼神，右手拿着手机和黑色的钱包就进来了，大步流星。

从瞧见他，殷果的心就被人捏住了一样，悬在那儿，提在那儿。

林亦扬起先没找到她，皱着眉，望着几处。

"这里，"殷果叫他，"林亦扬。"

他循声掉头，看到背着双肩包、提着球杆桶的殷果，略安了心。他到殷果的面前，是真想见她，她就从天而降了。想抱她，大庭广众的，还是算了。

"你不冷吗？"她离近了，看到他穿着薄外套，里边好像是短袖。

外面一天黑要10℃以下，穿这些太少了。

好像脸也瘦了，还是因为没刮胡子太颓了？她盯着他的脸："我过来是看你的，你忙归你忙，不用管我，只要给我找一个球房训练就行。应该有吧？"

问完，他也不说话，怪怪的。

她目光暗了一下。

林亦扬瞅着她，瞳孔里映着的都是她，他想说话，但挺困难的，可还是用气声，低而沙哑地磨出了一句话："乱想什么呢，嗓子坏了。"

他说着，指了指自己的喉咙，苦笑了一下，又说："没法说话。"

殷果立刻握上他的左手："发烧了？"

不烫，还好，还好。

心口闷闷的，很慌："严重吗？看医生了吗？还是自己买药吃了？"

殷果把他的手机抽出来："打字说，快点说，我着急。"

林亦扬按照殷果说的，解锁，找手机备忘录，又停下来。他本来是想着，要严肃矜持一点，手背上的柔软和温度让他晃了神。算了。

右臂一用力，就把殷果抱住了，单臂，紧紧抱在了身前。

左手按住她的头，让她靠着自己的肩。

他低头，在她脸旁、耳朵上方的位置，哑声说："没事，真没事。"

近乎完全失声的他，说出这几个字，直落心底。从买票开始，到换乘地铁、等车、坐车，六个小时过去了。不，是五天过去了。

好想见他，终于见到了。

殷果的鼻梁磕到他的锁骨上，被他搂得可紧，闻到的都是他身上的气味。嗯，林亦扬的味道。她记得郑艺说，一个男人有没有涵养，是要看他脱下衣服那一刻身上是不是香的……隔着外套，闻不出来，起码不臭……

脑子里乱糟糟的。

"你都不告诉我，今天都没说，前两天也没说。"要心疼死了。

他用脸贴着她的额头："好了，好了，不说了。"

纯粹是累的，肌肉酸痛，关节疼，嗓子失声，免疫力下降导致全身不对劲。前两天最严重，爬不起来，今天好多了。

这周不去纽约，一来是因为病了，堆积的事情到今天不得不做，不是小年轻了，正事该做还是要做。二来虽是劳累过度导致，但也是真病了，人也难受，脸色不好，怕让她看到影响比赛心情。

未承想，傻姑娘说来就来，招呼都不打一个。

一个女孩为了他长途而来，或是做一些看上去锲而不舍，看上去付出一切，看上去感动了全世界的事，过去不是没发生过，不是没有过，可他都没在乎。

可她不同，殷果不同，从一开始就不同。

心是他先动的，追也是他先追的。今天却是她跨越数百公里，在大赛前赶过来看自己……不过就是嗓子哑了，多大点儿事。

他拍拍她的后背："走了。"
明明说走了，还不松开，也不动。
"去哪儿？"她嘴唇动了动，小声问，问完又赶紧说，"我在火车上吃过了。"
林亦扬的毛病她已经摸清楚的了，太爱请人吃饭，所以要第一时间背书——不饿。

他搂着她，把手机打开，给她在备忘录里打了一行字：订酒店了吗？
她摇头。
他继续打字：想住哪儿？带你去。

她可不是为了体验华盛顿各大酒店而来的。
"不着急去，"她说，"不是旺季，应该……挺好订的。"
林亦扬又在她眼前打了一行字：想四处逛逛夜景？
她揉着自己的后腰，摇摇头："逛不动，坐得腰疼了。去你家吧。"
想了解他的生活轨迹。
这里和纽约不同，是他真正生活了快三年的地方。在认识林亦扬之前，这里对她来说就是个标志建筑物和博物馆很多的城市，她还曾计划着，哪年有空一个个逛过来。
可现在，她对那些的兴趣都丧失了，想去看他住的街道和公寓，甚至公寓门口的一棵树对她的吸引力都比白宫要大。

"不方便？"她发现林亦扬没马上答应。
也不是不方便，只是觉得没什么好去的。
殷果郁闷地等了好一会儿，没回音，轻轻用膝盖撞他的腿："说话。"
他在备忘录里打字：
我在想，床上挺乱的。

好好的，提床干什么。
"乱很正常，男人的床……房间都挺乱的。"
林亦扬虽然是个正常男人，会对喜欢的女孩有非分的想法，但刚那句话还真不是冲着那方面去的。他又打出一行字，递到她眼下：
不是想和你干什么，去就懂了。

......

很好，本来很单纯，想了解他的生活。

成功过渡为，是否要在那里干点什么。

他倒是坦然，把殷果的球杆桶背上右肩，带她离开联合车站。

在路上，殷果拉着他，仔仔细细地用手机打字，了解了所有的生病过程。林亦扬为了让她宽心，给她看了自己给同学发的微信，里边有对方帮忙买药的照片。

除了 VC 就是润喉的。不发烧，不感冒，没大事。

林亦扬租住的公寓离学校挺远的，学校在富人区，房租太贵，根本住不起，学校宿舍也住不起。他和一个家里条件相差不多的同学在偏僻的地方，合租了一间公寓，买了辆二手自行车，平时要去学校的时候都是骑车。

他带殷果进了公寓，没开灯，殷果迈上前一步，膝盖撞上了一个巨物，痛得叫出了声。在灯打开时，看到一个半人高的快递箱子，摆在门边。

餐厅灯坏了，一道白光从林亦扬手机里照出来。

她揉着自己的膝盖，在光里看清那个箱子："你的？"

林亦扬摇头，早上走时还没有。

"你室友的？不是易碎品吧？"她担心地上下左右找标签，怕自己踢坏了外人的东西，害林亦扬不好做人，标签上写着木质拼接家具，还好，不是易碎品。

客厅好小，小到不能叫客厅，只是一个开放式的厨房，摆着一个餐桌。

餐桌和水池之间能站一个人。

餐桌和公寓大门之间，也是一个人的距离，所以这个快递箱子摆在那儿，视觉上就填满了走道。餐厅左边是一个狭长的走廊，有个洗手间，再往里走是一个房间。

殷果看右边，和餐厅连着的一个推拉门，估计也是房间。

"哪间是你的？"她小声问。

林亦扬指推拉门。

殷果再次看那扇推拉门，这样的一扇门，基本不隔音吧？

林亦扬把快递箱子推到一旁，紧挨着餐桌，这样大门附近就干净了。他推开那扇门，露出了房间的全貌。有十平方米吗？最多了。

房间左侧是床，一张沙发拉出来的宽式双人床，占了一半空间。

当中是个茶几式的塑料桌子，桌子底下两个塑料箱子，装杂物的。

房间右侧转角，有两扇窗户，窗旁有一个宜家式的简易柜子。上半部分是敞开的书柜，下半部分是几个柜子，殷果猜，那里装着衣服。

　　剩下的空间，她和林亦扬并肩站着就满了。

　　她终于明白，他说的"床上挺乱的"，是因为房间里没有椅子和桌子，也没地方放沙发，小型的懒人沙发都没地方。

　　来了客人，只能坐床上，或是打开推拉门，让客人坐在餐桌旁。

　　林亦扬进门，先开灯，把殷果的球杆立在柜子旁，开始收拾床。

　　床上是挺乱的，有书，有衣服。

　　他前两天生病没心情整理，堆到今天。

　　他还在考虑，是否要换床单。

　　走廊对面那个房间被打开，里头出来了一个睡醒的哥们儿，蒙然往前走，和林亦扬打了声招呼，人进了洗手间又察觉不对，倒退出来，诧异地看殷果。

　　殷果被盯得发毛，友好地挥挥手："Hi."

　　哥们儿没动，以为自己在做梦，表情极丰富地变幻了数次，倏地咧嘴一笑，大步而来，兴奋地伸出右手，和殷果紧握了半天，热情地问："Lin 的妹妹？"

　　……

　　殷果摇摇头，感受到了对方的过分热情，心里毛毛的。

　　室友嗅出了不对，愈加兴奋："女朋友，是吗？女朋友？"

　　他和林亦扬认识快三年，第一次见到女的，活的，被林亦扬带进这个家门。

　　林亦扬估计也嫌弃这哥们儿太热情了，暗示殷果很累，要休息，顺便关上了拉门。

　　果然不隔音。

　　他室友一直在试图压低声音说话，却被她听了个清楚，全是林亦扬过往的桃色花边。从某某同学，听到了某某师姐，听到了某某本科同学，听到……突然没声了。估计被阻止了。

　　殷果酸溜溜的，看什么都不太对味。

　　听着外头没声音了，想上洗手间，于是拉开门。

　　映入眼帘的一幕是——

那哥们儿正拉开竖在墙角的塑料储物柜，掏出了五彩缤纷的小纸袋子，各种颜色，各种功用。过于热情的室友认为林亦扬不会备这个，开心地给他分享自己的私人物品。

而林亦扬正打开顶头的橘色橱柜，搬出了一个储物箱，背对着室友和殷果，啥都没看到。

他听到门开，回头看殷果。

室友已经关上了抽屉。其实按照他的价值观，这没什么，科学避孕而已，不过东方人腼腆，这点他还是懂的。

"我去洗手间。"殷果对林亦扬说，脸都涨红了。

林亦扬完全莫名，瞧着殷果进去了，室友马上又拉开抽屉，抓了一把放到餐桌上。顺便无声地，用一根手指压住了其中一包紫色的，滑过大半个餐桌，停在林亦扬面前。

对方用眼神大力推荐，这个好，女孩子都喜欢。

林亦扬把塑料储物盒放到餐桌上，强撑着嗓子问了句："你到底在兴奋什么？"

……

殷果从洗手间出来，客厅没光了。

她悄悄地往前走着，突然一下子，又踢到了那个快递箱子，又是同样的地方……肯定青了。她瘸着走了两步，拉开门。

林亦扬刚换好床单。

她走入，反手闭合了门。这算是个封闭的小空间，门关着，窗开着，那是唯一空气流动的地方……

林亦扬指床，意思是：只能坐那儿，委屈一下。

殷果默默地坐下。

大段的冷场。

林亦扬也没地方待，靠在推拉门旁。关节疼，站没多会儿，要换个姿势，但看殷果那么不自在，就没想着在她旁边坐。

"你还生病呢……"她瞧出林亦扬的不舒服，"坐着舒服。"

她拍拍身边，床边沿。

林亦扬也真是吃不住久站了，到她身旁，落座。

"刚我在屋子里，听你们说话很清楚，是不是不隔音？"她轻声问。

他点头。

别说是站在餐厅里，哪怕隔着走廊，他都听过环绕立体声的真人小电影。

"反正你说不了话，我们微信？"

林亦扬把她手机拿过来，连了 Wi-Fi。

肩并肩，腿挨着腿，坐在床边微信聊天，真是全天下独一份的恋爱经历了。

窗帘是半闭合的，被夜风吹着，一掀一掀的。

她闻到房间里有一股淡淡的香味，是燃烧的蜡烛。这就是刚刚林亦扬出去找的东西，吴魏上回来，带的一个说是从海岛买的熏香蜡烛，椰香味的。他觉得自己连着生病，怕房间味道不好，开了窗，翻找出这个，点着了。

小果：你买的蜡烛？

Lin：吴魏的。

小果：我还说呢，你怎么会喜欢这种香味，特别……

他要去灭了蜡烛，欠身起来，被殷果又拉了回去。

"没说不好闻，是不像你用的。"

她的手，拽着他的外套袖子。

林亦扬低头看了眼，在她收回手前，想握住。没来得及。

隔着木门，能听到走廊另一端在播放重金属音乐，是对面房间放的。

像是故意的一样。

殷果抱着手机，专心致志聊天。

小果：你平时要去上课，要怎么去？

Lin：骑车。

小果：远吗？

Lin：还行。

小果发了个笑脸：你想点话题，我快没的聊了。

Lin：不聊了，打字累。

……不聊？难道干坐着吗？

身边的林亦扬把手机丢在茶几上，回身，在床脚找到一个最大的靠垫扔到床头，他指了指那里，说："过去。"

说完，又道："躺着舒服。"

林亦扬的目光出卖了他，当然不是单纯想让她休息。

殷果在他磨人的、沙哑的、经过消音处理过的嗓音里，渐渐地呼吸变缓："躺着你也不能说话。再说，嗓子一星期都没法好，可能还要更久。"

他一笑。

谁想和你说话了？

林亦扬把外套脱了，丢在茶几上，里面穿着一件简单的白色短袖。

他俯身过去，见她脸颊红润，看她往后闪着，想握她的手，没舍得。

前两天天气热，换了单薄的衣服穿，没想到今天降温，临时和同学借了一件厚点的外衣，想回家换件衣服再出去。计划跟不上变化，她来了，自己急匆匆赶过去。

冷是真冷。到现在，手都还是冰的。

林亦扬的手肘压在她脸旁，狭窄的沙发床，两人挤着，陷下去，他低头，在她的鼻梁和嘴唇上徘徊了会儿，手捏着她的下巴，想亲下去，没亲。

还是换了方向，亲到她的下巴上，还有耳后。

今天在联合车站见到她，林亦扬知道自己是彻底栽了。

她的担心和心疼，全被他看在眼里，明镜一样。最怕就是掏心掏肺的人，遇到真心实意的人。我给你十分，你还我十分，我不留余地，你也不要退路。

他约莫能猜到自己日后会怎么对待殷果。平平顺顺的，不闹不分手还好说。就算以后被她瞧不上、被甩了，他都会惦记着她，就算她移情别恋、跟人跑了，他也还会惦记她。

喜欢上什么，就没法放弃。

这也是他活到现在，最瞧得上自己的一面了。

……

在他亲下来时，殷果竟还像是初吻，呼吸不畅，心跳得很重。

关于异地恋，她大学宿舍有个人和男友就是北京、四川两地来回跑，两三个月见一次，每逢大小假期都要贡献给中国铁路。照同学描述，和男朋友每次见面恨不得二十四小时望着对方，黏着对方，不想浪费一分一秒。

因为难得，每次再见面时的亲热，都像是第一次。

连接吻也一样，像从未有过。

现在，他们也是如此。

林亦扬抱着她，往上去，让她躺在软垫上，亲她的脖子、额头、耳朵，还有头发，到最后两人都开始乱了，呼吸乱，眼神乱，什么都乱。

"你等会儿……我先订个酒店，"她说，"再晚没房间了。"

林亦扬的气息热烘烘着，裹住她的身体。

他在她耳边说："不订了。"

殷果脑子轰的一声，用手肘顶开他的手臂。屋外客厅的抽屉里那一堆五彩缤纷的小袋子像来到了眼前，殷果真怕他去拿进来。

林亦扬看出她的闪避和介意，刚亲得太过火，让她误会了。

怎么可能刚戳破窗户纸就上床，那成什么了？

林亦扬摸到茶几边沿，手从桌面滑过去，找到自己扔在上面的手机，随即身子向里偏，背挨着墙壁，半坐半靠着，像把殷果搂在了怀里的姿势。

他在备忘录里打了一行字，给她看：

什么也不做，想和你待着。

她心头跳着，不作声。

林亦扬为了证明自己清白，想下床找个电脑，和她一起看个电影什么的。越过她腿时，手肘撞到了她的小腿。殷果低叫了声，闪开。

林亦扬察觉到她的膝盖位置有伤，坐回去，把她的腿拉过来，挽起了裤腿。

果然，膝盖下有瘀青。

"刚从洗手间过来又撞了一下，第二次弄的，"她说，"进门时倒不厉害。"

林亦扬默不作声地出去了。

从药箱里找了块干净的白纱布，把冰箱里食用的冰块倒进纱布里，扎成一小撮，给殷果压在了瘀青上。

对面那位仁兄一直观察着林亦扬这里的动态，想喝水，却怕来餐厅会打扰他们。

因为推拉门动静大，人家听到林亦扬开门，推断是"中场休息"，于是溜达出来，赶紧找水喝。他在门外看到的是林亦扬给殷果冰敷着膝盖……脑补了无数的画面。

心中暗暗佩服，牛x了哥们儿，上来就是如此激烈的跪式。

……

趁着他在餐厅找药膏，室友开心地拍拍他的肩。男人之间的交流其实很简单，尤其是在性事上，一个眼神就足以露骨地表达情绪了。

林亦扬没搭理室友，找到药膏，顺便把自己的药吃了又在牙齿里塞了一片润喉的药片。

回屋，锁了门。

"他和你说什么？"殷果两手抱着那一小撮冰，好奇地问。

林亦扬嘴角一扬，用手机打字给她看：

问我们早饭吃什么。

难怪是室友，还真投缘。

冰块太冷了，她没敷多久就放弃了，反正只是撞青了，也不是大伤。

如此折腾后，林亦扬没有了亲热的想法。

他把落地灯关了。

屋内，熏香蜡烛那一点点火焰在摇曳着，也被他灭了。

林亦扬拿了一个靠垫当枕头，盖着自己的外衣。因为怕殷果半夜上厕所不方便，径自睡在了里侧。他一躺下，就背对着殷果，面朝墙壁。

是在用行动告诉她：踏实睡，我不干什么。

他闭着眼，察觉到身上的外套被掀开，棉被被盖到了腰腹上。

床在动，他没动。

半分钟后，身后女孩轻声说："晚安。"

他像睡着了，没回应。

殷果悄悄拉高棉被的一角，努力挡住自己手机的光，实在忍不住，给郑艺发了个微信。

小果：在？

郑艺：在。

小果：和你说个事儿……我现在住在林亦扬家。

一秒的安静，突然，整间房都响起了语音通话的呼叫声。

殷果心冲到嗓子口，迅速拒绝。

小果：他就在我背后！！

郑艺：419？防护措施做了吗？

小果：不是419，我一直没和你汇报，他追我。

郑艺：？

小果：然后，我来看他，没住酒店，直接睡他家了……

郑艺：？？

郑艺：牛 x。

殷果把被子一角再拉高了些，心虚地挡着光。

小果：我是想告诉你，我有男朋友了。

好像和好朋友说完，这段感情算是揭开了，见光了，是在太阳底下了。要不然总觉得是在偷情，在不确定关系，亲来摸去玩暧昧。

郑艺：如果是正牌男友，我劝你别倾诉了，关机，掀开被子，直接扑。反正是自己的，不用白不用，男人嘛，随着年龄增长，真的用一次少一次。

小果：……好好说话。

郑艺：好吧，正经说，不管干什么，要带套。

小果：再见。

郑艺：回来，回来，我为了和你聊天都冲出咖啡厅，蹲马路边找信号了。你给我回来，回来啊，不能睡！！他要这么快睡你，就不是来真的！

郑艺：男人睡你的速度越快，越说明他早在心里睡你无数次了。睡得越容易，分得越容易，千古定律。

小果：……他没睡我。

郑艺：亲亲摸摸了？这倒没什么，大小伙子嘛，应该的，也是培养感情的一种方式。

小果：再见。

她悄悄把被子从脸上拉下来，手机搁到茶几边沿。

忽然，一阵振动，振到殷果的手背，是他的手机。她心里一阵突突，身边的男人没动，好吧，估计睡熟了。她把自己的手机并排放在他的旁边。

在黑暗中，两个长方形的屏幕先后灭了光。

殷果再醒来，是被闹钟吵醒的。

她在梦中咕哝着，在习惯中默认左侧那张临床睡着俱乐部的小姑娘："你上了几点闹钟？太早了吧……"

没人回答。

闹钟还在响。

她皱眉，嘴角抿出了一个小小的窝，是被吵醒的，带着起床气的郁闷表情。

扯了一下被子，没扯动，鼻尖上有痒痒的感觉。

睁开眼，眼前的景物从朦胧到清晰，全是同样的一件白色的半袖，一星半点的字都没有，不正是林亦扬昨晚穿的那件……

林亦扬关了闹钟，发现身子下的人醒了。

他刚被闹钟吵醒，翻身想要拿手机，睁眼看到她也是大脑空白的。过了会儿才想起来，昨晚没给商量的余地，把人家姑娘留在自己床上睡了。

他在盯着她，看这个和自己同床共枕的女孩，哑声问："醒了？"
声音像连夜抽了几包烟后的效果。嗓子开始好转，可还是干，也疼。

殷果看着他的喉结，还有下巴，冒出胡楂的下巴。
是不是睡醒意志力最薄弱？
她觉得房间里的气氛比昨晚还浓烈，是关着窗，还是因为昨夜蜡烛的余味，还有两人睡醒后的气味，融在空气里。
他的半袖前襟，挨着她的鼻子，她觉得痒，也没想到用手拨开："几点了？"
"七点。"他在她额头的地方，回答着。

林亦扬在上，她躺在下边，隔着被子。
他知道自己的身体这回是真有欲望了，和心里绷着的那根弦无关，身体对喜欢的人是渴望的，没有该与不该，只有诚实的反应。
殷果起先是蒙的，一秒、两秒……知道是什么后，她的腿向左挪了挪。
很好，更明显了，一点没躲开。

她不动还好，一动简直就是在擦枪。
林亦扬的眼睛里烧着一把火，他没吭声，坐起来，背靠上墙壁的转角处："你再睡会儿。"
他听殷果"嗯"了声，自己的喉结也稍微滑动了一下。他的右手手指动了动，慢慢地，将被自己压住的被子拉出来，让她能盖得轻松点。
殷果在装睡，他翻身下床，开门出去了。

林亦扬赶在超市八点开门时，去买了新的牙刷和毛巾，在银色的超市货架里，他从挂着的一摞摞牙刷里拣出了一把浅蓝色的小牙刷，毛巾也配了同色系的一套。他临走到收银台前看到卖苹果电源线的，粉色的，挺好看，顺手也拿了一个。给她手机充电用。
回到家，他烧了一锅开水，烫干净牙刷和毛巾。
他的一双手在滚烫的水里，捞起被泡得柔软的毛巾，绞干，找了个干净的衣架挂到浴室外的金属扶手上。

一切安排妥当，他才去敲自己的房门："起来就去洗手间，牙刷毛巾都是新的。"

里边的人答应着。

他立在那儿，看着自己日夜睡的这间房，头一次，自己在门外，有人在门内——刚睡醒，还没洗漱，饿着肚子睡在里边。挺玄妙的。

他想起弟弟结婚那晚喝多了给自己打国际长途，说的那句话："找个家吧，哥。"

……

门滑开，殷果稍微往外瞧了瞧，和林亦扬撞了个正着。他的瞳仁深处有着一些情绪，尚未平息，猛一看到她做贼心虚的模样，难免灼人。

他哑声问："瞧什么呢？"

"怕你室友在。"她窘窘地给自己找理由。

殷果被他看着，老大不自在："让开，我过去。"

林亦扬纹丝未动。

他想问她，反悔了吗？

在看到他真实的生活，一个穷学生的这面，不光鲜的这面，会不会反悔。

他在想，也该给殷果一个选择机会，了解过后的选择，相亲还要互相介绍家底，考察考察，可又不想问。

殷果见他不言不语，想到两人一小时前险些擦枪走火的经历，强行将林亦扬推到一旁去，从他眼皮底下溜出去，进了洗手间。前脚进去，后脚就探头出来："你平时怎么过的，就带我怎么过。"

说完，她又道："不用特地吃好的，玩好的。"

她怕他带自己吃好的，怕他花钱。

林亦扬在她的严肃目光里，笑着，点了点头。

他也想带殷果看看自己的世界。

等殷果洗漱完，他带她乘地铁十多站，出站后，走没五分钟就看到了一间青年旅社的红色小楼。旅社住客不少，进进出出的，他带她坐旅社一楼西北角的电梯。

按了地下一层。

电梯门再打开，入耳已经是各种台球碰撞响声。

十多个球桌旁，半数都有人。门口，柜台里的一个黑发男人拿着块抹布，在擦冰箱，回头一看林亦扬就笑了："扬哥。"

这一声，让球房内的人都望过来，除了两桌青年旅社的外籍游客。

此起彼伏的，年轻男人们在叫他，一句句扬哥。

和在纽约的球房一样，这里的人看上去都和他很熟。

可也有区别，更像是自己人，而不是纯粹称兄道弟的朋友。在北城俱乐部，大家平时也都是这样对孟晓东的。

林亦扬答应着大伙的招呼。

"弄点早饭，"他把殷果的球杆搁在了柜台上，"给你嫂子清个台，九球的。"

柜台后的男人慢了半拍。

这简直就是大清早平地丢了一颗原子弹，谁受得了。

约莫十秒后，那个男人找到了自己的声音："……嫂子还没吃早饭？我给你上去瞅瞅，看有什么小姑娘爱吃的。"

男人跑进电梯了，人又兜回来，问林亦扬吃不吃。

"不用管我。"他去超市买东西的路上，就凑合吃过了。

球桌边的年轻人们也都在品味"嫂子"二字的含义，一个比一个盯殷果盯得露骨，露骨得热情。不过看林亦扬的神色，还没打算正式介绍给大伙，起码在早餐这个时间点上不想让他们打扰。大家也只好不近不远瞧着。

林亦扬把一个高凳单手拎过来，搁到她身后。

殷果默不作声地坐上去，其实内心早就是翻江倒海，掀起无数次十米巨浪。

林亦扬偏过头，瞧她的眼睛："不高兴了？"

她摇头，两手撑在两边，捂着热烘烘的脸颊。

"摇头是高兴，"他索性倚在她身边，手肘搭着柜台，离近了，在她脸边低声问，"还是不高兴？"

棕色的木质柜台上，有成年累月留下的划痕。

殷果两手撑着脸，不理他的调侃。

明知道自己是为了什么脸红，还在这儿故意问。

"这台球室是你的？"殷果轻声问，怕自己猜错。

林亦扬没否认，他下巴微抬，指面前的空间："本来是青年旅社老板的场子，后来被人给盘下来，经营不善，我又给盘了过来。平时是那个人在管，我不在。"

台球在这里也不是热门运动，林亦扬盘下来以后就没赚过钱，一直在亏着。幸好他多年省吃俭用，存了点钱，才坚持到了今天。

说好听了是个生意，说不好听的就是自己找了个累赘。没进项的日子，水电费都是个负担，幸好一直有孩子跟着他学打球，能平衡开支。

前两个月最惨，一次交了六个月的房租。

又碰上接连暴雪，这里停电，好些天没生意，林亦扬没有那么多钱，把家底全都掏出来垫上了，还把吴魏的存款都拿来填补窟窿了。

最穷的那大半个月，他认识了殷果。

要不然也不至于来这里快三年了，还要落魄到要答应朋友去法拉盛赌球，换朋友在这里帮他招待殷果姐弟。林亦扬是个重诺守信的人，虽然最后友人没请到殷果姐弟吃饭，他也完成了约定，在法拉盛赌了那场球。

现在想想，还是有缘，老天注定让他跑一趟法拉盛，注定让他在那里和殷果再相遇。

"你都有台球室了，还去法拉盛赌球？"殷果恰好问到了这一层。

林亦扬瞧着她，一笑，没说话。

其实早告诉过你了，傻姑娘，是为了请人吃饭。

而这个人就是你。

管事的人叫孙洲，他很快端来了一大份水果和麦片，还有牛奶和空碗，这是他能想到给姑娘们吃的早点。孙洲平日里在青年旅社长期租住一个床铺，为的是看着台球室，所以常在旅社的公共厨房里看女孩子们这么吃。总之，有水果不会错。

林亦扬的一贯的习惯是早上练球，上午有课就早点，没课就晚点。

也不固定项目，自己随便打。

对他来说，台球就像是一个长久、无法戒掉的爱好，想消遣，想打发时间，或是心里乱，想冷静时最常做的一件事。有时候累了，不想摸杆子，他光坐在台球室里听这一杆杆撞球声，也觉得惬意。估计这也是他当初把全部积蓄拿出来，盘下这个台球室的最大原因。

习惯了。

习惯在这里待着，习惯这里的每个人，甚至习惯这里的气味了。

他在殷果吃早饭时，绕到柜台里，拉开一个属于自己的小抽屉，拿出来一块黑巧克力，打开包装纸，塞到嘴里，咬了口，咀嚼着。

他发现殷果在瞅自己："吃吗？"

殷果摇头："怕胖。"

林亦扬把巧克力掉过来，让她看包装纸上的含量："没这么容易胖，卡路里不高。早上别空腹吃就行，对胃不好。"

从高中一次早上练球低血糖后，他每天都要先吃块巧克力再练球。一来提神，补充热量，二来对心脏也好。有时候中午晚上来不及吃饭，吃两块黑巧克力和一个苹果，喝瓶水，也能当是一顿代餐了。

在他的台球室，吃着麦片泡牛奶，看他和自己隔着一个柜台吃巧克力，平淡无奇的这个早上，她终于看到了林亦扬最生活化的一面。没有 Red Fish 酒吧里请喝酒的冷淡，也没有带她逛纽约，找人给她做形似梦龙定制的冰激凌，给她点一杯出生年份的酒。

眼前的他，穿着黑色外套和白色短袖，今天的短袖胸前有英文，黑色手写体写着 Saint Laurent。难得，偶尔在他身上看到一件有牌子的衣裳。

林亦扬继续吃着，没几口，巧克力吃完了，纸攒成团，丢到了角落的垃圾桶里。拿起玻璃杯，打开饮用水龙头，接了半杯水，一口口喝着。

这个男人，昨天和自己睡在一张床上。

他亲她脖子下和耳后的时候，她还记得自己的身体是直觉紧绷的，手指在他后背上完全是下意识地掐下去。当时他感觉到了，还在耳边问她：是不好受，还是太好受？

语气很不正经，殷果彼时终于体会到这个男人年长自己六岁，可不是白长的。过去在台球厅里碰到的小流氓和他一比，都弱爆了。

勺子搅拌着麦片，她竟因为一小段旖旎的回想，脸红了。
只是亲亲脖子，回忆里都湿漉漉、热烘烘的画面。

"吃不下了？"林亦扬看她剩了四分之一，始终没动。
殷果点点头，总不能说在想昨晚吧。
他径自把她的碗和勺子收走，理所当然地举起那个粉色的碗，仰头喝了口。男人吃这个没那么秀气，直接是喝的，反正放的麦片也不多，不稠，不用勺子也能喝完。
林亦扬又喝了一口，彻底吃完。
他把碗勺扔到水池子里："我下午有课，中午就走。"

他竟然吃完了自己吃剩的东西。
殷果还在盯着那碗，好像自己老妈也没这么干过，起码她记事起没见过，只有老妈在小时候偶尔会埋怨她浪费食物，把她剩下的饭倒给老爸……

她不清楚别人家的男朋友是什么样的，只看到，自己交的这个是这样做的。

眼前，林亦扬打了一个响指，让她的心思回来："想什么呢？"

"想比赛，"她给自己的走神找借口，"好多本土的选手，都不了解。"

九球是个冷门项目，在世界范围内只有美国本土这里，还有亚洲区比较火。而恰好，这里是发源地，这里的许多选手都是国内形成了圈子，只在本土比赛，那种感觉和中国象棋差不多，自己玩自己的。

而在亚洲区的很多比赛上，根本见不到这些人的身影。

所以她不了解。

而且九球比赛在赛场上的变数大，有时候一个发球失误，就可能接连失去七八局，彻底输了比赛。不像斯诺克，更要求选手的稳定性。

所以她还是很没底，面对这里的本土选手。

林亦扬告诉她："他们的路数没什么新鲜的，一会儿打给你看。"

"真的？"殷果眼睛一亮。

林亦扬好笑，哑声嘲笑她："还能是假的吗？"

他其实这周要是不生病，没被打乱计划，本来就要去纽约给她当陪练的。

殷果聪明，稍作点拨就会熟悉这里的路数。

林亦扬不想过多用自己的方式影响她，每个人都有自己的特色，失去了自己的特色没意思，那不成了比赛机器了？

他们说话间，那些球桌旁的少年和男人都再也憋不住，一个个嚷嚷着早饭太干了，口渴得慌，围过来和林亦扬讨水喝，其实是为了近距离看看凭空冒出来或者被藏了太久的嫂子。有个年纪小的华裔男孩，在众人怂恿下笑嘻嘻地搭腔："扬哥，能叫嫂子吗？"

林亦扬本来嗓子不舒服，也就是和殷果说话时强撑着，面对着这些小崽子，懒得说话，拿了大玻璃瓶，打开饮用水龙头，灌了满满一瓶。

接水的过程有十几秒钟。

真是治下有方，没人敢发一声。

这些人都跟着林亦扬，听他的话，但不像寻常的俱乐部和球社，林亦扬不收他们比赛奖金提成，只有一个要求，大赛赚钱了，如果想要扶持这个台球室的，就往账户上打点良心钱。

这里算是一个家，他是大家免费的教练。

大家不说话，殷果也如坐针毡，主动说："我叫殷果，你们直接叫我殷果。"

嫂子开腔，众人如蒙大赦。

一句炸开，场面立刻无法控制，有中文有英文，全都在自我介绍着，和殷果握手。

"嫂子好，我是周伟。"

"嫂子，我李轻。"

"嫂子看着真小，有十八九？有吗？"

"嫂子也是打比赛的？"

……

殷果庆幸自己也是球房里长大的，俱乐部也是男人多，要不然一下子被这么多男孩子围着说话，还一句句叫嫂子，恐怕连话都说不顺溜了。她面前全是等待着握手的人。

远处青年旅社的住客，在这里临时玩球的都被吸引了注意力，在想，是什么明星来了……

最后还是林亦扬救了她，把青色的大玻璃瓶放到柜台上："不是口渴吗？你们？"

没指定谁，但是眼睛一扫，显然是在轰人。

众人识相鸟散，一人去拿了一个杯子，象征性倒了水润喉后，都回到了自己球桌前。虽然走了，可仍旧压抑不住内心的激动，一边练球，一边交头接耳对着林亦扬最近的练球时间，没多会儿就发现了蹊跷，难怪连着周末都不在，是佳人有约。

……

林亦扬把外套脱了，带她去清理好的台球桌那里，在架子上挑了一根偏旧的球杆，指面前的蓝色台子："开球。"

殷果早把球杆掏出来了，习惯性看看左右，球桌边沿。

林亦扬知道她在找巧粉。

他从窗边找到一盒新巧粉，拆开，丢给她一个绿色的。

通常林亦扬都是在当天满场找快用完的巧粉用，作为老板，他一贯在这里都是捡大家剩下、不用的东西，自己打发着用完，但不想委屈她。

到中午结束训练，林亦扬叫了车，把她送到酒店。

原来酒店房间早上就订了，殷果丝毫不知情，想拉着林亦扬好好说说这件事，可没机会。他还有许多事要做，多一秒都不能待了。

临走前，他只说了句："七点接你。"

在她到房间一分钟后，林亦扬发了个微信过来。

Lin：昨晚睡得少，下午补补。

小果：我刚话没说完，你能不能和我 AA？不想一直让你花钱。

Lin 发了个笑脸。

小果：这是个男女平等的社会，你这样我会有负担的。

小果：你还在读书，而且刚才孙洲也告诉我了，台球室是亏钱的，你都在往里填。

Lin：后悔吗？

Lin：找了个穷学生。

想什么呢……殷果笑着回他。

小果：谁还没当过穷学生？

如果不是因为她职业特殊，也不会那么早能赚奖金，还不是一个穷学生？

林亦扬没回。

殷果推断他又进了信号不好的地方，没纠结回复不回复的问题，想先补个觉。

林亦扬说得没错，昨晚从真正睡着到被闹钟吵醒，她没睡多久，上午又在训练。有林亦扬做陪练，一个小时抵得上平时的三个小时，到此刻，人算放松了，肌肉酸痛。

她把 iPad 的音乐打开，本来是想放一段舒缓的。

但功放出来，是那天，林亦扬第一次抱着她，她在球房外听到的《友情岁月》。

"来忘掉错对，来怀念过去，曾共度患难日子总有乐趣……奔波的风雨里，不羁的醒与醉，所有故事像已发生，漂泊岁月里……"

她从双肩包里掏出一个白色布袋子，里边是换洗的衣服，袋子扔到床上，人进了洗手间。

十分钟后，有微信的响声。

她在洗手间吹着头发都听到了，因为从上星期开始，她把所有人的微信都设了免打扰，唯独留了林亦扬的。所以这个声音只会代表——林亦扬。

她踩着拖鞋跑出来，找到手机。

林亦扬发来了几张图片，点开大图，竟是存款的截图……

有这里的，也有在国内的。

Lin：除了台球室，这是所有。

连账户信息都没 P 掉，心也是真大。

殷果看着这几张图，努力控制着眼里的酸意。

忽然就想哭一鼻子……

很多人说的很多话，犹在耳边。有吴魏在公寓合租时，怕她心里嫌弃林亦扬，特地拐着弯地说的："顿挫这个人吧，就是还在念书，穷学生也没办法，读书时候都穷。"

还有表哥孟晓东这周见她，问的："发展得怎么样？不要总花人家钱，他能熬到今天已经不容易了。我听说他那个学校挺贵的。"

还有陈教练说的："当年可惜了，福利不好，他成绩比你哥好，也没拿到多少奖金。要是换现在几套房都买好了。没关系，年轻嘛，前途无量。"

……

好像全世界都怕自己嫌弃他。

好像全世界都认为，他现在站在她的面前，是个不成功的男人。

可他明明很上进，也很优秀了，在她眼里全是优点，全是好的地方，没有任何不好。

殷果也打开网上银行，截了张图，发给他。

小果：我的。

其实没他存得多，但好歹她这是纯个人收入，且不需要负担台球室运营。

小果：你要周转不过来，和我说。

林亦扬又没了回复。

殷果被热水冲过身体，困意自然上涌，她打开电视，本想看一会儿再睡，没过几分钟就抱着被子睡着了。再醒，是被敲门声吵的。

起初她在梦里以为是隔壁，可渐渐地，听出是自己房间，她猛地起身，以为到晚上七点了。窗外的艳阳提醒她，还早。

看时间，仅仅睡了二十几分钟而已，不到下午一点。

她爬下床，在猫眼里望走廊，被放大的视角里——是拎着件外套，穿着上午那件白色短袖的林亦扬，一样的衣服，一样的人，像只是去楼下买了杯咖啡就上来了。

她打开门，他径自而入。

殷果脑子还没厘清顺："不是说七点吗？"

林亦扬盯着她看了好一会儿，笑了："对，七点。"

他把门关上，下一个动作就是把左手手腕的金属表解下来，在她眼前，把表盘上的银色指针向后拨了六圈多，正对上七点。

从现在开始，直到把她送上回纽约的火车，他不会再走了。

他一直没走，在楼下，酒店大门外找了个地方，看到殷果的微信回复后，只想抽烟。

但身上没有。

酒店门外有几个旅客也在垃圾桶旁抽烟，他走过去，礼貌借了一支纸烟，纯白色的纸，易燃，裹着棕色的烟丝，是稳定情绪最好的东西。他抽烟的手势很老到，谁看到都会以为是老烟鬼，其实真戒了很多年了。

上回，还是在纽约公寓的楼下，和陈安安一起，是为了什么？

也是因为殷果。

这回，也是因为殷果。他在一根烟的时间里，想明白了自己要干什么。一来一回就要分开六个多小时，怎么算都不值当，而且就他对自己的了解，怕是离开这六个多小时也干不了什么正经事，都要想着她。

那还不如上楼算了。

……

林亦扬把手表搁在进门口的茶水柜上，黑色的金属表链，表盘、指针按照他调整过后的，在运作着——七点零一分。

他一把抱起了殷果，殷果忽地双脚离地，反射性搂住他的脖子。

感觉林亦扬放在自己腰上的左手，还有兜着大腿的右手："上来。"他说。

殷果努力往上一点，搂着他，心跳得要疯。

为了这个男人。

林亦扬本来想把她抱到房间里，被她发丝撩着侧脸。

殷果洗完澡，吹了头发，但没绑，都散着，散在身后和肩旁、脸旁。女孩子原来会这么香，是因为自己喜欢的心理作用，还是洗发液和沐浴液的额外附加，他没想深究，只是不想去房间了，多一步都不想走了。

他把她放到茶水柜上，低头，找殷果的脸，哑哑着声音问："怎么这么香？"

"……刚洗完澡，睡前洗的。"他夸人的方式太直接了，像在挑逗。

他笑了。

热的，带着一丝香烟气味的气息，落在她的额头上。

"你过去——"她想说，都老大不小了，难道不知道女孩洗完澡都是香的？

"过去什么？"

他偏过头，想要亲她。

可迟迟在她的嘴唇上，相隔不超过一厘米，始终没动。

殷果情不自禁地抿了下嘴唇，心在飘。

像在水里，浮力不足，想沉沉不下去，想浮……也浮不起来。

他其实在观察她的细微表情，慢慢地，换了个方向，像在找最好的接吻姿势。

他又问："不说了？"

这是一个圈套。

是在等她张口，在等她说话。

殷果上当了，她刚张嘴，林亦扬就直接亲了上来。

完全没有给她呼吸的余地，他自己也没有，这是一场断绝氧气的亲热。殷果的舌根被他吻得发麻，不停地想要用鼻子吸气，效果甚微，房间里的空气都被抽走了，夺走了。

最后一丝氧气也耗尽，她的指甲掐到他的肩上，好像被放开了，又好像还在接吻。

他看她眼睛都红了，还没回神地瞅着自己。

……

他亲了亲她的额头。

谁还记得什么过去，她脑子不动了。

不想思考了。

慢慢地，她喘了会儿气，累得头靠着柜子，在看他。

林亦扬也一样，也看她，嘴角不自觉上扬着。

"笑什么？"她喃喃着问。

"你怎么这么好看，"林亦扬回答说，"怎么生的。"

花言巧语。

可她好像看到了自己是如何被他融化了心……

在他的面前。

"追你的不少？"他问，"这么好看，应该不少。"

她摇头："我哥在我们学校里有好多小弟，初中就放话，不让人追我。我初、高中在一起的，敢和我说话的男生都少。"

那他还真该感谢孟晓东。

"只有一回，莫名其妙被叫到办公室，我们班的留级生在校服背后写我的名字。

我根本不知道，被老师骂了一顿，非说我早恋要请家长。我哥去的，"殷果提起这件事就想笑，"我班主任是我哥的球迷，我都怀疑她是不是故意的。"

林亦扬听着，想象这个景象。

在想，他要是那时候认识殷果，估计就不是这么简单了，能把那小子拎出去揍一顿。

"后来我哥回来和我说，他看了看班级大合照，对班主任说，'不可能和这个人，我妹没什么好品位，只喜欢长得帅的。'"

他想想，自己长得是不错，要不然还真没把握追到她。

殷果讲得高兴，越发放松了自己。

她洗澡后换的睡衣是一件宽松的短袖上衣，还有纯棉的运动短裤，雪白的腿全暴露在眼前，还在他的身前不停地调整位置，想要找个舒服的坐姿。

她无知无觉，边说边笑，并不知道一个女孩这样在自己男朋友面前是多大的诱惑力。

视觉，嗅觉，还有听觉，都被她占满了。

需要说点什么，转移下自己的注意力，他想。

"我是七中毕业的。"他也说起了高中。

殷果惊讶："离我们学校只有五分钟，走路就能到。那时候我们学校大门外，蹲着的除了小流氓，就是你们七中的。"

他不置可否。这不奇怪，他的高中是区里有名的流氓学校。

"再多说点，"她伸出双臂，再次搂住他，将身子靠向他，"想听。"

女孩子的气息在耳边、脸边，还有她身前的柔软。

林亦扬任由她抱着自己，也贴上她的脸："想听什么？"

"你的过去。"

"过去的什么？"他再问。

殷果突然怕自己戳到他的伤心处，改了口："说点别的也行，比如，你的专业。"

"早说了，你想知道什么，尽管问，"他低声说，"我对你知无不言，言无不尽。"

简单的话，因为他的语气，而蒙上了一层若有似无的暖色。

如果人的声音可以有颜色，现在他的声音就是在茫茫公路上、在深夜里、在路边偶遇到的汽车旅店的灯光颜色：暖、暗，和夜色有关。

在接下来的一个小时里，林亦扬给她讲了很多。

有关于儿时的回忆，有关于海岸那头的故土，到最后，是有关于他父母的故事。

"我爸妈是一起走的，一次出差的路上，在高速路上的车祸，"林亦扬平静地说，"他们两个都在一个汽车集团，我爸是销售部门，我妈是财务部门，本来妈妈一直在家带我和弟弟，忽然在那年，坚持要和我爸出差。后来我才知道，是她发现了我爸出轨的迹象，想看着他。没想到，最后就一起走了。"

他停了停，接着说："长大后，收拾他们的遗物，我才发现了事情的另一面。其实我爸之所以长期出差，就是因为发现了我妈的外遇。"

她不会安慰人，每次朋友难过都只会干巴巴地陪伴，递好吃的，递餐巾纸，但总不会说漂亮话，说一些能安抚人心的话："你能说出来，应该是放下了，对吗？"

他很平淡地回答："对，早结束了。"

所有的上一辈故事，早已写到了剧终，写到了谢幕。

"你还相信婚姻吗？"她试图再往下聊。

问完，发现林亦扬微微抬眼，在打量自己。

"我是想安慰你，"她给自己解释，"不要多想，不许曲解。"

"你以为我在想什么？"

殷果不吭声了，说不过他，不说了。

"相信，"他看了会儿她，还是回答了她的问题，"我相信自己。"

看够了狗血人生，也经历了几轮的高低起伏。少年奋斗，走上巅峰，拿过全国冠军，在十六岁后一无所有，从头再来。十六岁，是很多人的人生刚起步阶段，他已经经历过一轮高峰低谷了。而今二十七岁，更能看清自己想要什么生活。

"还想问什么？"他说。

"没了，不想问了，"她摇头，抱住他，"我刚在睡觉，被你吵醒的，还困着呢。"

殷果原本想问他为什么离开东新城，眼下不想问了。

什么都不想问。

没营养的话能说上一百句，和他说就不算浪费生命。

她甚至觉得，和他在一起数一二三，都比看一场大片要有意思。

可她现在被他父母的故事搞得一个字也不想说了，不想让他有一丝丝的伤心。

林亦扬再次感受到了自己女朋友的身前曲线，可以说……她有着让他血脉贲张的身材。林亦扬被她接二连三地抱一下，不能躲，不过也不想躲。

私人的空间，抱着的是自己的正牌女友，没什么好躲的。

"抱你去睡。"他说。

"嗯。"

他把殷果抱起来，从门廊进到房间里，抱着身前的她，直接一起到床上。

她穿着的拖鞋早掉在地毯上，林亦扬的外套也落在门口的地毯上……他把雪白色的棉被推到一旁，脱了鞋。

殷果和他滚在床单里。

两个人都是短袖，手臂彼此挨着。她穿着短裤，他是牛仔裤，丹尼牛仔布料的粗糙横纹，摩擦着她的腿和脚踝，也柔软，也粗糙。

林亦扬隔着纯棉的布料，在亲着他想亲、能亲的所有地方。

殷果觉得自己真的要疯了，这个男人只是用最简单、最普通的动作就让她完全沉入一种深深的被需要，极度被他需要的境地。

她无数次听身边人形容，所有的初恋都是疯狂的，因为所有都是第一次，没有技巧，没有经验，对情感的渴望，对异性的渴望，还有对对方身体的了解全是零……

当面对喜欢的人，女孩对性和身体构造的好奇心，一点都不会比男人少。

比如，此刻。

林亦扬在一下一下地吮着她的唇，她仰着头，平躺在床上。两个人累得不行了，这样穿着衣服在床上抱着亲了三个多小时，浑身上下的血液和神经都在叫嚣着"好累，好困"，可舍不得结束，这样亲到睡着算了。

她迷糊地想着，抱他的腰，突然想摸摸他的身体。

光着的，没有穿衣服的上半身，后背。

身上的男人停下来，在看她的脸，他想把她上衣脱了，想看看，也想抱着她睡。

鉴于他中途尝试过两次，都被她笑着躲开了，殷果当然知道他的眼神是什么意思，她也停了动作，要说话，嗓子痒，忍不住清清喉咙。

房间里安静着。

几秒后——

"……不想那个。"她的声音几不可闻。

还没做好准备。

"不做，"他在她脖子边，告诉她，"想看看。"

亲了数个小时，被亲密无间的互动调动着，他现在的一举一动，一言一行都不再有拘束，回到了一个男人的真实状态，完完全全、彻头彻尾地不掩饰、不修饰，他就是一个想看仔细自己女朋友的男人。

……

殷果嗓子发干，头昏脑涨的，被烧昏了头："女生都一样，长得又没差别。"

她脖子都泛红了，耳朵也是，通红的。

"有没有差别不知道，"他说，"没见过。"

……

殷果纠结了半晌，小声反驳了句："我也没见过。"

本意是打消他的念头。

没想到这男人就是个如假包换的流氓……

林亦扬撑着手臂，从她身边坐起来，一句废话没有，两手抄着短袖下摆，径自脱了下来。脱完，衣服直接丢在枕头边，俯身下来。

他在她的脸旁，低声告诉她："来，好好看。"

因为手肘压在她身边，撑着手臂，那只胳膊上的肌肉自然显露出来。上半身一点多余的赘肉都没有，双侧腰线收得很漂亮，人鱼线也能看到……

殷果的眼神顺着人鱼线往下溜，余下的身材，都停在了牛仔裤前拉链尽头的那一条裤边。原来他不止一处纹身，在人鱼线的上边，有一个抽象设计的图案。

是没有表盘的指南针。

只能看到一半，剩下的被牛仔裤遮住了。

殷果情不自禁观察那个纹身："没有指针吗？"她指了指他腰上的纹身。

只有方向标识和背景图案，指针在哪里？

"在这里。"他说。

林亦扬的右手，以食指、中指并拢着，在自己腰带下，在人鱼线往下的位置，大略圈了个位置。态度很明确：你想看，我就给你看。

殷果视线在他裤腰上，没敢再往下看。

她在装傻，问出了一个新问题："在这么下边……怎么文的？这么大图案要几次？"

"脱到这里差不多，"他的手指滑到一个位置，嘴角带着很明显的笑意，"腰上是一次搞定的，手臂里的要两次，图案大。"

她点点头。

他早有反应了，殷果注意到了，想到裤腰下是什么就面红耳赤，烧得慌。

一阵阵嗡鸣振动，是手机在振动，始终不停。

殷果的手机开着铃音，自然知道是林亦扬的手机发出的声响，但显然，这位斜靠在自己身边的男人没有想要接听的觉悟。殷果正愁没有台阶下："你手机响？"

没等林亦扬回答，她从床上爬起来到处找，在他腰后头，是方才在她折腾时从裤兜里掉出来。殷果按下接听，递给他。

林亦扬的手在她腰上用力一按，她胳膊没撑住，直接扑到他的胸膛上。

他抓着她的手，把手机贴在耳边，低低地"喂"了声。

殷果听着手机那边开始说话了，是中文，没仔细听，手也抽不回来，人还趴在他身上，被他一只手抱着。

漫长的时间里，林亦扬一直听着那边的同学在问他去杜克读博的事情，始终没搭腔。

他要读博？殷果抬眼瞧他。

林亦扬回视她。

他终于开口，对那边的人说："不想读了。"

电话那头的人完全不能相信，接连追问了几句，问他是不是家里出了什么事，如此好的机会要放弃太可惜了。

"本来就没定，"他接着说，"不说了，女朋友在这儿。"

一句话就把对方打发了。

手机被林亦扬丢去床边，那里有个沙发。

殷果一定不知道，林亦扬为了申请读这个博士花费了多少精力，本来已经拿到录取通知，想让吴魏先回国，不用等自己，他读完再回国。

全部的一切都在殷果出现在联合车站时，全都被林亦扬自己推翻了。

自幼父母的事让他养成了一种思维模式，永远把明天当成生命最后一天，尽情过今天。曾经，他，漫无目的，想干什么就干什么了，现在，其实也一样。

他爱上了一个女孩，多一天不想浪费在这里，也不想再继续读了。

殷果想下去，林亦扬搂着她，不只没放开，还让她挨着自己更紧了。

她头昏脑涨的，总觉得再聊下去，该要发生点什么。

可鬼使神差地，还是说话了："你真没见过？"

林亦扬本来都想放弃了，要放殷果到床上，拉被子给她盖上。可听她这么说，他停下动作："你是问真人，还是什么？"

他在暗示成人小电影？

那别说他了，她都看到过，生在网络发达的现代社会，该有的性教育就算学校不教，也会通过其他方式被普及……

殷果第一次看到是一天中午吃饭，她端着个外卖饭盒在宿舍里溜达来溜达去，听着男人女人粗重呼吸、夸张喊叫，实在是好奇。三个同宿舍的女孩扎堆在研究电脑里的小片，她也跟着瞄了两眼，总之——嗯，很没有美感就对了。

"撞上过几次现场版的，"林亦扬继续说，"最早在初中，一个溜冰场里，当时没营业。"

殷果睁眼，抬头，不太相信地瞧了他一眼："……骗人的吧？"

林亦扬被她瞧得笑了："骗你干什么？"

他讲给她听："都是认识的人，开始没想到那哥们儿和女朋友能闹这么疯，这么开放，直接就做了。后来没看几眼就走了；也没意思，就是一个动作重复、反复。"

……

形容得真是直白露骨。

殷果眨了眨眼，哑口无言，咳嗽了声。

这种经历在殷果看来不可思议，在林亦扬看来，在社会上混的孩子，什么没见过？

那些现场表演的人，本质就是青春期莫名其妙的"个人英雄主义"在作祟，想要获得关注，以任何形式，以性，以斗殴，甚至是更危险的东西。

林亦扬一贯不习惯在休息时系着皮带，人靠在床头，直接解开搭扣，抽掉皮带，也直接扔到了床旁的沙发上。啪的一声，皮带扣砸到手机上。

这动作太有挑逗感。

殷果翻了身，背朝他，直接做出一副"我要睡了"的姿势。

"不聊了？"他在身后问，温热的气息在她耳边，一下、一下，有节奏地落下来。

她"嗯"了声。

莫名有一丝撒娇的感觉。

这声"嗯"像是一把火，彻底引燃了他心里刚刚熄灭的火。像是炭火盆里的炭在即将熄灭前被加了一把柴，忽地蹿出了新火苗。

林亦扬静了几秒，翻身下床，进了洗手间里。他在暖黄色的灯光里，拧开水龙头。

先洗了脸，紧跟着双手打了香皂，仔仔细细洗干净。

人再回到床上，一句废话没再多说，从身后抱住了殷果。

"过会儿再睡。"他说。

她身上更燥了。

身后的一双手要脱自己上衣，被她按住。林亦扬一笑，把她的脸扳过去，脸朝着他。殷果还没看清他的脸，他已经默不作声地吻下来。

他的舌在不停深入，刮着她的舌根，她浑身一下子战栗起来。

林亦扬穿着牛仔裤的腿压住她的腿，还有早被他亲得软了的膝盖。

……

酒店中央空调的出风口，在呼呼吹着风。调的是25℃，也分不出来是冷风，还是热风。反正她开始出汗了。

……

殷果睡醒时，是七点。

窗外黑了。

房间里亮着一盏台灯，在房间的东北角，光源从那里发散，台灯的中心最亮，到床这里就自然暗了不少。

林亦扬坐在床边的沙发上，刚洗完澡，光着上半身，穿着牛仔裤，靠在沙发上翻看着手机。台灯照到他那里，也是暗的，他的发梢被光镀上了一层淡淡的、似金似白的光。

湿的短发。发梢还有水滴下来。

"醒了？"他哑声问。

殷果没吭声，手撑着身子起来，发现自己手机不见了。

林亦扬把手机丢在沙发上，绕着床找了一圈，掀开被子帮她找。实在找不到，拎起被子一端，在床上重重抖了两下，手机掉在了地毯上。

他弯腰捡起，递给她。

她第一时间拽着棉被，遮住自己。

林亦扬一笑，又没脱，也不知道在遮什么。

殷果的视线在他牛仔裤上滑过。

年轻女孩对男人一直有误解，她们认为男孩有反应就要做，或是手动解决，要不然憋不住。其实女人能忍住，男人就能忍住。忍这个，要比忍眼泪可容易多了。

她此刻想的是，估计他洗澡的时候自己解决了。而对于林亦扬来说，沉淀一下心情，分散一会儿注意力就可以，想要做的情绪早过去了。

洗澡是因为觉得身上不好闻，毕竟一会儿还要带她出去。

林亦扬带她到酒店楼下，在一楼吃的饭。
吃完到酒店外，也不和她说是干什么。
他手里拿着润喉糖，连着往牙齿间塞了两颗，让自己嗓子能坚持久一点。

一辆大巴车从远处拐弯过来，在两人面前停下。车门打开，司机对着车下的他们招手，用英语和林亦扬打着招呼："快上车，我要去接客人了。"
林亦扬带着她上了车，让她坐在第一排最左侧，靠着车门的靠窗位置。
他挨着她，落座，和司机聊了两句。
殷果听着他们是老熟人，等司机开车不说话了，轻声问："我们去哪儿？"
"带你夜间游。"
"夜间游？"
"DC 的一条旅游线，专门看林肯像，国会大厦那些地方。白天有线路，晚上也有，"他简单告诉她，"过去我晚上打工，做过导游，就跟着这个司机。"
刚趁着殷果睡觉，特地约了司机，接替一晚上导游的工作，想带女朋友转转。
殷果提到过她前两次都是匆匆而来，这第三次是来找他的，怎么也要带她看看这个城市，正好，也能让她了解自己的过去，了解自己曾做过什么。

大巴车到了游客上车地点，已经有不少人在排队等待了。
林亦扬直接开门下车，双脚落地后，就像是换了个人一样，成了一个职业的、标准的短途导游。他招呼着大家上车，一个个核对名册上的名字。
殷果额头倚在车窗边，隔着玻璃，看着车下的他。
真帅，一秒钟也不想移开视线，盯着他，眼睛都不想眨。

不过这个男人也真会伪装。
酒店房间里的大流氓，穿上衣服在路边就成了高大帅气的华裔导游，队尾排队的几个女孩子还在讨论他。
这一整晚，她一直在第一排，林亦扬轻车熟路地重温了一次他的导游过往，他在用英文给满车的游客介绍一个个夜幕下灯火通明的建筑物。
他在车上讲，她趴在栏杆上，望着他。
他在车下讲，她不近不远地跟着，望着他。
殷果跟在各种肤色的游客身后，听他讲解，看他的背影，像看到了过去的林亦扬。

最后一站是林肯纪念堂。殷果走得脚疼，没跟大部队下车，留在车上休息。

他是导游不可能留在车上，就算只负责这一回，也要跟全程，把全部游客带回车上才算是完工。

殷果独自在第一排坐着，大巴车上没开灯，还有两个人没下车，也都是累了，一起在等着所有人回来，结束今晚的夜游。

殷果靠在窗边，本来想问郑艺关于杜克的事，可郑艺更感兴趣有关于两人的相处细节。

在她描述，后来他是特地去洗过手，才又回来和自己更进一步亲热。郑艺立刻给林亦扬打了十颗星，太知道心疼女孩了。

右侧，玻璃窗被人敲响。

她扭头望出去，林亦扬两手插着裤兜，在车窗外对她一笑，招了招手，让她下车。

她跳下车。

"《阿甘正传》看过吗？"

"嗯，小时候。"

"里边有个经典场景在倒影池，"林亦扬指不远处，"带你去看看，就在纪念堂前面。"

他这是趁着大家自由活动的时间，回来接她的。

殷果下了车，跟上他的脚步，在草坪上当中的石路上，亦步亦趋跟着他。其实什么水池，什么电影，都是借口。只稍稍分开了十几分钟，他就想她了。

还在想，那两个对他感兴趣的女孩会不会和他搭讪，留个手机号码什么的。

殷果从没料到自己会小心眼到这个程度，光是发现他被人留意就不舒服，很不舒服。林亦扬把她带到倒影池前，在夜晚的灯光下，水面一点波纹都没。身后，有男男女女，都是游客在拍照，在台阶上跑来跑去。

风吹着她的头发，殷果理了理，嘴边，被他递来一块巧克力，黑巧克力。

她咬下来一口，眼看着林亦扬把剩下的都吃了。

身后，渐渐集合起来的游客也都面对了这一幕，心中惊叹：太神速了，果然帅哥的脸是无往不利的，只有两个小时的华盛顿一夜游，导游就搞定了一个姑娘？

"一会儿去哪儿？"她嚼着巧克力，含混不清地问。

他把手里的包装纸攥成团："你想去哪儿？"

"脚疼，还是回去吧，反正著名景点都走完了。"

"好。"

"这次回去，真要睡觉了。"她重申。

"好。"他笑。

……

"我睡眠不足了，"她低声抗议，"昨晚就没睡好。"

下午更是耗尽了力气。

他点头："让你睡。"

……

殷果怎么想，都觉得自己一回酒店就会重蹈覆辙，下午怎么来的，晚上还要来一回。

她在神游时，林亦扬把自己的手机屏幕给她看。

她在夜色里，低头看手机屏幕里的截图，是明天上午回去的票，两张。不是说要过周末吗？她原计划是周日上午回去，明天才周六。

"你一直在这里静不了心，我倒无所谓，你还要比赛，"他掐灭手机，"明天送你回去，送到纽约，我再回来。"

林亦扬看她不说话了，知道她是在难过。

自己下午买火车票时，心里也很不是滋味，那时殷果还抱着被子，脸埋在枕头里，眼睛闭着，睫毛一动不动，睡得正香。

"不高兴了？"他两手插在裤兜里，做轻松状，略弯了腰，平视她的双眼。

她摇头，没不高兴："你送我到车站吧，去纽约干什么，多折腾。"

她可以猜到，林亦扬是怕影响自己比赛，只是舍不得走。

"听我的，"他说，"我想送你。"

他知道这种安排不可理喻，一路送到纽约再返程回来，这是疯子干的事。

但他也想不到更好的方法，能多陪她几个小时了。

这是她，第一次和他坐火车。

车过费城了。

时间越来越少，总会到纽约。

殷果起初在看窗外，在车短暂停下，载客时，扭头，看身边的男人。

林亦扬一直在手机里开着谷歌地图，经过哪里，还剩多少公里，驾车还有多少时间抵达……数据在实时更新，他也不知道自己闲得看这个干什么。

"想说什么？"他捕捉到她的目光。

昨晚挥霍了一把，讲解完再睡一觉，嗓子又废了，像被砂纸搓过似的，沙哑得厉害。

她发现，他开始能看穿自己的心思了。

她小声在林亦扬耳边说："你留胡子好看。"

一点不显年纪，还瘪瘪的，少年感未减，蒙了一层沧桑，就是他眼下的模样。

林亦扬坐在她左侧，伸出左手，摸了摸她的右脸，这样一个动作，倒像要把她环抱在身前。不过他在公众场合一贯反感看人做亲密动作，自己也不会。

也就只是摸了摸脸，还有耳朵。

男人的指腹终归是粗糙的，从她下颌经过，有细微的摩擦感："是吗？"

林亦扬一双漆黑的眼低垂下来，落点明确，毫不避讳自己在瞧着什么。

"换了蓝色的？"他问。

殷果茫然，想起自己今天换的内衣是蓝色，摸一摸肩膀，果然肩带露出来了。

"你还能再流氓一点吗？"她小声嘀咕，把衣领拉高。

他笑，捏了捏她的脸，也小声说："下次你就知道了。"

下次。自然指的是下周，两人再见之日。

果然睡过同一张床，一起过了夜，说话的内容就开始偏移。

总会往那上面带。

她从书包里掏出一本书，翻着，看着眼前那一行行黑色印刷小字，其实想的是昨天。

他洗干净手回来，是想和她深入亲热的意思，但最后殷果还是除了亲，什么都没让他做。昨晚林亦扬更是守信，答应让她安心睡，就背对着她睡了一整夜，翻身都没有。

照所有人对林亦扬的描述，他是个不守规矩的男人，可在床上是真没对她穷追猛打过。

她不乐意，他就算了。

殷果翻了一页书，前一页讲的什么，鬼知道，只是在用翻书的动作，显示自己在读。

林亦扬也靠在那儿，翻看着手机，挑出几条重要的消息先回了。

"你来看我比赛吗？"她记起这个。

林亦扬意外地没说话，过了好一会儿说："到时候看，可能赶不上。"

殷果想了想，也对，他这么忙。

他们到火车站是下午两点。

林亦扬送殷果回来是坐火车，回去自己一个人，当然坐大巴更省钱方便。

不过他没打算和殷果说实话，找了个借口，能让自己一会儿离开火车站不显得怪异："我同学在附近，要让我带个东西回去。还能再待十分钟。"

十分钟，能去哪儿？

只能在火车站大厅里，他们找了个角落，那里有长椅可以坐。殷果人很瘦，不能长时间久坐，否则大腿和屁股的骨头就会疼，回来的路途已经是累得不行了。

于是她站着，林亦扬坐着。

两人拉着手，她胳膊晃来晃去的，看着火车站天花板上的星云图，认出了几个眼熟的。

"上边是星座吗？"

"对。"他不用抬头都清楚，这火车站来过太多次了。

"你是几月生的，什么星座？"她问完，内疚了一秒。两个人都亲密到这种程度了，她竟然不知道他的生日。当初看身份证只留意了年份，日期没看，而林亦扬对她的资料一清二楚。

"212，水瓶。"他说。

2月12？

"那我们已经认识了，"她是一月底到的纽约，"我那天在干什么？"

殷果翻出手机，想看聊天记录："那天我们聊什么了？"

相隔太远，记忆完全模糊。

"什么都没聊，"林亦扬说，"应该说，在见面之前，什么都没聊。"

"我们还见面了？"一点都不记得了。

林亦扬笑了，下巴抬了抬，让她自己翻记录。

还卖关子？

她翻手机，终于找到。

竟然是那天。

是吃拉面那天。她从华盛顿回来，认定林亦扬对自己有意见，继而两人十天没有了交流。微信记录开始于林亦扬送她回皇后区旅店之后。

全都是"是否剁到耳朵""鸡汤底的拉面是否比猪肉的好吃"的小对话。

"那天竟然是你生日，"她诧异地抬头，"你为什么不告诉我？"

"不是请你吃面了吗？"他笑着反问。

一开始单纯想请她喝个咖啡，没想到还能在法拉盛遇到。

一个二十七岁的男人，漂泊在外多年，不太会过生日，身边的朋友都是一群糙老爷们儿，自己不打招呼，谁也不会记得谁的具体出生日期。林亦扬从小不过生日，吴魏当然不会记得，所以那晚陪他吃面的两个人，全都不懂那是什么日子，在庆祝什么。

"那找我喝咖啡，找我和孟晓天，也是因为生日？"

"碰巧的。"他说。

话里头似真非真，似假非假。

其实不是碰巧。

他在刻意做一件事，甚至不止一件，都是自己做，谁都不告诉。

生日不通知所有人，但还是会请朋友吃面，喝个酒，高高兴兴地聊两句……殷果看着他，从没如此心疼过一个人，一点都不觉得被他隐瞒着骗吃一碗面有多浪漫，反而想到的是，这人怎么这么可怜，生日都不庆祝？

她对这种情绪无所适从，轻踢了一下他的运动鞋边缘："为什么不告诉我？"

他好笑："那天在地铁上，你还在说'我叫殷果'。你觉得，就那天咱俩的关系，告诉你不是有病吗？"

倒也对。

但心里很不是滋味。

林亦扬抬腕看表，该走了。

他将她的手握着，拍了拍她的手背，想说什么，但其实也没什么好说的。想说的话，用微信随时能说。

她还沉浸在没给他庆贺生日的内疚里："要走了？"

他点头。

"到了，告诉我。"

他攥紧了她的手，当是回答了。

林亦扬从长椅上站起身，腰上突然一紧。殷果主动把手插到他外套的里边，抱住了他。她闻着他身上混杂的味道，是人长途旅程后的尘土气，真不好闻，估计自己也一样。

她听到了他的心跳，想说什么，说不出。

林亦扬觉察到她是有话想说，低了头，迁就着她的高度。

殷果感觉他在拍自己的后背，她抬头，瞅着他近在咫尺的眼睛、高挺的鼻梁，脑子一热就说了："下次……我们试试。"

林亦扬在这一瞬间有种错觉，自己回到了早上在华盛顿酒店的那个房间里。殷果迷迷糊糊从棉被钻出来，想从自己身上越过去，完全不清楚她弯腰的弧度让领口敞开到无限大。他看着她胸前的一片雪白，扶着她的腰，让她从自己身上跨过去，光着脚稳稳地踩到了地毯上……

"怎么不说话？"殷果踩了一脚他的运动鞋，倒是没用力。

林亦扬笑着，还是不说话。

手倒是在她腰上重重地一捏："好。"

……

疼倒是其次的，这个位置，还有这个手势暗示性太明显。不对，是她主动要说的，被他一个回应搞得像他在挑逗一样。

殷果要躲开他的手，林亦扬反倒是搂得紧了，声音低哑地说了句："你这星期，是不想让我睡踏实了？"话音里有笑。

殷果脸埋在他胸前，不吱声了。

头脑发热惹的祸……怎么善后，下星期再说了。

现在只想抱着他。

两人在这个挨着墙的长椅前，抱了半分钟。林亦扬把殷果送出车站，送上约的车。

他在路边，耐心看着那辆载着殷果的车拐过下一个路口，不见踪影了，再自己掉头，去找回去的大巴车站，他记得是在附近的商厦楼下。

到晚上九点，他才到华盛顿的球室。

前台收账的孙洲要回家和老婆过结婚纪念日，所以他没回家，直接来了这里帮忙。

"钥匙在这儿，冰箱里有一盒蔬菜沙拉，中午没来得及吃，剩下的，还有面包片和苹果。"孙洲交代着，生怕把他这个老板饿死。

林亦扬坐在柜台外的高凳子上。

他看孙洲还要多废话，对外挥挥手，指了指自己的嗓子。

意思是别废话了，赶紧去哄老婆。至于林亦扬自己，是真没能力再说话了。

"不是好了吗？昨天看你都能说话了。"孙洲关心地趴在柜台边，瞅了他一眼。

林亦扬懒得和他解释是昨晚为了给殷果尽心尽力导游，讲解华盛顿各处的景点，自己把嗓子造成这样的："累了。"

他又摇头，拒绝再说话。

孙洲不知道他今天往返了一次纽约，在路上废了九个多小时，看林亦扬周身上下难掩的疲惫感，以为林亦扬和女朋友折腾得太厉害了。

对方暧昧一笑，拍他的后背："嫂子辛苦了啊，陪你这两天。"

林亦扬听出他话里的色彩，瞥了孙洲一眼。

孙洲还想着问问他毕业后的事。

原本林亦扬打算去的新华社就在华盛顿，工作后也能分心照顾球室。可这周林亦扬又收到了杜克的 offer，杜克不在 DC 这里，万一林亦扬想读博，球室势必要多请一个人帮忙。

不过看林亦扬今晚的状态，孙洲放弃了，决定明天聊。

孙洲走前，最后交代了句球室的事："还有最后一句，你听着，不用说话。他们今天已经走了，一起去的纽约。"

林亦扬从来不去赛场，不看比赛，这个习惯大家都知道。

所以孙洲就是告诉他一声，球室参加公开赛的人已经动身了。

林亦扬比了个 OK 的手势，向外挥了挥手。

意思是：赶紧回家伺候你老婆去。

他送走孙洲，把球室和电梯门之间的铁门拉上，挂了锁。

打开冰箱，他把蔬菜沙拉拿出来，倒在盘子里，水果也都倒上，洗干净一个叉子，在柜台里边坐着，慢慢吃着。吃了两口，觉得热，又把外套脱了。

一声提示音，是微信。

手机在外套口袋里，他拽着衣袖拉到面前，掏出手机。

Red Fish：训练结束了。

Red Fish：我发现，昨天和今天上午看你演练完，特别有用。我现在再看这些本地选手的比赛资料，好像更能懂他们的思路了。

Lin：有用就好。

Red Fish：林同学，你怎么在微信里，和面对面差别这么大？

林亦扬笑了。

慢慢地打字回她。

Lin：有吗？

Red Fish：当然有，如果我把微信聊天记录给外人看，他们肯定认为是我追你。

Lin：是吗？

Red Fish：你在忙？打字这么少？

只是惯性使然，他对聊天工具确实不太感冒。

Lin：我在球室，就我自己。

Red Fish：我回房间了，也就我自己。

Lin：视频？

Red Fish：嗯。

林亦扬知道微信能视频，看室友用过，不过第一次操作，还是找了几秒。终于成功发送了视频邀请，等待音响了一声，那边就接通了。

不过，信号不好，就听着殷果一直在问："看得见我吗？信号是不是不好？"

画面里漆黑一片。

挂断了。

很快，殷果又发了邀请过来。

这次他才想起来，没有接通球室的 Wi-Fi，果然信号好了。

* * *

殷果特地开了台灯，这个光线好看，黄色的，还不刺眼，能修饰五官。

她的手机壳上，有个能立在桌上的金属搭扣，于是，手机很稳妥地架在了书桌上。等摆好了，才看到视频里边是球室的吧台。

能听到哗哗的水声，没看见林亦扬。

"你在干吗？"她趴在桌上，盯着画面问。

突然，视频又被切断了。

信号这么差？

* * *

林亦扬本来是在洗杯子，想边和她聊，边收拾吧台，把该干的活儿都干完，能早点回家。

可等到殷果开口问了，警觉自己的嗓子又报废了，不想让她知道了心里难受，只好把刚连接的画面又切掉了。

手都没来得及擦，屏幕上全是水滴。

Red Fish：你们球室信号这么差，没客人投诉吗？

林亦扬找到擦手巾，把手抹干。

Lin：一般人不敢，老板脾气不好。

林亦扬拿上手机，把擦球桌的抹布拿上，和殷果聊着，逗着贫，一个个擦台子。等到十几个台球桌都擦干净了，再把球杆架上的球杆都一个个码放好。

然后找到一个黑色的纸盒子，把散落在各处的巧粉都收了。

最后，一盏盏灯关了。

在球室的东北角有个休息角落，扔着几个旧沙发，还有电视机和 DVD 机，有个简易床，平时孙洲不想回家，或是和老婆吵架了，就睡这儿。

林亦扬浑身乏力，躺上去，想着今晚睡这个算了。

要不然回公寓路途遥远，也麻烦。

在一片漆黑里，只有手机屏幕的光源。

Red Fish：你这么晚还在球室，回家要很晚了吧？

Lin：不回去。

Red Fish：在球室睡？有床吗？

Lin：有。

Red Fish：其实我心疼你，坐车送我过来再回去。

林亦扬将一只手臂倒背到头后，头枕着左手。

Lin：是心疼？还是想我了？

Red Fish：……都有。

Red Fish：对了，你把纹身给我拍一张照片，我想做手机屏保。

他起了逗她的心思。

Lin：要上面，还是下面？

Red Fish：……流氓。

Lin：？

Red Fish：不要了。

林亦扬笑着翻身起来，找壁灯，揿亮。

他对着右臂，拍了张，刚要发送，看到她又问了一句。

Red Fish：对了，比赛的时间表下来了。我一会儿发你一张截图，你看看能不能赶上，我研究了半天，小组赛你可能赶不上了。祈祷，我能杀入四分之一决赛，在周六。

Red Fish：周六，你应该会有空了。

Red Fish：人呢？

殷果很想他能看一场比赛，尤其这是她第一次职业赛，意义不同。

他读得出来。

从早上他就为了这个心绪不宁。那些过去像是陈年的茶叶，早晒干了，封存了，眼下却像被人倒入玻璃杯，浇上滚烫的水，把那些点滴过往都渐渐泡开了……

林亦扬摸着黑，在架子上找了一根新买的球杆，捡了最近的球桌。

光源远远的，照到球桌这里，球在桌上，一面有色彩，一面是黑色阴影……他想瞄准，可瞄了半天都没有击出一杆。

耳边，

有人在说，老六，你服个软，是你错就认错。

有人在说，六哥，求你了。

有人砸了茶杯，茶水全泼到了地上，劣质的水泥地，水都被吸干了。

留下了一地湿漉漉的茶叶。

……

那年，他也是穿着牛仔裤的少年，只是不是这么好的牌子，是从江杨衣柜里淘出来的；也是运动鞋，不过只有一双，一双穿一年，脏了刷干净，趿拉着拖鞋去上学；那年他哪里知道什么是 Saint Laurent，只知道街道叫 Street，还总拼错，英语烂得连升学都有困难。

那年，他在东新城的那间房间门口，发了个誓：不会再迈入这道门，也绝不再进赛场。

这一句话，没人听到，他是说给自己听的，也践行了十几年。

可谁都不知道，他那天出门，蹲在东新城门外就哭了。

林亦扬的视线落在想要击落的那个黑球上，缓缓地抽动球杆，重重一击。黑球飞一般撞到底袋边缘，意外地，没有进。

在晦暗不明的光线里，它停在了袋口边缘。

* * *

殷果看他不回了，猜想，又是球室的信号不好。

她托着下巴，在台灯旁，耐心等着。十几分钟后，跳出来了一句话。

Lin：练球去了。

小果：怎么忽然想练球了？

Lin：试试新杆子。

小果：你们球室杆子不错，一看就是老板懂行。

Lin：小果儿。

他突然叫她。

殷果瞅着那三个字，莫名亲昵，能想象到他叫自己的神态和语气。她眼睛里全是笑，掩不住，被台灯照得亮晶晶的。

小果：嗯。

Lin：以后我要犯错了，给我个改正的机会，行吗？

Lin：不是说出轨那种。

林亦扬在一根根摆放球杆。他会习惯把新球杆摆在左侧，因为离球桌近，大家会习惯先拿走。而他自己始终用最右侧的那根，最旧的一根。

这也是贺老的习惯，包括满场找快用完的巧粉，把新的给小辈用，也是老师的习惯。

贺老在圈子里多年受人尊敬，就是因为恪守原则，爱护小辈，能跟着这样的老师，本身就是一种荣光……

林亦扬重新摆放完球杆，再看扔在球桌上的手机。他的小果儿有了回复。

Red Fish：好。三次。

Red Fish：十次也可以。

Red Fish：逗你的。我脾气好，不爱生气，买点好吃的一哄就好，肯定没半小时就忘了。

这段话后，她发了一个卡通熊的动态图，粉色的熊，抱着个果子。

憨态可掬地吃着，吃着，不停吃着……

林亦扬的拇指，在那张图片上摸了摸。

想笑，最后也真的笑了。

＊　＊　＊

她看林亦扬不回了，开始收拾从华盛顿带回来的脏衣服。

脏衣服都掏出来，里边放着一个未拆封的塑料盒，是粉色的苹果充电线。身后，同住的室友恰好刷卡进门，就瞧着殷果对着一盒充电线在笑。

限量款？笑这么高兴？

"你还笑得出来，都去炼狱组了。"室友感慨。

抽签结果出来，殷果的小组有七成是悍将，全是世界排名最高的一撮人，想想就不寒而栗，简直是炼狱小组。

殷果倒不觉得什么，收好充电线："反正都要碰上，提前遇到也挺好。"

如果目标是最后的冠军，小组赛碰上谁都一样。

她看看时间还早，拿上球杆，又回去了酒店球房。

少年组和青年组在本周结束了比赛后，北城没再包场，只给每个参赛选手包了一周的个人球桌。这个时间晚了，球房里球桌空了一半，另一半也没北城的人，各国选手都有。

倒是巧，临桌在训练的是东新城的承妍，也是兼顾九球和八球的一员老将。

殷果和她不认识，也就没打招呼。

两人起初相安无事，各练各的。

等到半小时后，殷果桌上的巧粉用完了，她去窗边的纸盒里找了个新的。回来时，承妍刚好收了一局，放下杆子对她笑了笑："听说你在炼狱组，紧张吗？"

殷果礼貌笑笑："还行。"

"听我师弟们说，你和林亦扬很熟？"

"很熟"，这两个字有点奇怪，不过殷果还是回答了："对。"

"他在这边还好吗？"

这问句，好像更奇怪了。

"挺好的，今年硕士毕业，也拿到读博的录取通知了。"她说。

承妍没再问，又开了一局。

殷果心里面疙疙瘩瘩的，人家没说什么，就是感觉怪。

她索性放下球杆，到一旁的台球椅上坐着，想了想，还是直截了当说了。

小果：我在球房碰上了承妍，她问你还好吗。

他会怎么说，她猜着。林亦扬几乎是秒回——

Lin：这么晚，还在练球？

完全忽略了主要内容。

她只好顺着说。

小果：反正也没事做，再练练。

Lin：训练不能过度。

小果：只有半小时，不多。

殷果慢慢地打出一句话：你和她过去很熟吗？读了一遍，删了。一个球房的能不熟吗？凭直觉是肯定有什么，也不知算不算飞醋，她在台球椅上闷着坐着。

　　一分钟后，倒是林亦扬先发过来一句话——

　　Lin：她追过我。

　　难怪……

　　紧跟着又是一条。

　　Lin：小果儿。

　　小果：嗯。

　　Lin：我第一次见你，就想认识你。

　　第一次见……

　　他在说什么？

　　Lin：在酒吧，在窗外，看到你就想认识。过去没有过。那天在 Red Fish 想和你多说两句，完全没经验，不会和女孩说话，只能请你喝酒。

　　这是林亦扬给她写过的最长的一句话。

　　意料之外，毫无征兆。

　　她把那行字读了三遍。回想自己那天，说了什么，做了什么，还有他的行为，一点都看不出，没有任何蛛丝马迹。

　　十几步开外，大家都在打着台球，没人交谈，不断有落袋的响声。

　　深夜的一个小插曲引出了林亦扬的一句掏心窝的话，来得如此突然，殷果攥手机的手指都涨疼了，联想了很多、很多。

　　再次振动。她以为又是林亦扬。

　　无所谓：酒店球房呢？

　　小果：你怎么知道？

　　无所谓：你觉得呢？

　　球房的门被推开。

　　吴魏穿着白色的酒店拖鞋，从房间下来的。因为下周开始比赛，吴魏被江杨要求赛程日要住在酒店，自然，才能如此快速地被林亦扬一个电话踢过来救火。

　　"师妹在啊。"吴魏乐呵呵地说。

　　承妍笑笑："都要走了。你怎么来了？"

　　"睡半天没睡着，下来看看，"他佯装着不知情，指了一下殷果，"给你介绍下，这是殷果，你六哥的老婆。"

东新城早就传开了。只是承妍心里过不去，当着殷果的面，避开了这个身份。

吴魏这样一介绍，她没的躲了："原来是六哥的人。嫂子，幸会了。"

殷果也笑笑："我比你小，叫殷果吧。"

这微妙的氛围，吴魏都觉得他是代替林亦扬来受罪的。承妍心里不是滋味，说回去睡，拿上球杆就走了。

等人一走，吴魏终于松了口气。他靠在球桌旁，压低声音："还挺巧。我们东新城来了这么些人，偏让你碰上了承妍。"

"很正常，今天不碰上，在赛场上也会碰上。"殷果脸上快挂不住了。

吴魏笑了："给你提前打个预防针。林亦扬打小就长得帅，你也知道念书那会儿大家最看脸，过去在东新城追他的不少，没十个也有八个。听我一句，人家追就追了，就算还惦记又能怎么样？你就不能把尾巴翘起来？你可是唯一一个让他栽了的。"

说完，想想，还是不放心，又补了句："还是他上赶着追过来的。"

想想，仍旧不放心，又补了句："还是他一见就惦记的。"

看殷果眼里有笑，吴魏再提点了一句："你知道他微信里，给你备注是什么吗？"

她摇头。

吴魏说："Red Fish."

是那个酒吧，两人相遇的酒吧。

一个我行我素的大男人能做到这地步，其用心可知。

殷果在台球椅上，两只脚不停地在敲着台球椅下的那一根小横梁，心软得一塌糊涂。

"高兴了？高兴了就去吃炸鸡翅，"吴魏把球扔到球桌上，把殷果拽走了，"昨晚上来，我在附近摸了一圈儿，有家是真不错。"

这一晚上，吴魏简直是趁火打劫，绘声绘色、添油加醋地把林亦扬在东新城被人追的往事渲染了一遍。殷果就着饮料吃了一大盘炸鸡翅，倒像是蘸着醋吃的。

所以吴魏是来拆台的，还是来救场的？

* * *

从周二开始，进入小组赛比赛。

这一次全球报名参加公开赛，入选的有 318 人，女选手 109 人，其中 7 名来自中国。

在所谓的"炼狱组"，只有殷果一个来自中国的选手，她又是第一次参加职业级别比赛，虽然在青年组比赛拿到过季军，可并不被外界看好。

到了周五。
观看公开赛的观众都记住了一个名字，来自中国军团的——殷果。
炼狱组是小组赛里最精彩的一组，几乎是场场出彩，厮杀的激烈程度堪比决赛。每天都有人被淘汰，输了就出局，殷果就这样一路杀出了一条血路，到了周五的小组赛最后一场。

周五这天，殷果有三场比赛。
上午两场，殷果以惊人的11：3的成绩击败了一名俄罗斯老牌选手，随后又以11：4的大比分领先，战胜了波兰选手。当她回到中国选手的休息室，几乎是全部以掌声祝贺，不光是北城的人，还有东新城，以及国内其他球社的人。

殷果谦虚地笑笑。
很多选手是单独来的，最多身边跟着一个教练，只有几个大球社和俱乐部是团队而来。东新城的人热闹，在门东边，聚在一起闲聊；北城的人安静，不管输赢的，全都凑在一起各自处理着自己的情绪。
北城的人在最里边。
殷果独自一人，找了个小凳子，面朝着墙壁，背对着休息室里的全部人，抱着一盒预先准备的水果和刚加热的三明治，戴着耳机找了首歌，边听，边默默吃午饭。

手机不在身边，在包里。
这一周是比赛周，林亦扬怕打扰她比赛和训练，都是等到晚上快睡觉时，才会陪她聊十分钟解闷。就算聊，也不会提到比赛内容。

白色的塑料叉子，扒拉着里边的水果，挑了芒果，殷果把一小块芒果塞进齿间，慢慢给自己做心理建设。
她太想赢了，这样很危险。
没有情绪就是她最大的优势。
可她太想进入四分之一决赛，这样就能在明天，在星期六比赛。星期六的话……也许林亦扬有机会能来看。
殷果又低头，扒拉着，找草莓。三明治也是小口小口吃，慢吞吞地咀嚼。
她这个人很有一套自己的赛场进餐哲学，细嚼慢咽，有助安抚情绪，吃个五分饱也不会让胃负担太大，免得一比赛，万一紧张胃疼，会拉后腿。

休息室的门被推开。

进来了一个男人。

吴魏本来是跷着二郎腿，在和陈安安和一堆小孩儿瞎扯淡，一瞧见进来的人，险些从椅子上蹦起来。先是吴魏，随即是东新城的所有人。

靠在沙发扶手上的江杨，正在和两个止步于小组赛的女孩子谈心，也停了下来。他嘴边上还有着身为东新城老大的标准姿态，可目光却在微微抖着。

江杨第一个动作，摸烟，想起这是在室内，抽不得，于是从胸口深深地压出了一口气，眼睛不知何时已经全湿了："老六回来了？"

林亦扬的瞳仁深处，浮沉着什么，似泪，又不像泪，滚烫的，压抑了许多年的情绪一时没控制住。他低头一笑，勉强把冲到眼眶的东西压下去："对，回来了。"

真到迈过这个坎儿，所有的语言都是贫乏的。

林亦扬，回来了。

这一时间，往日兄弟们像是见到了十几岁在上场前的林亦扬。

那一张轮廓清俊、棱角分明的脸上永远没有笑，总穿着一条牛仔长裤和白色短袖上衣在休息室里走动。他这个人嫌麻烦、嫌拘束，不上场不换衣服，在休息室里坐在一堆穿着衬衫西裤的男人里，扎眼极了。

不和人聊，也不听人聊，进门招呼一声，寻个长椅的一角坐着，一直等比赛。

今天，也是。

东新城从上到下，由大到小，从男至女。

都放下手里的午饭、手机，推开椅子，全都先后站了起来。

"六哥""六叔"叫个不停……

林亦扬拍了拍几个站得近的孩子的肩，眼睛扫了一眼场内，径自往北城一角走去。

一堆教练里头有认识林亦扬的，大家交头接耳一沟通，都以最简洁语言给自己带的选手做了解释：这就是当年削过江杨和孟晓东的男人。

而这个男人，此时就对着孟晓东的妹子走过去。

休息室内的人，都望过去。包括承妍。

她想是听歌听到喜欢的句子，嘴唇抿着，脸上的酒窝不笑也有一点。

隐约听到身后的几句"六哥"，以为是孟晓东来了。

身后有人拍殷果的肩，她用叉子叉住一小块草莓，低声说着："哥，我好像太想赢了，想进决赛，想让他看我比赛……"想想就很泄气，真是男色害人。

一只手，摘掉她的左侧耳机。

那个她正在心中鞭挞的男色，此刻已经弯下腰，嘴角挂着笑，去瞧她的侧脸，调侃她："你叫我什么？哥？"

殷果猛回头，她感觉心跳得要梗住了，浑身所有的血液都在往头上冲，人直晕，真的晕……

还让不让人比赛了……

她左手在心口上按住，眼睛真红了，喉咙哽了半天，没蹦出半个字。

林亦扬又笑，低声问："对孟晓东说得挺顺，看见我，说不出了？"

殷果说不过他，推他，一下不行，又推了一下。

这反应就是个刚恋爱的小女生。

"也不提前说，"她带着鼻音，埋怨着说，"吓得我要得心脏病了。"

"不高兴？"

……

明知故问，是高兴疯了。

林亦扬在她左侧半蹲下来。他左臂上勾着的外套上还有水，是外头的雨水，运动鞋底下也是，头发也是半湿的。

眼里还有一点红，润着水，是刚刚进门时的情绪所致。殷果不会知道他曾在心里构筑了多高的一道墙，也不知他跨过自己的自尊心用了多大的力气。

殷果只看到，他身上有水，没带伞，一定是从地铁站过来的。

他把她膝盖上搁着的塑料盒和三明治放到了墙角的地上，还给她把盖子扣好了，最后，半蹲在那儿，对她伸出了双臂。

殷果心里一悸，抱上去，搂住了他的脖子，像小孩一样抱了半天不肯撒手。过了会儿，她吸了吸鼻子，把脸往下低，埋在了林亦扬的颈窝里，小声说："也不带伞，头发都湿了。"

又是满身的尘土气，火车远道而来的气味，想攻克一个女孩的心，行动远比语言更有力度。单是这往来纽约和华盛顿的一趟趟的列车，路途的长度，就足够了……足够了。

"一直提前跑过来，还能毕业吗？"她又担心。

一个大四尚未毕业的人，竟还要担心他的学业，纯粹是操心过度。不过林亦扬觉得被人如此关心还不错，逗她玩着说："不毕业，你就不要我了？"

殷果的脸在他颈窝里一个劲儿蹭着，过了会儿，认真地说："不毕业也要。"

怎么都要。

林亦扬笑着，用脸贴上她热烘烘的小脸。

两人在角落里，一个半蹲着，一个坐在小椅子上，抱着，在小声说话。林亦扬抱殷果没有一点虚伪的，抱得是结结实实一点缝都不留，也不理会旁人。

东新城那边的一众人下巴都要掉了。

包括江杨，也没想到林亦扬谈个恋爱是最腻味人的那种风格，是万万没料到。更别说昔日里被林亦扬按在球桌上削哭过的一干兄弟，以及在内心无比崇拜、渴望见一面小师叔的一干少年少女……大家全都真实地体会到了吴魏这两天老说的"栽了"是什么深意。

北城的小师妹，太牛了，没话说。

远处的江杨饶有兴致地旁观着，陈安安低声说："千万别亲，这传出去，人家孟晓东妹子的名声就废了。"毕竟是国际公开赛，代表的是中国军团，在赛前的休息室里要真亲上，不是一个运动员该干的事儿。

"不会，老六有分寸，"江杨倒不担心，低声说，"他对这个赛场，有敬畏心。"

一个运动员对赛场的敬畏，和他对这项运动的热爱深度有关，越热爱，越敬畏。只有敬畏心，才会让一个人甘愿付出自己的全部，乃至一生的热情。

如江杨所料，林亦扬什么出格的都没做。

来得快，离开得也快。

最后一场女子组小组赛开始前，观众席上，出现了三批人。

东面，是东新城。

江杨带着陈安安和范文匆在第一排。参赛的九球选手在第二排，吴魏和承妍都在。第三排是少年组和青年组小选手，全在兴致勃勃地讨论着六哥的老婆。

西面，是北城。

第一排独自坐着孟晓东，他身后一半是以李清严为首的斯诺克选手，跟着孟晓东"路过"纽约，准备去爱尔兰比赛的人。另一半是九球参赛选手，都安安静静地等着看小师妹。

林亦扬是以"教练"身份入场的。

他没有浩浩荡荡的队伍，带着两个从华盛顿来的男孩，在南面坐着。其中一个刚出线，中午过于紧张没吃午饭，终于赢了后，买了汉堡在啃着："嫂子这场牛了，希尼亚是新加坡公开赛的冠军吧？"

"对，"另一个补充，"世界排名第三。"

林亦扬在第一排的座椅上，两只手肘撑在自己的膝盖上，两手手指交叉着，食指一直在轻轻地摩擦着自己的鼻梁……一双眼看似冷静，却是情绪复杂地凝注着场中每处。

球桌，裁判，还有记分牌。

大满贯曾是他的目标。

可惜离开赛场前，他还没机会踏出国门。时隔十一年再进赛场，他终于坐在了国际赛场里，却是观众席。想想，还真是玄妙。

比赛刚开始。

发球权就被希尼亚抢走了。

"希尼亚一直运气不错，"体育馆内，能很清晰地听到解说的声音，"我们看到她顺利拿到了发球权，看来，她今天的胜算很大。"

九球发球权非常重要，这是每个人的共识。

殷果安静地坐回红色沙发里，抱着自己的球杆，看着对手击球。

她猜到，自己会坐很长一段时间的冷板凳。

果不其然，拿到发球权的对手毫不手软，一口气拿下了前 4 局比赛。在一场场的掌声里，对手一直乘胜追击，第 5 局结束，希尼亚仍旧持有发球权。

这次公开赛是 20 局制，先拿下 11 局为胜。

希尼亚已经拿了 5 分，而殷果还是 0。

林亦扬的视线一直在球桌旁那个始终坐在宽大沙发里的殷果身上。她很冷静。

他知道，殷果在等，等对手的一次失误机会。

"非常漂亮！"解说在为希尼亚喝彩。

又是一阵掌声。

林亦扬身后的两个大男孩都紧张得说不出话了。

记分牌上是 5:0，即将要跳到 6:0。

此时，球桌上只剩下了两颗球。希尼亚快速出杆，球撞到袋口上，意外没进。

机会来了。

殷果站起身。

从这一秒起，这个球桌属于她了。

这个中国女孩，你不要给她机会，只要她拿下机会，就会一路到底。这最后一场小组赛上，他看到了一个真正在职业赛场上的殷果。

在华盛顿，殷果曾问他，为什么要打快球，难道不怕输？

林亦扬的回答是——他在脱离赛场这些年里，当彻底没有输赢限制，没有积分限制时，才真正领悟到了台球的乐趣。快，是因为高兴。

他想说的是——

享受其中，殷果，这是你未来十几年的职业。

享受其中才能忍受日复一日，没有年节和休假的训练。享受这个始终无法纳入奥运会，连亚运会也被取消多年的小众项目……

记分牌上，终于开始有了殷果的分数——5:1。

五分钟后，5:2。

再四分钟后，5:3。

"嫂子这心理素质不错啊。"林亦扬身后的男孩拼命鼓掌。

这才刚刚开始。

林亦扬想。

四十分钟过后。

记分牌已经从最初的 5:0，跳到了 5:9。

连拿 9 局，零失误。

殷果本就是本赛季最大的一匹黑马，最后这一场，又是在大比分落后的局势下，反杀出了一条血路，稳定得惊人。

以至于，在此刻，解说们都表露出了对她未来职业道路的期待："本赛季的这位中国选手给了我们不小的惊喜，终于有了一张让人无法忽视的新面孔。"

"她对九球台太熟悉了，从台边弹性，到球台廓边，每一次做球都很完美，"另一位男解说也笑着说，"可以想象，如果是女子双打，她一定是个很棒的伙伴。"

"可惜我们这次公开赛没有双打。"

"可以期待新加坡的公开赛，不知道这位选手会不会报名？"

"一定会报名，这才刚是今年的第一场公开赛。你信不信，新加坡公开赛的八球、九球和女子九球双打，都会有她的身影。"
……

计分板比分再次变幻——5:10。
掌声愈加热烈。

最后一局。
她每进一颗球，就是一阵掌声。
突然，殷果慢下来，似乎是遇到了什么困难。她两次试着趴到球桌上，大半个身子都越过了球桌，也都没办法够到白球。
最后她回身，自己皱了皱眉，有点无奈。这个镜头，直接被放大在了大屏幕上。

林亦扬忍不住笑了。
小矮子，要用接杆了吧?

果然，殷果在旁边的袋子里找到自己的接杆，在杆尾拧了两下，固定好。
她再次回到球桌旁，比画了一下。嗯，够得着了。
"选手选择了接杆，"解说的声音，响彻全场，"她再次尝试。"
没等解说的声音消失。
啪的一声，落袋。
啪的一声，又一次落袋。
解说没有跟上她的速度，她迅速收掉了两个球，最后瞄准9号球。

殷果再次停下。
她用右手圈住了黑色的球杆，从杆头往下，一直到底，用掌心慢慢地擦了擦球杆，像是一个心理上的暗示。来吧，我们赢了。她在心里默默对球杆说。
"最后这个球，很有难度，"解说在补充，"9号球紧贴底岸中部，入底袋很难，入中袋更危险。"
她人俯下去，眼睛盯着那一颗9号球。
静了三秒后，还是选择打入底袋。

一杆击出。她打得很薄、很薄，几乎没有用什么力气，黄色的9号球沿着边缘线，一路缓缓滑动着，滚向底袋。
最后，黄色9号球堪堪滚到了袋口边缘，一声轻响后，掉落入袋。

瞬间爆发的掌声，响彻全场。

是在恭喜这个中国姑娘，从炼狱组杀出来，杀入四分之一决赛！

"恭喜来自中国的选手殷果！"

"恭喜殷果，进入明天的四分之一决赛！"

……

殷果眼睛里都是笑，开心得不行，和对手握手致敬，掉头就给了教练一个大大的拥抱。教练也是笑得说不出话，连拍了她后背数下。

在掌声里，林亦扬一直远远地瞅着她。

看不清她的脸，抬眼，去看大屏幕上直播的殷果，瞧那小表情，瞧那泛着泪光的双眼……十足十还是个小孩。

他站起身，要走，发现大屏幕里的殷果突然转过身，往这里的看台跑来。

"嫂子过来了，过来了。"身后的男孩们先发现了。

刚赢了比赛的人，跑向看台。观众席上的人都想看看——她要找谁。

赛场四周都被赞助商的广告牌包围了，林亦扬是在观众席的第一排，隔着广告牌，眼瞅着殷果一路小跑着，微微喘着气，站定在栏杆前、广告板前。

她面颊红润，眼睛里都是光："过来一下。"

林亦扬真是哭笑不得，不得不尽量迁就她，走到栏杆前，半蹲下来。

傻姑娘，还在直播呢。

"把手给我。"下边的她说。

林亦扬犹豫了一下，还是从栏杆的缝隙当中，把手递出去。

殷果立刻两只手抱住他的手。她手上都是汗，是比赛时握球杆太久出的汗，还有获胜后的喜悦所致。她隔着栏杆，脸红红地瞧着他。

"差不多行了，"他低声哄她，"后台再说。"

他又想走。

"就一句话，等我说完。"她急急地留他。

殷果在最后一杆前就想好了，要对他说什么，想哄他高兴，想逗他笑。

她还记着赛前他来休息室红着的眼睛。可话到嘴边上，脸皮薄，刚还在场上提着球杆大杀四方，毫不犹豫干掉对手的她在此时露怯了。

她踮了踮脚，想让自己离他更近，虽然还是隔着广告牌和栏杆。

"今天我赢了，"她压低声音，压着笑意说，"所以……这场比赛送给你，my queen。"

林亦扬，虽然在这个赛场上，我比你晚到了许多年。但是从今天起我的荣光分给你，我有多少掌声，你就有多少。

　　胜者为王，今天我是王，你就是 queen。

　　两人隔着栏杆，互相望着彼此。

　　林亦扬身后的两个男孩子都笑出了声。过去完全无法想象，这个能搞定所有球桌上的挑衅，能没事就让上门挑衅的区域冠军们跪一下的扬哥会被如此一个小女孩摆平。

　　"你怎么不笑？"她没绷住，自己笑着，轻摇他的手。

　　不是不笑，是没有经历过这么被人捧在手心。

　　有一股陌生的暖意在身体里疯狂流淌过，洗刷着骨骼血脉，他不想承认，但也不得不承认，他不知所措。

　　林亦扬抽出右手，狠狠敲了一下她的额头，似乎是在笑着，压着声音说："我夺冠那年，你刚上小学，没大没小的。"

　　他，从十三岁在赛场上横行的王者，竟也有被人这么调侃的一天，真是世风日下，人心不古，风水转到西伯利亚去了。

　　林亦扬站起身，身后球室的两个男孩还在笑。

　　他狠狠刮了其中一个男孩的后脑勺："走了。"

　　林亦扬进了后台，独自去洗手间里冲了把脸，又觉得不解气，直接撩起水把自己的短发都打湿了，在镜子前看着自己的一张脸，笼着水汽的脸。

　　这个水池，手掌扶着的大理石台面，每一样东西都属于这个体育馆。在这些天里，这里曾往来了多少选手……

　　一切像是做梦。

　　他第一次踏入比赛的体育馆，是个开放型的大厅，摆着三十四个球台。

　　每个球台都离得很近，每个台旁站着一个穿着一身黑色制服的裁判，一排排黑色皮椅子摆在台桌旁，供选手休息。那是他第一次踏入赛场，印象颇深，比赛时到处都是击球声，落袋声，三十多个球台，六七十个选手在一起比赛……

　　下饺子一样地热闹。

　　林亦扬抽出纸，擦了擦短发上的水，还有下巴上，把纸攥成团，丢进了垃圾口。刚好身后进来的是几个来自中国的男教练，瞧见林亦扬都笑了笑，点头招呼。

　　他也点了下头，离开这里。

休息室外，孟晓东带着北城的人，大家都提着自己的球杆和行李，准备离开赛场。

刚刚在休息室内，孟晓东不在，此时才算是打了第一个照面。

当你活得久了一些，会发现，有些人、有些场景，总会在生命里重新上演。比如，穿着衬衫西裤的孟晓东，再次站在自己的面前，从袖口到领口的每一粒纽扣都一丝不苟地扣好，过去在休息室两人常碰面，互相瞧不上地看一眼，擦肩而过。

"喝酒吗？"这次，是孟晓东先停下来了。

他身后，北城的人都有点惊讶，摸不清孟老六怎么了。就算是自己未来的妹夫……也过于热情了，不合他的脾气秉性。当然他们都不知道，孟晓东特地带队在爱尔兰比赛前绕到纽约，本质不是为了来看殷果的比赛，而是为了见见这位消失多年的、过去在休息室都不屑于打个招呼的老朋友。

林亦扬一笑。

身后有人替他回答："当然。"

江杨眼中含笑，带着东新城的人到林亦扬身后，站定："难得我们两个打斯诺克的，都来看九球比赛。既然难得，不如一起，大家一起。"

顺便让这些小辈认一认林亦扬，正式地，在球赛后的一聚。

"怎么喝？"孟晓东看他们。

"这样吧，"江杨走到林亦扬身边，手按在他的肩上，"酒店里开个套房，我去买酒，在房间里喝随便。"

"一人一半，酒不便宜，"孟晓东平静地接受了这个建议，"我买我们喝的。"

……

林亦扬没参与这场谁买酒的讨论，对身后自己球室的两个男孩交代，让他们原地解散，快去休息。其中一个男孩已经进了明天的四分之一决赛，需要赛前休整。

两个男孩子在东新城和北城的人当中，一直礼貌地点头道别，挤了出去。

就只剩下了他。

林亦扬从裤子后面的口袋里摸出了黑色钱夹，打开，抽出一张银行卡递给吴魏。吴魏先是一怔，懂了，他和林亦扬这几年混在一块，比谁都摸得清他的脾性。

林亦扬的手，按在吴魏的肩上："你在这里住惯了，比他们熟，去买酒。"

没等两位俱乐部和球社的老大出声，林亦扬瞥开眼，瞧着殷果提着球杆从赛场出来："今晚不用和我抢，过去穷，想请大家也没机会。现在也不算混得多好，一顿酒还是请得起的。"

他最后对江杨交代了句："酒店房间号发我手机上，别约太早，要陪她吃饭。"

说完，人就拨开面前的孟晓东，越过北城的一群人，走向殷果。

殷果早瞧见了他们一群人，在休息室门口。

女孩们通常都会喜欢赛场上的这群绅士，她却一直是免疫的，以为是见得太多。那些拿下无数比赛，赢得无数掌声的、西装革履的男人，在俱乐部和平时赛前休息室里到处都是。

可这一刻，当林亦扬从东新城和北城的一堆男人里走出来，孤身一个走向自己，殷果发现自己不是因为看得太久免疫，而是没遇到自己喜欢的那个。

她喜欢的是这个青年旅社附属球室的穷老板，喜欢这个坐着长途火车来到这个城市观看比赛的普通留学生，喜欢这个连大型休息室也没有、仅仅带着两个选手的"教练"。

这个不管过去有多少辉煌的成绩都绝口不提的男人。这个……

每次见面，第一个动作都是伸出右手，让她把球杆交给他的男人。

"哥，我先走了。"她对远处的孟晓东打招呼。

孟晓东挥了下手，让她自便。

"回酒店？"这是林亦扬问她的第一句话。

她答应了，又觉察不对，跟在他身边，边走边小声说："房间不是我自己住。"

他笑："知道。"

又不是没去过。

从体育馆步行到酒店很近，十分钟就到了。

林亦扬临在门口，问工作人员借了把雨伞，两人撑伞到酒店大堂，她一点没事。他就和没撑一样，大半边身子都湿了。

殷果进电梯前，还在想，如果告诉室友晚一点回来，室友肯定知道含义。

但要这么说，不是明目张胆地告诉人家自己想要在房间里和男朋友单独待一会儿，做点想做的事儿吗？这要多厚的脸皮才能这么说，这么做。

再说，两个女孩一起住的房间，要带个男人进去这个那个的，也不是很尊重室友。

总之各种不妥，想着，要不然再去开一间房？

这好像是最稳妥的，先去放了东西，让他在房间里等着，自己单独下来。

殷果打定了主意。

等进了酒店电梯，她发现林亦扬按下了一个陌生楼层，才后知后觉地拽他的衣服，轻声问："你订了房间？"

"对。"公寓太远，想看她三天的比赛只能住在这里。

电梯在上行着。

搭载了七八个人，她和林亦扬在最右边。

她挨着他，脸挨着他胳膊上的布料，目光垂下来，就能看到他手臂内侧的纹身。还不到四月，穿着短袖跑来跑去的，也不嫌冷。

殷果想用手摸摸他的胳膊，试试冷不冷，右手手指搭到他手臂外侧的一霎，林亦扬的视线低下来。这和赛场不一样，是在酒店里。

多日未见，他想握她的手，摸她的脸，亲亲她。

"快到了。"他低声说，目光直直锁着她。

她屏着呼吸，轻点头。

叮的一声，电梯门滑开。

他的手从她胳膊上往下滑，攥着她的一只手，带她走出去。

房间号 1207。

林亦扬提着她的球杆，在牛仔裤的后兜里掏门卡，掏出来了，人也低头下来。

殷果的额头上，鼻梁上，往下都被他亲下来，她背靠着门框边沿："都在门口了。"也不进去。

就是到门口了，所以他不想压了。

他想亲她的嘴唇，但没亲，反而问她："刚最后一个球，为什么进底袋？翻中袋更漂亮。"

话里说的是台球。

他握着门卡的那只手已经从她的脸滑下来，捏到她的腰上。

人也压过来。

"我擅长打薄球，"殷果的嘴唇微微开合，每一下都像要碰到他的，"……不擅长翻……"下唇被他含住，从腰往上蹿起了一阵酥麻，是腰上捏得重了。

他一笑，低声问："那还敢叫我 queen？"

舌尖顶进了齿间，他一面吻她，一面将手上的银色卡片扫过识别器，又眼底带着笑意，半真半假地说："以后在球台上打哭你几次，就老实了。"

殷果晕头转向地听到刷开房门的声音。

林亦扬将她拦腰抱起来,球杆直接放到进门的茶柜上。可能是太想念了,两人接吻的每一个动作,每一次的纠缠都连带着心脏的跳动……

一个星期了,他在往返学校、公寓和球室的路途里,在每个自己不在的空间里都在干什么,想什么。一个星期,每天只有晚上十分钟的聊天是怎么过来的。

不知道,不知道怎么过的。

林亦扬没把她往床那边带,怕收不住,上不上,下不下,反而引火伤身。

他想亲热一会儿,就出去给她买饭。

外头是暴雨,回来走十分钟就够费劲了,不想让她再出门。他买回来,在房间里吃。

他不声不响地含着她的嘴唇,含一会儿,松一会儿,手在她腰上也是有一下没一下地捏着:"眼睛怎么红了?"

她沉默了会儿,说:"下周要走了。"

"周几?"

"周三。"

四月下旬在杭州有比赛。

林亦扬毫不意外她行程的紧凑,反而问:"第一场公开赛还没打完,就熬不住了?"

……殷果被忽然上涌的难过情绪包裹着,不想开玩笑,推了一下他的胸膛。

"心里想我,还推开?"他低声笑着,逗她,"我给你算算,今天是周五,你周日才完全结束比赛,到下周三确实也没几天了。还是抱紧了吧,能多抱一分钟是一分钟。"

还说……她瞅着他。

林亦扬瞧她是真的心情低落了,两只手臂把她搂紧了,自喉咙口压出似叹非叹的一声。下巴压在她的头顶,抱了没几分钟,听到一阵手机的振动。

不是他的,是她的。

殷果没想接。好友和家人都知道她在这里比赛,轻易不会打电话,同俱乐部的人一半在这里,每天打照面,另一半不在这里的人全散落在各国公开赛赛场,也没空找她。

打电话的人倒很有耐心,一直不挂。

殷果最后掏出来,瞄了眼。

来电显示——李清严。

……

她莫名心虚，尤其是发现林亦扬也看到来电显示之后。本来想挂断的，林亦扬看着呢，也不能直接挂了。

她清了清喉咙，接通，放到耳边："喂？"

"刚才不方便说话，"李清严的声音在那边说，"恭喜你冲出小组赛。"

她"嗯"了声，抬头看了林亦扬一眼。

林亦扬正低头，一瞬不瞬地注视着自己，距离更近了。他的手指在殷果耳后摸了摸，绕过去，又在她脖后，用指腹在她的皮肤上搓着一撮长发。

"小果，"李清严犹豫着，"我本来想在下个月爱尔兰公开赛后，世界排名再上几个名次，再和你说……有些话一时说不清，可能回国才会有机会。"

殷果心里七上八下的，一个劲儿地按着手机侧面的音量键，不停调小。

林亦扬的手在她腰上捏得不耐烦了，从下往上推高她的上衣。她的全部意识都跟着他的手掌，心悬一线……

他停住，和她对视，无声地指了指手机，意思是——给我。

殷果头昏脑涨的，也摸不透林亦扬要说什么，犹豫着瞧他：你想干什么？

"正事。"他说。

殷果想了想，给他也好，反正自己坦坦荡荡什么都没有，但也要礼貌交代一句。于是，她对手机里的李清严说："林亦扬在我身边，他想和你说正事。"

李清严倒也不厌："好。"

林亦扬把手机从殷果的手指间抽走，放到脸边，在漫长的沉默后，说了这么一句："我没有孟晓东的手机，借小果的电话问你一句。他酒买好了吗？"

李清严慢了几秒，没猜到他会问这个："买好了，都是十二年芝华士。"

"果然人老了，都喝上芝华士了，"林亦扬语气很平稳，"不错，很养生。"

"他这些年身体不太好，喝了几年了。"李清严回答。

"定了几点？几号房？"

"八点，1000房。"

"好，"林亦扬干脆地说，"没事了。你们继续。"

殷果把音量调得再小，他都听得清。搁过去的脾气，李清严这样的，他能让对方在床上趴三天。这种孩子简单来说就是欠收拾，用东新城的老话就是，找削。

不过不急，晚上再说。

殷果草草切断了电话。

她仔细观察抱着自己的男人，没什么特别生气的反应，估计没听到后来的话。

林亦扬盯着殷果看了好一会儿，问："琢磨什么呢？"

她摇摇头，假装没事人。

"小果儿？"

她要说话，突然吸了一口气，一下子搂住他的脖子，脑子成了一锅粥。陌生的刺激让她无所适从，只是搂着他，眉头拧着，说不清是好受还是难受，喘不上一口完整的气。

林亦扬一双眼始终都在看着她，一只手从左边到右边。他喉口发紧，想直白地看，也想亲下去。试图握住，捏下去都是软的，握不住。

尝试了几次都没成功，他终于低声，笑着问："怎么这么大？"

现在的林亦扬不得不承认，为什么年少时在溜冰场、台球厅里看着男孩子的手一直爱往女孩衣服里放，这也许是少年之间无聊的攀比，是对未知领域的跃跃欲试。

又何尝不是情之所至，无法自拔，是荷尔蒙作祟，爱情使然，是对喜欢的女孩抱有着一种无法言说的征服欲，又或者是，想被她征服。

林亦扬额头压到她的额头上，想说，真不该叫你小果儿。

又一想，算了。

他在想，如果自己现在是少年最意气风发时，一定会抱她上床，把所有束缚她的衣服都剥干净，在他渴望的身体上肆意征伐。管他什么比赛，他已经立身巅峰，是赛场上的王者，他的就会是她的。

那个年纪，真是幼稚且自负，强大却脆弱。

殷果在克制着抿着下唇，一下下咬着，也不知道想做什么，被他弄得涨疼。林亦扬瞅着她，把衣服给她理好了。

"外边雨大，你在屋里等着，我一会儿就回来。"他说。

殷果点点头。

她摸摸他的脸、下巴、鼻梁，最后手绕到他脖子后，往上摸着，他的短发偏硬，这星期明显修剪过头发，尤其是后边变得很短，发梢擦过自己的指腹和手心，很痒。

很……磨人。

林亦扬被她摸得心软，其实不过是要去看看附近有什么餐厅上档次一点的，买来晚饭给她吃。他瞅着她，问："想说什么？"

"我也不知道……"

脑子里空空的，什么都没，也满满的，什么都有。

全是人生的第一次，他是这辈子第一个和她有过亲密无间接触的男人。

她忽然想到了承妍，想到，林亦扬被人追的样子，佯装不经意地说："承妍挺好看的。"

"承妍？"等了半天，等来这句奇怪的话，林亦扬不太能跟得上女孩子的思路，"提她干什么？"

"想到就会吃醋，不知道为什么。"

过去也没这么小心眼，还是一喜欢上人就会越来越小气。

他把她手从脖子后拉下来，握着，想说点什么。可承妍实在和他没什么关系，他也不知道该说什么。最后只好苦笑着，重重捏了下她的手："走了。"

其实也不错，看喜欢的人为自己吃醋也是种情感增进方法。反正是个路人甲，无伤大雅，只是这醋吃得防不胜防。

等到林亦扬出去买饭时，殷果在洗手间里拆开了一块香皂洗手和脸，从赛场回来都没认真洗干净脸。淡妆不是很舒服，但没办法，比赛就是有美观的要求。

她怎么都觉得内衣穿得不舒服，擦干净手，重新把搭扣解开，穿了一遍。对着镜子，拉下自己的领口看了看，一片片红，快消退了。

她脸上像打了层柔光，眼神也蒙了一层水雾似的，立在水池前在走神……

搭在白色毛巾上的手指揪起了一根毛巾的白线，两指指腹捻着，下意识地揉搓了一会儿。想得自己脸上一阵阵地红，丢下毛巾，走到空无一人的房间里。

一个大的单肩运动背包在沙发旁地毯上放着。

从第一次见到林亦扬那晚上，他就是这个背包，好像在住的公寓里，也没见过别的背包。只有这一个黑色的，陪着他辗转两个城市。

殷果坐在书桌前，趴着，瞧着他的大运动背包都很满足。

她两手握着手机，想到林亦扬故意逼问自己不擅长的打法，对他的真正实力也有了探究的心思。正好，身边有和他过去打过球的人，于是万年不给孟晓东发微信的她，难得殷勤地去问那个万年大冰山。

小果：林亦扬有什么是不擅长的吗？在球台上？

M：没有。

M：没有他不擅长的，只有他想不想打。

这么强……

孟晓东一贯实事求是，不会有半点夸张。

因为这句评价，她更想他了。

时间悄然流逝着。殷果的下巴抵在棕褐色的木桌面上，一秒一秒地数着时间，猜他在哪儿，有没有淋到雨。没忍住给他发了个微信，私密地抱怨一下。

小果：悄悄说，有点疼那里。

Lin：？

Lin：下次轻点。

* * *

林亦扬在比萨店里，靠窗的位子上，在等外卖。

他的运动鞋几乎全湿了，大暴雨，没有一个路人能幸免。这种暴雨打着伞也没用，全是淋湿的命运。他看着微信里的她的头像，再抬眼看外边奔跑的、狼狈避雨的人群。

但不知怎的，他看着看着，就笑了。

* * *

他把殷果送回房间后，来了这里。

1000 号。

是李清严开的门。

"他们在里边。"李清严说。

林亦扬点了点头，意味深长地拍了拍李清严的肩："一会儿来两局？"

李清严点头："好。"

他径自穿过门廊，进了套间的门。

里边有一个大圆桌，临时挪进去的。桌边有一圈人，桌上除了酒，还是酒。以孟晓东和江杨为首，余下几个在旁边有说有笑地低声聊着，大家瞧见林亦扬来了，都停了。

"来晚的人，先打个圈吧。"江杨笑着说，他穿着灰色的衬衫，袖口都挽着，在玩着自己的半杯酒。

林亦扬把满瓶的酒捞过来，直接倒满一个空杯子，没半句废话，他照着桌上的人数，一人干了一杯。

到孟晓东这里，孟晓东要站起来。

林亦扬按住孟晓东的肩："来者是客，好好坐着。"

他主动把自己的杯口，碰上了孟晓东的。再次仰头，一杯饮尽。

五杯酒下去，林亦扬落了座。

满桌子的大男人，彼此望着，都记起小时候在东新城的小院子里，大夏天的，搬一桶桶冰啤酒互相叫板的过去。多少年了，人还能凑起来，真心不容易。

一喝上了，陈安安这种实诚孩子就是第一个倒下的。吴魏这种操心的孩子，就是负责抱着陈安安去洗漱间吐的人。一下子，屋子里少了俩。

孟晓东酒量奇差，平时都是半杯小酌，今日一杯干下去，上了头，坐在那儿不吭气。

江杨笑着探身，问："晓东？"

孟晓东抬眼，摇了摇头。意思是，没事。

江杨慢慢地给孟晓东又满了一杯："老六，你想知道什么，趁现在套话。"

林亦扬瞅了江杨一眼，懒得理他的调侃。

"你是想问，我妹的青梅竹马？李清严？"孟晓东只是晕，人还清醒，"他俩具体怎么回事，我没问过。不过殷果爸妈挺喜欢他。"

"就算真好过，也肯定分手了，"孟晓东随口说着，揉了揉自己的太阳穴，"不过殷果家有个人，"他停了一停，"是你那场比赛的裁判，肯定知道你过去的事。"

说完，他盯着林亦扬瞅了一眼："你该知道，我说的是哪场。"

房间里，在这一霎安静了。

大家都听出来了，孟晓东说的是林亦扬职业生涯的最后一场比赛。

江杨清了清嗓子："小贩，弄点热茶给你晓东哥。"

范文匆答应着，出去了。

这个房间里，只剩下江杨、孟晓东和林亦扬。江杨其实一开始是开玩笑，想逗逗林亦扬的，没想到孟晓东这个大少爷喝多了，竟然把陈年旧事扯出来了。更没想到的是，殷果家里人竟然是当年那场比赛的裁判……这个渊源就太深了。

推拉门突然打开。

吴魏扛着醉昏过去的陈安安进来，把醉鬼扔到了床上。他走到桌边，拿起自己的半杯酒，灌了一大口："累死我了。"喝完，发现房间气氛不对，瞅了一眼江杨。

江杨摇摇头，让吴魏不要问。

林亦扬在玩着杯子，没人看到他眼里的情绪，是好，是坏，是仍无法释怀，还是已经云淡风轻了……他静了半晌，把那个杯子搁到桌面上："有空着的球台吗？"

孟晓东直接答："半个球房我都包了，你想打什么都有。"

江杨说了句："让人先给你去清台。"

林亦扬摆摆手，意思是：不用。

他离开圆桌，对孟晓东说："约了你的人打两局。"

"他们要去爱尔兰公开赛，你收着点儿。"江杨替孟晓东叮嘱了一句。

"知道。"林亦扬头也没回，出去了。

外间比里边热闹，人也多，东新城和北城的人都有，除了进入四分之一决赛的人，几乎全到齐了，有站有坐着的。林亦扬出门，给李清严打了个手势。

李清严等他半天了，从沙发离开，对硝子说了句："你看着点儿里边的晓东哥。"

两人没多废话，去了球房。

今晚这里人不多。高强度的小组赛刚结束，绝大部分选手都在休息，只有零星几个桌子旁有酒店的住客在玩，不是职业选手。

林亦扬拿起一根公用球杆，指着一张备受冷落的八球球台："小八球？会打吗？"

这是林亦扬家乡台球厅的一种野路子玩法，八颗球摆成一个三角，白球做母球。

全是人工手动码球，没有什么规则，也没有什么要求，开球之后想打哪个就打哪个，最后一个进黑八的人算赢。

对台球厅老板来说，这样快，一块钱一局赚得快；

对于野孩子们来说，一盘盘也赢得快，打得爽气。

李清严和他是一个地方的，自然知道这种玩法，小学时候也常在放学后来一盘。

"打过，"李清严说，"很简单。"

"过去我和人打这个，规矩也很简单，"林亦扬从桌边捞起了一个巧粉，擦了擦杆头，说，"谁输了，给对方码个球。"

"我没问题。要能让你给码几个球，估计够在圈子里吹几年。"李清严也挑了一个杆子。

林亦扬好笑地瞥了他一眼。

还真是要给这小子收收骨头了。

一共 10 局。

两人按照九球的方式，争夺发球权。毫无悬念，发球权被林亦扬一举拿下。

李清严沉默着，在球台上把八颗球摆成了一个三角形。

白球，被放在了开球线的正中。

林亦扬提着球杆绕到球台前，他弯腰看自己要击球的角度，再次用巧粉擦了擦球杆头。

他第二次俯身。

整个人和球杆成了一条线，包括视线的落点也是笔直的一条线。林亦扬脸上的笑容渐渐地消散了，进入了比赛状态。

重重一击，清脆而巨大的撞击声，竟比球房里任何一个桌子上的声响都要大。

五颜六色的球在一瞬间被撞散，飞奔着，滚向每一个袋子，一个、两个……最后八个球全部落袋。一个不剩。

这是一杆炸清……

只有一击，就进了全部的球。

这并不是奇观，但要靠运气。李清严也是要碰上运气，才会打出这种"一杆炸清"的局面。他当然希望这只是个偶然。

可这是林亦扬的第一局，更像是一个下马威。

"辛苦。"林亦扬平静地指了指球台。

输者码球。

李清严无话可说，弯腰去一个个袋子里摸出球，再次用八颗球码出了一个三角。

白球刚摆上发球线，林亦扬突然俯身，毫无停顿地给了一杆重击。各种颜色的球应声飞出，一个接一个，全都争先恐后地滚入球袋。一个不剩。

又是一杆炸清……

"辛苦。"林亦扬仍旧平静地指了指球台。

李清严知道，这绝不是偶然了，他越发沉默着，去掏出一个个球，给林亦扬码放在桌上。接下来的十局，不过是李清严在码球，林亦扬在击球。

虽然不是局局一杆炸清，但显然，李清严连摸到球杆的机会都没有。

李清严甚至在最后一局前有了一丝庆幸，这里没有同行看到自己一直在码球。

甚至他都不得不承认，林亦扬还是对自己手下留情了，明明有机会在1000号房招呼所有人下来旁观，但他没有。

这也许，是林亦扬给孟晓东的一个面子。

完美的 10:0。

因为酒精助兴，林亦扬的一双眼里有了昔日几分少年意气，他把球杆支在了球台旁，两手撑在那儿，隔着一个球台，隔着低矮的球桌灯光，瞧着李清严。

"是我输了。"李清严说，心服口服。

林亦扬其实头早就晕了，四十多度的烈酒，进门就是连着灌下去五杯，后来慢慢又喝了两三杯。此时后劲儿上来了，听着李清严这句，笑了笑。

"送你两句话。"林亦扬说。

李清严看着他。

"上次在那个球台上，我看你是照着孟晓东的路子，训练自己 25 秒打一个球？这是联赛的要求，但不是所有公开赛都这样。"林亦扬指了指上次自己打过 50 个球的斯诺克球台。

李清严意外，他没想到上次短短的一个见面，就被林亦扬识破了这一点。

"每个球都磨蹭到 25 秒才去打，消耗的是你的灵气，"林亦扬慢慢地，告诉他，"你是选手，不是比赛机器。"

语速慢，是因为醉了。

林亦扬已经觉得要去休息了，他需要喝点热水，或是热茶，最好，能在殷果睡前再去她房门口溜达一圈，想看看她。不过她应该睡了，今天一天三场比赛，她太累了。

林亦扬下意识做了一个动作，因为醉酒后的热，想要去解开领口的两粒纽扣。这是他过去在非比赛场合，不得不被迫穿衬衫时，经常会做出的一个动作。也许是因为今晚和过去兄弟喝了酒，也许因为这里放眼看去都是球台，让人得意忘形了。

总之，他的手指在圆领短袖的领口停下，停了足足有两三秒。他缓缓放下那只手，撑着球台边沿："还有一句话。"

他紧跟着说："不管你们过去什么情分，你追她追不上，或者追上过。到此为止。"

林亦扬染上醉意的一双眼黑亮得像浸过水，他拧着眉心，在慢慢地、趁着自己还清醒的时候，说了最后一句："殷果是我老婆，听懂了？"

爸妈没了，弟弟过继给别人家了，就剩殷果这么一个亲近的人了。多年前唯一亲近的球杆没守住，现在，想把殷果留在身边。

可拿什么留呢？

他喉咙发干，从球台边站直了，本能地把支在球桌旁的球杆拿起来，慢慢走到球杆架子旁，放在最右侧，最后的一个位置。

做完这些，他背对着李清严挥了一下手，走了。

林亦扬离开球房，上了电梯，按错了楼层。

不知怎的，他到了一楼大堂，是潜意识想要出去吗？

外边是暴雨初歇，大堂里住客在办理着入住和离店手续，有今天小组赛出局的选手，提着球杆盒，还有行李箱，在大门外等着酒店叫的出租车……

大脑一旦被酒精迷醉了，会觉得周围的空间是虚拟的，分不清过去、现在和未来。

这是纽约，他怎么会来到这里？

好像昨天还是在某个不知名的路边摊喝多了，被老板好心拉到店铺里，在店里的长凳上睡到醒。那天深夜，他醒了，满身酒气，被老板娘好心地把他的校服扒下来，塞进他的斜挎书包里："小心让老师撞见，要给你处分。"

那天，是昨天，在家乡。

今天，是今天，在纽约。

后来林亦扬都不清楚自己是怎么走到了广场饭店，下雨前想过来，地下一层有一家甜品店 Lady M 很不错，想买给殷果吃。

他还问过吴魏，吴魏说在国内早有很多家分店了，骗不了小姑娘了。

可还是想给她买，万一没尝过呢，这里的是原产地，口味说不定会更好？

＊　＊　＊

十点多，殷果在酒店房间里，翻来覆去地趴在床上，不太踏实。

心里有点慌。

两个球社的人都在，又是多年兄弟第一次重聚的酒局，万一没收住，要喝成什么样？她掏出手机，给林亦扬发，没回音，给孟晓东发，竟然也没回音。

到最后，找到吴魏。

小果：你们喝多少了，我哥和林亦扬都没回。

无所谓：你过来吧，1000 号。

过去？

殷果心里咯噔一下，吴魏难得说话这么简略。

她换了一身衣服，拿上手机就跑了出去，到 1000 号房门口，正碰上大部队蜂拥而出。她瞧见了李清严和硝子，拉着硝子问："林亦扬在里边？"

"在。"硝子想说什么。

殷果没顾得上听，右手拨开几个人，一个劲儿地说"劳驾、劳驾"，从二三十个人里边挤进去。进到套间，竟然躺下三个。

孟晓东和陈安安一人一边，在床上，都睡着了。

林亦扬在沙发上，侧躺着，被吴魏他们换了一身干净的行头。灰色的西裤、白衬衫，全是江杨的。他衬衫领口松着，为了透气，头枕着自己的左手臂，也不知是睡是醒。

殷果看他这模样，心里一窝一窝地抽着，酒局上男人喝多了正常。

但看他喝多了就不行。

殷果悄悄走到沙发前，蹲下来，手心摸着他的额头，那上边有汗。她看到沙发扶手上搭着一条湿毛巾，拿下来，给他擦了擦。

"那蛋糕……搁久了不好吃，"林亦扬低声，一字一字往出蹦，还有点口齿不清，"你给小果儿送一趟。"

什么蛋糕不蛋糕的，谁要吃蛋糕？

都喝成这样了，还蛋糕？

"别说我喝多了。"他低声说，很轻。

殷果把毛巾放在自己的腿上，用手给他把额前挡在眼皮上的一缕缕短发拨开，不吭声，是不想吵他。人醉了，最好不要在他耳边碎碎念，他其实听不进去，也记不住。

给他个安静的空间让他睡，是最仁慈的。

林亦扬没听到回应，很是不悦，眉头蹙得更紧了："没听见？"

殷果鼻子酸酸的，干什么对我这么好，才在一起多久。不懂欲擒故纵吗？不懂欲拒还迎吗？长这么帅都白长了，就知道傻对我好。大傻子。

心疼死了。

"知道了，"她轻声哄他，"马上吃。"

林亦扬乍一听见她的声音，迟钝了几秒，缓缓地，将紧闭着的眼睛睁开，黑色瞳仁里映出了她。像没认出来似的，瞅着她……

"喝这么多，"她小声说，"都没人拦着吗？"

他眉骨高，鼻梁也在亚裔人种里算是很高的，眼是桃花眼，扇形的双眼皮。平日里不太正经瞧着谁，不显多漂亮。现在，却不同了。

看你一眼，就像在挖心。

难怪那么多女孩对他念念不忘。殷果想，他这种人，过去在台球厅里不管是打球，还是坐在门口台阶上，叼根烟休息，瞅上哪个姑娘一会儿，估计都够人牵肠挂肚一辈子的。

毛巾有点冷，她想去用热水冲一冲，再给他擦擦脸和手。

林亦扬的右手突然绕过她脖子后，把她的脸往自己这里拉近了，额头碰上她的，带着浓浓的醉腔，叫她："小果儿。"

正是身体被酒精烧得最难过的时候，看到她，以为是假的。

他停了好一会儿，又问："你现在……心里有我了吗？"

从在公寓洗手间门外的接吻开始，到今天。

在一起不到两星期，十二天。殷果，你心里真有我了吗？

这屋里不光有她在。

范文匆和吴魏都在屋里伺候着三个酒鬼，江杨给殷果泡了茶，端进来想聊聊。三个人全把这话听进去了。林亦扬就是因为脾气太硬，才亲手把自己的人生路给砍断了一回，能让他这样的男人问出这样的话，是对人和人之间的感情有多少渴望，多少不确信？又是对面前的女孩有多在意？

殷果还没来得及说什么，他拽了下自己的衬衫领口。

人很不舒服，他用手背压住自己的上半张脸，挡去了所有光，没几秒就睡着了。

怎么了到底，出门还高高兴兴的……

殷果抱着转凉的毛巾，在沙发前蹲了半天，见他真不闹腾了，起身去看了看孟晓东。再转头，江杨已经给她添了热茶，诙谐地打开林亦扬的手机，搁到圆桌上："来，吃吧。"

……

殷果没懂。

手机里都是蛋糕的照片，千层抹茶、玫瑰、可丽饼，等等。

吴魏笑呵呵地把殷果按到桌边，给她讲了一遍这组照片的来龙去脉。

林亦扬大半夜的从酒店出去，走了好几条街，成功摸到想给她买蛋糕的广场饭店。饭店是开着，人家地下一层的蛋糕店早就结束营业了。

等吴魏和江杨找到他的时候，林亦扬坐在饭店大门外的台阶上，一个小角落里，靠在墙壁上已经睡着了，和流浪汉没什么两样，被叫醒时只干了一件事，把手机往吴魏手里一塞，里边的照片都是他趁着清醒存下来的，让吴魏去买……

手机交出去，人也废了。两个大男人顾不上叫车，直接搭伙，扛着人回了酒店。

回屋里还有几个喝醉的，他们给林亦扬换了干净衣裳，就去弄孟晓东和陈安安，没防备再看，林亦扬又把桌上几个瓶子里剩下的全给喝完了。

这一下是真醉得不轻，满打满算两瓶烈酒，照江杨对林亦扬的推断，至少一天一宿醒不了。

本来吴魏不想叫殷果下来，不想让殷果瞧见林亦扬醉酒后的囧样。

可江杨惦记着孟晓东说的那档子事，还是想和殷果聊聊。

吴魏指桌上的这些空酒瓶，对殷果交代："我刷他卡，其实都不敢买贵的。这一堆，还比不上当初他请你喝的那一小杯。"

殷果看了看酒瓶，只听林亦扬对着电话说了芝华士，以为是表哥平常喝的那种贵的，这么一看就是超市开架卖的那种最大众的、便宜的平价酒。

"林亦扬对你是真上心了。"江杨温声说。

"何止上心，还有好多事儿你不知道呢，"吴魏完全是在和江杨一唱一和，打着配合，"他离开东新城多少年了？快十二年了，从来、从来没打过带钱的，只有今年破例玩了一把。"

说完，吴魏看向她："记得吗？"

殷果愣住，一是他为自己，还有更重要的是：他竟然不玩带钱的……

那晚她还问林亦扬是不是喜欢赌球，他只说了句"一般"，也没否认过。尤其后来，孟晓东也对她说，要她以后有机会劝林亦扬不要赌球了，显然也误会了林亦扬靠这个赚生活费。

"他要真赌球，会有这么穷吗？"吴魏说，"在法拉盛他也是一分钱都没要，都让人打他同学账户上了。"

那晚一场球就是三千美金，每周来几场，早发家致富了。

何至于如此落魄？

殷果望向沙发上睡着的男人。

"你不是东新城的人，应该不知道，"江杨又告诉她，"当初我老师让他进东新城，就和他有过约法三章：不能赌球；不能打假球；更不能违法乱纪。"

这是一个开端。

江杨想要告诉她的是全部的过去。

那年，是林亦扬打职业赛的第四年。

他进入了一个职业选手的瓶颈，进入了没有任何征兆的低谷期。这是职业三年，可以拿两年总冠军的少年天才，可只要是人，是运动员，就会有他自己的高峰，也会有他自己的深渊。往往度过了深渊，就将会是下一个巅峰……

可惜林亦扬锋芒太盛，人又轻狂，突然跌入谷底，连着失了几场重要比赛的关键局。渐渐地有了他收钱打假球的传闻。流言蜚语，同行鄙视，本就承受着低谷煎熬的他，在休息室里也是被议论的对象。当再一次的赛场失利后，他和老师有了一场大吵，彻底退社。随后在他职业生涯最后一场比赛，和裁判起了冲突，被判罚禁赛六个月。

六个月后，林亦扬从这个圈子消失了。

其实，大家都明白，从他离开东新城那晚，就已经放弃了。

"……为什么他不解释？贺老师就不相信他？"

"因为，"这件事只有江杨他们几个兄弟知道，也是当天，在贺老的办公室里才知道的，"他确实在路边和人家玩了一局带钱的。他是错了。"

"都是穷闹的，那半年他真没钱了，"吴魏说，"他弟弟刚过继给亲戚，他想去看看，买不起票。后来他和我说，当时他还想着，就那么一次，买张票去给弟弟过生日，过完回来剩下的正好买点练习册什么的，补补英语和数学。"

这些年，这几个兄弟提起这件事，都很难过。

如果不是林亦扬自尊心太强，低不下头和兄弟们借钱，也不至于这样。

殷果小时候经常听表哥说，过去行业不景气，就有选手会用如此极端手段维持生计。一个国内选手，没有商业赞助的话，每年两三万的收入。还要到处跑比赛，还要买衣服和器具。孟晓东就有个朋友，去泉州比赛前一晚，为了赚酒店钱和人在台球厅打球，结果输个精光，最后不得不在球房睡了一晚，第二天直接上场比赛。

成年选手尚且会有如此的困窘，何况刚上高中的林亦扬。

……

错了，就是错了。

可谁都没给他改正的机会，他自己也没有。

* * *

　　阳光落在脸上，林亦扬想喝水，他的手去摸右面，以为自己在公寓里。这个高度，这个角度是床边的茶几，通常，他要喝酒了自己会备上一杯水，隔天润喉。

　　没摸到茶几和杯子，愣了会儿神，这是酒店。

　　是什么时候了，第二天？还是第三天。

　　好像在上一次醒时天是黑的，房里没人，他嫌自己身上难闻，怕她比赛回来被隔夜醉酒的味道熏着，就洗了澡……

　　睁眼，第一个看见的就是她。

　　殷果拥着个枕头，趴在他身边的白色棉被里，脸朝着他。穿的什么瞧不清，好像是深蓝的，或是黑色的大 T 恤："醒了？"

　　她像个瓷娃娃，脸上带酒窝的那种，小时候庙会上会有卖的，只不过瓷娃娃的脸上画着两点红，她没有："都怕你睡傻了……"

　　小手在他眼前摇着："真傻了？"

　　满是花臂纹身的那只手臂，在拽殷果，把她拉过来，让她的脸压到了自己的颈窝里："不收拾收拾你……真是不行了。"

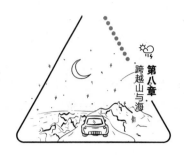

酒精能让你的嗨点飙得有多高，醒了就能让你有多失落，从身体机能开始，跟不上趟，被掏空了。阳光晒得人没法全睁开眼。

包括面前的女孩，也没法看清。

"你知道自己喝了多少吗？"身旁的她在说，"快两瓶了，四十多度的酒。我们给你灌了三次解酒药。"

林亦扬口渴，喉咙也干，像跋涉了三天三夜的荒野："解酒药事后灌没什么用。"他在告诉她一个常识，傻姑娘，什么都不懂。

"我知道……但没办法了。"

而且三次解酒药也全吐了，一点没吃进去。

后来大家商量着，不行的话，要早上看他还难受就送医院。万幸的是林亦扬是海量，这样大量的烈酒也能自我消耗了。兄弟们给他灌了一次又一次水，生怕把人给烧坏了。

殷果带着满腹的心疼和不爽，去比赛时，孟晓东倒是先酒醒的，看着殷果说了句"今天估计能打得不错"。他是看着殷果长大的，知道她在比赛前越是心里不爽，越是受了刺激，越能打得好，像是逆反心理。

果不其然，她和另一个师姐携手，成功杀入四强。

"还记得自己洗过澡吗？"她撑起胳膊，看着他。

他摇头，是在骗她，其实记得。

"那也不记得吃过面？"还是她一口口喂下去的。

他仍然摇头，略微坐高了些。

上半身是衬衫，但全部扣子都解开了，是殷果怕他睡得不舒服给他一颗颗解了的。被子从锁骨滑到了腰腹上。

水在床头柜的台灯后边，有一瓶没开封的。他抄过来，拧开，灌下去一大口。身体太渴望水，能真实地感觉到清凉的一道水流从喉咙往下，是入胃的，更像渗入了五脏六腑。

人在复苏。

其实这不算什么，在国内那阵他去西部，最凶猛的是人家给的上马酒和下马酒，烈酒凶喉，他险些以为自己喝的是纯酒精。还有祖国大地盛产的啤酒原浆，入口容易，醉也更容易，比这些洋酒厉害了不知多少倍。

这次是喝的"伤心酒"，他料到要倒，是怕倒得不厉害醉不彻底，才回到房间里把剩下几瓶底儿全拼一块喝了。

人不能总喝伤心酒。

都在过着今天，等着明天。昨天该扔就扔，毫无用处。

矿泉水瓶放回去，面前的姑娘也不知在打什么鬼主意。

他等着听。

"那你……记不记得我们干什么了？"殷果问。

她说这话是心虚的，想说林亦扬你醉酒乱性了。但终究脸皮薄，磨磨叽叽半天，玩笑没开成，反而让房间里陷入了让人不安的死寂。

"干什么了？"他问。

男人的手，不管是指腹，还是手指边沿都比女孩要糙得多，在抚摩她的嘴唇："说说看。"

还记得刚认识时，他对吴魏和外人都称呼她和她表弟是"小朋友"。没在社会里浮沉过，看人的眼神都带着一股清透劲儿的小朋友，小姑娘，小女孩。

他在解皮带，还有裤子拉链在滑动。

林亦扬握住她的手腕，把她的左手往被子底下拽过去。肾上腺素在飙升，摸到的是西裤布料，往上是纯棉的布料……

她慌了："说着玩的。"

林亦扬握住她的小手，扣住了她的手指："后来江杨他们有没有说废话？"

"没有……没说什么。"

心脏在疯狂胀大着，咚咚咚地震着耳膜。第一次在公寓看到花臂就该有觉悟，这是绅士外皮下包裹着的一只猛兽。

对话还在进行着，完全由林亦扬主导——

"今天星期几？"

"星期天，中午。"

"比赛结束了？"

"上午……结束的。"

两星期的美国九球公开赛结束了，中国军团成绩斐然，女子组力夺银铜双牌，男子组也是成绩可人。九球本就是女子项目偏重的，而她是银牌，是这次女子组中国选手的最好成绩。可全被他在此情此景下问出来，她完全没心思了。

只是想着，你快点，快出来……

当房间静到一定程度，当人精神集中到一点，会听到许多平时无法注意的声响：比如他呼吸的轻重、节奏，还有自己的，还有布料摩擦着被套的。

还有他最后说：过来，亲亲我。

像中了蛊，她俯身上去，没等碰到他的唇，已经被他单手扣在头后，重重亲了下去。手臂上一阵有力的肌肉收紧，男人荷尔蒙的气味，陌生的，充斥在这个房间里。

窗开着一道缝，没一丝风。

今天日头烈，透过玻璃照上她的背后，烤得人难过。

殷果微微喘着气，在和他对视，倒像被身后的太阳晒虚脱了……

林亦扬的喉头轻轻滚了滚，头一回，没解渴，更想抱她了。

他低声说着：还不去洗手。

放开了她。

殷果以百米冲刺的速度进了洗手间，把一块小四方形的赠品香皂打遍自己手上每一寸皮肤，还在想自己怎么傻啦吧唧编了那么一句瞎话，非要把他撩起来。

乳白色的泡沫挤在指缝里，她搓啊搓的……

搓啊搓的……

林亦扬抱着干净清爽的衣裳进了浴室，殷果连当下从镜子里看他都没勇气，把香皂往陶瓷盒里一丢，跑了。她都没留意香皂滚进了水池子里，还是林亦扬给捞出来的。

林亦扬是穿着牛仔裤出来的，趿拉着酒店的白拖鞋，过来，挨着她坐下，顶多就是坐了个沙发的边缘。以为洗了个澡会好，还想要把她抱上床。

尤其是低头，看她两只光着的脚搭着沙发边沿，脚指甲盖都修得很光滑……

"休息一会儿，带你去看落日。"他说。

"落日？"现在还是中午，看什么落日？

"对，落日，去夏威夷。"他去收拾洗手间里的脏了的衬衫西裤，团成团，塞进酒店的纸袋子里，准备一会儿送去大堂干洗，回来再取。

夏威夷？

显然，林亦扬早在来看比赛前就做好了安排。

问孟晓天要了殷果护照信息，订了机票和酒店，一切都在等比赛结束。

他想带殷果去大岛看基拉韦厄活火山，去看在太平洋核心处的海水与熔浆，站在随时有着喷发预兆的火山上，在充盈着死亡气息的地方睡在帐篷里，看落日和星河。

倒计时的三天，他不想浪费。正好殷果就在美国，很方便。

于是在殷果得了银牌的这个四月初，就在领了奖牌后，跟着林亦扬从所在城市长途飞行，中途转机后，历经十多个小时的飞行和中途休息，相当于是回到中国的时长和距离……

在周一的凌晨五点四十六分，殷果从机舱门钻出来，跟着旅客们走下长长的扶梯，终于站在了林亦扬想要让她来的地方。

两人没有带任何大件的行李，只是让她带了冬日的厚重衣服。两人下了飞机，天刚亮，殷果拉着他的背包带，被他带着跟人流往出口走时，人都还没回过味。

郑艺的微信，还在滞后地问着上一个城市的问题。

郑艺：酒醒了吗？

小果：嗯。

郑艺：活好吗？

小果：……

郑艺：您买套套，是要当性用品代购吗？

小果：你别急……

郑艺：急，谢谢。

小果：你不是说睡得越快，甩得越快吗？

郑艺：后来我一想，碰到极品还是要坚持睡一下，万一明天天崩地裂世界末日了，咱不能吃这个闷亏。

小果：我刚下飞机，睡不了。

郑艺：？

小果：他带我看日落。

郑艺：？？

郑艺：他还有兄弟没有？实在不行姐妹我也凑合了。

小果：挺多的吧……有机会给你介绍。

出来时，他在机场出口附近租了一辆深灰色的汽车，把殷果塞上车，开了导航，直奔酒店先去办入住。左边是黑色的火山灰附着的大地，右边也是，前路也是，望不到头。

她在橙红色的日光里，听着一句句英文导航，慢慢地打起了瞌睡。再醒，是被雨砸玻璃惊醒的，她头扭到另一边，软着声音问："开多久了？"

"二十几分钟，你可以接着睡。"他说。

林亦扬开车时，习惯右手、单手打方向盘，他的手臂外侧，那连成整片的星云图，很复杂，很美。在公寓里她问过一次，说是认识的一个朋友用了三次完成的。

她盯着看了会儿，揉了揉眼睛，让视角能清晰一点，她从驾驶座的车窗那里看到了黑色荒蛮的土地上出现了一大捧红色的花，或是红色的草。

做梦一样。

这个男人，她昨晚在飞机场看他单手撑在半人高的机器上，办理登机牌时，就在想，是在做梦吧？从全城暴风雪的那天开始，她做了一个漫长而又不可思议的梦，一个叫林亦扬的男人推开木质的门，手扶在粗糙、老旧的金属把手上，身上、帽子上都是雪。

那天，是一月末尾。

……

雨越下越大，雾蒙蒙的，前路都看不清了。

"聊点什么吧，怕你开车困。"她轻声说。

导航里在提示着，一路向前开。当然，这里根本没有岔路。

殷果看着他开车的手，还有虚握着方向盘的修长手指，想到他扣住自己手背，把手指插到她指缝里，想到白色柔软的被子，想到有什么流过两人紧握的手指和手背。

"这里能停车吗？"她问。

她看到路边的一个岩浆径流的指示牌和地下洞旁，停着几辆车，应该没什么问题。这个岛本来就是很多人都要自驾游，应该随时可以停靠休息。

林亦扬踩了刹车，汽车平稳地拐入一个安全的路边高地。这是一片看似全是黑色火山灰、寸草不生的地方，却有一团团草顽强地从路边，从任何能钻出来的土地上冒出头。

车没熄火，发动机微微震颤着。

"下去看看岩浆地貌，也可以看火山花，"他拇指压下安全带扣，解开安全束缚，黑色的带子啪的一声回到自己的红壳里。缩回去，仿佛也是为了不妨碍他们两个。

"想和你聊天。"

"聊什么？"他倾身过去，给她也解了安全带。

座椅在缓缓地调整着，在向后倾斜，她脸边是他呼出的热息："成人的，还是单纯的？"

两人从酒店离开之后，就始终在路上，飞机上、飞机场，始终没有一个安静独处的、不被打断的私人空间。当身体有了接触，亲吻已经不再能满足人心，无法止步的新鲜感，沟壑难平的了解欲。

他好像已经十几个小时没有亲自己了。

"你昨天……"殷果瞅着他，小声问了句：舒服吗？

她在他领口划着，棉布被她划出一层小褶子，在指尖聚拢，又散开。

雨在砸着车顶，像要穿透的力度。

这辆车不知道是谁的，不清楚坐过什么人，只有今天和明天属于他们。

他倒是答得痛快："舒服。"

殷果终于满足了一小部分的求知欲。

她又开始浮想联翩："如果是别人，也差不多吗？"

林亦扬喝多了问的那句话，和她心里的假想很相似。她也想问，林亦扬，你和我在一起之后，有没有觉得我和你想象中的不符合，会不会渐渐失去新鲜感。

真心实意的初恋是折磨人的，全心全意和患得患失并存，在经历前不懂如何付出，在经历后不会如此付出。

"和别人？"一个让人意外的对话走向。

……

林亦扬重新给她系了安全带。

他右手握着方向盘，在忽大忽小、似近似远的雨声里，把车拐入公路，连带着瞥了她一眼，调笑着说："小姑娘，说句实话，你把我当什么了，谁都能上来摸两下？"

他这个人，有时候说出来的话，太直球，谁都接不住。

昔日一堆嘴损的男人尚且如此，更何况是说话历来和和气气的殷果。不过，她学乖了，说不过就看风景。

"没话说了？"身边男人还在逗她。

得了便宜还卖乖……殷果指车窗，转移着话题："你看，雨好像小了。"

林亦扬还在笑着。

算了，不逗她了，逗急了还是要自己哄回来。

挡风玻璃上砸出来的水印子越来越小，比刚才是好了不少。

海岛上的雨历来是说来就来，说走也毫不留恋，十分钟后天空放了晴，艳阳刺目。

他原计划是先去驻地，看她精神头不错，临时改了主意。开车带她直奔着海拔四千多米的休眠火山而去。

上山前，他给殷果留了一个私人更衣的空间，让她先套上厚衣服。他独自一人在道路边沿、背对着汽车在看广袤的草地山坡。这边的地貌要好多了，起码土地不再是焦黑的冷却岩浆，而是大片青黄的草和半枯的灌木丛。

大岛这里没有猛兽，直接导致的生态失衡结果就是，野山羊多得不行。

殷果扣牛仔裤的腰扣时，一直隔着车窗看外头成群成群的野山羊，要有上百只了，在起伏的草地啃着草，不远处的洼地还有山羊的白骨。

"彩虹。"殷果一跳下车，就指着远处横跨山脉的霓虹给他看。

这是她在岛上看到的第一道彩虹，等几小时后，数到第七道彩虹就觉得不再稀罕了。

"这里是彩虹之州，"他指刚刚驶过的一辆车，让殷果仔细看人家的车牌，除了号码，就是一道彩虹标识，"你可以试试一天能见到几次，我身边的人最多一天见了十四次。"

见多了就不新鲜了。

两人在山下短暂休息后，先上了两千多米的游客中心，喝了热饮取暖，他想让殷果在这里先适应半小时，免得猛一上高原，身体受不了。

看她反应良好，他才放心带她往四千多米的高峰上去。

越往高处，路况越差，全是沙土，还没护栏保护。幸好他有经验，租的是四驱越野车，爬坡力不错，而他自己也擅长山路驾驶，很顺利地在中午时分到了顶峰。

在接近零下的冷风里，林亦扬拉着她，接着往山顶爬。四月的雪稀薄，有些地方盖不住土，露出来的都是褐色的火山土壤。

这里是地球最接近火星地貌的地方，在云层之上，荒辽而安静。

林亦扬在找角度让她看遥远的活火山口，远远能见山峦尽头在冒着白烟的赤红火焰。而眼前，这个顶峰上，有十几个圆球和圆柱形的白色建筑分散在高低起伏的山顶上，是这顶峰上仅有的设备？还是建筑物？

"这是天文台。"林亦扬告诉她。

她头次近距离看到天文台，很是新奇。

身边有定时上来的登山旅行团，导游指着天文台正在给游客们做详尽解说。说这里是世界上最佳天文观测点之一，因为纬度好，能看到北半球全部星空和南半球八成以上，简直是天文爱好者的天堂，对普通游客更是观星圣地。

导游最后还总结：这是离天空最近的地方。

说的不是真实距离，而是指星空的纯净让人惊叹，到晚上仰头看，拱形的银河好像就在眼前，触手可及。

殷果蹲在一旁听得津津有味，悄声问他："晚上就是用这些望远镜看星空吗？"

"天文台不能进，"他说，"山顶在天黑后也不能留人，为了让天文台能工作。"

想看星空，在岛上任何一块地方都可以完成，除非是天文爱好者，会带着自己的望远镜来，或是排队在游客中心用那里的望远镜。

他带她来也是想让她看看银河星空。

不过这是晚上的事了。

山顶太冷，海拔又高，不适宜久留。

他拽下自己登山服的拉链，脱了，直接用登山服裹住了她，再把她两手在掌心里搓了搓："头疼吗？"

殷果摇摇头，有点喘气费劲，但还好。

林亦扬把她带回车里，打了最大的空调给她取暖，短暂离开，等他再进越野车里，带来的不只是冷风，还有衣袖上残留着的雪屑。

他启动汽车，把左手手腕上的表摘下来，递给她："戴上。"

干什么？

"看着时间，"他说，"三小时之内，带你下到海平线。"

开始她还没听太懂。

林亦扬驾车带她下山后，一直在踩着油门，车速比来时要快得多，起初在山上还好，等到了平地就完全是在飙车了。

海拔一直在降，温度始终在攀升，从零摄氏度飙到了三十多摄氏度。

两人除了中途换夏装，还有途经加油站加满汽车油箱，就没再停过车。两小时十七分钟后，车停到了海岸边。

她光着脚从车上下来，跑到后备厢里找到双肩包，翻出夹脚拖鞋。没来得及穿，林亦扬已经把后备厢里的一个深蓝色的保温箱提上："不用穿了，上沙滩。"

她一手拎着拖鞋，被他拉着另一只手，从一条沙土小路跑过。三十多摄氏度的高温天，木架子上的火把在海岸旁一丛丛地燃烧着。

蓝色保温箱被他放到了沙滩上。

殷果以为是冰镇的饮料，一开箱，先蒸腾出了白色冷气。

……竟是被压得瓷实的雪，他竟把海拔四千多米的雪带下来了，车开得和亡命之徒一样就是为了这一箱雪？

远近的游客都往这里看过来。

"也不多，随便玩玩。"他说着，全倒到沙子上，成了一个小雪堆。

殷果眼看着雪在面前融化，虽是压得瓷实了，也架不住三十多摄氏度高温的洗礼。她手忙脚乱地在沙滩上抢救这些雪："都要化了，化了怎么办？"

他倒像个没事儿人一样，坐在了树荫下，抱着膝盖，看她一面在叫着雪化了，一面在拼命试图把雪捧回去，神经病一样地被远远围观着。

眼瞅着雪在化，浸透了沙子。

她最后搂住了他的脖子，也不管他身上有多少汗，自己手上有多少沙子，抱着他就是不肯撒手。

后背被他轻轻拍着，有着纵容和哄慰。

旁边有人在说，这是哪个冷饮库弄过来的碎冰，也有人猜，这是干冰，被人反驳干冰不能碰……各种推测，没人认识他们，也没人会猜到答案。

林亦扬的手滑下来，搭在面前女孩的热裤口袋边沿，在慢慢地，沿着边沿的缝纫线轻轻滑动着："高兴吗？"他问搂着自己的她。

"嗯。"高兴疯了。

如果让他拉一皮卡的雪来这里，像神经病似的凹情调，也不见得能有多开心。喜欢一个人，所去做的一切看似是取悦她，何尝不是在取悦自己。

看她高兴，他更高兴。

空空的保温箱在两人身边，没多会儿，里边的雪水也蒸发殆尽。

林亦扬去给她买了菠萝冰沙回来解暑。殷果抱着菠萝壳子，先坐在沙滩上看人冲浪，汗从脸旁滚落，咬着吸管，每隔十几秒就想要对他笑。

后来坐不住，丢下菠萝，在他前面一脚深一脚浅地踩着沙子，绕着他走了一圈又一圈，像是星星绕着太阳在转着。

也不知转了几圈，他突然探手，抓住她在细沙上的脚腕："不怕晕？"

殷果摇头，抿嘴笑，被他强行抓着跌坐在他身前。

她眼巴巴地望着他，鬓角和额前的刘海都湿透了，从右侧鬓角往下淌了一道汗，流过脖子，进了圆领口里。

林亦扬能想象到这道汗是如何流进她衣服里，淌过身前的。

"在想什么？也不说话。"殷果问他。

笑容从雪山开始，就没消散过，在她的脸上一直绽放着。

"在想，"林亦扬的手搭在她热裤上，"你。"

他的掌心滚烫，还有细细的沙，在磨她的皮肤。

"在想，"他又说，"你应该去补个觉。"

反正现在这个时间里，再返回山上看日落已经来不及了，倒不如去驻地，先休息休息，等到了晚上再出去，从星空看到日出。

"去吗？"他问。

她点点头，哪里都去，天涯海角都跟他去。

林亦扬在一个小镇预订了大床帐篷，是丛林里。

在去的路上，她一直心猿意马，打开车窗，热风鼓鼓地吹进车里，不显凉爽，反倒带来了海岛特有的湿热，还有黏腻在皮肤上的潮汗。

车停在帐篷前的草地里，殷果用脚在座椅前找夹趾拖鞋，没等穿好，林亦扬已经弯腰去车里，兜住她的后背和腿窝，将她从车里抱了出来。

殷果搂着他的脖子，看到身边飘过两把伞，又见到三个女孩子在回头，窘意多了些："我自己走。"

"下雨，你走太慢。"

又是雨，太平洋上的雨。

没两分钟，林亦扬迈进丛林边的帐篷里，用腿顶开挡路的三把木质的折椅，把她人放到床上。潮乎乎的丛林，床单被褥也是潮的。

竟然还有青蛙在叫。

睡丛林中的帐篷里，有着雨中的泥土气息，再加上顶棚的雨声，让她有种自己置身露天被围观的错觉："这里晚上会不会虫子很多？还有蚊子？"

女孩子对虫子的在意程度，哪怕是林亦扬这种过去没交过女朋友的，也是从幼儿园起就深刻了解过了。他直接掐灭了她的恐惧："晚上不睡帐篷，就让你在这儿补补觉。"

"那订帐篷不是很浪费吗？"

他们快天黑才来，整晚空着多浪费。

她在和他讨论这个问题时，腿压在棉被上，就在他眼皮底下来回晃着。林亦扬原本真是打算让她睡一会儿，毕竟长途飞行后玩了一个白天，体力早透支了。

他的计划在别处，床旁的折叠椅就是他的休息处。可以收收邮件，干干正事。可现在……她的腿真是白，还很细，瘦却不露骨，连膝盖在微微弯曲状态下也都是很漂亮的弧度。

雨渐渐大了，敲打着帐篷顶。

殷果仰头看顶棚，想着帐篷可能不适合下雨天住，会吵。渐渐地她身上多了一阵阵热意，隔着衣服，或是直接落到皮肤上。

困倦分解的是人的意志力，容易被带着走，带着带着就偏了。

帐篷门是合上了，但没拉严实。细微的风，从敞开的帐篷口往里灌，他把被子从她身下捞出来，给她盖上了。

"热。"她咕哝，闷热潮湿，还盖着被子，简直是酷刑。

"不盖，外边能看到。"

"……怎么不拉上？"

懒得动。

林亦扬自己衣服穿得规规矩矩，一件没脱。她在被子里，从外头看，顶多是看他抱着她在说话，留意不到别的。

他在热裤上找了会儿，扭开一粒铜色纽扣。

殷果的眼里有一瞬迷茫和潜意识的抗拒，林亦扬只是看着她，观察她的表情，并不亲她，接吻被无限期延后着，因此催生出了让她倍感焦灼的情绪。

他已经二十多个小时没有亲过她了。

她在想今天他在雪山上是怎么捧起雪在保温箱里压好、压实的，想他的手指在雪上，想——浑身的力气忽然被抽走，只是一霎的事。

她的人生头一回眼前出现了黑影和白光交错融合的景象，先白后黑？还是先黑后白？发生后就忘记了，像记忆被格式化。只是疲倦感和全身肌肉骤然的松弛一道涌来，从腿和胳膊到了手指指尖，都在拼命叫嚣着：好累。

"感觉怎么样？"林亦扬先问了她。

"嗯……"奇奇怪怪的，很舒服。

之后的半分钟她连动一下的想法都没，像只树袋熊抱着他，蹭着、蹭着，用鼻尖擦他的锁骨。他看她茫然到现在还不太清明的眼神，猜到，应该她自己都不知道发生了什么。

"我以为——"和她理解的不同，她一直在忐忑，在等，以为手会……

但自始至终都没有。

他笑，听懂了，直接说："你还是女孩，进去不好。"

她又轻"嗯"了声，还想蹭他，像依恋。

最后殷果连翻个身的力气都没了，嗓子火辣辣地疼，不像是渴水，更像是身体太亢奋导致的后遗症。她在林亦扬怀里，调整着姿势，将脸枕在他的臂弯里，声音沙哑地说："我睡一会儿，十分钟……就好。"

这是她临睡前说的最后一句话。

迷糊着，被林亦扬在脚腕上、手腕上套上了两个橡皮筋似的东西，她皱了皱眉头，撸着手腕上的圈圈，没想弄掉，太紧了。这是她睡着前做的最后一个动作。

"防蚊圈，小孩戴的，我看挺好看买给你试试。"这是她睡前听到他说的最后一句话。

她中途短暂醒过一次。

是手脚和胳膊腿被他涂抹着防蚊乳液，她迷糊着，听他低声说，是帐篷主人提醒他要给女朋友涂当地的防蚊乳液最管用，毕竟地域不同，还是要本地东西才治得住这些蚊虫。

殷果再次拽手环，太紧了。

林亦扬给她取下来，想了想，塞到她热裤口袋里了，算是双重保险。

这一觉睡了很久。

她再醒，看到林亦扬坐在床边沿，身前的木质折叠椅上放着电脑。

为了不吵她睡觉，他是用电脑在看资料，一直没打字。殷果从床那头爬到边沿，钻到他手臂下，躺到他大腿上。

她听着蛙声，轻声问："几点了？"

"十二点多，我们一点动身，"他说着，手指开始在键盘上敲打起来，拼写着一封长邮件，"先去洗个澡。明天下午上飞机，到纽约前没机会再洗了。"

帐篷里没开灯，光源就是他的电脑屏幕。

殷果从下往上看，就着淡淡的白光，看到他的喉结和下巴，很漂亮的一个弧度。她想伸手摸摸，又怕打扰他的工作，出神地瞧了一会儿后慢吞吞地从他手臂下爬回床上。趴在床边沿，用手找自己的拖鞋。

他自始至终都没移开过看着电脑的视线，打着字，用脚把拖鞋给她踢了过去。

她没作声，蹑手蹑脚穿着拖鞋出了帐篷。

万籁俱寂，左右两个帐篷的人都睡了。

殷果仰头看天，大片树叶子遮挡了绝大部分的天空，余下小部分没半点星光，估计全被乌云遮住了。这么一瞧，她难免心中惴惴，怀疑今晚看不到星了。

等到凌晨一点，林亦扬合了电脑，正事算是告一段落。

听着帐篷外在淅淅沥沥地落雨，他倒是比殷果要淡然得多，把小费搁到枕头上，拎了两人背包在手里："先动身，等等看乌云会不会散。"

他们的车驶离小镇后，遥遥在天边炸开了一声惊雷，听得她心惊胆战。

她以为林亦扬会开上山，他却开着导航，途经了两个小镇后，偏离公路，继续往一条小路上开下去。

公路两旁没路灯，又是暴雨，无月无星，只靠着车前的远光灯照出一片区域。车从脱离公路就开始颠簸不停，也不晓得到了何处，颠得她心里一颤一颤的，不大安稳。

"我们开到哪儿了？"她问。

"去一个无人区。"他说。

在岛上想要观星，如果不上山的话，去这种远近都是黑礁、黑砂地表的无人区最合适。只不过白天去也瘆得慌，更别说是晚上，又是暴雨天气，更不会有人了。

开了约莫半小时，林亦扬踩了刹车，准备在这儿等雨停。

发动机微微颤动着，四下仅有雨声。因为隔着密闭的车窗，雨声显得闷闷的，不清晰。

殷果歪头看了一会儿外头。除了车窗上的一洼洼水印子，什么都瞧不见。

她看似在专心致志地看外边，等着雨停，其实在想，如果整夜都暴雨不歇，她和林亦扬就这么坐着，干坐着等？

手腕上有热的触感，是他的手。心里惦记着的男人突然有了回应。

"过来。"他说。

她回头，看到林亦扬左手在座椅左下方摸索着，找到按钮，将驾驶座缓慢地向后移动着，显然在扩大空间。殷果从当中爬过去，被他扶着腰，抱到了腿上。

虽是空间调到最大，仍是逼仄狭窄。

"在想什么，一直看窗外？"林亦扬问她。

两人都心知肚明，岛上风景再美，这里也没有，她看窗外完全没意义。

她含糊着说："想雨什么时候停，看着好像要下一夜。"

总不能说在想他们今晚会不会那个吧……

他手搭到她腰后，大拇指挂在她的牛仔裤后腰上，稍微近一点，她身上散发出的淡淡香气就被他捕捉到了。

每次她洗完澡都是香的，而且他发觉都是同一种气味，在男人看来很匪夷所思，住在酒店里，明明有免费供应的沐浴露和洗发液，都要用自备的，也就女孩才会这么讲究。不过这是个好习惯，在之后抱不到她的日子里，这味道他会记住。

林亦扬给车熄了火。

人的视觉被限制了以后，听觉自然就提升了许多，车里安静得吓人。林亦扬清一下喉咙的动静都被无限放大，传到殷果的耳朵里都是一种微妙的暗示，在沙沙痒痒地撩她的心。

始终不亲她，是林亦扬一次人为刻意的"保持距离"。什么东西一旦习惯了就会渐渐变得乏味、无趣，包括亲热本身也是。

克制本身就是一剂催情剂。

比如现在，他的脸离近了，她的心都开始颤。

"一夜也不错，"他说，"这里也没外人。"

"万一也有和你一样的人呢？熟悉这里的，也开过来了。"

他笑："都是成年人，他们看我们，我们也看他们。"

说完，又笑着说："不吃亏。"

殷果窘得用手推他的胸膛。她能发现，他短袖下的腰腹肌肉都在紧绷着，搂住自己的手臂也是。因为这种体会，她忽然安静了。

在安静里，嘴唇上有了他的温度。

林亦扬偏过头，慢慢将她的嘴唇弄湿了，和她在用唇舌湿漉漉地绞着、搅着。漫天漫地的暴雨隔绝了这辆越野车和人间的联系，他们在驾驶座上抱着接吻。

四面、前后左右都是透明玻璃，荒郊野外，大雨如末日。

他在黑暗里和她对视着："想吗？"

她心都要跳出来了，跳得疼了，一直在等。

突然，座椅动了一下，像被卡住了似的，接着才缓缓地后倾下去。每倾斜一度，她的心都胀几分，下巴固执地压在他的肩上，一动不动地闭着眼。

他的手指在有一下没一下地拨着她外套的拉链，半夜出来，冷，让她多套了件，而他是男人怕热不怕寒，仍旧是短袖。

他说："来，爬到后排去。"殷果手脚并用，从前排跨到后排，林亦扬把座椅都调回到最靠前的位置。他下了车。

殷果听到后备厢打开的声响。一秒，两秒——啪的一声后备厢被关上，车门锁开的同时，他进了后排，手里头还有一条浴巾，垫上后座的那层软皮老旧的座椅。他在她身前静悄悄俯了身。

车窗上被雨水砸出来的水印子不断往下流，在窗外沿着玻璃乱七八糟、无法无章地滚落下去。

……

最后他又说："亲亲我。"

殷果尽力了，没力气亲他，反倒是他低头下来，一路从她的嘴唇到下巴再去到耳后，热气在她的耳朵根那里濡湿了她的皮肤。

汗落到她的脖子上。

殷果用手背压着眼睛，感觉他的汗混了自己的，从脖子流了下去。他的身前背后也都被汗湿了，还有几道水流在沿着腹肌往下淌着……

她从指缝里瞄他腰线下的纹身，原来没有指针。空有一个表盘，没指针。

"看什么呢？"他笑，明知故问。

她老大不自在着，脑子乱糟糟地移开视线去看头顶上方的车窗玻璃。

玻璃内侧都是雾蒙蒙的。

她伸手，手指在满车窗的水雾里划了几道印子，觉得不可思议："真会有水雾？"

"物理这么差？"他哑声而笑，"当然会有。"

原理当然知道。她是想说，电影里这么演的时候她还不相信，第一次看到是《泰坦尼克号》吧？她还在质疑怎么会有这么大的热量散发。做这个，原来真的可以。

她在窗户上画了一个小小的心，想了想，在旁边又画了一个。一对儿。

这个男人情绪尚未彻底消散，被她在窗户上随便划拉两下就撩起了火，将她浑身上下来回瞧了几遍，低声说："来，抱住我。"

* * *

那天，雨停在凌晨四点多。

林亦扬从后备厢翻出预先准备的天文望远镜，让她在车上等着，他在底下给她架稳，调试好，自己回到了车里。

好似是累了，没有和她一起看星星的架势，反倒是说："下去看看。岩浆岩不平，小心点脚下，摔了会刮伤。"

他不下去吗？

不过想想，他这么熟这里，估计看过很多次了。

殷果下车。

夜风撩着发丝，她反手撞上车门，仰起头，看向辽远的星空。在这里，在无边无垠的黑礁岩上，天和地相接了，仅剩了银河上那些明或暗的星星。

崎岖的，高低不平的地表，完全是一种苍茫荒芜的地貌。她甚至以为，自己是站在月球上观着星河，肉眼观看就足够美了。

等人凑到望远镜前，眼前的银河星空被无限放大，她像真能伸手摸到一样，认真看着每颗星。微信突然响了声，林亦扬？

只能是他，除了他别人都是免打扰。

殷果不解地回头，看向车内。他在笑，用食指敲了敲手机屏幕，让她看。

搞什么？这么神秘。

殷果点开，他发了一张图片，是刚从车内随手拍的星空，第二张，是他手臂外侧经过艺术设计的宇宙星云图。

紧跟着，又是一张远处火山山峦的照片，最后，是他手臂内侧的山峦照片。

Lin：不是想要屏保吗？

Lin：这里就是。

所以他手臂纹身的原型是这里？火山和星空？

那些图案是经过艺术设计的，他不说，她绝对不会联想得到，对比得出。所以他不是突发奇想带自己来了一场说走就走的旅行，而早在一开始，在那天，她想和他要纹身照片的那晚就想好了……

可他什么都不说，不提前说。

白天在雪山顶看天文台，那个导游在详尽介绍观星圣地，她悄悄地旁听，也偷偷问他了很多问题，他也都不提这个，一直等到了现在。

殷果隔着玻璃，盯着他瞧。

林亦扬手搭在方向盘上，靠坐在那儿，很快又在手机里打着字，一句接一句。

Lin：第一天晚上，酒吧里的乐队唱了首歌，连唱了几遍。

Lin：有印象吗？

小果：嗯。是《Yellow》。

Lin 发了个笑脸：想想前两句。

前两句？

Look at the stars, look how they shine for you.

仰望天上的星空，看着它们为你绽放光芒，闪烁不息……

本是毫不相干的一首歌，却无比契合今晚，这是林亦扬的有意而为。她想到了江杨对自己说的：他对你是真用心了。

这首歌写的就是一个男人对心爱女孩的爱慕，他被她深深吸引，无法自拔，神魂颠倒，已深深爱恋，却徘徊止步，不知该如何靠近，如何相识——

在第一晚反复听这首歌的他，是怎么想的？

她想抬头，透过车窗看看他。

......

手机再次在掌心里振动，仍然是林亦扬发来的。

Lin：能给你的不多。

Lin：谢谢你。

Lin：谢谢。

他在谢她让自己重新走入赛场，哪怕只是在看台旁观，谢她把自己完全交给他，交给一个未来还不稳定、没有家的男人。

殷果哪儿还有什么心情再看星空，一颗心都被他掏空了似的，只想去分分秒秒和他黏在一起，度过剩下来的时间，甚至开始害怕回国。

林亦扬下了车，倒像什么都没说过一样地走过来，指了指那望远镜："效果怎么样？"

殷果一把抱住了他："还装……总想骗我哭。"她脸偏过去，贴着他的心脏，隔着皮肤骨骼听着那有力的跳动节奏。

林亦扬忍不住笑了。

"还笑……我都不想回国了。怎么办，你以后打算回国吗？"这是她第一次主动说两人的未来，"如果不想回去，想留这边，要等我一两年。"

其实这是乐观说法，毕竟家里没计划让她出国定居，想过那关都要脱层皮。

后背被轻轻拍着。

"我回去。"他只说了这三个字。

一个男人背井离乡数年后，再为了个女孩子回到故土，想和她有未来，不是只说说那么简单。成年人的生活不是嘴上花来花去，为这短短三个字，他需要做太多的安排。

照你的节奏生活，殷果，我来迁就你，一切难做的事都让我来。

在周三的天亮前，他们回到公寓，吴魏的那间公寓。

在黑暗里，她推开了这扇曾经熟悉、而今又有了些许陌生感的公寓大门，轻声和林亦扬说："都还在睡。"

她拉着林亦扬的手，穿过客厅，两人摸到了殷果曾经住的那间房里，推开门，险些踢翻了被存放在这里的行李箱。这回林亦扬听见她撞箱子的动静就拦腰把她抱起来了，用脚把箱子踢走，箱子滑到另一边的墙角，咚的一声。

两人相视。

"动静有点大。"她轻声说。

林亦扬放她落到地板上，这公寓隔音不算差，他倒不担心。

两人分头行事，收拾收拾东西，顺便拾掇干净自己，九点左右，屋里其他两个人也醒了。

临近离别，殷果和林亦扬闲散着，似乎没了事情做。

原来重要的人离开前是这样的，平常，很平常，没有多余的话说，也不像过去没有微信的年代，还要叮嘱一两句，没啥好叮嘱的，除却飞机上的十几个小时都能随时联系。

也没有多余的事情做，什么也不想做，就想待在一个空间里。

只是心里慌慌的，随着时间流逝，心像化成了沙漏，一点点空了。

林亦扬没事干，就拿着个抹布，擦台子，收拾厨房。

"你有脏衣服在这里吗？"她在吧台旁说，"要不然，我们去洗衣房？"

"去干什么？"

"洗衣服，"她说，"还有想看看那儿，要走了。"

一个年代久远的公寓楼一层的洗衣房，对旁人不特别，这个城市到处都是，可那里，是林亦扬第一次说要追她的地方。她还记得，当中的蓝色塑料长桌，两人一人一边，占了一角，用手机在交流着，仿佛还是昨天半夜的事。

林亦扬拍拍她的脑袋说："以后回来了再去。"

不想弄到像最后的离别。

结果吴魏在外边兜了一大圈回来，发现两人还在客厅，哪儿都没去，也没进屋亲热，很是不解，悄声问林亦扬："干什么？临走吵架了？"

林亦扬懒得理他，看看表，进屋拿了箱子："走了。"

吴魏眼睁睁瞧着两人离开公寓，琢磨了会儿，估计这感觉像自己出来留学的当天，要从家里走，想和爸妈多说两句，没可说的，看上去和每天都一样，表面上没有不同，只是坐在餐桌旁的椅子上等着每一分过去，等着按照算好的时间出门，等真提上箱子迈出家门，上了车，才后知后觉地开始难受。离家的难受。

他没女朋友，只能如此理解林亦扬和殷果之间的平静。

而下楼的殷果，在经过洗衣房时，已经难过了。

"你让我拍张照。"她说。

林亦扬脚步停了一下。

殷果已经掏出手机，进洗衣房拍了好几张，匆匆又出来："好了，走吧。"

她知道车在外边等着了，拍得着急，没对焦，上了车再翻看，糊了两张，只有剩下两张还能看。

林亦扬瞧她盯着手机的眼神，说了句："等我送你回来，给你拍了传过去。"

她"嗯"了声，揉了揉眼睛，装着没事，其实是眼泪差点掉出来。

路上，也没话可说。

到机场了，林亦扬看她行李箱被摔了口子，怕托运回家散架在路上，在机场找到工作人员给箱子裹了厚厚的一层塑料布。

在付钱时，殷果还想和他抢着付，没抢到。

两人托运了行李。

"等等，看有没有问题。"他是在说行李箱，怕过安检有问题，万一被拎出来，人在旁边比较方便拆箱。

其实也有私心，在外边多等等看，能多陪她站一会儿。

"那要有问题，刚包裹的钱都浪费了。"

"应该不会，离开家前给你检查过箱子。"他说。

那里不是谁的家，不是她的，也不是他的，是一种习惯性的说法，是他们临时住过的地方。可殷果真有了"离家"的伤感，明明是要回家。

"差不多了，去吧。"他忽然说。

殷果摇摇头："再等一分钟。"

她仰头看他，林亦扬垂下眼，也看着她，过了十几秒主动把她抱住，想说如果没有意外的话，差不多明年这个时候他就能回去了。可话在喉咙口堵着，没法说，真做到了才能说，要不然就是在开空头支票。

如今万事未开头，未来尚不可测。

"后悔吗？"他下巴摩挲着她头顶的头发，"一开始就找了个要异地的？"

"嗯，"她埋头在他胸前，"后悔，你应该回国再追我。"

他笑了。

没你的出现，谁知道是不是要回去。

"那就一直聊着？聊到我回国？"他顺着往下说。

"嗯。"

"也不怕我是感情骗子？聊一年都不点破？"

殷果不知怎的，眼睛就湿了，眼泪啪嗒啪嗒往下掉。林亦扬先是用掌心给她擦，后来又用手背抹她的脸："不哭了。"他劝她。

人哭在兴头上，越劝越心酸。

他见劝不行，于是从口袋里摸出一包湿纸巾，塞到她手里："路上用，不够飞机上也有。"

……

殷果眼里还是泪花呢，生生被他逗笑了。

林亦扬最后等她眼泪没了，把她送入安检口，直到瞧不到她的人影了，又在外边算着时间，算着她差不多出关了，发了条微信给她。
Lin：一路平安。
Red Fish：删备注。把我的备注名删掉。

林亦扬笑着，把备注删了。
发现她微信的名字改了——林里的果。
林里的果：四个字的微信名，会太长吗？

他瞅着那新改的名字，默了半晌。
Lin：不会。
林里的果：也对，反正是显示在对话框上边的。
Lin：对。
林里的果：我真走了。
Lin：好。
林里的果：你再给我发个，那个，咖啡。

*   *   *

殷果刚过了安检，鞋带没来得及重新系好，散在运动鞋两旁。她单肩挎着自己的双肩包，看着微信，等着。过了好半天，还没发。
信号不好吗？她看自己是满格的，他在外头更该是信号足足的才对。
殷果身旁，不停有从安检口走出的人，有人重新戴好帽子，有人在给包拽上拉锁，重新背好。她弯腰，攥着手机，系好一边的鞋带，突然一声提醒音。
Lin 发了个"咖啡"的表情。

一个表情像突然推开了一扇门。
她想起，第一次见到这个表情的无语，认为他是在嫌烦，打发自己……
她攥着手机看了半晌，低头，又去系另一边的鞋带，蝴蝶扣打了几回也没成形，最后蹲在角落里，抱住自己的膝盖，下半张脸都埋在手臂里，看着地面。
眼前的地面忽远忽近，蒙了层水。

*   *   *

林亦扬坐巴士转地铁回公寓。

在地铁上，有人在车厢当中即兴打鼓，平时他都有心情多欣赏一会儿，今天莫名心浮气躁，每一声鼓点像敲在心里头，神经也一跳一跳的。

他在算着时间，实在无事可做，将手表从左手取下，戴上右手，又取下，直接塞进了牛仔裤的口袋里。

等到下一站进站，在短暂信号收发时，收到了迟到的一条微信。

林里的果发了个"愉快"的表情。

一看，就是她飞机起飞，调成飞行模式前发的。

还是小女孩，对爱情有着非常细节的浪漫，比方说，用这个做告别。

林亦扬想到两人在夏威夷的车里，想到女孩子特有的柔软呼吸……想到她满脚沾着细细的沙砾，绕着自己走，想到她在只有两人的地铁车厢里坐着，对他说：我叫殷果。

他心绪不宁，索性关了机。

进了公寓楼，他经过洗衣房想到要给殷果拍照的事，结果，人没进去，先从里边出来了一个人，是等在这里的江杨。公寓没人，他在这儿坐了有一个多小时，就为了等林亦扬。

"怎么关机了？"江杨问。

"没电了。"

"我马上要走，还怕见不着你，"江杨和孟晓东那帮人一样，要赶去爱尔兰的公开赛，也是今天的飞机，"总算是赶上了。"

林亦扬看看外头："要给你叫车吗？去机场的？"

"不用，订好了。"

林亦扬看江杨迟迟不说正事的样子，在等，估摸他在看自己的心情，揣度是不是要说。

"我刚送完殷果，情绪不好，"林亦扬索性直说，"不是对你有意见，你有事说就行。"

江杨从口袋里掏出了一个便笺纸，上头写着个电话号码，看区号是国内的，还是家乡城市："这是老师的电话，家里的。"

陌生的号码，能联系到一个曾熟悉的人。

"要走了，才发现也没你微信，"江杨把便笺纸塞给他，"和人家借了张纸，抄给你的。老师这些年谁都不联系……身体也不太好了，你有空去个电话。"

林亦扬手心里有纸的质感，没吭声。

"有空多联系，"江杨的手，搭在他的肩上，拍了拍，停了半晌又重复，"多联系。"

江杨拖着自己的行李箱和球杆盒，沿着狭小的走道，推开公寓大门，渐渐下楼梯，不见了背影。

洗衣房里有个小男孩在叠衣服，每个都叠成方块，最后还仔细瞧着上头起的球，一个个揪下来，看上去是女士的衣裳，应该属于他的妈妈。林亦扬靠在门边框瞧着，这最平常的一个洗衣房画面，好像忽然又回到了原来的世界。

谁都没出现过。

不管是兄弟，还是她。

窗外是街景，纷乱的房子，每栋都毫不相干、毫不相似，像这个移民城市里的每个人，都可能来自不同的、属于他们各自的故乡。包括自己。

漂泊感是类同鸦片的情感，会让人上瘾，但也容易得到。

归属感才是情感里名副其实的奢侈品，能给的人太少。记得曾有个不太熟的朋友说，感觉父母过世那年自己就成了一个孤儿，没家了。这种感受，经历者才会懂。

有个女孩在一月底从大洋彼岸、从故乡来到这里，在今天离开，走的时候她叫自己是"林里的果"。这是他硬追来的，非要拥有的，也是他明知前路不明就要先抱住的女孩。

林亦扬把手里的便笺纸对折，再对折。

摸出钱包，把那张纸条塞入钱包最上边的夹层里。

漫漫长冬，该醒了。

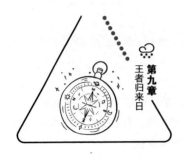

一年后。

机场航站楼。

出口处，殷果把自己的行李箱放到手边，坐到一旁空座椅的右面、最里的一个。这几排座椅零散坐着来接机的人，只有她一个是刚下飞机的。

她在看手机上的时间，还早。

他乘坐的航班没有卫星 Wi-Fi，网络联系不上，她仅能用时间推移来计算，他已经飞到了哪里，还有多久会落地到中国。

林亦扬要回来了，彻底归国。

殷果那一趟航班回来的不仅仅是她一个选手，大家拉着行李先后从出口走出，低声交流，笑着，男人大多没换衣服，多套了一件休闲西装外套就赶了飞机，女孩们也都带着比赛的妆，凑成几帮，有的手里提着球杆盒，有的搁在行李箱上，吸引了不少路人的注意。

最后走出来的，是身着朴素，全套着运动服的裁判们。这些裁判在场上都要求西装革履，一站站整天，累得不行，所以离开赛场后最快换装的就是他们。

七八个裁判里，走在最前面的是裁判组的老大，林霖。因为动了一个大手术休养了全年，这是她病假后第一次从头到尾执行判罚。

林霖很快看到在角落里的殷果。

这是出道仅一年，在国内九球、八球和世界花式九球排行榜排名蹿升飞快的新人王。她眼睛特别大，但因为低头，被滑到眼前的刘海挡住了，穿着豆粉色连帽衫和白色牛仔裤，两腿交叉着，乖乖坐在椅子上，捧着手机一动不动地盯着屏幕在瞧。

林霖猜她在走神，也知道她在等人。

接下来的几个小时内，会有很多人要赶到这个机场，到这个出口来，接的是同一个人。

"还没正式打过招呼,林霖。"

殷果抬眼,对她笑了笑:"在杭州我们就见过了。"裁判组老大,怎么会不认识。

"不一样,"林霖一笑,"我是东新城的林霖,和林亦扬一起长大的哥们儿。"

殷果笑笑,和对方握手。

感觉林霖攥的力度挺大的,是那种,仿佛遇到家人一般的亲近握手。

两人的关系仿佛被一下拉近了。

"我听说你做了个大手术?刚回来就带这么大的比赛,吃得消吗?"殷果在林霖落座后,小声聊了起来。

"还可以,其实还想休息一个月,但这个公开赛太重要,上边不让休息。"

两人又说了两句不痛不痒的。

林霖突然开起了林亦扬的玩笑,问她:"你悄悄告诉我,林亦扬是不是在美国欠高利贷了?这次出山这么疯?"

殷果一听这话,即刻就懂了。

说的是他排名一直在飙升,扫奖金的能力也让人瞠目。有人估算过他在各大赛事的奖金,英镑和美金加起来,已经积累了两百万美金。

作为一个暂住国外的华人选手,在去年凭空而出,单打独斗、现身各大国际赛事,不光是斯诺克比赛,只要赛程日期不和斯诺克撞上,连九球和八球比赛也都不放过,十分少见。

有些九球选手喜欢兼顾八球,但鲜少和斯诺克一起来,林亦扬这种太稀有了。

有能力的人在低谷时,还有另一种更贴切的说法叫蛰伏期,有伏就有起。

在漫长的十几年里他没有一日放下球杆,风雨无阻,始终有一个球台陪着他。他也许把自己藏了很久,却从未放弃这一生热爱的东西。

* * *

在另一架航班上。

客舱的灯全灭了,窗户也都被机长调成了深蓝色。

乘客睡着了九成。

林亦扬从洗手间出来,看到零星的几个位子上的乘客还在看电影。他回到自己的位子上,隔壁的大男孩孙尧睡到中途也醒了。

"嫂子肯定来接吧?"孙尧抱着被子,懒洋洋地倚在那儿问他,"上回见还是在公开赛了,都快忘了长什么样了。"

"不一定赶得上。"他说。

上飞机前，殷果还在比赛，两人没来得及通话。

林亦扬戴上耳机，挑来拣去，找了个老文艺片看。开头的字幕配乐很干净，吉他弦被拨动，鼓声在背后，那隐隐的吉他音渐渐大了，像笼住了几万英尺高的天空和机舱。

过去这一年，有几次殷果生病都没告诉他，一次高烧不退三天，也照旧按时准点和他聊天视频，滴水不漏地瞒着他。有回带病比赛，还是吴魏听北城人说的，他问她，她第一反应是紧张地宽慰他："以前没有你，生病也是自己，吃药就好了。"

最后她小声撒了两句娇，说很想他，视频里像假的，都快忘了他真人是什么样了。

他们用三百六十二天来柏拉图，文字语音轮着来，视频也没断，可真正就见了两回，分别在两人生日前后。

殷果生日那天，原本要和家人过，被林亦扬一个惊喜整蒙了，草草编了谎话说是大学同学一起庆生，飞奔去了林亦扬下榻的酒店。

那是两人从美国分开后的初次相见，都太想念对方，很有冲动做什么，可她刚好不方便。那天，长久异地思念的折磨让他们更像是长久网恋、不了解彼此的网友。

乍一见，生疏得没话说。起先十分钟，两人一个坐在沙发上，一个在书桌旁坐着，聊着乱七八糟的话，只差说到中美关系了……

最后也不知怎么就抱上了。别说是她，林亦扬自己都会恍惚，这真是自己的女朋友。

感觉太陌生，像搂着个陌生的姑娘。那天两人用了一切方法取悦对方。像在证明，你看我还爱你，也像在拼命证实着，你也还在爱着我。

就算生活前行，身边有无数优秀的男人和女人会出现，都只是爱着你。

那晚，殷果舍不得回家，始终在玩他掌心里的薄茧，还在说着，下回要算好日子见，要不然白跑一趟太亏了。林亦扬被逗得直笑，在想，自己怎么捡到这么个大宝贝的。

后来林亦扬生日，殷果按赛程是在新加坡，自作主张在比赛后一分钟没休息，从新加坡结束比赛，独自一人再飞去华盛顿见他。

两人哪儿都没去，就在林亦扬的公寓里待了整整两天，除去跑了一趟超市，吃饭都是自己做。那两天两人很疯，从床上到书架上，甚至到窗台上都在做。后来房间里弄得一塌糊涂，殷果觉得床单都没法再看，趁着他去买晚饭，自己手洗了一遍床单，还把他的脏衣服都用手认真洗了一遍，再让林亦扬拿去洗衣房烘干。

送她去机场前，殷果想给他做顿饭，问他爱吃什么。

林亦扬回说：西红柿打卤面。

殷果比他年纪小很多，没怎么吃过这道老辈在物资贫乏年代热衷做的面，捣鼓了半天，还真做出来了，红红黄黄的卤浇在意大利面上，用筷子均匀地搅拌妥当了，喂了他好几口。最后盯着他，看他吃完最后一根面，恋恋不舍地离开了公寓。走前，把他那件白色的T恤也带走了，留下了一件她新买的，相同字母设计的黑底T恤。

后来他把烘干的床单重新铺好，才想到，傻乎乎的殷果只盯着床单看，忘记被套和枕套也都被折腾得没法再用了。

他想洗，又不想，就这么点她留下的味道，洗了，就没了。

* * *

殷果和林霖是第一批到的两个人。

十一点多，吴魏开车带着陈安安和范文匆匆赶到，差不多半小时后，江杨的飞机也落地了。昔日的兄弟们，不管是如今的球社老大，还是赛场教练组老大，或是依旧在叱咤赛场的知名选手，全在这个深夜里，会聚在了三号航站楼里。

殷果是这群人里最小的一个。

大家聊的时候，吴魏怕她觉得生疏，在江杨的授意下，特地坐在殷果身边，陪她说话。

起先说的无关紧要的，后来，吴魏咳嗽了两声："你家知道林亦扬的存在吗？"

殷果摇摇头，也犯愁。

表哥给她一个意见，在林亦扬没回国前先不要提，尽量不要让麻烦提前。等回国后，找个合适的机会，孟晓东是打算亲自出面，甚至要拉上自己父亲出面，给林亦扬说情。

"你知道吧？当初你妈是裁判，也是协会领导。"

"嗯，"她颔首，"我还知道，贺老为他和我妈也闹过不高兴。要不是贺老在，他当年会被禁赛一年……不止半年。"

"真的？"吴魏惊讶。

"你不知道？"她也惊讶。

"这我哪儿知道？"一个是协会领导，另一个是球社德高望重的老先生，两人吵架这种事怎么会让当年还是初出茅庐的几个选手知道。

殷果想想也对，连表哥都是听她说的，而她是听爸妈聊天说的……

林亦扬这一年开始复出，家里没少提这事，殷果爸爸早年也是搞体育的，后来下海做生意赚了不少，但骨子里依然是心向昔日理想。爸妈提到林亦扬，说的那些话，殷果要不认识他，肯定会认为他是个目无法纪、恃才傲物，爱财如命，没有体育和竞技精神的男人。

"他惨了。"吴魏轻声感慨。

各方面都惨，一是殷果这里，剥几层皮都不见得能被人家家里接受；二是殷果妈妈步步高升，早就去体育局做领导了，想在国内发展也惨……

殷果其实猜得到，林亦扬这一年在外边打比赛，就是想在拿到好成绩和资本前，避免直面冲突。但殷果了解自己爸妈，好成绩不算什么，尤其是殷果妈妈家那边的亲戚，大部分都是搞体育的，多好的好成绩都有，在这个家庭里不太被稀罕。包括殷果自己，每次公开赛都会拿到奖牌的成绩，在家里也没什么被表扬的机会。

两人从没交流过这个话题。

她不想他一回国就面对压力，有些事，等必须解决时再面对好了。

凌晨三点多。
航班延误了十几分钟降落到了机场。

殷果和大家都在出口等着。

这个时间，出口外等候的人没白天那么多，大家在银色围栏外，站成了一排。殷果挑了个角度最好的位置，能瞧见海关安检仪，还有遥遥可见行李运行带……

渐渐地，出来的人多了，都是这一个航班的。

在神色疲倦，脚步匆匆的旅客当中，殷果很快认出了林亦扬。他的身高优势很明显，除了同一个航班而来的老外，就属他最高，戴着黑色帽子，背着那个万年不换的运动背包，还有黑色的休闲上衣，从出口走出。

他推着一辆行李推车，上头扔着自己和同伴的四个大小不一的行李箱。每个都摔得痕迹斑斑，贴满了托运标签，像是他过去一年密集赛程经历一样醒目。

在看到殷果时，他脚步慢慢停住。

所有的兄弟都在，还有她。

在人群里，她扶着栏杆在对自己笑，只有那一块的景物是有颜色的，余下全是黑白的，不重要的。好像刘海比上次见长了，头发也长了，披到快及腰，也拉直了，豆粉色的连帽衫将脸衬得更白更小了。她眼睛里都是泪水，笑容却在脸上。

"看顿挫见他媳妇那样儿，"范文匆没忍住，对陈安安悄悄耳语，"三条腿都直了吧？"

陈安安瞪了一眼范文匆。

"姑娘听不见，"范文匆又嘀咕，"我声儿小着呢。"

殷果眼里的水压不下去，用手背抹了抹，扶着到胸口的栏杆对他挥了挥手。林亦扬径自走到她面前，隔着栏杆，给她抹掉了眼泪。

两人相对望着，久久望着。

竟是谁都没先开口。

"最近有人追你没有？说给我听听。"他笑着低着声，当着众人问她。

大家在殷果身后全笑了。还是老样子。

她"嗯"了声，带着浓重的鼻音，故作轻松地配合他："就是没太记住长什么样，都没你帅。"

他笑："你是只看上我脸了？"

她再"嗯"了声，和他对视着，眼泪开始不停往下掉。是因为太激动，开心得没法控制自己。林亦扬瞧她笑着哭的小模样，心里一钝钝地痛，隔着栏杆给了她一个用力的拥抱。

林亦扬外套里，T恤上他的味道像一剂安定，让她的心渐渐平稳下来。

他放开了殷果，看她鼻尖都是红的，眼也还红："好像长开了，更好看了。刚走出来都没敢直接认。"

知道他在说好听的，可还是受用。

两人相对着看了几秒后，他视线从她红红的额头上滑过，是刚抱得紧，压的，转而才滑到身后的那些兄弟身上。

江杨在殷果身后笑着说："你们聊，我们早见过几回，不新鲜了。"

"是啊，"吴魏附和，"倒是安安，从美国回来就没机会碰上。还有林霖，一直没见到吧？"

林霖抱着双臂，隔着他们这些大男人看了几眼林亦扬："也没怎么变，好了，看完了。你们继续。"

大家笑，主动给小情侣腾出时间说话。

只有陈安安挺认真地给他们算："赛程排这么紧，你和嫂子都没怎么碰面吧？"

陈安安打心眼里把殷果当嫂子，说完，还去看殷果。

"嗯，没怎么见，"殷果说，"还没我哥见他的次数多。"

这一年，林亦扬在赛场，她也在赛场，像在两个平行的世界。

他们这种运动员，和F1赛车和高尔夫类似，有自己的一整套比赛、赞助商体系，他们的生活就是尽可能多去报名、参加协会认可的大赛，赚奖金，拿积分。

斯诺克和九球不是一个协会，一个是英国的，一个是美国的，也不是一个积分榜，完全是不同体系。所以他参加什么比赛，和殷果一点关系都没有。

两人唯一有交集的就是他还打九球，但林亦扬参加的又是美国本土的九球比赛，还有当地各州的区域赛。这些比赛也和殷果没什么关系，就像她参加国内、省内的比赛，都是对内不对外。

当然，也会有纷繁复杂的混合大赛，通常会有协会不认可、不纳入积分、管理太差、奖金过低等问题，林亦扬和殷果在世界榜单上排名已经很高，基本不去这类比赛。

不过，既然林亦扬回国了，如果有需要代表国家出征的大赛，还是有机会一起集训，一起比赛的，也要看两人能不能都加入国家队。

这都是以后的事了。

……

江杨安排了车来接，大家一道出了机场，去地下停车场。

电梯载满了人，再有孙尧推着一个大行李车上去，林亦扬瞧着这架势是要超载，带着殷果去坐下行电梯。

殷果其实只能送他到停车场，俱乐部也有夜班的司机在，要送她回家，只要不比赛她无论多晚到，都不能在外过夜。

还在想着，等大家上车时再说，可电梯还没到底，她就看到表哥等在那儿了。

他怎么来了？

这一年孟晓东在境外请了个教练，进行封闭训练和比赛，也没回国，殷果不光没见到林亦扬，也没机会见表哥。猛见他出现，又是难得穿一身休闲服，立在电梯下，吓了一跳。

这可是凌晨三点多。

停车场独有的汽油味混杂水汽的味道，弥漫在四周，殷果觉得表哥的目光不是对着自己和林亦扬这里的，而是后头。她回头看。

原来林霖和陈安安两个也没挤上去，跟在两人身后，隔了十几节电梯踏板，也跟了下来。林霖在女孩子里个子很高，和陈安安差不多上下，殷果头回见她是在杭州比赛的场馆里，印象颇深。

当时殷果的第一个念头是：难怪会有东新城"双林"的说法，都有着让人见过就忘不掉的脸。当年岁积累上来了，你夸他们长得好看都觉得用词太单薄，还有气质糅在里面。

孟晓东在看林霖时，林霖没躲避，微微笑着，问他："来接你妹？"

"对，"孟晓东在瞅着她，"你怎么样？身体？"

"挺好的。"

殷果看见孟晓东蹙着眉，多瞧了一眼林霖的腰，她被表哥眼神提醒，留意到林霖穿着的白色小羊皮皮衣里，是高腰的短袖。若隐若现露了一截皮肤，不细看，看不到。

她心里想，林亦扬和吴魏在那个清晨讲述的故事里，一定是省略了要紧的没说。不过从那一眼后，孟晓东就不再理会林霖，做出了一副着急走的架势。

"再不走，你妈又要给我打电话了，"孟晓东对林亦扬解释，"本来是让俱乐部的司机接她，怕司机看到航班号，发现时间不对，以后说漏了嘴。我就自己来了。"

很明显孟晓东是要说清楚：他是为了妹妹来的。

没等林亦扬接话，林霖轻飘飘地来了句："你是哥哥，来接也正常。"

"是，"孟晓东慢了半拍，说，"正常。"

这句结束，孟晓东和林霖再无交流。

这两人的仓促对话，让四周气压急速下降。

好像今天的主角应该是他们，从海外归国的是林霖，而来接机的是孟晓东……殷果和林亦扬这两个反倒成了陪衬。

她一想到即刻要回家，也没空再体味表哥和林霖之间的蛛丝马迹，手指握在林亦扬的掌心里，给他解释："我家里不让夜不归宿，必须回去。"

虽然这个时间从机场走，到家估计也要天亮，但规矩不能破。

林亦扬和她隔三岔五视频，早发现她除了比赛都是住在家里，并不觉得有意外，他对孟晓东说："你们聊两句。"

说完，拉着殷果的手，把她带到略远一些的车道旁。

机场的地下停车场没有避人的角落，除了深夜车流人流会少一半，和平日没差别，电梯上下是不间断的客流，四通八达的车道里是一辆辆排队驶过的大小轿车、公务车。两人最多是避开孟晓东他们，说几句悄悄话。

殷果看着林亦扬的头发，长了一些，上回去给他过生日，他剃了个寸头，活脱脱像个美剧监狱里经常见的人。现在好多了。

不过细想，那种发型更贴合他的本性，就是穿衬衫西裤打比赛时违和感太重。

林亦扬一开始藏得很深，接触多了，殷果能很明显感受到他的气场，是在各种街头场所摸爬滚打长大而留下的老练和沉在骨血里的张扬。他用了很多年把自己的这种气质盖在了一层层书本下，但江山易改，本性难移，底下还是那个鲜活的男人。

她悄悄他衣服拉链拽着，滑下去，看见黑色短袖上的白色手写体 Saint Laurent。不出所料，就是今年送他的那件，白色的在自己行李箱里，她也一直带着。

"干什么？"他明知故问，"一没人就拽我拉链？"

被他说得躁得慌，想给他重新拉好，又听见他说："别和家里提我，给我点时间。"

"一直没提过，我哥也让先藏着，"她轻声说，"还怕你会生气，没敢和你直说。"

话音未落，脸就被他两手捧住，把还往下说的念头都敲碎了。两人眼睛对上，殷果心跳得像没和他亲热过似的，被他如此简单捧着脸，对看着，呼吸也压得很轻，很轻。

右边的车道上，一辆车，行驶而过，又是一辆，汽车尾气的味儿更重了。

他的脸近了些："明天能见吗？"

"明天家里要一起去扫墓，来了好多人。"

静了半晌，额头上有了压力，是他用额头压到自己的，他低头想说话。

最后也没说什么，更没做什么，只是笑了笑。

后来殷果跟表哥上车，系安全带时还在想最后林亦扬的那个动作，在想，是不是自己说的话不太好，总之，最后那个笑好似从未见过的低落。

不过从认识林亦扬开始，多一日，就多一些细微处是陌生的，没见过的。

孟晓东开车不爱闲聊，殷果和林亦扬刚见就匆匆别离，没聊天的心思，车不受阻碍地飞驰在机场高速上。过了会儿，她想到了现实的问题，在微信里问林亦扬。

林里的果：你今晚去哪儿？

Lin：租了个地方，还没收拾，今晚直接过去凑合一晚。

Lin：大家都在，估计也不睡。

林里的果：要喝酒吗？

Lin：不一定。

林里的果：少喝点儿。

想到上回醉酒的一场，她心有余悸。

Lin：好。

林里的果：我刚看见你，特别紧张，好像刚在一起。

Lin 发了个笑脸：一样。

"总总……"突然车里有了人声，是孟晓东的，他握着方向盘，打了个转向灯，离开机场高速，"有和你说到我吗？"

殷果听吴魏说过，林霖小名是"总总"，她还以为只有东新城内部的人会这么叫，就像也只有他们几个兄弟会说"顿挫"。

"没有。"她也不能扯谎骗孟晓东。

孟晓东不吭声了，殷果悄悄看他。

"有话想问？"孟晓东竟然主动邀请她问，像有着倾诉的欲望。

"你当初为什么看不上林霖？"殷果见表哥开了头，也就把心里的想法问出来，"是他们和我说的。要不然，我都不知道你还有这一段。"

孟晓东沉默了好长时间，长到殷果都要认为他不会回答了。

"何止这一段，"孟晓东说，"我谈过三次。"

三次？三个女朋友？还有一个追他的林霖？

为什么没有任何外露的消息，既然是女朋友，总不能每个都藏着，又不是见不得人的坏事。家里逢年过节也没人提，一般亲戚之间都会私下八卦的。

"三次都是总总。"孟晓东最后说。

所以表哥的初恋是林霖？还分分合合三次？

她被挑起强烈的探究欲，偏偏开车的那位仁兄不打算再说了。不过，总有人能问。

在殷果解锁手机的一刻，孟晓东看出了她的小心思："想问林亦扬？他不一定知道，估计东新城也没人知道。"既然表哥这么说，她也不好当面再问，揣着疑问到了家。

孟晓东把她送到家门口，瞧着车走远了，她才找林亦扬。

林里的果：我到家了，你到了吗？

Lin：快了。

林里的果：你知道吗？我哥刚和我说，他和林霖好过。

Lin：知道。

林里的果：我哥说你不一定知道。

Lin：撞上过一回。

林里的果：好像你上回和吴魏说，不知道我哥是不是喜欢林霖？

Lin：你对他俩的事很有兴趣？

林里的果：毕竟是我哥，他从小到大第一次和我倾诉自己的事。刚听得心里酸酸的。

Lin：孟晓东有自己的生活。

Lin：多把心思放我这儿。

这话听着倒像在吃醋，殷果还以为自己多想了。

林亦扬又跟了句。

Lin：自己老婆一直关心别人，滋味不太好。

……

＊　＊　＊

林亦扬跳下商务车。

运动鞋踩在这块土地上，面对着商业街上的一排黑灯瞎火的店铺门面。左面是家奶茶店，玻璃窗上贴满了各色大杯奶茶的照片，打折促销信息，右面是家金铺。

有多少年了？大学考去了外省，后来毕业两年也没想着回来，除了留学前短暂来办各种手续，和这里再无交集。算着有快十年了。

"这楼梯连着一个酒店，过去是个老牌的火锅店，"江杨在说，"黄金地段，比我们东新城的都好，就是小了点，二层和三层全是你的。"

其实也不小，比在华盛顿青年旅社地下一层的球房大多了，两层大平层。

只不过说这话的是江杨，车上下来的这帮兄弟也是东新城的中流砥柱，和那个地方一比，还是逊色了不少。

"可以啊。"孙尧仰头，目测楼面的宽度，感慨着，"扬哥可以了，一回国就是大产业。"

"租的，又不是买的。"林亦扬说。

清晨时分，四下无人。楼道里很窄，堆着一袋袋还没被运送走的装修废料，碎砖头、碎水泥，地面上根本瞧不出来过去铺的是地砖，还是水泥地面，乱七八糟地铺着报纸。电梯门的位置还没装上东西，一个四四方黑咕隆咚的黑洞。

全楼都在重新分租，在装修。

林亦扬迈上楼梯，往二楼走，到大门口，漆过红漆的大门简单挂了个老式的大黑锁。

林亦扬接过江杨给的钥匙，打开锁，将沉甸甸的锁在手里掂了两下："这东西一撬就开了，挂着是摆设吗？"

江杨笑："就是个摆设，防着有人来打地铺当免费房子住。里边早没东西了。"

也确实如江杨所说，推开门，里边空无一物。

上一家火锅店是搬走了，但是挪不动的也都留下了，比如镶在墙里的木质桌子和长椅子，还有装饰性的漆红柱子。

"要不直接开火锅店算了，都是现成的。"吴魏在身后开玩笑。

林亦扬笑了，在左侧一排窗户透进来的晨光里看着面前的一切，脑海里已经有了一个个球桌、吧台、球杆架和台球椅的位置，甚至是自己住的房间在哪儿。

"把兄弟们都叫回来，"林亦扬迈进去一步，在满是尘土的屋子里，对身后的吴魏说，"混得不好的那些。"

他从二年级进球社，到高一走，身边何止有这几个兄弟，但真正有天赋、能出头的也就只有寥寥几个，每年几个而已。本身来球社的大多就是成绩不好的孩子，大浪淘沙，成了沉底的沙砾，沉散在城市里的每个角落。

吴魏和林亦扬聊到过混得不好的兄弟，都还是喜欢台球不想放弃的，他都记得。全记得。

翌日清晨，她五点多从家走，算着林亦扬应该在睡觉倒时差，就没和他联系。

上午忙忙碌碌，等下山时几辆一起来的车堵在半路上，殷果原本是在妈妈的车后边陪外婆，可半天不开，老人家越来越迷糊。"小果，你下车，去换你小阿姨上车，一会儿外婆要不舒服了，她能看着点儿。"妈妈重新做了安排。

殷果只得下车，去和小阿姨换了位子。

其实她明白，妈妈还有另外的意思，小阿姨是坐李叔叔家的车，两人一调换，她和李清严就换到了一辆车上。从开始就让她坐，她避嫌躲开了。这回是躲无可躲。

和林亦扬发消息，也没回。

难道是还在倒时差？

李清严是和孟晓东一样的训练日程，和她也是一年多没见。殷果和他不咸不淡聊了两句训练，趁着大人听不到时说："别和你爸妈说我的事。"

李清严先是没懂，两秒后深看了她一眼："他现在世界排名这么高，你还怕什么？"

殷果不想细说林亦扬的过去，正好小姨下楼让她一起去挑海鲜，她就溜了。

她和小姨到一楼的玻璃水柜前，在看螃蟹。

身后，突然有一双小手搂住了她的左腿。她心里一跳，回头瞧，是个两岁左右大的小姑娘，忽闪着大眼睛对自己笑。

太可爱了，她蹲下来，和她对视着，两双黑亮的大眼睛彼此望着。

"你家里人呢？"她问。

一双暗红色的板鞋出现在她面前："在这里。"

殷果还在想着全天下竟然会有和他声音一样的人，或者是自己太想他了导致稍微有点像就要联想到他身上。但等视线从黑色的休闲裤往上，再从短袖往上，看到他那张乖戾而又让人无法移开视线的脸……

她完全能听到自己的心跳声，在耳边。

面上很平静，像不太熟，但底下已经是湍急水流如山洪一般冲下来，胡乱撞上四周的巨石，夹带着泥沙几乎要冲垮所有的力度。

他们的目光交汇着，她有瞬间时空错乱之感。

每次都想不会再有更意外的事，可他总能出现在不可能的时候，或者在寻常人这就是个偶遇片段，但她的手指捏着，甚至有了过于惊喜下的酸软。

她的目光停在他脸上："你亲戚家的？"

"我弟的，"他弯腰，将小女孩抱起来，让她坐在了自己手臂上，"刚随手指这边，问她喜欢谁，她就自己跑过来了。"

林亦扬随手捏了捏小女孩的脸："没拦住。"

新剃的寸头，挽起衣袖下的纹身，在这个人来人往的酒楼里本来就受关注，再抱着个软糯可爱的小女孩。

他真是有本事让人一见钟情，在任何地点、时间，殷果不合时宜地想：要是两人是在今天认识的，是不是要她倒追他了？

林亦扬还挺受用的，女朋友如此盯着自己看。

他也是早晨起了，临时起意在楼下剃的头，是因为殷果在华盛顿公寓里摸着他当时的头发说过，寸头适合他好看。

小姨看他们在说话，指了几样，给身边点单的服务员看，笑着，友好地对林亦扬点了下头，猜殷果是碰上老同学了。始终念书的人就是这点占便宜，比她足足大六岁都不显。

"你来这儿？是路过？"殷果看小姨走到尽头的水箱了，放心和他说话。

"扫墓，"林亦扬说，"给我爸妈。"

上一回来，还是三年前。

这里连着几座山，园林多，风水好。每逢清明节，附近大城市的人有六七成都要远途而来，他这么说倒也不意外。

他为什么能找到这里不难猜。不管是问孟晓天，还是孟晓东都有可能问到。亲戚们都在，稍微装着不经意问叔叔阿姨们打听两句就可以。

"要早点说就好了，"殷果过意不去，轻声说，"我好给你爸妈买束花。"

林亦扬眼里有笑。

这倒不用，刚他和爸妈说过了，明年会带她过去。

两人对话寥寥数句，没人能听到。

小姨不多会儿，又特地看过来一眼，想着，殷果一直没男朋友，要真从身边找，这个好像也还可以。品相上起码是一流的，就是那个小女孩……现在大学生校内结婚好像是可以了，不会校内也生孩子了吧。

小姨那边一分钟内，在脑海内将林亦扬这个人的检验报告写了几千字。

这边，小女孩突然想张开双臂抱殷果，立刻被林亦扬拉回去了。殷果被小女孩弄得心软："给我抱一下吧。"

"你那小胳膊小腿的，还抱她？"林亦扬不动声色地捏她的手腕，这个角度没人能瞧见，刚好是两人、小女孩和水柜之间的一个死角。

两人从昨天机场再见，又处于那种似曾相识的隔膜感里。不是因为感情出了问题，而是一直不见，猛地一见，浑身皮肤血液都在叫嚣着这个人是我爱的，可总觉陌生。

现在他攥她的手，像在提醒她，该回神回神，这就是你男朋友。

热的指腹在她的手背上划过去："有空联系。"

他说得道貌岸然，是因为看到她小姨走近了。

殷果感觉他的手指插到自己的指缝里，握紧了，随口胡扯："你还有我电话吧？"

"有。"他笑，笑她演技不错。

最后，还是放了她。

小女孩一直想抱殷果，未遂，眼看着林亦扬把自己抱回去了，哇的一声就哭了。

这下林亦扬也没辙了，上回哄孩子还是十几年前，哄这小女孩的爸，也是连吓唬带揍的，哄小姑娘是真没经验。他在小女孩耳边念叨了句什么，小女孩哭得更厉害了。

很好，刚还觉得是和谐，有着反差萌的一大一小，现在看着像拐走小孩的大流氓。

"这个人挺不错啊，那是他家小孩吗？"小姨问。

殷果摇头，摸着自己的手："他刚毕业，还没结婚。"

小女孩的哭声渐渐平息，殷果趁着上楼，发了个消息问他。

林里的果：你对小孩说什么了？哭那么厉害？

Lin：说小阿姨不喜欢你，让我抱你走。

林里的果：……

Lin：和你一样，不经逗。

她和小姨点菜回来，就只剩了李清严身边的位子，大家都是故意的，让两人挨着坐。

从林亦扬出现，她就坐立不安，怕他和妈妈碰上。

未料怕什么来什么。

服务员很快带了几个人上来，第一个出现的就是抱着小女孩的林亦扬。殷果和李清严这个角度最容易看到楼梯，能最先瞧见林亦扬。

他上楼前特地穿了外套，为了遮住花臂。

殷果和李清严同时看到他，李清严错愕了一秒。

"清严认识啊？"有人问。

"对……"李清严简略回答，"他和孟哥很熟，见过。"

"原来不是小果同学？"小姨笑着说，"在楼下，他也和殷果说了两句。"

殷果妈妈看殷果。

"是在纽约认识的，"殷果尽量简短，不要说谎，免得日后更麻烦，"他看比赛。"

纽约的比赛没有国内转播……幸好，家里没人看到。

他那桌落了座。

殷果看到林亦扬拿起了茶壶，倒了杯茶。

随后，她就眼睁睁看着他走向自己这桌……他到了桌边，没看殷果，反倒举着茶杯，对殷果妈妈礼貌一笑。

"吴老师，"林亦扬说，"看到您也在，想着按辈分要来打个招呼。"

短暂的安静。

殷果妈妈看向林亦扬，微笑着说："今天都是家里的事，不用专门来打招呼。"

"应该的，"林亦扬立身桌旁，望着殷果妈妈，他的眼里看到的不只是她的母亲，其中起伏的还有当年赛场上的一桩桩往事，似敬意，似感慨，也是致歉，"过去在赛场上，做了不少错事，要谢谢吴老师在判罚上网开一面，让我还有机会回来。"

"你不该来谢我，小林，"殷果妈妈告诉他，"最该去感谢的是你的老师，他快七十岁的老人了，还去协会为你求情，大家看着都不忍心。还有王老师，他从没在工作里和人红过脸，那天在后台眼睛都红了，后来也为你说了情，还在可惜你的退役。"

林亦扬静了一会儿，颔首："您说得对。"

他轻举手里的玻璃杯，那里有大半杯的普洱茶，刚倒的。

"今天开车，就不倒酒了。"林亦扬的声音低了一些，嗓子似被什么堵住了，是过去的一切，还是今天被旧事重提的情绪，总之，没有了多的话，把一杯茶几口喝下去。

她从没见过说场面话的林亦扬，从没见过他这样。

殷果看着他喝这杯茶，像喝最烈的酒，穿喉而过，自己胸口也恍惚有火辣辣的刺痛感。

林亦扬喝完茶，殷果妈妈轻点头，算是招呼结束。

桌上的大人们因为他特地来一趟敬茶，不免围绕林亦扬多聊了两句。

那场比赛负责林亦扬那一桌的是个男裁判，和殷果妈妈私交不错，殷果还经常见到他会叫声王叔叔。殷果妈妈是总裁判，起先不在那桌，后来跑过去，林亦扬早和裁判较完劲，丢下对手离场了。

"要是现在的环境，他被禁赛三年都有可能，"妈妈看向殷果，"你王叔叔是个惜才的人，听说他复出，还很高兴。"

"他真打过假球？"李清严父亲忽然问。

"没有，"殷果妈妈很公平地说，"一件事归一件事，他被禁赛是因为冲撞裁判。"

"晓东和他关系很好啊？"外婆听到这儿，忧心忡忡地念叨了句。

"也不一定多好，"殷果姐姐说，"都是同行，认识而已。"

"其实他现在，"始终沉默的殷果开了口，"一直都是规矩打比赛，倒没什么坏新闻。"

"不说了，都是外人的事。"姐姐说。

"而且——"她还是想扭转一下局势，起码不要一边倒，"在美国和他聊过台球，他是真心喜欢。"

"不是不让你说了吗？"殷果姐姐黑了脸。

殷果被姐姐顶回来，想再说，也没立场，郁闷得要命。

正好闷着头，吃了两口菜。

她家是重组的家庭，一个哥哥、一个姐姐都是父母各自带来的，只有她是父母生的。哥哥姐姐是青少年时期的两个离异家庭的孩子，和她不亲，几岁的时候她不懂，屁颠屁颠跟着哥哥姐姐玩，被欺负是常有的事。爸妈知道了，会顾念着大的两个孩子可怜，是带来的，轻飘飘责备两句就过去了，所以在座的亲戚早看惯了姐妹俩的相处。

"好了，好了，说点儿别的。"有亲戚开始打圆场。

李清严爸爸看殷果情绪低落，以为是被姐姐凶的，示意自己儿子给她夹了一筷子爱吃的卤菜，偏这一筷子还被林亦扬远远瞅到了。

* * *

后来林亦扬下楼了，一直没上来。

大家吃完饭，他弟妹还在，殷果家里人也都在饭后闲聊着。殷果再也坐不住，借口去车里拿东西，要了妈妈的车钥匙就跑了下去。

她前后里外绕了几圈，走到酒楼后用来停车的空地，穿过几辆车，脚前突然被人丢了一小截掐灭的烟头。她回望过去。

原来他把越野车的后备厢打开遮阳，靠在后备厢边沿抽烟，难怪刚走过去没瞅见人。

"找我？"林亦扬问。

明知故问。殷果用脚尖把烟头踢到旁边的一小撮烟头和烟盒堆上，估摸这是后厨喜欢聚在一块抽烟的地方，都自觉丢在这里定期清理。

殷果踩着碎石，到他跟前："都不回微信。"

脸被他两手捧住，他问说："找我干什么？"

殷果两手直觉抓到他腰上想要抓牢什么。这片土地站不平，高低全是碎石，在她被吻住嘴唇的时候，脚底下的碎石还在随着人的重量下压。碎石在脚下散开，咯噔咯噔地响着……

林亦扬的呼吸灼热而沉重，烫着烙在她的脸上，他用力地搅住她的舌头，在这后备厢盖子弄出来的一小片阴影里抱着她。过会儿，嘴唇上的湿热稍稍平息："找我干什么？"殷果的脸被他掌心摩挲了两下，嘴唇再被他堵住。

后厨有人出来抽烟，俩穿着白褂子的厨师互相递烟时，瞅了这儿一眼，看这对打得火热的小年轻。

林亦扬很少这样，被人看也不撒手，怎么都不撒手。

厨师走了，他也结束了这场让人侧目的亲热。

他是带着脾气亲的，这还是头一回。

等亲完，撒开她，又刻意问了一句："是想我了，还是想安慰我？"

殷果刚被姐姐压制完，又受了他几句，心里堵得慌，看着他转过身去，在后备厢里翻着什么。没话说就没话说，还装找东西，她看他的后背说："都没有，没事找你。"

林亦扬停下，回身瞅她："没事就上去，我走了。"

说完，又硬邦邦地说："我弟在外省，开车送回去很晚，小孩要早睡觉。"

殷果盯着他，能明显感觉到他在发脾气，气得眼眶泛红，她一要走，手腕又被他拽回去了。林亦扬还想亲她，被殷果别开脸："你抽烟了，我不想亲。"

林亦扬把她两手反剪到身后，紧紧攥着，单手制住她，不让她动弹。另一只手从裤子口袋往外掏黑巧克力，掏出来，举着，在她眼前让她看清楚。

"等着。"他盯着她。

林亦扬用牙齿撕开外皮，咬了一口巧克力。

......

"巧克力也不行，亲一嘴没法见人。"上边都是人，一看就能看出来。

林亦扬动作慢了一下，没停，慢慢地吃着，除了不放开她，也似乎没了想要亲她的打算。只是攥着她手腕的力度，重了不少。

"疼，你放开。"这不是怄气，这是真的疼。

忽然，力道都消失了。

林亦扬把剩下的巧克力全都吃进去，纸攥成团儿，扔到烟头堆上。他再次回身，想去后备厢里找东西。

殷果看他又不说话，又去找别的事情做，直接掉头走了。

"小果儿。"身后他叫她。

想停步，但气还没消。

"殷果，你给我站住。"压着声音叫的，很沉。

不说还好，说完走得更快。

林亦扬在越野车后面，既没法大声叫她名字，也没法去追，也憋得慌。

他手心里是一把从后备厢翻找出来，特地绕路去一个村儿里买的，全洗好了想给她尝尝的樱桃，那里有一大袋子，嫩到手指一用力就能皮破的程度......

林亦扬握着一把鲜嫩的樱桃，过了半晌，全都扔到那堆烟头上。

殷果进到酒楼，家里人正从楼上下来，她让到一旁，想上楼拿包。小姨是最后一个下来的，手里拎着她的那个包："在我这儿，不用上去了。"

小姨两三步到她跟前，低声说："还生你姐的气呢？"

殷果知道自己脸色不好看，轻声说了句："没有。"

"下去半天，拿什么了？"小姨见她空手回来，很是莫名。下去时候说要拿东西，拿半天，也没见手里拎着什么。

"没找到，"殷果敷衍说，"估计在家里，没带出来。"

小姨刚要说话，忽然对着殷果身后笑了笑，点了下头："你家小孩挺逗的，刚还来我们这桌，要找小果。"

殷果一回头，瞧见林亦扬拎着外套，对小姨也礼貌地点头："小孩不懂事，多包涵。"声音很低，气压也低，但还是尽量维持着对陌生人的礼貌。

林亦扬从殷果右边走上楼梯，最后看了她一眼后，人直接就上楼了。

殷果心里委屈，看着那一溜水产箱，始终不和他目光交汇，可还是能留意到他走到楼梯转弯处，停了会儿。也能感觉到，他在那儿停着，是为了看自己……

不过，很快，被下楼的客人们隔开，两拨人一起下楼，挤得她让开楼梯口。

她再抬头看，他已经上去了。

回去的路上，车里格外安静。

殷果满脑子都是林亦扬——这算是他们第一次吵架，闹不高兴……

身边，外婆忽然问："那孩子的事，那个林亦扬，你再给外婆讲讲？"

因为牵扯到孟晓东，外婆格外关心。

"回家再给您说吧，"殷果轻声说，"我有点晕车。"

副驾驶座上的姐姐忽然问："小果，你是不是和他很熟？"

"挺投缘的。"殷果说。

"孟晓东不管管你？"姐姐在前排说。

殷果手撑着脸，看着窗外："晓东哥和他很熟。"

"孟晓东没和你说过吗？"姐姐在前面问她，"他小时候被林霖用砖头揍过，医药费就是这个林亦扬陪着林霖一起送来的。"

殷果一怔。

"是他啊，"外婆心疼地说，"那回啊，吓得我还以为晓东得罪谁了。"

"可这都是小时候的事，"殷果争论着，"晓东哥和林霖关系现在也不错。"

"他何止这一桩事，从小到大都有事，"姐姐停了一停，回头瞧她，"看来，你对他印象是真的很好。"

……

殷果听得出来，姐姐对他意见很大。

她还想再争论，妈妈出了声："我说过很多次，不要当着外婆面吵架。"

"没吵，妈，"姐姐吴桐说，"是讲道理。"

"我也没吵，"殷果也说，"只是看林亦扬今天诚心来给敬茶，想给他解释几句。妈，"她犹豫着，还是说了，"你是体育局的，我姐也是，要是都对他有意见，不是对他不公平吗？"

殷果妈妈笑了："你以为妈妈会说什么，影响他？"

"没有。"但她担心，因为妈妈的态度会影响同事，间接影响他。

"妈妈和他不认识、没私交，也没交恶，"妈妈开过收费站，短暂停下，接过吴桐递的零钱，递出去，"但确实不喜欢他。先不说晓东的事，妈妈是裁判出身，无法欣赏一个冲撞过同行的人。妈妈也许因为爱你，不多评价你的朋友，但内心不会改变什么。"

妈妈开车驶出收费站，接着道："小果，你已经长大了，要学会接受，这世界上根本没有完全想法一样、立场一样的人。都是从自己角度出发，有自己的性格，也有自己的生活经验，再亲的人也不同。"

殷果不吭声了。

"还有桐桐，"殷果妈妈看了一眼副驾驶座上的大女儿，"车里都是家里人，你可以说这些话。在局里、协会和公开场合不能说。这一点，我今天是很严肃在说，你要记住。"

吴桐也不出声了。

"中国公开赛是不是快开始了？"殷果妈妈问殷果。

"嗯，"她说，"下周。"

林亦扬踩着这个时间点回来，也是为了这个——斯诺克的中国公开赛。

＊　＊　＊

林亦扬送弟弟一家回去，再到球房，江杨还在。

昨晚，他说自己隔天要扫墓，将搬着几箱子酒的兄弟们都哄回去睡了，只有江杨留在了他这儿休息。江杨也是刚结束了封闭集训回来，孤家寡人一个，见林亦扬回来高兴，一看就准备常住的架势。

这里三楼早在上个月装修完成，二楼是因为火锅店迟迟没搬，耽搁了几个月。所以楼上东西是一应俱全，有了球房的模样。

三楼最北角还有两间住人的屋子，配套的洗手间也有。

江杨提前给他往这里面临时塞了几样家具，都是简单的，有设计感的，倒像是一个小家。

林亦扬睡不着，在沙发上斜靠着，从钱包里的夹层里摸出了那张便笺纸。

边角的胶上沾染了一层黑，是拿的次数多了。

"打过吗？"江杨想去厕所，翻身坐起来，看到他拿着这个。

林亦扬没说话。

江杨估摸着他不会回答了，往前走，手摸到厕所灯开关，听着身后的男人说了句："本来就身体不好，再听到我说话，更要气出毛病。"

江杨没得反驳，老师确实没提过林亦扬的名字。哪怕是这一年，他有意透露了林亦扬重新出山的事儿，也是听听就过去，半个字没多问过。

一个是老师，一个是小师弟，脾气像得要命，他也没辙。这么一会儿，江杨也借着月光看清马桶在东北角，没开灯，直接进去了。

林亦扬将便笺纸在手里玩着，最后收妥。

他出了屋，在最近的那个九球球台驻足，这是给殷果准备的，单独给她的。他昨天晚上还和陈安安试了几杆。桌上，球散在蓝色绒布上。

林亦扬右手拿了一颗最近的球，用力、沿着桌面投出去，白球飞一般撞上黑球，哐当一声，落了袋。在数百平方米开阔的大厅里，回荡着落袋声。

江杨摘掉眼镜，揉着眉心，倚在门边，看着黑暗里一个模糊的身影在台球桌面灯下，好像是在掏球："有心事？"

"睡你的。"林亦扬回说。

江杨听他这语气，看来是心事挺重。

* * *

林亦扬一夜没找她。

她在回家途中都不忘和妈妈姐姐争论，他却不找自己，低头都不肯。

原本是今天下午去封闭训练营，她顶着两个大黑眼圈，和几个师姐妹订了一个七人座的商务车，提前往训练基地去。

大家在车上，什么都聊，最后话题导向了斯诺克的中国公开赛。

在谈论中提到"林亦扬"这个名字，师姐隐晦地杵杵她的手臂，问她，为什么林亦扬去年没参加中国的公开赛？

殷果摇摇头，林亦扬没说过。

"好可惜，"旁边的师姐也说，"要是去年参加了，他排名绝对不会比江杨低。"

"也难说，"殷果笑笑，"江杨一直状态不错。"

车到半路上，大家在高速休息区停了半小时。

这个休息区在两省交界处，很大，有卖两省特产的商店，快餐店也不少。因为这拨人是最早出发的，时间宽裕，大家原地解散，约定半小时后再聚。

大家都去买零食特产，为封闭集训囤粮。

司机看殷果始终不下车，笑着问："给你打开车门，我也下去溜达溜达。"

最后，只剩她在这里。

殷果戴着个渔夫帽，在敞开的车门旁，侧坐着，两腿晒着太阳。

手机里，林亦扬在半小时前发了一个微信。

Lin：醒了？

Lin：想和你说话。

她一直没回。

一是因为整夜气鼓鼓的，他也没找自己；二是因为车上好多人，也不方便打电话。她两手握着手机，看着那两条消息，想回。

仿佛心有灵犀，冒出一条新的。

Lin：？

他清楚她的作息，这个时间早该醒了。殷果做了半天心理建设，给他拨了语音通话。

电话接通。

入耳，背景显得很空，应该也是在户外，有路旁的喧闹感。

她没说话。

"还生我气？"林亦扬在电话那头问。

她还是没说话。

"我在你家小区外，"他说，"什么时候起床了，就下来，不过也不急。"

……

"我不在家，"她把帽檐压了压，挡住日光，心慢慢软了，"封闭训练，现在都出省了。"

这回，换他不出声了。

"回来可以赶上你的公开赛后半程。"殷果说。

听他一直不出声，她又喃喃着："谁让你昨晚不找我，我一生气，今天早上就走了。要不然今天还能见一会儿。"

过了半天，他仍旧不说话。

殷果看到司机走向车这里，低声又说："你快说话，马上有人在，不方便打电话了。"

"回来说一声，"电话那边的男人终于出声，"想你了。"

＊　＊　＊

　　林亦扬一早上工夫，把殷果家小区前后门和北门，还有地下停车库的两个出入口都摸清楚了。昨天开的是江杨的车，今天江杨开走了，他是坐地铁过来的。

　　此时，也不急着干什么，沿着后门的小马路上了一座跨河的石桥，去了河对面。想兜兜殷果平日里走的路，就看到一家摩托车店。

　　上午人不多，店最里处摆着几辆顶级摩托跑车，还有几辆哈雷，店主看林亦扬这身板打扮，就知道肯定玩过这个，过来一通介绍，将一辆纯黑的哈雷新车型给他推到店外，又推了一辆阿普利亚出来。

　　店主给他指了一条小路，林亦扬大长腿往上头一跨，接了头盔绑上，腰猫下来直接启动机车，在巨大排气声浪里，骑了出去。

　　人再回来，头盔没摘下来就引了不少人在看，简直是活广告。他把头盔摘了搁到车上，手肘撑着头盔，问店主："国内驾照要多久？"

　　"一天全考完，等几天本子就能做出来。要改哪儿，和我先说。"

　　林亦扬让店主把过高的车把改装，和车座一个水平线，直接刷卡交了定金，要了个黑头盔，又看了看四周，说："定个头盔，白色的。"

　　司机手里捧着盒臭豆腐，还没吃，见殷果趴在扶手上，心事重重，将那个纸盒子递到她眼皮底下。她摇摇头，说了句谢谢，但没心情吃。

　　司机看人没到齐，趁空拨了个电话给儿子，大意是和老婆吵架了，让儿子帮着说好话。

　　树荫下，凉风习习，司机挂了电话后，难得现出一丝老派男人的窘迫："我啊，就是没给孙子洗袜子，天天洗，那天犯懒不想洗了，被我老婆骂得狗血喷头。"

　　真是千奇百怪的吵架理由……

　　"可过两天一想，不就洗个袜子吗？一口气的事儿。"司机又说。

　　她想想，也对。

　　也就是一口气的事。

＊　＊　＊

　　林亦扬中午回到球房。

　　江杨正在他衣柜里翻找能穿的衣服："今天要见人，借一件。"

　　"见女的？"他问。

　　"对。相亲认识的，"江杨主动交代，从衣柜里抽出件浅灰色的衬衫，套上两个袖管，一颗颗系着纽扣："去年刚离婚的姑娘，见了两次，还不错。要发展顺利，说不定比你结婚快。"

说完，又道："不想谈朋友了，累。看你昨晚都替你累。"

江杨穿完衬衫，看到林亦扬扔在桌上的一沓宣传画册和定金发票，拿起来瞧了眼。上上个月，两人一起在外比赛，就骑过一回机车。

算是赶了一回潮流，是从澳洲和欧美那边先风靡起来的绅士骑行。男人们都要穿最正统的西装和衬衫，打着领带飙车。

西装和飙车，都是东新城这些男人的爱，于是江杨来了兴致，借那些人的车玩了几圈。当时林亦扬一身黑西装加上衬衫，倒是没系领带，江杨是深灰的西装，为了戴头盔还特意买了隐形眼镜换上，玩得很痛快。范文匆在一旁点评两兄弟，一个是裹着绅士外皮的流氓，一个是包着人皮的老狐狸，哪个姑娘碰上心都要摇上一摇。

江杨猜他买这个，又哄老婆用的。

昨晚看林亦扬坐立难安的，就知道他和女朋友吵架了："刚开始都是戴滤镜的，怎么看怎么好，慢慢就没了保护膜，好的坏的全要适应。这点谈朋友的事，晚上和你聊。"

林亦扬正心烦，向外挥挥手，让江杨该走就走。

"你在这上面真不行，一看昨晚就不行。"江杨丢下这句，走了。

江杨走后，林亦扬和二楼盯着装修队的孙尧打了个招呼，回房去睡了。

客房房间小，他这里大。

林亦扬把窗帘拉拢了，不透一丝光亮，在分不出白日黑夜的房间里，右臂搁在脑后垫着，靠着床出神。其实睡意全无。

干躺着也是消磨时间，还不如练球。他掀了被子下床，背对着门，看到脚下有一道光，是身后门缝透过来的。

"被放鸽子了？"他以为是江杨。

门外的人扶着门边沿，从有光的空间望进来，望到漆黑的房间里："是我放人家鸽子，让她们先去了。"

他一回身，进来的姑娘把门重新关上，摸着黑走到他眼前。

殷果的手伸出去想抱他，一想他没穿短袖，迟疑了一秒，被他抓着手按到腰后去了。

"不是集训吗？"林亦扬先开了口。

"怕你一直心里不痛快，影响比赛，"她声音很轻，"回来看看你就走。"

手腕上有了他掌心的温度，顺着下去，温热覆盖到手肘上。他喜欢这样，喜欢她的所有关节，皮肤很滑。"知道心疼我了？"他又问。

"我心疼你，你也不心疼我。"殷果抱着他。

都是被他那句"想你了"三个字戳到心坎了，觉得不回来就是让他受了委屈似的。

林亦扬在找她的脸，她的嘴唇："就算你不来，我晚上也会开车过去。"

他受不了和她吵架，她也是。

昨晚他辗转反侧，想了一整夜要什么时候找她，怕晚上说，两人再生气，她肯定一晚上都睡不着了，这是其一；其二也是很多事在心里，千头万绪，想到李清严不爽，想到公开赛，想到这次回来要拆解的诸多问题，心中起伏，也是一夜未眠。

她脸靠到他的肩上，在说昨天的处境："昨天和我姐争了两次，都在说你的事。结果你还凶我，凶得莫名其妙……"

"看着烦，"他在她耳边说，"看孟晓东带的那小子。"

"……我和他又没事。"

"承妍话都没和我说过，你提了几次？"他反问她。

都是一回事，干醋一口口吃。

心情不好时是争吵源，眼下，却是迷迭香。听着喜欢的人为自己吃醋，是最能满足虚荣心的情趣，他的手指在解她的衣裳："最晚什么时候要到？"

"今晚，没有具体的时间。"

倒是有个晚餐，也不是人人要去。

那还早。

"问你一句，"他在她脸边问，"是谁和我说，她很好哄，买点好吃的就能哄好的？想给你拿樱桃，叫都不回头。"

趁说话的工夫，他早都把她剥得干净，囡在手臂里："脾气不小。"

她没习惯这个陌生的空间，想着还没锁门，抓他的手臂很用力："门没锁……"被他身体磨得想咬下去，也真咬下去了，"慢点……"

他哑着嗓子说："慢不了。"

两人在墙边折腾了会儿，他抱她到床上。殷果的背一蹭上白床单，就毫无征兆地抓他的后背，额头磕到他的锁骨上，叫他的名字。

他答应了。锁骨上，是殷果额头紧紧压迫的力度，像要压断似的用了力气。慢慢地，她浑身卸了力，偏头将脸埋在枕头里，下意识想蜷起身子窝到他怀里睡。

"太想我了？"他低声问，咬着她耳朵，"这么快。"

殷果脸蹭着枕头，面颊红透了，耳朵后头都是红的。

枕头里全是林亦扬的味道，房间里也是，唤醒着身体对他的全部记忆。

她小时候听一首老歌，叫《味道》，里边唱词始终在重复着，想念你的笑，想念你的味道，那时不懂这么深入层面的东西，还在想有什么好想的，男孩子不都是臭臭的吗……打完球，上完体育课，尤其是夏天简直了。

可现在才懂，歌词指的是两人之间独有的嗅觉识别，尤其是彼此有过之后。

汗渐渐从皮肤下沁出来，被他用手抹开，两人的汗都混到了一处。林亦扬在她背后垫了两个枕头，也不再和她多说话，继续干正事。

全程都用被子裹着她，怕她着凉，毕竟是四月初，还寒得很。

等最后结束，林亦扬摸到床头旁的墙壁上，手指在墙上头划拉了两三次终于撳亮了壁灯……不亮不暗，一看就是江杨这种老江湖挑的灯具，很适合这时候的亮度。

林亦扬处理了一下后续，将她连被子裹着，抱到身上。

她任由他搂着，小声嘀咕："一见面就这样。"

他笑："都快两个月，要还不想，那你才真要掂量掂量，是不是该换个男朋友了。"

上回是生日，到今天确实很长时间了。以他现在的身体状态和年纪来看，都绝对算是清心寡欲了。只是相隔两地不方便，没结婚也不好过于频繁。

殷果用下巴磕他的锁骨："流氓。"

林亦扬一笑。

好久没听她这么说自己了。

被子是用来裹着她的，所以他没盖。

殷果看到他腰上的指南针纹身和上回不一样了，起初以为是壁灯光线不足，自己体力不支，看得眼花了。

后来再看，确实不一样，多了指针。

殷果掀开挡住他的被子，凑近了要看，被林亦扬拽着胳膊，调侃了句："到底谁是流氓？看什么呢？"

殷果不理他，认真看。

他的皮肤有汗湿过，水洗过后的润湿光泽，字母都很小，所以不仔细看真会以为表盘正当中的是指针，但仔细看，那是一排英文字母——fruitlet。

她认得这个单词，当初还想用这个做自己的英文名……

翻译过来是：小果实，小水果，幼果，小果。

她心头涨得难受，鼻子发酸："你也不说，不告诉我？"

林亦扬笑了。

有什么好说的，不就是个纹身吗？

当初想文个指南针，因为人生漂泊，没有既定的方向，所以表盘上也没留指针。当时纹身师和他聊着，两人开玩笑要是以后有心上人了，弄个名字上去。本是玩笑，他在华盛顿送她上飞机后，心里空落落的，就找青年旅社里的一个人给弄上了。

补这个英文单词的人看名字可爱，还问他是不是女儿的。

他当时想想，笑着说："女儿没这待遇，还是老婆重要。"

说得跟自己有老婆孩子了一样。

殷果摸他的腰线，文过身的地方能摸出来，肉眼瞧不出，摸着有柔软的凸起……林亦扬看她眼睛红了，摸摸她的脸。

他想到冰箱里还有剩的大半袋樱桃，想去给她拿过来吃："等着。"人刚坐在床边沿，见她头发半湿着，抱着枕头还盯着自己人鱼线那里。

他又躺回去，把殷果怀里的大白枕头抽走，垫去她腰下："算了，路上再说。"

＊　＊　＊

殷果再醒来，是被林亦扬闹钟震醒的。他怕耽误送她，上了两个闹钟，第一个震了足足半分钟，第二个紧跟着继续闹。

殷果被震醒了，后背和大腿后都是暖融融的，被他严丝合缝挨着抱着睡得正舒服。

今夕何夕，她分不太清明，这种浑身酸软、抱着睡的经历只有在他念书时的公寓有过，眼前又是一片漆黑，还以为真是在二月的公寓里。她扭过来，搂他的腰，想赖床。

"做什么好梦呢？"林亦扬的声音在头顶问，"还不起床？"

她带着困意，往上躺，枕上他的手臂："以为在你公寓。"

"退租了，"他说，"再想去也要住酒店。"

"其实你在那边最自由，"她在听他的心跳，"昨天看你敬茶，觉得都不是你了。"

"在那边也不是我，"他沉默了半响，手指绕着她的长发，轻轻打着圈，"当初想去读书，也是因为工作无聊，没什么追求，就再读几年，把眼界打开一些。"

说完，又道："我一直想比赛，从离开就想，只是过不了自尊心这关，就让自己飘着。"

林亦扬在她背后找到自己的手机，揿亮了。

瞧时间差不多，隔着棉被拍她的后背："起床。"

两人动身前，江杨刚约会回来，把一张打印出来的临时车牌给了林亦扬。

"正好，汽车的临牌弄好了，"他在回国前帮林亦扬买好的车，因为一直没牌照，还在车库里停着，没上过路，"新车第一趟就送女朋友，好兆头啊，小师弟。"

这是在说他长途送人，真是被殷果降得服服帖帖的。

林亦扬没搭理对方，左手拎着一袋樱桃，右手拿了那张纸看了看："放挡风玻璃前面？"

"对。"

他把樱桃递给殷果，拎了她的箱子下楼。

有几个男人在二楼和孙尧在算着装修时间，都是回来给林亦扬帮忙的，见到林亦扬身后跟着的殷果，孙尧先笑着招呼："嫂子。"

殷果答应着，对孙尧身后几个人也都礼貌笑笑。

她大略观摩了二楼和三楼，比老北城大不少，没想到，他这次回来真要搞一个大球社。

林亦扬让她在路边等着，自己去隔壁小区开车过来。

没多会儿，一辆纯黑色的G65从隔壁小区大门拐出来，前挡风玻璃前放着打印的临时车牌。车刹在她跟前，林亦扬隔着车窗，对她招手："上车。"

殷果上车时，他独自下车，将那个小行李箱丢去了后备厢。

上了车，瞥见她在吃着那袋子樱桃："甜吗？"

殷果点点头，对他笑。

城市的夜已经降临，他打开导航，从地图里看这个对他来说已经陌生的城市。

一股甜意从嘴唇处溢开，是她拈了个樱桃喂给他："为什么去年没报名中国公开赛？"

"去年还不是时候，"林亦扬左手握着方向盘，照导航说的，在一个小路口给车掉了头，"今年差不多了。"

他需要重新适应赛场，要忘记自己有过的成绩，忘记自己的天赋。他需要彻底认清自己，才能重新回来，站到这个曾失去的赛场上。

既然当初是从这里走的，回来，也要有个回来的样子。

殷果的这次集训是为了今年的九球世锦赛。

参加培训的一共有三十多个选手，几个国家队教练也到了，林霖作为陪练，全程驻扎在基地。

林亦扬把她送到基地大门外。

为了方便两人说话，熄了火，从前挡风玻璃能看到里边坐着两个人，也看不清是谁。林霖刚好开车穿过马路，从他眼前驶进了基地。

林亦扬这辆车一直没办临牌，也没上过路。林霖自然没见过，也不会多看这里一眼。

他想开远光灯照一照林霖，和她聊两句，想想作罢了。

"怎么不叫她？"殷果正在车里，把自己的长发绾起来。

他不太在意："又不是以后不见了。"

说起他这帮自幼长大的好友，她是真羡慕："你们感情真好，都和亲兄弟姐妹一样。北城就是完全俱乐部式管理，优胜劣汰，学员也是，教练也是。"

林亦扬笑笑，没说话。他习惯性地摸她的脖子后，那里有碎发，皮肤也嫩，手感好。

她被他弄得痒，拨开他的手，黑亮的瞳仁里映着的都是他："林亦扬？"

他答应了。

车里熄了火，也没了空调。

空气不是流动的，自然而然，两人独有的气息就浓郁多了。

"好像结婚以后，吵架会很多。"她想到前任嫂子。

嫂子坐月子在家里，殷果刚好放寒假，一整个月各种不高兴，从谁换尿布，奶粉吃什么牌子吵到妈妈以后是不是要工作，等等。嫂子经济独立，人也独立，月子里离婚协议书写好，抱走孩子，没一年改了嫁。

殷果身边简直就是一本离婚再婚大全，各式各样，都不带重样的。

林亦扬回说："人和人不一样。"

"我们要是一直不结呢？"她设想着，"感情好就在一起，不好的话，结婚也没什么用。"

过去没林亦扬时，她就这么设想过，打打球，比比赛，旅旅游，有个男朋友在一起互相陪着，能和自己一样有自己忙的事情，不要干扰她比赛和训练。

尤其看家里对他的看法，她更不想让他总去碰壁，只要不结婚，家人其实也管不到。

林亦扬左手搭着方向盘，路灯的光把他的短发染了层光。他看上去似乎在认真考虑她的话，却突然把她手腕拉到腰上，按到腰线下。

车内的光线很暗，殷果还是被他弄得脸红了，想抽手，被按得更牢。

"这里有什么你见过，"林亦扬低声笑着说，"我这个人，要还是不要，你说了算。"

窗外，路灯的光照着前挡风玻璃，照进来。

他一只手搭着方向盘，另一只手握着她的手，在车外的光里，在她的左侧望着她。好半天都没放她走。

集训时间长，这一放，至少两个星期见不到人。

殷果也舍不得他，可都到大门口了，这里车来车往、人来人往都是九球的熟人。被人看到了多不好，更怕传到家人耳朵里。

"真走了。"她说。

"再待会儿，"他说，"两分钟。"

* * *

等林亦扬回到自己球房，江杨刚洗过澡，光着上半身翻出了一份拟好的购房意向书，扔到绿色的球台上："你看看。"

"不是看过了吗？"回来前他就见过电子档了。

"毕竟是大事，多看一遍，"江杨把金丝边眼镜架在鼻梁上，眼镜片后一双眼在瞅他，"照我的意思，还是我出大头，你少点。"

林亦扬一只手撑在绒布桌面上，另一只手对他摆了摆："亲兄弟明算账。"

江杨笑："我和你之间，比一个妈生的亲多了。"

"那更要明算账，任何影响关系的杂质都不能有，"林亦扬翻着那协议，"都是成年人了，这道理你该比谁都懂。好朋友不碰钱，碰钱不做好朋友。"

两人对视着。

江杨由衷一叹："不一样了，小师弟，和小时候真不一样了。"

林亦扬从江杨手里抽出笔，翻到合同的最后一页，指了指一个位置："这儿？"

"对，一式六份，都要签。"

"拿过来。"他说。

痛痛快快全签了，六份合同摞在一处，推给江杨。

在灯下，两个人之间是一摞购房意向书，是六个徒弟给恩师的一份迟来的礼物。林亦扬有五个师兄，前四个没碰上好时候，未到功成名就、行业发展时就已经退役，和他们的老师贺文丰一样，徒有声名，两袖清风。

江杨和林亦扬年纪轻，在贺老六十多岁时先后入了师门，有幸赶上时代发展、行业经济爆发的今天，所以，在他们的主导下，由他们两个小的一人一半付清房款，四个师兄做个见证，买下这套房子。准备在中国公开赛之后，以师兄弟六人的名义送给恩师。

他从二年级进入东新城，从做人到打球这个技能，都传承于贺文丰。再多的纠葛，也比不过师恩。一个快二十九岁的男人，想要报答，老师年迈，已是无欲无求的年纪。他沉浮在社会这么多年，能想到的就是这些真金白银的东西，虽俗但实在。

当然以老师的脾气，怎么送会是个难题。有江杨在，总有办法。

林亦扬两手撑在球桌两旁，看着面前的这一摞纸，在想着，如果当年没有离开这里，这件事至少可以提早五年完成。

……

都说人生可待，实则岁月无情。

"想什么呢？"江杨问。

林亦扬挑了最轻松的话来打发对方："该收收心，干正事了。"

* * *

斯诺克的中国公开赛，在四月拉开帷幕。

在斯诺克赛制改革后，今年世界级职业赛高达 20 站之多。

今年这一站的中国公开赛，总奖金超过 100 万英镑，吸引了来自全球的关注，也同时吸引了世界各地的明星选手。

大众的目光也在这个月月初，汇聚到了中国。

按照惯例，世界排名前 16 的明星选手会自动进入正赛，不用参加预选赛。

所以，林亦扬一直没有出现，直到正赛这一天。

在奥林匹克体育馆后台，一个瘦高的中国男人留着寸头，斜挎着万年不变的黑色运动袋，右手提着一个球杆盒和一个黑色西服袋，走入后台大门。

邻近的几个欧美选手看到他，都热情地招手："Hi, Lin."

过去的一年里，他出现在后台永远是黑色休闲装，或者最多是在夏天把黑外衣脱掉，露出简单的白色 T 恤。喜欢穿有颜色的板鞋，暗红的、白色、深蓝，等等。

这身装束确实是像一个运动员，却不像一个打绅士比赛的世界高手。

他在几个休息室前经过，最后停在中国选手休息室，按下银色的金属扶手，推开了那扇门。那扇，属于中国公开赛选手休息室的门。

里边的几个男人在换衣服，或是坐在椅子上休息着。

有前 16 的选手，也有通过预选赛厮杀而出的新人，大家看到林亦扬都热情招呼着。林亦扬点点头，从众人当中经过，找到属于自己的位子，放下球杆盒，顺手把装着比赛服的西装袋挂在了衣架上。

他掏出手机，打开一个极其无聊的游戏，随便玩着，打发时间。

顺便，等着第一轮小组赛的对手——孟晓东。

真是天公作美，回来第一场就是老对手。

孟晓东恰好从洗手间回来，西裤和白衬衫，修身的马甲全套都穿着，一样不少，领结还没系，在桌上搁着，在等上场。

孟晓东找到自己的保温杯，喝着热茶润喉："前两天碰上殷果家里人了？"

"对。"

"第一回合交手，感觉如何？"

"还可以。"林亦扬计划是打个招呼，低姿态地让长辈们看看自己，第一回合目的达到。

孟晓东点点头："我小姨很死板，和贺老差不多。什么成王败寇，在她那儿行不通。"

林亦扬知道孟晓东的意思："刚回来这个态度很正常。总不能说我现在有世界排名，闯出名堂了，大家就应该突然改观，认为只要成功了就是好人了？要我也不信。"

他又道："我相信赛场上的弱肉强食，胜者为王，但不喜欢社会上的这种。"

说到底，想让人改观，靠说漂亮话没用。

聪明人只会观察身边人如何做，不会去听如何说。

林亦扬抬眼，看了眼墙上的壁钟，起身，把西服套的拉链拽到底，掏出里边的衬衫和西裤，还有马甲。

先脱后穿，西裤系好，皮带搭上。

他想起，自己第一次重新回到赛场，是在澳大利亚的公开赛预选赛上。当时的林亦扬走入后台，没人认识他，没人和他打招呼。

像江杨和孟晓东这种世界排名前列的选手，不需要参与任何的预选赛，直接进入正式比赛，也不会出现在那个体育馆。异国他乡，长途而去，举目无熟人，对手也不认识，甚至连他报名了预选赛，那帮兄弟也不知道。

他在休息室内换了衬衫，在想，要和谁说一句，自己要上场了。

多年后的第一次上场比赛，似乎，一定要说出来才踏实。

他能想到的只有殷果。

"第一次在比利时打比赛，在休息室给你妹打电话，"他一粒粒扣上纽扣，一直到衬衫上头的一粒，也牢牢系好，"没说我在哪儿，就和她说——小果，我可能还是想打比赛。"

他还给她说，多年没进赛场，也许并没有想象的那么简单，世界在变，赛场在变，对手也在变，所有都是未知数。也许，他在走一步烂棋。

去杜克读博的话很稳妥。他本科关系最好的师兄在宾法读了博士，在杜克是副教授，一直在等他过去。两人实力相当，所以按部就班，让他按师兄的路走，不是什么大问题。

重返赛场却变数无穷。

"她挺高兴的，我就说万一没打好，未来也麻烦。你猜她说什么？"

"什么？"

"她说，没关系你去吧，当初你追我的时候是穷学生，我也还什么都不是。我们一起再差，也不会比当初更差。"

她还对他说，她去年世界协会积分第三，再差，他也是世界第三的男朋友。当初在暴雪满城无家可归的小朋友，已经提着球杆打下了半壁江山，并严肃地告诉他，她殷果是林亦扬的那一条人生退路。往前走，你身后有人，林亦扬。

孟晓东听得眼里有笑："我妹是个宝贝，找到她，是你的福气。"

林亦扬一笑："走了。"他的五官在这一身严谨的衬衫西裤衬托下，稍稍让气质沉静了一点，但显然，眼眸里的态度还是他的。

两人离开休息室，肩并肩步入通道内，在工作人员的带领下，进入了赛场。

斯诺克的赛场要求严格，要求绝对安静，在不少公开赛上第一个要求就是入场观众要关闭手机。安静中，掌声都是克制的，选手不论起身，击球，再落座，或是独自坐在椅子上思考，都和"静"这个字相关。

在静悄悄的体育馆里，上座率高达九成多。

在本国的这一站公开赛，观众对国内选手自然了解更多，不管是孟晓东，还是突然复出的林亦扬都是今天极高上座率的缘由。

裁判员身着修身的黑色西装、戴着白色手套，面容严肃地到两人面前，握手示意。

一分钟后，林亦扬顺利拿到发球权。

他提着自己的那根黑色球杆，慢慢走到了球台旁，绿色的绒布面，不一样的体育馆，却是同样的一片土地。这是他复出后，历经了十几站比赛后，头次站在祖国的赛场上。

"你老师来了，"孟晓东用仅有他能听到的声音说，"看北边。"

他心头一震，回头望去。

赛场是全场的灯光所在，他却从光芒处望向观众席，眼里只有一位老人家。一别十三年，师徒两人的第一次相见竟是在这里，在这个赛场上。

林亦扬看不清老师的面容神色，因为太远，因为眼中有泪，因为……

紧握住球杆的男人，在直播镜头里如同雕塑一般站立着，最后沉默着、深深地鞠了一躬。对着那个看不清的角落。

这一个鞠躬长达十秒。

当林亦扬再次抬头，直接探身去拿了一个巧粉，看上去着急比赛，其实是为了避开直播镜头，想让泪水在低头的一霎消失。

* * *

殷果在休息室里，看着屏幕里的男人站直身子，看到他眼睛还红着。有些东西藏不住，也压不下去，尤其是泪水，谁都没办法完全控制自己的情绪。

"林亦扬这位选手，是贺文丰的关门弟子，可惜早退出了师门，"解说的声音在休息室里回荡着，"看来，终是恩师难忘。"

"这个选手的个人经历很有意思。过去一年在美国打九球，大家都猜他要换国籍，没想到中国公开赛为止，始终是中国国籍。"

两个赛事解说在聊着。

现在是休息时间，训练基地的工作人员和选手，还有陪练们都在看这场比赛。林亦扬从一开始到今天，始终都是一个有争议的选手。

包括他刚那一鞠躬，也有男选手给了不好的评价："江杨和孟晓东的地位要不保了，这位，有技术也有心机。这一鞠躬，拿了不少好感分。"

另一个男选手接话："这位就是吸金大师，在美国本土的九球赛也狂扫奖金。"

"人家是为了奖金，那边本土各种小比赛，奖金真是不少，"瘦脸男人说，"出来输球也没奖金，白白出机票酒店钱，会亏本。"

"九球的重心本来就在亚洲，这边才是高手如云。他要想打，也排不上号。"

这两个都是今年出来的新人，瘦脸的在杭州比赛上第一次露面就夺了冠，风头正盛。

殷果回头看了眼。

林霖正好环抱着双臂，穿着教练服，也听到了这一段对话。她眼皮子翻都没翻一下，论狂妄，谁都比不过东新城的一群人。她是在想，等心情好了拎过两个小子打一场对抗赛，让他们知道什么叫人外有人。

"好了各位，下午对抗赛要开始了，还是男女一组对抗。"林霖说。

在座的人先后离开座椅，殷果最后看了眼屏幕里的男人，穿着衬衫的他，想到在去年的公寓里，他一边系着衬衫纽扣，一边问她：还能看吗？

……

她不会看不出，林亦扬穿衬衫的姿态，系纽扣的手势，全都在向她展示着他过去在赛场后台里，无数次刻在骨血里的记忆。

殷果和林霖并肩走向训练室，忽然问："今天可以自己找对手，对吧？"

林霖眼里有笑，像在问：想找谁？

殷果看向那个杭州冠军。

林霖比了个 OK 的手势："正好，他也想找个实力相当的。"

殷果挑的这个对手，正是意气风发，锋芒毕露时，一出道就入选国家队；而殷果又是去年世锦赛的亚军，也是国家队的重点培养对象。

新人王对新人王，不比此刻奥林匹克中心的斯诺克比赛观赏性差。

更何况斯诺克打球要布局，明星选手全是一群工于心计的老男人，看比赛需要的是耐心。而九球快进快打，选手更有个人风格，杆杆自带杀气。

厮杀起来，九球要爽气得多。

一局快，厮杀猛烈，各种花式打法让人眼花缭乱。

殷果拿出了真本事，这一管鸡血下去，和男同胞们对战的小姐妹都来了瘾，从走位到出杆，没一个女孩手下留情。

她更是发挥出色。

一颗颗彩球落袋，毫无悬念，毫无偏差。

林霖和几个陪练在旁边喝着绿茶，时不时来一声喝彩，看得极其过瘾。

一共十二桌对抗，女选手胜率奇高。

殷果这一桌因为势均力敌，打得险象环生，火药味极浓。到最后林霖在白板上写了最终战局 11:8。赢了比赛的殷果两手撑在球台边沿，鬓角的碎发全被汗水打湿了，眼睫毛上也都是汗水，一眨眼就模糊了视线。

"厉害。"对面的男人不得不服。

她缓了口气，向对手说："去年，我在纽约和林亦扬打过，是我输了。他在这上边的成绩绝不是用嘴说出来的，如果不服他，用这个。"

她攥紧右手的球杆，最后说："在赛场上，我们只用这个说话。"

* * *

奥林匹克中心体育馆里，静得没一点多余杂音。

孟晓东坐在赛场旁，在看着这个老对手。

他在比赛的前半程，以 3:1 占据了绝对优势，可在之后，林亦扬奋起直追，连拿四局，杆杆破百，将比分扭转到了 3:5。

也许是一开始老师在场，也许是对这里充满了不一样的感情。林亦扬一开始走位很小心，到第六局开始，已经越来越随心所欲。

球台上剩的红球不多了。

林亦扬没有急于击球，他好像很想在这一局破纪录。他走到一旁的桌子前，拿了玻璃杯，那里有加了冰的绿茶。他喝着茶，顺便静静地看着球台上的局面。

很快，他回来了。

在做了一个俯身的姿势后，发现这样不妥，又再次站直了身子，嘴角一直抿着，在自己的世界里思考着，在计算如何能到达 147 分的满分杆。

"我们看到林亦扬拿起了手架，好像不太顺手，"解说在评论着，"他这个角度，是想要自杀吗？"解说笑了，笑中有一丝期待，也有紧张。

林亦扬试图击球的角度，稍有不慎，就会让白球落袋，这种冒险，孟晓东这种人是绝对不会做的。这也是两人之间的差别。

"他放弃了手架。"

突然林亦扬看似毫无准备地一杆击出,黑球落袋,白球在撞上袋口边缘后,弹了出来。

满场有惊讶的一声感叹,和一阵整齐的、短促的掌声。

这次他没有停顿,用巧粉抹了下杆头,绕到球台对面又是一击,刚被裁判摆好的黑球再次落袋,紧跟着又是一个红球。

他在不停击落红球,也在不停击落最高分值的黑球。

"好球啊!"竟然一次次,都能给自己创造击落黑球的机会。

场上掌声突然热烈,但仍旧保持着短促的时间,很快恢复安静,留给选手空间。

林亦扬俯身,左手架起后,凝视着白球和黑球,观察了一秒后,再次站直。

他在想着如何走位。

几秒的思考后,突然俯身击出了一杆,击落黑球,白球绕着球台碰撞了半圈后,竟然安稳地回到了一个漂亮的位置,仍旧是完美的击球角度。

最后一颗红球砰然落袋。

球台上只剩下了全部彩球,他只需要按照顺序,一个个收袋,这一局比赛,和这一场小组赛就会平稳拿下。

在掌声里,林亦扬越发放松了。

一颗颗彩球落袋。

当球台上仅剩下一颗白球和一颗黑球时,掌声来得猝不及防。

这掌声不只是在恭喜他拿下了这一局的比赛,更是在恭喜他在最后这一局,即将拿到属于他职业生涯的第二个147分满杆。

孟晓东率先站起身,对他伸出了右手:"恭喜。"

裁判员也微笑着,和林亦扬握手,轻声说了句:"恭喜。"

所有人都知道,以林亦扬的水平,最后一个黑球肯定会顺利入袋,最后的分也会成功拿到。所以在最后一颗黑球未入袋前,从观众到对手,包括裁判都选择了提前为他庆祝。

刚回到赛场一年多,就打出了第二个满杆,他的前途将会是万丈荣光,毋庸置疑。

而且是公开赛正赛第一天,在自己国土上,由自己本土球员打出满杆记录,这荣耀不只是林亦扬的,也属于中国军团的荣耀!

从 1982 年第一次出现满杆，到今天，整个斯诺克历史上的 147 分满杆只有一百多次。

每一次的满杆，都会被国际台联记录在案。

每一次。

林亦扬最后轻拍了拍孟晓东的后背，是在告诉他：老伙计，不好意思，我先赢了。

孟晓东对他微微而笑，绅士地退后两步，把球台还给他。

他拿起巧粉抹着杆头，俯下身，不用特地瞄准就已经出杆，从小到大每一天数小时的练习里，这个角度，这个力度的球他恐怕打出过几十万次。

绝不会有误差。

黑球以飞快的速度撞入底袋，毫无悬念，毫无偏差。

喝彩声乍起，满场爆出掌声。

全体观众以掌声在对林亦扬致谢，感谢他和孟晓东一起带来的这场精彩比赛。作为球迷，能观赏一次精彩的比赛，见证一次满杆的诞生，是何等幸运。

林亦扬在灯光汇聚处，在掌声如潮里，看了一眼老师的位子，已经空了。估计着老人年岁大了，经不起久坐，已经走了。他对观众挥了挥手，点头示意后，提着球杆走入通往后台休息室的甬道，在甬道两旁有吴魏、江杨和范文匆在等他。

江杨直接给了这个小师弟一个拥抱，重重拍他的后背说："老师说，打得不错。"

"他在后台等你。"江杨松开他，又说。

两人对视着，在赛场上无惧厮杀的男人，看向甬道的出口……

"怎么？不敢出去？"江杨问，"怕了？"

是怕了。

能让他怕的人，这世上也没几个。

因敬而惧，这一份敬畏没有随着年岁渐长而消退，反而在岁月洗礼后越发清晰，像一个真实存在的巨石，压在心上，不敢妄动。

他把领结取了，慢慢地放入西裤裤袋里，在几个兄弟在背后助推的动作里，握紧球杆，迈开了脚步。

终有一见，他在异乡无数次问过自己，如果回到国内，老人家已经过世了，要怎么办？林亦扬，你还在等什么？为什么一定要等到有实力回到祖国赛场，有实力夺冠时再回来。

难道你不怕吗？

八十多岁的老人，随时可能会走，真的不怕吗？

视野渐渐开阔。

后台的工作人员和休息的选手都在各自的世界里，或是忙碌，或是试图静心，在赛场找到最佳心态……

而那个老人家坐在中国休息室外的一个临时搬出来的黑色皮质折叠椅里，身边是两个家人。他们都见过林亦扬，认识他，一看到他出现就开心地弯腰对老人耳语。

在老师的目光注视下，他挪动着双腿，到这把椅子前。

曾背脊挺直的老师，已经完全直不起腰，是真累了，看一场斯诺克比赛耗尽了他的力气。那双眼睛在老花眼镜后，有着"终于一见"的喜悦和释然。

林亦扬努力着，想叫一句老师，却仿佛失了声音。手背上有粗糙掌心摩挲过，被握紧了，是老师先握住了他的手，没有提球杆的左手。

这一握，仿若当年，他第一次作为贺文丰弟子加入东新城的那天。

室内照明的灯光很暗，只有一个个球台上的灯光最亮，办公室虚掩的门里都是赛事录像的解说声。到今天为止，连球房里的气味，还有拖把在水泥地上留下的水渍，都刻在他脑海。

其实早知道是错了。

错在太倔，错在退出东新城，错在当初连一句错都不肯认。他最大的错就是宁肯舍弃恩师和兄弟，宁可舍弃好不容易有的"家"和成绩，也不愿低头。

傲慢固执的少年，认为离开是最潇洒的选择，是最有骨气的转身，甚至认为所有人都是在故意刁难，故意打压，故意让自己难堪……却忘了一开始明明是自己的错，不论错在何处，不论错大错小，是错就该认、该低头。

"小六啊，"贺文丰握着他的手，哽咽着，半晌还是重复着，"小六……"
大家都以为贺老会点评刚刚那场满杆局。
贺老却用手背抹了抹眼角，感慨着说："长高了，过去手都没这么大……"
老师握不住了，握不住你的手了。

林亦扬蹲下身子，把球杆搁在地板上，两手反握住老人的手，那已经皮包着骨和关节、满布皱纹、血管突出的手。

他眼睛里全是泪水，望着自己的老师："外边天阴着，万一下雨，您这么大岁数不方便，"话很平常，可哽在喉咙口，想说完很不容易，"以后……有直播比赛，我提前给您电话，在家看。"

时隔五天，林亦扬再次拿下一个147杆满分。

他职业生涯第三次满杆，在同一场公开赛上。简短的间隔，点燃了球迷的热血，包括不关注斯诺克的人，也刷出了一个又一个有关于林亦扬的话题。

第一年回归本土赛场，就用惊人的成绩在刷新着记录。

孟晓东和江杨也是一路高歌猛进，带领新人在这一届的中国公开赛上，拿出了本土选手的最好成绩，在主场上为中国观众献出了一个又一个的精彩时刻。

最终孟晓东和江杨止步于四强，林亦扬进入总决赛。

殷果本以为自己能赶上总决赛，可是九球协会临时决定，把集训时间延长。也就是说，这一次林亦扬回到祖国赛场的第一次公开赛，她全程错过了。

决赛那天，集训结束。

殷果没时间回家，世锦赛的动员大会开完，就要飞去美国公开赛。

她坐在第一排，正对着体育局的领导们，其中一个还是自己亲妈，真是一点多余的动作都不敢有，也看不到时间……

心一直悬着，高悬着。

领导讲话完毕，全体起立鼓掌，殷果马上起立，鼓得比谁都起劲，在场任何一个人都没有她更盼着这场动员大会结束。

"好了，大家解散吧，都去休息休息，"面容慈祥的协会会长告诉大家，"下午不少人要去机场了，就不多说了。"

众人原地解散。

殷果看妈妈也没空理会自己，拨开人群就往外快步走，一出门，直接沿着楼梯跑上去一层，边跑边掏出手机。

根本不用刷网页，微信直接爆了。

所有人都在给她发消息，包括郑艺和表弟孟晓天，她竟然一个都不敢点开看。

二楼的窗户是敞开的，风吹在她脸上，也无法消散面颊的热度。

突然，一条新消息跳出。

Lin：不恭喜我？

心脏猛地收缩着。

她捂着嘴，喜悦的眼泪冲出眼眶，一秒都没有，就全冲出来，流到指缝里。他夺冠了，林亦扬夺冠了，他拿下了中国公开赛的冠军！

殷果怕被一楼路过的领导看到、听到，躲在墙边上，右肩压在墙壁上，想控制自己的感情。在楼下领导们说笑着走向大门外的一刻，林亦扬再次发来了微信。

Lin：想你了。

她握着手机，哭成了一个傻子。在夺冠后，在举起奖杯之后，他在说想她。

这比任何一句煽情的话都动人。

这个大傻子从来都不懂如何煽情，从来都是用最朴素的，真心实意的平常话、平常事让你知道，他有多在乎你。

*　*　*

体育馆内，观众已经散场。

拿了冠军奖杯的男人坐在北面第一排，奖杯在身旁的一个座椅上，西装马甲也脱了，在奖杯旁。他两只手臂搭在一左一右的椅背高处，靠在那儿，放松地看着空无一人的赛场。

绿色的球台，在赛场正当中。

"干什么自己坐着？"江杨在身后问。

"累。"他多一个字都懒得说。

"没和女朋友打个电话？"身后人又问。

林亦扬右手握着手机，也在等殷果的回音："下午她们动员大会，世锦赛的。"

话音未落，微信提示音响起，连着无数条。

无数的"爱心"表情在刷屏。

林里的果：我没想到，你真能拿下这一站冠军……

林里的果：你是最棒的。

林里的果：真的和做梦一样。

林里的果：哭傻了，让我缓缓……

又是一堆"爱心"表情，发个不停。

林亦扬看着手机屏幕的刷屏，在笑着，想象她一边哭一边发这个的样子。

身后有笑声，还不止一个人的。

他回头一瞅，东新城的全在，从大到小，从这一辈到下一辈都在，原本都是轻手轻脚站着，一星半点动静都没。这一被林亦扬发现，全都笑了，纷纷叫着"六叔""六哥"……

一时间，北面看台热闹了。

林亦扬好笑地瞅着他们，起身，指了指奖杯，对江杨说："帮我拿回去。"

说完，就手撑着栏杆，从看台跳了下去，双脚落到地板上，头也不回地走了。

当年他第一次拿下全国总冠军是十三岁，也是用这种方式来庆祝的。翻下看台，脱掉西装马甲，穿着廉价布料的衬衫和不合身的西裤，从赢了的赛场当中穿过。

江杨两手撑在栏杆上，望着他的背影。

过去的少年，脚步快，现在的男人也走得快，但前者更意气风发，后者更沉稳有力。

* * *

俱乐部的教练给大家办理完登记手续，出关后众人就原地解散了。

全跑去免税店采购。

殷果在登机口附近的一排座椅的角落里，最里边那个休息。

微信里，郑艺发来一条消息。

郑艺：你男人牛了，刷屏了。

郑艺还是圈外人，她的朋友圈才是刷了屏。

殷果喝着饮料，在想他人到哪儿了。

仿佛是心灵感应，没多会儿肩上就有男人的手按下来："等着急了？"

听到林亦扬这句话，她悬着的心终于安稳了。

她看看四周围，尤其是免税店，在看队友们在哪儿。

"你过来，先绕过来。"她拉他的手腕。

林亦扬被她拉着，从后一排绕到了前面。上午在赛场的正装没换，穿着西裤黑皮鞋和白衬衫直接过来了，只是衬衫领口解开，袖子挽高了点，中和中和过于严肃的着装。

他坐到她身旁，没等坐稳，手心里被殷果塞了一个黑口罩："先把这个戴上。"

林亦扬匪夷所思地看手里的东西："干什么？"

"快点戴，"她小声催，"这趟飞机好多同行。"

他今天风头正盛，是刚夺下中国公开赛的冠军的明星球员，网上正在被刷屏。

这个登机口一会儿就会有很多飞往美国参加九球公开赛的同人，去年报名的不多，今年很多，还有很多新人，很多人没在去年休息室里见过他。虽然北城俱乐部的一些人会私下里流传林亦扬是小师妹的人，但这么明目张胆作为家属随行，还是太扎眼了。

林亦扬将那个口罩在手里翻来覆去看了半天，无奈一笑，还是选择戴上了，挡住了下半张脸，纯粹是掩耳盗铃。遮住了下半张脸，他拿眼瞅着她。

两个人一整个月没见过了，难免想要多看对方几眼，只露出双眼更像是暗地的眉目传情。

"我妈今天和我说，贺老给她打了几个电话叙旧，全在说你。"她低声说。

"老师听江杨说起你和我的关系，是挺高兴的，"他说，"让我有空一定带你去家里。"

他话音被口罩挡着，低了几度。

"去你老师家？"她惊讶。

"对，"他不觉有什么，"也去不了外面，年纪大了，走动不方便。"

"不是，我不是想去外边，"她解释自己的惊讶，"从十岁打球开始，就听身边人说你老师，没想到真能见到。"

他不置可否："你是他嫡系徒弟的女朋友，去见应该应分。"

虽这么说，但还是玄妙。

她实话实说："认识你之前，我以为贺老的徒弟都是大叔大伯，最小的江杨也比我哥大六岁。没想到过还有你一个漏网之鱼。"

林亦扬点头，摸着她的脑袋说："我辈分一直高，不过你叫哥就行，不用叫叔。"

殷果窘得笑，拍开他的手，嘟囔了句："大尾巴狼。"

两人没说几句，大部队已经回来。

林亦扬自觉自发地两手插着西裤裤袋，自然而然像个陌生人一样从她身边的位子起身，到落地玻璃前看着停机坪。

看这个背影和脸部轮廓，还有那一身标志性的衬衫西裤，外行认不出，业内一眼就辨出了真身。殷果的师姐和她开玩笑："家属随队？"

"嗯，"她也没法不承认，"他比赛完……也没正经事，正好回纽约看看老朋友。"

师姐给她竖了个大拇指："可以。"

一夺冠庆功宴都没参加，带着行李直奔机场陪女友打比赛，真可以。

另一个师姐也很赞赏这种自觉的家属："你俩认识时候，算是女强男弱吧？小果，你怎么看上他的？一眼就看出潜力股了？"

谁知道，估计真是……看脸？

这边在探讨林亦扬和殷果的感情开端，那边，东新城的一群人过去，按规矩在和林亦扬打招呼，在此起彼伏的又是"六哥"和"六叔"中，林亦扬答应了两声，越发觉得脸上的黑口罩纯属多余，直接给摘了。

他和陈安安交代着，下回不用让大家都来招呼。

陈安安把这话琢磨半分钟，认真地说："那不可能。东新城讲究尊师重道，前辈为先。"

林亦扬了解面前这个轴孩子，不和他辩论了，指登机口："你们先上，我再等等。"

"不一起？"陈安安眼神里，有一丝怀疑。

"你嫂子脸皮薄，怕被人看，"他说，"我最后再上。"

上了飞机，殷果在公务舱左侧，和三个师姐一起。陈安安和一个东新城的女孩子在右侧。女孩本是挨着殷果的，主动和林亦扬换了位子。

东新城和北城都是球社统一出经济舱的票，余下想升舱的人自己补差价。但是因为公务舱座位有限，通常有个不成文的规矩，主力选手和前辈优先公务舱，小辈们通常也不想上来凑热闹，在后边扎堆更自在随便。

两人之间隔着个挡板，一探头就能看到彼此。

原想在起飞前和林亦扬说两句悄悄话，可空姐显然认出了他，在起飞前趁着点餐的空当，像个粉丝似的和他笑着在聊。

殷果一心虚，就缩回了脑袋，继续玩手机。

等真正起飞后，她去洗手间，遇到点餐的空姐在和同事聊天："林亦扬在前面，本人真帅，绝不是修图出来的。"

负责后面旅客的空姐好奇地问："本人好说话吗？能合照吗？"

"签名应该没问题。合照悬，刚我问过，他摇头说了句'抱歉'，估计不想合照。"

殷果默默听着。

等两个空姐先后离开，她透过半敞开的布帘去找话题中的男人，而对方也发现她离开了好一会儿，在找她。他看到殷果在后边，径自离开座椅，穿过走道。

"看什么呢？"他掀开帘子，问她。

"在听空姐聊你，"她假装要签名，手背伸到他眼下，"听说你不喜欢合照？签个名吧。"

林亦扬看她演得挺起劲，笑了，挨近她的脸："再闹就亲你了。"

突然，浅蓝色的布帘被掀开，一辆银色的餐车出现。

推着餐车的空姐眼里有着八卦之光，可还是保持职业微笑，看着两人一左一右地让开。殷果掉头走了，等回到座位上，发现自己根本没进过洗手间……刚在外头都白等了。

也不知道在心虚什么。

晚餐后，很快进入夜航模式。

大部分旅客都睡了，空姐也不再走动了。

林亦扬戴着耳机在看电影，殷果看了会儿，犯困，也选择先睡一觉。这次行程很紧，到了就比赛，时差需要强习习惯，所以能多睡就多睡。

半梦半醒中，棉被在被人扯动。

她反射性地掀高眼罩，幽蓝色的机舱灯光里，林亦扬在她的位子旁，在弯腰给她盖被子。殷果看着他俯下身，和他目光交汇着："你不睡？"

顺便摘了一侧的耳塞，好能听他说话。

林亦扬的五官在如此暗的灯光里，不是很真实，离近了几分，在她耳边轻声道："以为你睡了。"温热落到她的耳垂上。

海拔万米的高空，脚下是空的，四周也是空的，只有机舱内的数百名乘客和他们共同前往同一目的地。

前后都是挡板，就算有醒着的人也只能看到他们在交流，而不是接吻。

林亦扬的呼吸在她耳下，脖子上，最后找殷果的嘴唇。像第一次在纽约公寓，两人在黑暗里彼此吸引，彼此摸索着去亲热，做着最诚实的身体交流。

没一会儿他停下，盯着她看，彼此的呼吸交融着。

"今天的比赛也是给你的，"他压着声说，"小 queen。"

两次 147 满杆，一个中国公开赛的冠军，除了感谢恩师，就是想送给你。回报某个傻姑娘在纽约的赛场上，带着满场目光对着一个穷教练跑过去，毫不在意直播镜头，主动拉住了那个无名之辈的手，不管未来如何，只想把自己最好的东西，最荣耀的时刻分享给他。

转眼一年，那个穷教练始终记得，从未忘记。

从未忘记。

林亦扬落地纽约，接了数十个电话邀访。

当殷果听到这些电话邀请，才深刻体会到了一个事实——就算脱离斯诺克，去年收缴大小近十个九球奖项的林亦扬在这里也早成了一个不折不扣风云人物。

可惜所有采访都被他拒了，一律答复是私人行程。

林亦扬带她和陈安安回到原来的住所。

公寓里什么都没变，大家的房间都还在，原封未动，殷果的也是。

这一年林亦扬和孟晓天混得很熟，以至于孟晓天见到棕褐色的公寓门打开，林亦扬和殷果同时踏入公寓的一刻，第一句先叫"姐夫"，殷果这个正宗的姐姐倒被晾在了一旁。

当然下一句就是："姐夫，有个论文你帮我改改，我马上要走。"

"去哪儿？"殷果看他拖着一个行李箱，一看就是要远途。

"回国，我哥召唤。"

于是姐弟俩仅见面五分钟，就互相道了别。

……

林亦扬翻找着冰箱和柜子里能吃的东西，大略盘算着要去超市补什么。殷果坐在吧台后，撑着下巴看他，两人经常飞长途，早习惯了，倒也不累。

唯独陈安安累得半死。他这两年临近退役，比赛少，飞长途更少，被时差折磨得眼都睁不开了，洗澡也顾不上，直接去了林亦扬的房间，锁门就睡。

结果到公寓十分钟后，客厅里，就只剩了他和自己。

殷果看了眼林亦扬房间的门，轻声问："你让他睡你房间，不是明着告诉他……你是和我睡的吗？"

林亦扬关上冰箱门，倒是奇怪了："不和你睡，和谁睡？"

事实是一回事，可她和陈安安不熟，集训近一个月，两人交流的话绝不超过十句。猛在一个屋檐下，明目张胆当着陈安安的面和他住一间房——

"怪怪的。"想想就不自在。

在林亦扬看来，殷果已经算自己未过门的老婆了，体会不到殷果话里的"怪"。

"我先去洗澡，你再坐会儿。"

他在思考的是要去收拾浴室的问题。孟晓天自己在这里住了一个月，想来也不会太干净，他要先弄干净了，才能给她用。

林亦扬从吧台后绕出来，到沙发前打开旅行箱，翻找出要换的牛仔裤和T恤，顺手把一摞半袖都放到了箱子另一侧。

殷果跟着他，蹲在那儿翻着看他带来的衣服，全是旧的、见过的。

这个男人买起车烧包得要命，在穿着打扮上又节俭得要命。全身上下带牌子衣服除了比赛必需的正装，仍旧是殷果送他的那一件，只有一件。真是彻头彻尾的大直男。

"你那件半袖，我拿走那件，"她想到这里，问他，"当初你为什么要买？"

当初那么穷，突然买这个很奇怪。

"不是买的，"林亦扬解开白衬衫，丢到装脏衣服的红塑料桶里，"是球房里一个小孩拿了区域冠军，用奖金买的。算学生给老师的礼物。"

照林亦扬的脾气肯定不会收，但小孩是加拿大人，后来就回国了，也算是一个纪念品。

难怪。

他还要脱西裤，腰带都解了。

"你进去脱，去洗手间脱。"

林亦扬再次被自己女朋友的"无理要求"逗笑，又不是没看过？

看是看过。

还是那个道理，万一陈安安忽然出来，见到林亦扬脱得光溜溜的穿个纯棉四角裤和自己在客厅里说话……也不像话。

等林亦扬进了洗手间，传出淋浴声，殷果还在想——原来男人真是不管多英俊潇洒帅气，只要变成"自家的"，都是恨不得在屋里每天就脱得精光晃来晃去，完全不顾形象。

浴室水声里，她趴在吧台上，刷着手里的微博和朋友圈。

竟然还能有林亦扬今天在机场的照片……

有路人从机场二楼拍的，也有一楼。楼上拍摄角度里，林亦扬背对镜头在看停机坪，仅能看到白衬衫黑西裤、黑皮鞋的一个远景。一楼大概是从西南角拍的，有他的侧脸，他鼻梁高，撑高了黑口罩的上半部分，露在外的双眼因为低垂着看手机，也辨不出喜怒。

她觉得拍得很有意境，顺手存到了相册里。

朋友圈里，也有人转发了赛后记者会，评论是：这哥们儿很可以，女朋友有福了。

殷果心里一突突，点开来看。

视频里环境嘈杂，许多的背景音，记者们都在低声交流着，不是官方的拍摄，所以画面在抖，背景音是拍视频的人在投诉："别撞我，画面都拍抖了。林亦扬来了！"

闪光灯的灯光瞬息连成一片。

林亦扬和协会会长在主持人的引领下，走到红色采访长桌后，一起落座。

他左侧空着的位子应该属于教练，是空着的，右侧是台球协会的领导。

他坐下，下意识一个动作就是解袖口的纽扣，不过似乎应该想到了什么，把这个动作不动声色地化解了，低低地咳嗽了声，坐直，开始接受采访。

殷果留意到这个小插曲，看得直笑。

记者的问题都很犀利，他回答都很简洁。

"你有十几年的空窗期，不熟悉赛场，也不熟悉对手，有没有过力不从心的时候？"

"没有。"

"你今年已经二十八岁，才刚起步，对自己的年纪有没有顾虑？"

还是那句："没有。"

……

最后，有人直揭过去——

"听说你当初因为被禁赛才心灰意冷退役，这是不是真的？曾有的假球传闻，今天会澄清吗？为什么要在退役这么久后，选择再次回归？是为了反击过去的谣言？还是不甘心在那样的传闻里退役？"

在数秒安静后，林亦扬难得说了一段比较长的话："过去的事，每个人都有自己的猜想，就算今天在这里澄清一百次，你们也不会完全相信，也许会认为是公关粉饰后的完美答案。我没法说服每个人相信我，在场各位也做不到。把过去的事放在过去，真假不重要。"

林亦扬接着道："运动员这条路很辛苦，如果为了'反击'和'不甘心'，坚持不了多久。消极情绪无法支撑一个人扛过全部苦难，只有热爱，才能让人咽下所有的苦，走到最后。"

"今天我回来只有一个原因——属于林亦扬的路还没走完，"他顿了一顿，最后说，"这条路是我的，也必须由我自己来走。"

殷果听得心潮澎湃，视频里的掌声也很大。

主持人在如此氛围里，适时地做了收尾："感谢现场的记者朋友们，也感谢林亦扬今天的精彩比赛，还有赛后采访——"

一个记者突然抢断了主持人的话："这里还有最后一个问题。"

话筒递过去。

"作为一个明星选手，不只要管理自己的公众形象，感情问题也会被曝光在大众面前，这已给很多体育明星造成了困扰。"

记者在笑，大家也在笑，这是要问八卦了。

笑声落下，记者切入正题："在你回国前，江杨和孟晓东算这一行最受欢迎的国内选手，他们两个至今没有女朋友，也因此总在网上被人讨论。不知道你有没有心理准备，将会在这次回归后，和他们一样成为这行最具价值的黄金单身汉？或者说，你有没有压力，把自己未来的感情放在大众面前？"

林亦扬两只手肘撑在红色桌面上，十指交叉叠在那儿，认真在听。等记者问完，他半开玩笑地说："江杨和孟晓东有没有女朋友……我不清楚。"

在场人都知道他们仨是少年相识，说"不清楚"的意思，难道是有地下恋情？

瞬间，三四个记者同时发问——

"听说江杨离婚过，是真的吗？"

"孟晓东隐婚的传闻是真的吗？"

"有人拍到孟晓东这一年在海外训练，是有妻子和女儿跟随的，这是真的吗？"

林亦扬笑着摆摆手，意思是纯属玩笑，不揭这两位的底牌了。

他把问题拉回到自己的身上，一点没有余地地给了真实答案："但有一点很肯定，我不是单身。"

又是一个爆炸信息。

瞬息，所有记者都开始发问，这下全都听不清了，全在问，吵得声音都爆了。

视频倏然停住，竟然放完了。

殷果心剧烈跳动着，想拉回去，再重复最后一分钟。

"看得挺高兴？"视频里的男人在她脸旁问。

她心又是一跳，偏头回看，在心神最飘忽的一刻，被他吻住。手机被抽走了，他还在亲着自己的长发……

"等我先洗澡。"她忽然躲开。十几个小时飞机，臭死了。

林亦扬倒无所谓，反正他洗完了，从来都不会嫌弃她怎么样。怎么都是香的。

殷果想想不行，觉得自己身上难闻，都是飞机座椅和机舱的气味。好说歹说把他支开，拿上干净衣裳进了洗手间。

收拾得很干净，能看出浴室地面上的瓷砖全擦干净了。

只有镜子上的水雾还在，未散尽。

低头看看水池，还有他的刮胡刀和刀片，都仿佛回到过去。殷果用手指在上面划了两下，看着镜子里的自己，幸好是直发了，不是去年的鬈发，要不然真以为时光倒流。

她快速洗完澡，回到自己的房间。

陈设也都没挪动过。

床单被罩被林亦扬刚换了干净的，他坐在窗边的小沙发里，抱着笔记本电脑在校改孟晓天的一篇英文论文。

殷果想吹头发，怕吵到陈安安睡觉，于是作罢。

"休息一会儿，一来就帮他改东西。"

他笑："不是在等你吗？"

女孩子的手指在他眼前晃。

　

林亦扬终于抬头，看到她半蹲在自己跟前，笔记本上半部分挡住了一些，但和没挡也没差别。她只穿着一件男士的短袖上衣，是他的那件，腿全露着，白色T恤本就是会透出一些内衣的颜色，不过她……没穿。她的身体弧度他很熟悉了。

林亦扬因为论文被打散的生理需求，成功被眼前的景象重新挑起。

"想干什么？"他低声问。

"睡觉，"明知故问，"我困了。"

他笑。

把电脑扣上，丢在沙发里。

多一句废话没有，两手抄起自己短袖下摆，直接脱掉。光着上身把她抱住，两人隔着薄薄的一层纯棉布料，体温渗透着，都在升高。

他的牛仔裤拉链划过她腰上的皮肤，皮带扣冰凉的，熨在她身上。

"等着。"他用掌心在回应她的热情，亲着她，压着声音说。是在说要等等，防护措施还在箱子里，这间房没有。

殷果的舌尖主动深入，在吻他的，压根儿不给他出去的时间。

她的手还在牛仔裤上摸来摸去的，毫无顾忌……林亦扬被她弄得哭笑不得，一边亲她，一边把她按到床上，两手拉到上头："怎么回事今天？"

说完，又哑着声音道："听话。"

"没事……"她用微乎其微的声音说，从他回国自己就在按时用第二重措施，是想当双重保险，避免出什么岔子。

所以哪怕不用箱子里的东西，也有一层保护在。

　

林亦扬的呼吸越来越重，不再说什么，低头亲她。

黑亮的眼睛一直锁在她的身上、脸上，窗外的光线从两人头顶上方罩下来，他的五官逆着光，短发也镀着白色的光。

　

心跳得比第一次还要快，好像这更像是初夜，她给他完全信任。

或者说是一种仪式，两人的身体完全毫无阻碍地接受对方。对于男人来说，能和自己喜欢的女孩第一次这么做，其意义的重大只有爱过的人才会懂。

……

一切来势汹涌。这里也安静了。

男人粗糙的指腹还在她脸上摩挲，呼吸还是重且不稳。殷果的心在这无声的厮磨里缓慢跳动着，感觉他贴上自己的脸，也依恋地挨着他的，轻轻蹭了蹭，又亲了亲。

当他准备抽身离开，她忽然抱紧了，想让他多留一会儿。

林亦扬像是懂了，笑了起来。

他的手指指背揉搓着她的耳后，低声说："我牛仔裤都没脱，再不收拾裤子也要洗了。"

这回只能手洗了，扔洗衣房不太像话。

她摇摇头，头发在他胳膊上散着，也在床单上。男人没动，抱住她放松休息，也不再想着走了。不离开也行，反正看陈安安那尿样会睡到晚上。

他们还有大把时间在这里消磨，收拾也没用。

天全黑了。

窗开着一条小小的缝隙，因为夜风的吸力，窗帘贴到了墙壁上，透过布料能辨出窗户的轮廓。还有月光，或是路灯的光，穿过那一层布照进来。

她枕在他的胳膊上，仰头看他，看到他的下巴的弧度，还有喉结。忽然想到洗手间的那盒刀片，想到锋利的、薄如纸的银色刀锋刮过去的轨迹，想到他胡子拉碴的颓废样，想到他生日那天，自己偷跑到华盛顿。

他也是这样，完全像个没人管、没人牵挂的单身汉。

那天她等在球房里，大家都在围着她叙旧。

虽只见过一回，可对于这个"嫂子"，全都是热情的。

电梯门打开，她看到他走出电梯，完全是不修边幅、忙碌了半个月没刮过胡子的模样。他一露面，大家马上起哄，让林亦扬和嫂子亲一个，要不然无法表现出心上人从天而降的喜悦……殷果被哄得不知所措。

林亦扬指了几个叫得欢的，当场浇灭他们的胡闹气焰。

他不是个特别外露的人，在满室欢笑里，两人连抱一下都没有，可她看得出来他很高兴。

那天大家也都识相，很快给他们留空间。

她趴在吧台上，看着他走入柜台，看着这个和自己不在一起，就不知道拾掇拾掇的老男人，轻声问："开心吗？"

当时的他，转过身，一边给她倒饮料，一边反问："你说呢？进电梯都差点撞上人。"

说完，又道："累不累？"

她"嗯"了声，目光舍不得离开他的脸，在想，怎么就那么讨人喜欢呢？这个男人。

"累了带你回去睡觉。"他说得很坦然。

她"哦"了声，抿嘴笑着看他。

当时的林亦扬被她盯得好笑，把饮料罐搁进冰箱，关上门。他直到把手擦干净了，才将手臂撑在吧台另一侧，望着她，低声问："不想去？"

……

殷果忽然遗憾，可惜没时间再去一趟华盛顿，真想念他的小穷球房。

她趴在他胸膛上，又想到另一件事："集训时候林霖一直很照顾我。"

林霖知道他们的关系，会怕两人经验少，过于相信外用措施，中招影响世锦赛，私下找她聊，还现身说法说自己就因此中招。当时自己一听就燃起了熊熊的八卦火焰，但一个是林亦扬发小，另一个是自己哥，也不好当面问。

"她喜欢过别人吗？除了我哥？"殷果绕着圈问，不想把这件事告诉林亦扬，毕竟属于女孩子的隐私。

"应该没有。"林亦扬说。

他看那天林霖和孟晓东之间的气氛，猜出来的。林霖那个人从小就做事绝，真忘情了，绝对是老死不相往来。

"你说……我哥这一年多不在状态，会不会和感情问题有关？"

"不会。"他了解自己这个老对手，不会这么脆弱。

孟晓东在去年只能算是震荡起伏严重，今年更是一路下滑。

已经五月了，拿到的最好成绩就是刚结束的中国公开赛四强，还是因为有林亦扬一路高歌猛进的刺激才有了这次小爆发。

"他比你还小，应该还有机会起来吧？万一真走下坡路，我怕他会受不了。"她还是担心。

这是一个沉重的话题，是每个运动员都会面对的。

林亦扬想了想，说了残忍的实话："运动员这行，不是努力就有回报，不管拿多好的成绩，未来全是英雄末路。早晚而已，受不了也要受。"

他是过来人，高峰低谷都经历过，他的话很有分量，也很残酷。

看她半天不吭声，林亦扬察觉自己过于严肃，自我检讨了半分钟，想到自己小女朋友似乎对林霖和孟晓东的过去很感兴趣，于是说："林霖过去对你哥说过，就喜欢看他板着一张比姑娘还漂亮的脸去削人，把人都削哭了，还是板着脸，笑都不笑的欠揍样。"

"你哥要心里还有她，会爬起来的。"他总结。

"你原来知道这么多他们的事儿？"殷果不得不佩服他，嘴太严了。

林亦扬笑了笑。

毕竟从小长大的，什么都看在眼里。

外面恰好有了动静。

"安妹醒了。"林亦扬岔开话题。

像在配合他，门被敲响："醒了吗？"

"刚醒。"他应着。

门外的声音又说："上回来，江杨说附近有个球房？你说说在哪儿，我该去训练了。"

"等会儿，一起去。"林亦扬回他。

陈安安都醒了，他们也不好赖在床上。

他和殷果整理好床，穿衣服时和她说："九球世锦赛一结束，安妹就退了。这里算他最后一站公开赛。"

这么快？陈安安和他年纪相上下，没到三十岁……

"一会儿出去，当不知道。"他摸摸她的头发。

她轻声回说："我又不傻。"

林亦扬这次来美国一是为陪殷果，二就是为了陈安安。

那小子是个死脑筋，不管在哪儿比赛，到了地方就只是训练，比赛结束立刻回国，不想浪费球社一分钱。所以去年虽然来过纽约，也都没好好逛逛。

林亦扬想着，趁着最后一次的比赛，陪这傻小子到处转转，下回来又不知何年何月了。

哥哥做东，弟弟总不敢拒绝。

*　　*　　*

他们吃了晚饭，到球房训练。

时隔一年再来，殷果看着每个角落都能想到无数的过去片段。

这一年林亦扬住在这个公寓，练球也自然在这间球房，所以之前常用的包房里的球台专门换了斯诺克，常年被他包了下来。

殷果和陈安安一人一个球台，完成了今天的训练。

林亦扬在一旁做陪练，优哉游哉，看上去极其享受。其实他还是喜欢这种生活，订个球台给女朋友和兄弟练球，自己在一旁陪着，偶尔出去和人插科打诨玩两局。抱一冰桶的啤酒，不管是区域冠军、全国冠军，还是业余玩家都混在一起，爱说教的说教，爱喝酒的灌酒，爱讲笑话的放肆讲，干干脆脆、单单纯纯。

在这一晚，殷果再次见到了久违的那个林亦扬。

好像在法拉盛那晚的他，穿着黑色纯棉的休闲上衣，长裤，运动鞋，提着一根公共球杆在一个不知名的小球房里，做一个不闻名的隐世高手。

这才是那个不拘于规则的、才华横溢的男人，是那个不管是不是比赛，拿不拿奖金都一样高兴打球、游戏人间的男人。

"他这样多好，自在。"陈安安在殷果身边，因为几瓶啤酒的关系，难得话多了，"没人管得住的林亦扬，才是他自己。"

她附和着："我第一次看到他打球也是这种印象，在另一个华人球房。那天他很嚣张，对手是一个特别有名的区域冠军，他就对人家说——来，让我看看你的实力。"

到现在她都记得，他提着一根球杆，一只手掭着球、背对着自己对人说话的模样。

陈安安听得笑了，他握着棕色的玻璃瓶，继续感慨着说："他是个挺矛盾的人。一面洒脱得要命，不管什么说不要就不要了，一面又太重情义，会因为这个被绑住手脚。"

不过谁不矛盾呢，人都是多面的。

陈安安停了会儿，突然说："我有时候在想，要是我们没出现，他在这里也不错。"

"你不想他回去？"她以为东新城的人去年扎堆来都抱着同一个目的，让林亦扬回国。

陈安安摇头。

过了会儿，又说："想他回去的是江杨，江杨想让他接东新城的班子。"

想让他接东新城？

殷果望了眼远处斯诺克球台旁的男人，他在和一个白发苍苍的白人老头儿切磋着斯诺克，老人家是爱好者，和他完全不在一个技术层面，还喜欢提问。林亦扬讲得倒是认真，算是一边在玩，一边在答疑。

"他没答应？"殷果轻声问。

她猜肯定没答应，如果真应了，他会告诉自己。

"对，没答应。"

陈安安停了会儿，仿佛有很多的话想说，可因为平日里和女性交流少，想来想去还是说起了过去的事儿："过去我们几个里，只有他和江杨是贺老的徒弟，其他人都有自己的老师。我那个老师在我刚进东新城第二年就走了，那年我初一，资质一般，别的老师不愿意接手……可我不想走，想继续打，没人教也没办法留下来。"

殷果猜着："他让贺老帮忙的？"

陈安安笑了，摇着头说："他对东新城的人说，反正他是冠军，他来教我。说的那些话啊，真是狂得要命，因为这事儿得罪了好几个东新城的老师，都说他目中无人，有贺老惯着什么话都敢说，什么事都敢做。"

可没有林亦扬自负自大的坚持，陈安安早就转行了，那将是另一种人生轨迹。也许会更好，也许不如现在，但肯定再和台球无缘了。

"顿挫这个人，不爱说漂亮话，他的人生哲学是自己强才是真的强，不喜欢搞社交网那套。你好的时候，见不到他凑上来抱团，等你不好了，身边人都散了，才看到他还在。"

林亦扬对她招招手，让她和自己出去透透气。

殷果把球杆搁到架子上，三两步穿过人群，跟着他跑上台阶。

球房大门外的脚手架竟然还在，她拉住林亦扬的手仰头看："在装修什么？一年都没拆。"

他笑，鬼知道。

林亦扬手里是从球房老板那儿拿的一包烟。眼下他心情畅快，倚在门框边，瞧着外头的街景，敲打着烟盒底部，敲出了一根来，用打火机点燃了，吸了一口。

淡淡烟雾散在夜里，他眯着眼，透过烟雾瞧着她，瞧到烟雾消失无踪了，也不吭声。

"喝多了？"她的手在他眼前晃。

这点酒，能上头不错了，喝多还太早。

"看那儿。"他突然一把攥住殷果的手腕，连着她的胳膊扣着，从身后抱住了她，夹着烟的手指指着远处，下一个街口。

是一辆冰激凌车。

她知道，他又要投喂自己了……

"你对人好，是不是就是喂好吃的？"

这么一说，还真差不多。

爸妈走得早，起初两年没联系好亲戚，就是他自己带着弟弟，哄不好买吃的，揍一顿也买吃的，挺有效果。一开始可烦，自己要上学，还要去球房，还要骑车接送弟弟上下幼儿园，生活不易，能有口好吃的是天大的幸福。

他来了兴致，几口把烟抽完，从裤子口袋里掏出了钱包。

结果陈安安出来，也获赠了一个冰激凌，和殷果一人一个。

"我一大男人，"陈安安一糙老爷们儿，握着个蛋筒冰激凌，"给我买这个……"

他笑着对殷果说："小时候他天天带着他弟，只有三招：吓唬、揍，买吃的。估计对你直接就第三招了，他也不会别的。"

殷果听得直乐："对，对，他可爱请人吃饭了。就这一招把我追到的。"

"北城的小师妹，还缺人请吃饭？"陈安安笑了。

她抿嘴笑着。倒是不缺，但比不上他，一根手指头都比不上。

一个男人怀揣着全部家当，满脑子都是计划着带你去这里吃，那里吃，恨不得最后一分钱都给你买一杯出生那年的古董酒。这种人，谁都比不上。

林亦扬在旁边又点上一根烟，像看孩子一样地看着两人吃完了冰激凌。球房里有人要了几冰桶的啤酒，大声在问："Lin，是不是到午夜十二点？都你来买单？"

林亦扬靠在那儿，笑着回："到明天天亮，他们喝多少，买多少。"

热情的欢呼声和致谢声，林亦扬看路边有两个流浪汉也在看着这里，把手里的半包烟丢了过去："Enjoy."

流浪汉们的接连几声"Amazing"让人心情更好了。

殷果和他一个在门左边，一个在门右边。他在抽烟，在看她。

殷果被他的目光圈住，迈过去两步，到他跟前，两只手臂圈住他的脖子。林亦扬低头看她，漆黑的瞳孔里有着很激烈的东西，但也只是在眼底。

在这个街头，在第一次抱她的地方，在满是车流和路人的道路旁，他低了头。因为怕她嫌烟味重，抵着她的嘴角亲了亲，从唇缝里悄然滑进去用舌尖和她搅了两下，很快离开。

随即，他笑着低声评价说："冰激凌还不错。"

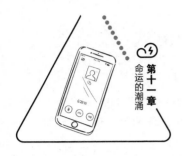
陈安安觉得自己再看下去，会长针眼。

"小半包烟，他们就这么高兴？"他没话找话说。

"这儿烟草税高，烟贵，"林亦扬告诉他，"那一盒国内十几块，这里六十多。"流浪汉没有固定收入，当然很少买。

陈安安经他这么一说有了概念，同情心泛滥，让林亦扬买了两包新的给流浪汉们，顺便还拉着林亦扬做翻译，和流浪汉们聊了大半宿。

等回到家了，他还在时差和酒精当中亢奋着。林亦扬怕他过于亢奋，影响明天的比赛，好说歹说把他弄到房间里去躺着。

等陈安安进屋了，林亦扬在沙发上坐着，想起殷果说的所谓"措施"，追着问了句。

殷果神秘兮兮地从自己箱子里翻出来一小盒避孕贴给他看。

林亦扬倒出来看，挺像小片膏药的。殷果的肩膀和腰上都有老毛病，一直会贴各种东西养伤。所以看到这个贴着，他以为是疗伤用的。

他还想再深问，右侧的门又被打开。

"还是睡不着——"陈安安看到两人一个坐在沙发上，一个半蹲在那儿，距离很近，要亲不亲的，登时就闭嘴了。

"你俩谁扭伤了？"陈安安看到林亦扬手上的东西，再次没话找话，"我腰也疼，飞机上没睡好。来一片。"

殷果抢走林亦扬手里的盒子和贴片，塞回去，跑了。

陈安安一头雾水，低声问："嫂子不高兴了？"

林亦扬瞥了他一眼："真腰疼？"

"啊……是有点。"陈安安捂住腰，可不敢骗他。

林亦扬立身而起，到靠墙的塑料柜里翻了会儿，丢过去一盒货真价实的膏药贴，没再搭理他，回屋去睡了。

＊　＊　＊

从周二开始，进入小组赛日程。

殷果一路斩杀，势同破竹，在小组赛最后一天遭遇了美国本土名将 Ashly。在这一场上座率奇高的比赛里，她上演了一次从 5：10 翻盘的惊天逆转，死咬住赛点，一连四炸，最后成功追到 11：10，拿下了那一局比赛。

作为一个外籍选手，在那天体育馆里，全部本土球迷都起身鼓掌，为她欢呼。

凭借绝佳的状态，殷果毫无悬念地进入了八强，陈安安竟也发挥超常，在最后这一场比赛里第一次进入公开赛八强。

周六这天，是男子和女子组的四强之争。

下午一点二十五分，殷果第一场比赛之前，她换了赛场上穿的衬衫长裤后，回到休息室内属于自己的那个角落，在猜林亦扬到哪里了。

他这几天都在华盛顿处理那边球房的事，见一见老同学和朋友，说好了今天回来看她和陈安安的比赛。可不知为什么，殷果心中总是惴惴，怕他赶不上。

手机不在身边，这是她比赛前的习惯，自然也没法联系她。

一点三十分，按照惯例，她提早三十分钟入场。

和她一起入场的还有几位女选手，和殷果关系最好的苏薇也在其中，大家在工作人员带领下，进入甬道，前往赛场。

"刚我在外边碰到林亦扬了，"苏薇知道她和林亦扬的关系，低声用中文和她交流，"你知道吗？前两天有记者在华盛顿采访他，爆出了一个消息，他应该不会再参与美国本土的九球比赛了。"苏薇的话里满是遗憾。

"嗯，他提过两句，"殷果说，"毕竟精力有限。"

林亦扬的打法一直很特别，在过去一年，在这里本土不只是拿了无数荣誉，还让这个小众圈子看到了一种新鲜的技术和态度，也吸引了许多不看九球比赛的新球迷加入这个圈子。

一个刚刚升起的新星，却在最巅峰时宣布离开这里，无疑成了一条大新闻。网上球迷们的回应都很激烈，极尽所能地挽留着他。当中肯定是有不理解的，言语激烈的，但更多是祝福，期待他的回归，期盼他能再次想到这个赛场，奉献出他的精彩比赛。

林亦扬没有公开的社交账号，留言都在新闻下，殷果大致看过。

郑艺因为同学圈的几个台球爱好者的讨论，也起了好奇心，自己去围观了一晚上，到最后看着球迷的留言看得心都碎了，直接评价是：其实你男人心挺狠的。

……

殷果和苏薇说着话，穿过了甬道。

看台上一阵阵喧闹让入场的几个女选手都停下，殷果也抬头看了上去。

她入口的地方，正好也是南面看台的入口，所以她的视线都被挡住了，只能等着人流往前走，但她很清晰地听到了有人在叫"Lin"。

视线里，很快出现了他，在热情球迷的包围中。

林亦扬穿着全身黑，暗红色的板鞋，还特地戴着黑色棒球帽让自己能低调一点，但显然没什么用。这种小众项目，凡是能准时赶到赛场的都是铁杆球迷，谁会认不出他？

他在这边打的是本土比赛，和殷果这种外来参加一次公开赛的国际选手不同，拥有的都是实打实的本土球迷……有要合照的，要签名的，幸好大多数都只是要握手。

看台南面都在热情叫着"Lin、Lin"，引来了南面全部的球迷。

余下三面看台离得远，搞不清状况，也都跃跃欲试，想要看清究竟是谁来了。

殷果是第一次看他和粉丝在一起，看得新鲜，在底下和一个小迷妹一样换着角度去看他。

孙洲先看到了殷果，努力拨开人群，拍着林亦扬的胳膊大喊："嫂子在下边，往下看。"

林亦扬一低头，就看到殷果隔着栏杆，在赛场里对自己挥着小手。他心中一动，难免多看了两眼，引得看台上的球迷也都往下看。

殷果一下就傻了。

身边，苏薇立刻把她拉走："想今天曝光？"

"没有，"她脸红了，"我就是第一次看他在这边和本土球迷互动，觉得好玩。"

"好玩啊？"苏薇笑着揶揄，"谁当初非要给我看微信对话，说没半点关系的？"

"那时候……真没关系。"

苏薇一脸不信，殷果是百口莫辩。

很快，她被带到属于自己的球台旁。

距离比赛还有二十分钟。

手边的小桌子上，工作人员礼貌地摆了两个玻璃杯在上边，指了指杯子，意思是给殷果用。她笑着说了句谢谢，掏出自己的保温杯，在那里倒入热果汁，准备一会儿比赛间隙喝。

保温杯搁到一旁。

她悄悄去看观众席，看他怎么样了。

南面看台的球迷渐渐平静了，林亦扬也终于到了自己的座椅那里。跟着他来的不只有孙洲，还有几个自己球房的学生。他一直在低声和孙洲交流着球房的事，半张脸被帽檐遮挡住，努力做一个普通观众。

但显然，因为观众的热情，也引起了导播的注意。

这种赛事第一收入源就是卖直播版权，能有明星球员到场，导播当然不会放过。

"各位观看直播的观众朋友，经我的同事提示，我们今天公开赛的现场来了一位重磅嘉宾。请把镜头给到我们的 Lin。"

大屏幕上，林亦扬的那个角落突然被放大。

孙洲愣了，用肩膀撞林亦扬，提醒他，老大，你上直播了。

林亦扬也很意外。

"Lin，不和大家打个招呼吗？"解说笑着问。

镜头里，林亦扬的一双眼看不太分明，被帽檐挡着，他礼貌性地抬了一下右手，对现场另外三个看台和直播里的观众打了个招呼。

乍然而起的掌声持续了足足半分钟。

一个工作人员趁机跑到他身边，递上话筒。

林亦扬摆摆手，拒绝了。

但显然，没人会放过他："Lin，你今天来，是为了最后看看赛场上的老朋友吗？"

另一个女解说也接了话："今天赛场内的男选手，差不多都和他打过交道，一定都在遗憾，没有在全美公开赛上再和他交手——"

女解说突然停下，三秒安静后，开心地笑了："刚刚贝瑞在脸书发了状态——感谢 Lin 没有报名公开赛，没有任何一个选手想看到他，一点都不想。"

大家全笑了。

在笑声里，女解说的声音抬高了几分，更高兴地读着手机的文字："贝瑞又发了一条——请我们一定要找到去年公开赛的录影，女子小组赛的最后一场，会发现一个惊天秘密。"

殷果握着玻璃杯的手攥紧了。

她知道他们在说什么……

不到半分钟，在现场的躁动和期盼中，大屏幕上出现了一个旧日画面——

刚夺下比赛胜利的女孩放下球杆，在赛后第一时间跑向了南面的看台，画面里，大家只能看到看台上有三个华裔男人，去年的解说还在解释："在看台上的有两位华裔男选手，看来我们的女选手是要和同伴击掌庆祝。"

当时的解说认为事实如此，没有给特写镜头。

画面就如此一闪而过。

可今天再重看，现场所有人都认出来，去年唯一没人认识的华裔男人，就是林亦扬。

根本不用特写，球迷不会认错，哪怕给大家一个剪影，他们也认得出。

不知是谁先鼓掌吹口哨的，现场全部沸腾了，掌声，口哨声，还有笑声，还有一声又一声的"Lin"，让赛场空前热闹。

苏薇也一个劲儿地笑着，用手在后背推她，她比现场观众知道得多，自然更兴奋。

殷果回身，打开苏薇的手，可自己手心里已经都是汗了。

从没想过，要被这么围观，太可怕了。

解说的声音在现场的热闹里，导向了事件的女主角："回放里的女孩，现在就坐在我们的赛场当中，即将迎来她今天的四强决赛。在前天的小组赛里，这个女孩曾上演了惊天逆转，战胜了上一站公开赛的冠军。"

镜头在解说的声音里被一分为二。

一半给了她。

"画面给你了。"苏薇提醒她。

殷果反射性地放下手，努力维持着作为一个冠军种子选手的形象。

脸色骗不了人，亚洲女孩的皮肤本来就白，现在是面颊红通通的，眼睛里都是水光，显然是被围观得要遁地了。

"所以，Lin，在去年的这个时候，你是为谁而来的？"解说打了一个直球。

另一半的画面里，林亦扬被问得笑了。

"不好回答？那么换一个问题，"女解说笑着追问，"你今天又是为谁而来？"

他心知再躲不开，主动对身边工作人员伸出手，要了话筒。

在身边人的一阵阵掌声和笑声里，他握着小巧的黑色话筒，在片刻的安静后，慢慢地开口："既然都已经看到了，"他的声音响彻整个体育馆，"还需要我回答吗？"

掌声和喧闹再次掀起了新一轮高潮。

"当然，当然要你来说。"解说也不示弱。

画面里。

林亦扬把话筒从左手换到了右手，看向了赛场，看着远远的她的身影。

殷果左手握着自己的右腕，屏着息，她猜不到林亦扬的想法。

表弟这几天在家里一直翻墙，给外婆看自己的比赛直播，所以今天的、此刻的回答，一定会被家里人知道。

她也在等，和所有人一起等。

林亦扬在镜头里，又慢慢地将话筒换了一只手，视线始终在赛场当中的她身上。因为看台高，赛场低，所以他在直播里也是低着头的，谁都看不到他的神情。

"去年，在这里的一个小酒吧里，我见到她。当时，我没进门，在玻璃窗外盯着她看了三四分钟，"林亦扬的声音充斥在体育馆的每个角落，"可她并不知道。"

难得的安静，在配合着他。

"当时我在想，这个女孩我要认识，我要进去请她喝一杯酒，要在今晚拿到她的联系方式。我很明白，我想追求她，可又不知道怎么去说。她那么漂亮，我怕自己会搞砸。"

几秒沉静。

他又说："相信我，我是真怕自己会搞砸。"

这里是体育馆，是他拿下很多荣誉的地方，到处都是他的本土球迷。可他却在坦白当时的谨慎和心动，毫不掩饰……

殷果眼前全是水雾，嘴唇都在微微发抖，想咬，咬不住。

"所以你今天成功了。"解说在笑。

"希望是，"林亦扬也在笑，他抬头看直播画面，那里一半是他自己，一半是满眼泪水的殷果，"我想，我会成功。"

如此打动人心的一番话，从一个如此有魅力的男人口中说出，已经足够让人动容。

可惜他是林亦扬，观众对他的要求可不止于此。

女解说也夸张地捂住脸："他在说，他还没成功？"

……

男解说也笑着，故作心痛地追问着："Lin，你让我们失望了。去年最具价值的明星球员，竟然还没有得到他想要的爱情？"

"这会让我们为你心碎。"女解说跟着说。

林亦扬被他们一唱一和的夸张表演逗笑了。

真是，拿这两个解说没办法。

由于过去大家太熟悉，导致他们根本不肯放过自己，放过这个突然被爆出来的话题。

就连林亦扬身边的孙洲和几个学生也都忍不住笑了，让老大赶紧说出真相算了。明显人家是不会放过你的，再这么下去，估计全场要疯。

"直白地说，"男解说索性丢出了目的，"Lin，今天的收视高峰，就靠你了！"

"对，"女解说也附和，"狠心离开的人，必须要留一点东西在这里。"

……

满场观众也都在起哄，齐声叫着："Tell her, tell her!"

林亦扬在一阵阵的声浪里，被逼得再次将话筒调换到另外一只手上。

这是第三次换手了。

他鲜少有这种重复动作，这个男人，拿起是起，放下是放，一个动作到底，性格使然，没有什么多余的犹豫。今天却很谨慎。

"怎么说呢？"他再次看着赛场里的女孩，静了半晌，慢慢地用一句赞美表达了自己对她的感情，"她那么完美，我可能要追一辈子了。"

一瞬的安静。

"所以，不用急，"他最后抬眼看全场，在帽檐下的那双眼里满是笑意，望向支持他的球迷们，"你们看，我一点都不急。"

……

在安静后，又是掌声震天。

我们的赛场之王，给了他心上人最高的赞美，如此坦诚，又如此直白。

画面里，林亦扬终于看向解说台，意思是：可以了吗？

男解说和林亦扬关系极好，给他比了个手势，意思是：多谢了老朋友，赛后来一杯。

今天的热场让所有人都热血沸腾，激情澎湃。他们已经能预料到收视高峰就在此刻了。

曾经的少年。

语数外烂得一塌糊涂，为了看弟弟，为了再买几本练习册和陌生人打球，只想着混个高中毕业文凭能给老师有个交代。而现在的人，他可以坐在美国公开赛的赛场观众席上，向所有人讲述自己对一个女孩的爱情。

没人知道他全部的经历，身边任何一个朋友，关系再好也只能看到阶段性的他。他的每个人生阶段都是不相干的、跳跃的，身边的人也是。所有孤独的日子，所有不甘心和想要走出迷雾的日子都是他自己走过来。

说完这番话，坐在这个欢呼的赛场里，连他自己都有了不真实感。

今天的一切，每一步都是一个很深的脚印，包括自己能坐在这里，包括能和她在一起。

林亦扬关掉话筒，把它还给工作人员。

画面切回赛场。

殷果正在试图控制自己的眼泪。苏薇抱住殷果，鼻音浓重："天啊，我都听哭了。"

殷果借着苏薇抱自己的工夫，用手背擦眼泪："别松手……让我先擦眼泪……"

于是直播镜头里，殷果在苏薇的掩护下，抹干了自己脸上的泪水……

五分钟后，比赛正式开始。

殷果眼睛还微微泛红着，提起自己的球杆，走向对手。她向大家证明了一个专业运动员的心理素质，尤其她在自己球迷的心中就是一个最完美的"情绪大师"。

赛前热场好似和她无关，站在球台旁的她，冷静得让人惊讶。

完美一击，发球权到手。

殷果对着比自己高出一个头的对手颔首示意后，先走到球台旁，摆好了白球。

长达五秒的瞄准，啪的一声重响，白球飞出，炸开了满桌彩球。

在巨大的炸球声里，还有强有力的白球冲撞里，现场突然爆出了比刚刚更激动人心的掌声。这个中国女孩仅用一杆直接撞入四颗球，包括 9 号球！

第一局一杆拿下。

她在告诉现场的球迷，你们喜欢的那个 Lin，他喜欢上的人才是今天赛场的 King。

* * *

全美公开赛的四强决赛，以殷果的第一杆，有了最完美的开端。

她进入四强毫无悬念。

陈安安进入四强却让人很惊喜。

当天晚上，他们带陈安安去 Red Fish 庆祝。

陈安安在选手休息区听了林亦扬的一小段即兴发挥的话，对这里，对这个酒吧产生了浓厚的兴趣。然而没什么特别的，就是个酒吧，有木质的门，门上把手老旧，有美式的吧台和座椅，有乐队，有炸鸡翅、洋葱圈和各种鸡尾酒。

唯一称得上特别的是，这家酒吧以爵士乐出名，小圈子里的人口口相传。可为什么在那晚，一个爵士乐的酒吧里会演奏《Yellow》，也是个谜团。也许是因为暴雪来临，大家需要几首有阳光味道的老歌来让人舒缓神经。

殷果和林亦扬坐在那晚她和表弟的位子，肩并着肩，你望着我，我望着你。

陈安安找了个单独的位子，免得长针眼。

现在，国内已经天亮。

她赛后问过表弟，昨晚比赛时是国内的凌晨两点到三点，所以家人都没看到过。她也叮嘱表弟千万瞒住……还没想好怎么公开，能瞒一天是一天吧。

殷果咬着吸管，吸了小半口的果汁："你说句话，一直都不出声。"

林亦扬反问她："说什么？"

"说说那天晚上，"她偏头看他，"我想听实话。"

自从看过林亦扬在中国公开赛的采访，她就对他有了颠覆性认识，他平时不爱说话是真，情商高也是真，尤其是临场应变力。今天这种突发情况下，他只用了十几秒组织语言，就成功化解了所有的"逼问、拷问"，让她不得不佩服。

可场面话说得再好，也是给外人听的，她想听没经过修饰的东西。

林亦扬一只手臂撑在吧台边沿，另一只搭在她腰后，低声说："都是实话。"

看殷果狐疑的眼神，他笑了。

"来。"他拉她离开座椅，推开酒吧的木门，站到门外的小路上。

外边不只有他们，还有一些年轻的留学生在聊天，笑声不断。林亦扬在这嘈杂的笑声里，对她讲那晚："那天江杨也在美国，被困在芝加哥机场。他和我打了一通电话，想见一面。当时挂了电话，我人很乱，只想找个地方喝一杯。"

有时候想想，人和人之间的缘分真是注定的。假设那天江杨顺利到了纽约，林亦扬和吴魏就不会出来，也就不会见到殷果了。

"那天到了这里，没进来，想先抽根烟。"他站在那晚的位置，继续说。

他对烟的需求不大，可在心情极度好和极其糟糕时就会很想。

偏偏是室外零下二十几摄氏度的恶劣天气，风大雪大，点了几次烟都没成功，心里烦着，就抬头在斜前方的连排玻璃窗里看到了她。一张张各样的面孔里，只有角落里的殷果是个亚裔面孔，和他一样的亚裔。

人对相同种族的亲近感是与生俱来的。

而那天，他心头的漂泊感挥之不去，因为江杨，牵起了对过去的回忆，在那时看到殷果，就像是从她身上看到了遥远的故土。

"就在这儿，"林亦扬指着窗边，"我看了你三四分钟。"

看着她懊恼仰头，看暴雪吹断树枝，看她愁眉苦脸地用手指敲着玻璃，看她在树枝落下砸到汽车时露出的惊讶目光……

他当时很想推门进去，问问她：小姑娘，有什么好愁的？暴雪总会过去。

"我确实是想进去，想请你喝一杯，想认识你，拿到你的联系方式，也想把你平安送去旅店，"他笑着说，"全是实话。"

殷果跟着他的描述，换了个视角，也看向自己曾在酒吧里打电话的小角落。

好像看到那天最无助、沮丧的自己。

有什么好吸引人的？几天没洗澡，辗转机场……想想就狼狈得要命。

可那天的殷果不管多狼狈，对林亦扬却有着一种陌生的吸引力。

不过后来证明，这种吸引力也仅仅是对他。吴魏和他一起认识了殷果，只评价说小姑娘挺甜，就没再多的想法了。而吴魏每次见到拉面馆日本妹子都说话紧张，林亦扬也认为那个日本女孩挺可爱，也就到此为止。

如果那天在这里打电话的是林霖，她估计在板着脸骂人，林亦扬看到这种场景第一次想法肯定是——换个地方算了。可如果路过的人是孟晓东，看到林霖又将会是另一种结果。

其实谁都说不清。

不是你的话，不会有主动靠近，不会有牵肠挂肚，更不会有方寸全乱。不是你的话，再完美再优秀，也都和我无关。

或者说，"爱情"这种词，本来就是给自己的那个人特定的。

* * *

这天晚上，殷果睡到半夜听到手机在响，是林亦扬的。

他出去接了电话。

电话很短，没多久，林亦扬在黑暗中回到床畔。台灯没开，殷果的脸上有他脸的温度，他的声音很低很轻："孙洲找我，我要回球房去。明天赶不上你比赛了。"

殷果在困顿中"嗯"了声，借着模糊的室外光源，看他穿衣服。林亦扬平时是个做事快的人，穿衣服也是，但今晚每个动作都很慢，慢得没一点声响。

再有意识，他已不在房里。

棉被里还有林亦扬留下的体温，她钻到他那半边，闻着枕头里他的味道，睡得更沉了。

翌日的半决赛，殷果打得酣畅淋漓，很过瘾。

中国休息室内，大家都在祝贺她顺利拿下半决赛，顺便起哄着祝她感情发展顺利。殷果被恭喜得脸热，找到角落里的球杆盒，用布擦拭着球杆。

身边，一个准备上场的师姐拉住她胳膊："陈安安退赛了。"

"退赛？"她毫不知情。

早上殷果离开得早，没有和陈安安碰过面。女子组的比赛在前，男子组在后，她在比赛当中也不可能听到这个消息……

师姐又说："东新城只留下了一个今天比赛的，其余全走了。"

不安袭上心头。

殷果把球杆搁下，跑出去找教练要回自己的手机。

开机。心慌地输入密码，找到了林亦扬。

电话竟然打不通。

殷果强迫自己冷静，找到他的微信。

林里的果：出什么事了吗？陈安安退赛？

她在走廊里站着，身边有休息的赛事解说走过去，看到她，热情地打了个招呼："恭喜。"

殷果匆匆笑着："谢谢。"

突然，微信有了回音。

Lin：比赛结束了？

林里的果：对，结束了，我进了总决赛。你到华盛顿了？你知道陈安安退赛了吗？

Lin：知道。

Lin：我老师去世了。

她好像一下失去了听觉，身边恭贺声全消失了。

手在发冷。他又追了三条——

Lin：我在飞机上。

Lin：专心比赛。你回来用处不大，这两天顾不上你。

Lin：先关机，回国见。

殷果倚在墙边，脑海里空白一片。

她的爷爷奶奶还在，外公走时她只有几岁，所以是在靠本能感受林亦扬的痛苦。关系最近的一个亲戚过世就是孟晓东母亲，孟晓东当时连着三天没说过话。

林亦扬也肯定和孟晓东是同一类人。有人痛苦会外放，让所有人看着自己歇斯底里来缓解，而有人全是把刀子往自己心里扎，多一个字都不肯说。

……

好想回去，陪着他。

来电显示把她拉回了现实，是孟晓东。

"哥……"她把手机放在耳边，鼻音浓重。

孟晓东大致把事情简略说了一遍，是很突然的去世，早晨起床后在房间里溜达了两圈，还是好的。家里人全在做饭和看电视，到饭点去叫老人吃饭，人已经走了。

"我给你买好票了，下午两点，"孟晓东说到重点，"今天没票了，你就算赶明天最早一班，也只会早三个小时到国内。就算真回来，他也顾不上你。"

没听到她出声，表哥叫她："小果？"

"嗯。"殷果用手背压着眼睛。

"先打完比赛。不管是金牌，还是银牌，必须拿回来一个。"

孟晓东这一年状态太差，已经影响了北城的风评。九球重心在女子，殷果是北城新一辈成绩最好的，也是孟晓东认定的九球接班人，所以每一场公开赛都很重要。

"我知道。"她低声说，鼻音更重了。

"不要在现场哭，影响别人比赛。"孟晓东提醒她。

殷果听话地跑到洗手间里。

孟晓东又劝了会儿，电话刚挂断，不明真相的表弟就立刻发来了一张截图。

天天：扬哥怎么了？

图片里，是林亦扬的朋友圈。

他的朋友圈形同虚设，三分钟前多了一条，写着：岁月无情。

配了一张老旧的照片。

是一间朴实的办公室，照片当中坐着一个笑呵呵的老人家，两旁、身后分别有六个男人，这其中只有林亦扬和江杨是面熟的。

这是那年东新城的贺老办公室。

照片里，是六十余岁的贺文丰，八岁的林亦扬和十四岁的江杨。

＊　＊　＊

飞机上。

林亦扬怕收到任何的慰问，关掉了卫星网络。

陈安安就在他身边。凌晨两人一起走的，瞒着殷果。

从上了飞机，林亦扬就在自己的位子里待着，没有和谁说话，开着网络也是为了能在殷果比赛结束后，和她交代两句话。

眼下，该做的都做完了，人还在万米高空，什么多余的也做不了。

他握着遥控器，看着面前的屏幕里，一个又一个的电影海报掠过，一闪而过的很多画面，错杂在他的眼前，都是细枝末节，不值一提的过去……

刚进东新城的他，因为怕老师以为自己没空练球，没说家里还有个弟弟。

后来还是暴露了。

年后，老师的办公室里就多了一套DVD机，准备的光盘也全是动画片。起初大家还在笑着问贺老是不是要添新孙子，因为大家都知道，贺老生女儿早，女儿结婚也早，家里根本没有还需要看动画片的小孩。

其后，贺老又神秘地去幼儿园接林亦扬的弟弟，想带到球房，未料，突然冒出一个老爷子守在幼儿园门外，反而被老师们紧急防范。那晚，林亦扬下课晚，到幼儿园只剩了两个外人———一个是在门外吹冷风的老师，一个是门内伸长脖子等自己的弟弟。

直到他证实了老师的身份，保安和老师才算放过了这个老头儿。

老师碰了一鼻子灰，自嘲了半天，带林亦扬和弟弟回了球房，一个打球，一个看动画片。

后来就此事，当时未过世的师母评价："你还说是他爷爷啊？那小六该叫你什么？"

"还真是啊，辈分不对，"贺老认真考虑了一会儿，"可说我是他爸爸，也老了点儿？"

……

现在的林亦扬回忆起来，自己和老师就是最真实的爷孙两辈。进东新城那年他八岁，老师六十多。都说一日为师，终身为父，可老师于他而言更像是爷爷，不是父亲，比父亲更宽容。

我以为当初错很大，不可挽回，以为我们的隔膜是一辈子的。而你人过古稀，记着的只是我的小时候，刚进东新城的那几年，喜欢吃什么，讨厌看什么，盼着的也不过是我能回家，回到家里，让你多看上两眼。

最包容的就是隔辈人，可最等不及要走的，也是隔辈人。

四周的灯亮了，空姐已经开始准备早餐。

这陡然的亮度让林亦扬不适，他翻出飞机上的洗漱包，找到牙具，走向洗手间。等到狭窄的洗手间门闭合。

他看着镜子里的自己，那张脸，还有那双眼睛，和自己对视了足足两分钟后，两手撑在那一条小小的洗手台边沿，攥着没开封的牙具，左手撑在那儿，右手竟然撑不住。

太窄了这里，让人透不过气。

这里有人先洗漱过了，有牙膏的气味，其实已经很淡了，却刺着他的眼睛。当眼泪掉下来的一刻，他再也抑制不住，额头压在了镜面上，掌心里的牙具塑料盒被捏得变了形，一声塑料壳崩碎的脆响，充斥在这个逼仄的洗手间里。

想让自己平静，全然无用。左手在镜面上攥成拳，又松开，最后，额头重重地磕在手背上。用痛，用全身力气去克制着、试图摆脱这种无力感……

……

和多年前蹲在东新城门外一样，整个人都被这种被抛弃的无力感包裹着。

像浸透水的湿布蒙住脸，呼吸不能，一丝氧气都吸不进来。

两次都一样。

第一次是老师让自己离开东新城，不要他了，这一次更彻底，是真的走了，不要他了。

东新城的灯，办公室的灯，永远灭了。

* * *

从洗手间出来，林亦扬的短发发梢是湿的，但没有水，已经擦干了。脸上也干干净净，除了眼底泛红，左手背的瘀青外，没有其他异样。

陈安安倚在洗手间对面，在等着他。他不会安慰人，只能守着他。

空姐推着一辆早餐车，正准备推出去，看到两人微笑着点了下头。林亦扬看了眼餐车上摆着的、热气腾腾的几盆东西，用中文问陈安安："站着干什么？"

不过短短二十几分钟，他像抽了几宿的烟，嗓子哑得不成样子，几个字一句话，像能看到他嗓子里充着血："没事。"

* * *

在短短一日内，贺老去世的消息传遍了业内，中国休息室内，选手们都是新一辈居多，感触并不深，反倒是教练们都很伤感。

在殷果上场前，教练问了她一句："还行吗？心态？"

殷果点点头，拿着球杆走了。

她心里有一个秒表，在一针一针跳着，催促她去机场，回国，去见林亦扬。

事实证明，她是人，不是神，发挥得并不好。

对手也来自中国，意外出现了两次明显失误，算是将冠军拱手送给了她。没想到在状态奇差时，殷果竟意外拿到了人生第一个公开赛的冠军。

"这个冠军应该是你的，"她在掌声里，握住对方的手，"我是靠你失误，才拿到的。"

那个年近三十岁的老将笑了："没什么应该不应该，冠军就是你的。"

"世锦赛再见。"殷果说。

对方报以微笑，关心地问她："稿子准备好了吗？"

殷果点点头，把口袋里的纸抽出来一截，对方也笑，给她看自己的稿子。

她们都没林亦扬的口语能力，全在昨晚就打好了草稿，谁赢谁去接受采访。

殷果没耽搁，直接进入采访会场。

她在满场掌声里鞠躬，落座。

心里的秒表一直在嘀嗒嘀嗒走着，算着时间，告诉自己：十五分钟之内必须走。

第一个问题很常规，恭喜夺冠，夺冠感言。

接下来是自由提问，连着六个问题。

在最后四分钟里，她握住稿纸，其实早背诵流利，只是在等结束的时机。

教练以为她在紧张，低声用中文说："不用太紧张。"

殷果轻摇摇头，对教练笑了笑。

"首先恭喜你，殷小姐，"角落里，有一位资深记者抢到了话筒，"问一句更私人一点的，希望你不要介意。今天在场的球迷都在好奇，为什么 Lin 在今天这个重要的日子没有到场，还是你们会有别的庆祝方式？"

笑声充斥在全场。

殷果将小型话筒挪向自己，短暂沉默。

等到笑声散去，她才轻声开口："在昨天的半决赛，男子组退赛了一位中国选手，他叫陈安安，是今年的四强，相信大家也在疑惑为什么他会突然退赛。"

大家安静地等着殷果揭晓答案。

"他是 Lin 的师弟，是从同一个球房出来的，"殷果轻声说，"昨天 Lin 和他一起离开，飞回国内，是因为他们的老师去世了。"

闪光灯渐渐消失。

这是一个令人意外且遗憾的消息。

"他是 Lin 的启蒙老师，Lin 从八岁开始，一直到十六岁离开他身边，整整八年都在一个叫东新城的地方长大，跟着这位贺文丰老师学打球。你们肯定不知道他的名字，他没有参加过国际大赛，也没有世界排名，因为在中国斯诺克起步得太晚，他没机会成名。可这位老师有很多弟子，还有弟子的弟子，全成了这一行的中坚力量，Lin 也是其中之一。我从小就听到他的名字，崇拜他，敬仰他。很遗憾，再没有机会见到他了。"

殷果想到，自己在机场和林亦扬的交谈，当自己听到要去见他老师时有多兴奋。

不仅仅因为他和林亦扬的关系，更因为他是贺老，桃李满天下，不计功名的贺文丰。

"虽然我是九球选手，但也尊敬这位业内泰斗。不仅仅因为他是 Lin 的老师，而是因为，他是这一行的奠基者，是最初点燃我们梦想的一个人，一个普通老人。"

"今天我的这个冠军……"她磕巴了几秒，本来原稿是——也想要纪念这位老师。

但还是临时改为了——"其实应该属于那位亚军，到这一秒，我仍然这样认为。她今天打得很出色，比我出色。谢谢各位，听我说完这些，因为要赶飞机回国，不得不再次道别了，各位，下一届公开赛再见。"

殷果手撑着桌子，立身而起，面朝所有记者。

毕竟是初次接受采访，手里的纸都被她捏得皱皱巴巴了，最后，第一个念头是跑，被教练拽回来，又合照了几张。

其后，殷果就从体育馆消失了，直奔机场。

在登机前十分钟，她人坐在登机口外的位子，焦灼等着。

掌心振动，是孟晓东。

M：下飞机，我来接你，去追悼会。

M：江杨这次受打击很大。

M：另外，林亦扬今天接手了东新城。

飞机在清晨降落。

殷果坐到孟晓东车里，身上是黑色连衣裙，飞机上换的。孟晓东把一个鞋盒递给她，是昨晚去她家取的黑色平底鞋。

"江杨还好吗？"她的航班没有卫星网络，登机前没来得及细讨论江杨的事，到现在终于有机会问了，"出院了吗？"

"出了，今天追悼会他一定会到，"孟晓东启动汽车，"你公开赛的事，家里还不知道。"

她松口气。

"但是别把爸妈当傻子，贺老一直和你妈电话叙旧，多少她也猜到了，问过我。"

心被提起来，她忐忑地问："……你怎么说的？"

"我说——"孟晓东无奈一笑，"我早知道，你俩就是我撮合的。"

其实孟晓东早计划挨这一刀，连父亲那边都预先打过招呼，只等时机成熟，解决问题。

他起初打球那几年，殷果妈妈还是裁判，经常带着他到处打比赛。所以从小到大，孟晓东和她最亲。又因为孟晓东足够争气，多年在殷果妈心里的地位一直无法撼动，有他亲自扛这第一刀，肯定会迈一大步。

当然，最重要的还是林亦扬自从回来后，这一路的为人处世足够漂亮。从中国公开赛带起了中国这一届最好成绩，到和恩师握手言和，再到今时接手东新城。

早在潜移默化里提了不少印象分。

"安心吧，"他再说，"我看她脸色还可以，倒没生气。"

殷果呼出一口气："谢谢哥。"

"幸好你没跑回来，"他最担心的是殷果弃赛回国，不光丢了成绩，也会让爸妈认为她爱情至上，忘记责任，"恭喜你了，全美公开赛冠军。"

殷果笑了笑。

冠军的喜悦早被冲淡了，她只想快点见到他。

* * *

殷果妈妈和体育局的同事们在一起。

他们到了地方，殷果先和妈妈打了声招呼，跟着孟晓东进了大厅，算是代表北城来的人。

追悼会现场布置简单，贺老的遗像在当中，整个大厅被送来的花圈堆满了。

贺老有两个女儿，大女儿早几年去世了，留了一个外孙，小女儿给他生了个外孙女。早年师母也去世了。这个家不算人丁兴旺，这几天主要靠小女儿和女婿，还有几个徒弟忙里忙外操办所有的后事。

殷果走入大厅，孟晓东接过门口接待台的笔，在本子上签下自己和殷果的名字。

她环顾四周，没看到林亦扬。

正在想，要不要给他发个微信，告诉他自己已经到了现场，反倒是右侧，有了熟悉的说话声，是吴魏的。楼梯下走上来了几个人。为首的就是林亦扬和江杨。

两个人都一样，穿着黑衬衫和西裤，全身黑。

从公开赛提前归国到今天，三日未见，理应不会有什么大变化，可他已经在肉眼可见的状态下瘦了一大圈，不光是脸，手臂那里也是，衬衫不再服帖合身了。

殷果和他目光对上，心口像被刀锋刮了一下。

林亦扬的脚步慢下来。

众目睽睽，不好多说，也不好多做什么。他一慢，身边的江杨，还有身后东新城老一辈的人索性都站住了。

殷果屏着息，眼前的他像在慢镜头里，直到，站在她眼前。

最想念的男人，在一米之遥的地方立着。

林亦扬这几天说了太多的话，安排太多的事，做了太多的决定，到面对自己女朋友反倒想不到要说的话。

孟晓东搁下笔，先打破了安静："有什么能帮忙的，尽管说。"

林亦扬拍拍孟晓东的手臂："你已经帮到了。"

帮着在这两天安抚殷果的情绪，让她顺利比赛，再把她平安接回来。已足够。

林亦扬最后深看了一眼殷果："仪式要开始了，我先进去。"

这话像说给孟晓东的，其实是对殷果说的。

殷果轻颔首，感觉他和自己擦身而过。东新城最新一代的带头人，身边左右都是昔日的兄弟，一个不少，在这里负责接待全部来自业内和体育圈的同僚。

殷果在人群后边，门边，在自然光和灯光的交汇处，看着他。

看他和旁人握手，寒暄。

追悼会很快开始，重要的来宾站满礼堂，小辈一些的没有立足之地，都在大厅外、楼梯上站着。江杨是今天追悼会的主持，他刚离开医院，气色很差。

但作为一个带领东新城走过十几个年头的男人，就算马上要进手术室了，站在这儿，也能主持完全场。

很寻常的追悼会流程，殷果第二次近距离面对林亦扬，是和家属握手，她跟着表哥，一个个握过家属的手，再到几个徒弟，站在家属末尾的就是林亦扬。全都在哭，除了这位最受宠的小徒弟，只有他是冷静的。

所有来的人，一个个说着节哀，和每个家属、徒弟握手。

殷果跟着队伍，到他面前。

林亦扬对她伸出手，她握上去。他掌心粗糙的纹路，滑过她的手背，随即分开。

握手结束后的人，都先后离开了礼堂。

殷果的行李箱被表哥取下车。他带着箱子和她去停车场，殷果妈妈在等她。

殷果总觉得，自己和林亦扬握手之后，他在目送自己。

以至于她跟着孟晓东，走到停车场旁的花坛，见到妈妈了，还觉得身后有他一道沉默的目光。

"飞了十几个小时，累不累？"妈妈在问他。

孟晓东接了车钥匙，打开后备厢，把她的行李箱放到殷果妈妈车后。

她笑笑："早习惯了。"

"先回家，"殷果妈妈说，"晓东，你也一起过来，外婆在，想和你们俩吃饭。"

"好，"孟晓东应着，"我开车跟着你们。"

殷果看着表哥和妈妈的互动，却在想着林亦扬。

她想留下，想单独见他，想和他说上几句话。

不想走……

孟晓东转身，要去开车。

"妈……"殷果突然出声，"我晚点儿再回家，行吗？"

孟晓东停住脚步，殷果妈妈也停住动作。

恰好有一辆轿车驶出停车场，经过时踩了刹车，和殷果妈妈告别。殷果妈妈笑着对车上挥挥手，这才转而瞧她，略沉默片刻问："外婆也很想你，不先回家看看？"

她恳求地望着母亲："晚上就回家。"

短暂的沉默，让人越发不安。

她怕自己太直接，反而带来不好的结果，看了看孟晓东，孟晓东也暗示她缓一缓，还是先回家。未料，在兄妹俩眼神交流时，反而听到了妈妈的一声叹气："去吧。"

言罢，再叮嘱了一句："别太晚。"

殷果露出了几天来最开心的笑容，她激动地说了句"谢谢妈"，立刻跑了。

殷果妈妈看着女儿的背影消失，对孟晓东说："晓东，你知道吗？今天来这里的人，十有八九都受过贺老恩惠。"

所谓的恩惠，并不一定是物质，而是精神助力。

殷果妈妈大学毕业初入这行，考裁判资格，在赛场上经常会看到贺文丰老师的身影。那个年代台球比现在还小众，她喜欢，想做裁判，家里没人理解，一级级裁判考试、考核，都是摸索着前进的。凡是有的职场内斗，在任何行业都有，裁判员也逃不开，无数次想放弃，就和经常到赛场看人比赛的贺老聊天。

贺老平日严肃，但也很风趣，对她最常说的就是：人嘛，一天天过，挑每天最想做的，最高兴的事来做。别想太多，别想太远，看着当下，看看脚下最真实的路。

贺老一直没学会用鼓动人心的"梦想"二字，那是属于新一代的词，经常拍着胸口说，就是那股子劲儿，想起来就激动，睡不着觉，想去做，浑身的血都是热的，沸腾的。

林亦扬有多幸运，当年能师承贺文丰，少年的他感受不到全部，相信在今天见到这么多前辈从全国各地赶来吊唁前辈，不只是他，包括贺老的所有徒弟，东新城的所有人应该都有了更深刻的理解。

东新城与其说是一个球社，不如说是一个传承地，也许它日后会没落，也许更好，但都不影响它这个名字的地位。

而林亦扬，就是它今后的领路人，这是贺老在去世前亲自定的。

* * *

林亦扬的车不在停车场，而在礼堂后边的一个角落。

他搬着一个纸箱子出来，里边是一些杂物，要带回东新城的。他把箱子扔到后备厢，上了车，副驾驶座那一侧的车门被打开，上车的人在对他笑。

林亦扬右手还拉着安全带，一瞧见她的脸，停了几秒后，露出了这几日唯一一次的真实笑容："不怕被人看见？"

"我妈知道了，"殷果抑制不住地笑着，"我哥替你扛了一刀。说是他撮合的，撮合我们。有我哥在，没事的。"

林亦扬偏头看她，她斜靠在座椅上也看他。

她主动握住林亦扬在方向盘上的右手，林亦扬反握住她的，指腹在她手背上划了划。

"你准备去哪儿？刚刚？"她主动问他。

"回东新城。"

"那就去东新城吧，"她说，"我陪你回去。"

还没去过那里。

北城俱乐部是后来孟晓东重新选址开的，就是因为嫌弃先前的地方不中心，不方便。而东新城从建立之初到今天，地址就没有变过，还没有林亦扬租的球房位置好，但胜在大。

主楼的面积大，一共上下三层。

殷果下了车，被林亦扬带到大门外，看到"东新城台球社"的牌匾，禁不住去观察四周。

大院的红围墙和铁门，拦出了一块独有的地方，这边是主楼，那边是一栋二层小楼。小楼后边有一块空地专门停汽车。

今天俱乐部的全体人员都去了追悼会，回来的人少，加上林亦扬的那辆车，不过三辆。

林亦扬因为看到殷果，消沉的情绪有了一点好转，再加上今天全部事情都处理完，算是了了一桩心事，比前两天好了不少。但心头的乌云尚未散尽，依旧话少。

殷果也不想在今天和他多聊什么，只想陪着他。

一楼有一群小孩在练球，年纪很小，都不到十岁的样子。

她跟着林亦扬走上楼梯，迎面下来的是承妍和几个东新城的年轻女选手，这次全美公开赛和世锦赛都没有承妍，两人这还是在当年纽约一见后第二次打照面。

她看到殷果也很意外，在追悼会上人太多，根本没留意到彼此。

"六哥。"承妍在叫他。

余下的人七嘴八舌在叫他："六叔。"

林亦扬点头。

女孩子们蜂拥下楼，楼梯大部分被她们占了，林亦扬见殷果停在那儿，直接扣住她的手腕，带她从最右侧上了楼。

等到两人拐弯了，背影消失了。

承妍还扶着楼梯扶手，在那儿压着内心的诸般情绪。

殷果走在林亦扬身边，因为承妍分了心。先前把这件事忘了，如果林亦扬回到东新城，就要每天和承妍见面。而自己要比赛、训练，和他聚少离多……

林亦扬走到二楼南面第一间办公室，掏出钥匙，打开办公室的门。

门推开。

里边有简单的办公桌和沙发，茶几上，烟灰缸里烟灰积满了，凌乱地堆着各种烟头。

是昨晚上几个大男人在这里聊了整宿留下的，上午开了半天的窗，烟味也散了七七八八。林亦扬去把窗户都关上，窗帘也拉上。

殷果被他拉着手腕带到沙发上。他先是让她坐下，又以最疲倦的状态躺到沙发上，头枕上了她的腿："人不太舒服，"他哑着嗓子说，"睡会儿。"

她从没见过如此的他，哪怕当初生着病，奔波在两地和她谈着近乎异地的恋爱，也是游刃有余。而现在，他把几日来撑着自己的心气都散了，露出了最真实的一面。

这是他从回来后最想睡，也唯一觉得自己能睡着的一次。接手东新城是昨天的决定，所有私人物品还在自己的球房，这里的宿舍也没收拾，办公室床都没有，只有这个皮沙发。可好像回到这里才是对的。

他想起清明节那天弟弟敬自己酒，还是那句话："找个家吧，哥。"

……

躺在这间办公室的沙发里，他没有比今天更想要这个东西：一个家。

家里有她就行，也只有她了。

林亦扬用手背挡着眼睛，将这冲动的念头压了回去。

两人确定关系到现在一年多，见面的日子却极少，到今天总共才 28 天。因为见得少，他都尽量让她看到好的自己。而那个也会烦躁失意，颓废不自信，会有坏情绪和消沉低落的林亦扬，她几乎没见过。

而且她才刚毕业，22 岁，要他是殷果爸妈，也不会高兴女儿这么早步入婚姻生活。

林亦扬一直不出声，殷果反而先迷瞪瞪睡着了。毕竟是长途飞行回来，也累得要命。

梦里，敲门声一声比一声重，殷果蒙蒙地睁了眼，林亦扬也被敲门声惊醒了，翻身坐起，缓了半分钟才去开门。

门外，吴魏咳嗽了声："孟晓东打电话给江杨，江杨找我，让我来把你叫醒……说别太晚，今天刚回国，家里都还在等着呢。"

林亦扬抬腕看表："知道了。"

以为下午会醒，没想到直接睡到天黑。

吴魏传完话，识相闪人。

林亦扬关了门，从墙角的一箱矿泉水里拎出来一瓶，拧开润喉。

怎么都睡到天黑了？

殷果也没想到自己和林亦扬靠在一起能睡到这个时候。她揉着肩膀，走到窗边想呼吸新鲜空气，从这个角度能看到大铁门和旁边的二层小楼。

瞧了会儿风景，感叹着："你这里比旧北城大多了。"

"过去只有二楼，"林亦扬开了灯，"我退出那年，江杨接了班子，你眼前的一切都是他的功劳。"这个殷果知道，表哥也说过。

江杨接手时年纪很轻，二十刚出头，一带东新城就是十几年。

赚不到什么钱，全靠一腔热血和真心热爱。

"他胳膊的手术早该做了，一直拖着，都为了球社，"林亦扬不无感慨地说，"他最好的十年都在分心，分给了东新城，要不然个人成绩会更好。"

他是真心希望江杨能自由几年，单纯打打比赛，补偿江杨十几年来的辛苦。

"你这次为什么忽然接东新城了？"这是殷果一路回来的困惑。

"一开始不想接，"林亦扬说，"一是对老师有愧，二是和江杨理念不同。他想用明星球员的号召力来壮大这行，我更想培养一种像斯诺克在英国，九球在美国的文化氛围。所以回国本来想单干，但和老师谈过两次后，发现老师是支持我的。"

老师当时的原话只有五个字——想到就去做。

贺老和林亦扬脾气是最像的，最能说服他，也自然改变了他的想法。

* * *

因为孟晓东在催，林亦扬没让她多留。

两人一路下楼。

这个时间，东新城的一楼是对外开放的，会有社会上的爱好者来打球，东新城一些家境不宽裕的选手会做陪练，赚一些外快。

北城也有这种选手，按照小时计费。

殷果走到大厅，瞧见了一个熟悉的身影，竟然是全美公开赛上的亚军刘希冉……她明明是今天回来的，竟没回家休息，而在这里做陪练赚钱。

"她不是独立一个人吗？"殷果记得这个选手是孤军作战的。

"她过去是东新城的人，后来退役了。因为家里人生病需要钱，就又出来打了，"林亦扬给她解释，"江杨让她免费来这里训练，也给她登记了做陪练。但不算她是东新城的人，这样，她的奖金就不用提成给东新城了。"

这也是江杨卸下大任前，收的最后一个人。

听林亦扬这么说，她对江杨的欣赏更多了，能带东新城十几年，从少年到中年，绝不是一般人能做的事情。

在江杨身上，她看到了真实的"江湖道义"，也是东新城所具有的特质。

在送她回家的路上，林亦扬始终戴着蓝牙耳机，边开车边打电话。

挂断一个，下一个立刻就开始。

殷果默默听着，不想发出声音打扰他，只是盯着前路，怕他开错。

显然她对林亦扬这一点有所误解——殷果家的路，林亦扬是绝对不会走错的。

车一拐进小区，殷果就说："开到地下车库吧。那里人少，还能和你多说两句。"

林亦扬打着方向盘，又绕出小区，从偏门驶入地下车库。

这两天阴雨绵绵，车库是半露天的，导致水汽很重。

林亦扬还是第一次把车开下来，照殷果的指挥，找到了他们家的车位。

"你记住这个位置，"她指了指身后的一个楼梯通道，"从那个门进去坐电梯，就是我们家的楼道。"

林亦扬回头瞅了眼，点头。

他一晚上脑子里装的事太多，把女朋友送到家门外了，刚反应过来，把殷果带去东新城，除了躺在她腿上睡了一下午，话都没说两句。难得对话全和东新城有关。

他看着她抱着背包的手，握上去，不言不语地将手指插到她指缝里，声音沙哑地说："没空陪你。"

四个字，险些把殷果的眼泪逼出来，心疼得不行。

她另一只手压住他的手："是我想陪你……可不会安慰人。根本不是要你陪我。"

他笑笑。

你在，就够了。

*　*　*

离开殷果家后，林亦扬先回了趟自己的球房，装了半箱衣服。

孙尧伤感地给林亦扬做了一份意大利面，炸了几个鸡翅，在一旁眼巴巴地瞧着林亦扬吃完，将盘子收了，又亦步亦趋尾随他出了球社，站在街边："你真走啊？"

林亦扬拍了拍他的脑袋瓜子："不会不管你，等我先忙过这阵。"

孙尧还觉得不对味，主要是舍不得林亦扬。

他跟着林亦扬回国，就是想要跟着他做事。虽说现在权力更大了，但心里慌，还没林亦扬坐镇撑腰，更慌。

"这两个月那边刚接手，有的忙，"林亦扬拍了下他的后背，很重，"这里不要给我掉链子。累死我，没你什么好处。"

"好的。"

孙尧委委屈屈地看着林亦扬的车消失在夜色里的街头。

* * *

林亦扬回到球社，已经是八点半。

在二楼办公室连着开了三个会，全体教练，运动员几个组的带头人，最后是东新城的后勤、财务、食堂和宿舍的负责人。

十点。

林亦扬终于走出他那间办公室，去隔壁二层小楼的公共浴室里冲了个热水澡。

十一点。

夜色里，作为东新城的负责人，他总算是喘了口气。

从二楼小楼的楼门走出，穿着黑色运动长裤和白T恤的他，浑身上下清清爽爽，仅有右手腕上一个黑色腕表，沿着小路往主楼走。

东新城变了，也没变。

他走时，只有主楼二楼门外挂着"东新城球社"的牌匾，顶楼是个仓库，一楼是个洗浴室，这边的二楼是荒废的地皮。

围栏没变过，他借月色仔细去看，刷过新漆是一定的，但每隔十米的一堵小砖墙上还有昔日伙伴们一起玩，留下的刻字。

到今天都还在，肯定有人特地嘱咐留下的，他猜，不是老师就是江杨。

进了主楼，这个时间少年组的小朋友们早回家了。

一楼休息区附近，围坐在茶几旁的是除江杨以外的所有兄弟，今天上午解散后都各自去休息了半天，现在全回来了——

陈安安还在倒时差，犯困地坐在长沙发的最里面，头后仰着，靠着墙壁打瞌睡；林霖在翻看下午九球的训练记录，她是九球负责人，这些都是例行工作；范文匆和吴魏倒是在打球，在离休息区最近的球台旁，练手玩。

林亦扬挑了个单人沙发坐下，大家聚了过来，围着茶几等他说正事。

"刚接手，我也不想大动筋骨，就几个准备，大家一起商量商量，"他诚恳地、打着"商量"的旗号，直接公布了计划，"今年开始，斯诺克组每年会有三十个名额，送去英国封闭集训。"

斯诺克发源地是在英国，那里不管是文化氛围，还是训练方式都是最好的。所以有名的选手每年都会自费去训练，或是直接住在那里，毕竟斯诺克最有含金量的几大比赛也在那里。虽然是最前沿的训练方式，但花费可不低。

林亦扬的第一件事，大家听懂了，就是花钱。

"还有，我想承办新的比赛项目，"林亦扬又说，"先在这个城市开始。"

嗯，又是要花钱。

承办比赛不是小事情，经常有赞助商撤资，比赛就直接消失的例子。看林亦扬的意思，要承办，肯定就不是一届那么简单，是一直下去。

他想扩大这个行业的影响力，确实要从比赛开始，吸引大众。

他看大家都听懂了，说到第三点："最后的比较简单，是想系统打造我们的明星球员和教练，"林亦扬两只手肘撑在自己的膝盖上，一边玩着手里的绿色巧粉，一边解释，"打个比方，我们的辛教练就很有宣传的必要。他呢，没什么文化，小学毕业，做过农活，打过麦子，也做过矿工，还开过小卖铺，22岁才起步开始学台球，可他教出来的徒弟是谁？"

林亦扬指了一下林霖："教出来了一个世界第二，曾在一年内连夺三大公开赛冠军的林霖。还有你的师妹，不是排过世界第一吗？"

林霖点头："我老师教人是很有一套。"

虽然这位教练个人最好名次是全国冠军，但不妨碍他能教出厉害的学生。

林亦扬接着说："要让大众关注到一个体育项目，让全民看到我们，就要有这些传奇经验的分享。这样才有源源不断的后备力量，有青少年加入。虽然这条路会很长，但我们能走一步是一步，也许二三十年后，我们台球就能达到和乒乓球、跳水一样的地位了。"

林亦扬停了一停，又说："东新城愿意不带功利性，为这个行业多走一步。"

林亦扬说完，猫腰，从茶几上的果盘里拣了个柚子。

也不说了，开始剥着吃，意思是：我说完了。

当然大家也都领会了，这第三件事还是花钱。

谁没事会给你搞宣传，都是钱砸出来的。过去这些教练、选手有名都是在圈内，大众不关注。偶尔有一两个出圈的就不错了。

"东新城未来三年烧钱计划。"范文匆总结。

"所以钱从哪儿来？"陈安安是个老实人，主动问。

林亦扬笑得人畜无害，从裤兜里掏出了手机，下一秒，每个人的手机都响了。

"我这两天抽空，给你们做的比赛行程，每个人都不一样，仔细看，安排好。"他轻描淡写地说。当然，他的行程更满。

密密麻麻的比赛，国内、国外都涵盖了，六成都是他们这些人过去不去的。

知名选手一般都是要挑大型比赛才会去，为了赚积分。林亦扬列出来的都是各国的新比赛，主办方为了吸引知名选手，奖金给得不少，可惜不算世界排名的积分，他们一般不去。

林亦扬态度很明显，能者多劳，要开始赚钱了。

领会了精神的众人纷纷搁下手机，开始瓜分果盘里剩下能吃的东西，只有陈安安还在仔细看行程："可我退役了。"

大家不约而同看向陈安安：想什么呢？兄弟们赚钱，你还想晒太阳？

陈安安咳嗽了声，找了串葡萄，几颗几颗地撸下来，默默吃。

林亦扬觉得今晚的谈话效果不错，很有效率，他把剩下的柚子几口吃完。手机里跳出两条意外的微信。

林里的果：我外婆说……

林里的果：周末请你来我家吃饭。

＊ ＊ ＊

殷果趴在自己的小沙发里，在吃着柚子。

看他半天没回复，猜他是误会了，以为自己暗示他来见家长。她一小口一小口把柚子啃完，按捺不住，又微信他。

林里的果：我刚在陪外婆聊天，她夸了你几句。

林里的果：估计……就是说说的。

林里的果：她也是听我弟说你过去一年都在纽约照顾他，想感谢你。

林里的果：你别想得太复杂。

林里的果：要不想来，我明天和她说一声，算打过招呼了。

还想再解释，他突然有了回应。

Lin：好。

Lin：周末过去。

Lin：周五晚上？周六？

Lin：周日也没问题。都可以，任何时间都可以。

休息区里，大家看林亦扬是如此的状态。

想拿个水果吃，发现果盘已经空了，手悬在半空中两秒，从最近的陈安安手里抽走了小半串葡萄，吃了两颗又觉得不对味，转而看众人。

"差不多了，"他看大家，"还有事吗？"

众人也看他。

心说，不是你把我们叫来的吗？

当然，林霖很会给人台阶："我有个小事，九球世锦赛要开始了。"
林亦扬点了下头，他当然知道，殷果就要去。
"周四就走，提前去一周。"林霖又说。
这话乍一听，似乎没什么不妥。
林亦扬又点点头，把葡萄丢回了果盘："行，散了。"

等一走出主楼，林亦扬终于琢磨出来是哪里不对，问林霖："这周四就走？"
"对。"林霖下了楼梯，闪人了。
林亦扬还在那儿回味这个消息——也就是说，这周去殷果家吃饭的事直接没戏了。

大家不知道林亦扬复杂的心理活动，纷纷取车、回家。
林亦扬在楼门口，目送着兄弟们的车一个个驶离铁门，还在琢磨吃饭的事儿。
手机里又收到了殷果的消息。
　　林里的果：我外婆一直住在我家，也不出门，你看哪天方便，告诉我。
林亦扬看着手机屏幕上的这行字，笑了。
傻姑娘，还什么都不知道呢。

＊　＊　＊

殷果发现林亦扬一直没回。
还在忙吗？
　　林里的果：等你忙完再说吧。
这次倒是秒回了——
　　Lin：周四要去世锦赛，自己还不知道？

殷果蒙了一会儿，反应过来，应该是林霖得了第一手消息，毕竟她是教练组的。
虽然今天是周一，如果安排这两天吃饭也没什么大问题，可林亦扬心情在最低落期，她舍不得让他应酬任何人。这几天对他来说，太特殊了。
　　林里的果：那等我回来吧，两星期后。

他没立刻回。
半分钟后，林亦扬发来了语音邀请。

林亦扬回到办公室里，没开灯，倒了一杯热水放在茶几上。

手机开了免提放在身边。

他坐在皮沙发里，两腿交叠着，搭在了茶几边沿。想到，过去老师在的时候，自己也常常以这种坐姿，坐在大概这个位置。

这几天忙得没有一点个人思考的时间，连伤心的时间都没有。

事情一桩桩办，计划一样样来，每一样都不能掉链子。他不能让人觉得老师和江杨眼光不行，毕竟他林亦扬曾退出十几年，需要服众。

等忙到现在，人才觉得空落落的，毕竟是恩师离世，完全无法在短时间缓过神。

他虽然开了语音，可没说几句话。

"你要我和你聊天吗？"殷果在那边问他，"还是想连线，要我陪着你？"

她是了解自己的人，知道他需要的陪伴，不是用字句叠加的安慰。

林亦扬低声说："你随便说，说什么都行。"

这里太安静了，主楼没有宿舍，整座楼只剩下了他一个人。他想要听她说话。

两人有长达一年的异国恋培养出来的默契，经常晚上开着语音各干各的。所以殷果很习惯这样的相处，在电话那边，一边收拾着行李、屋子，一边和他说着闲话。

全是生活琐碎的事。

他在听她说话。

想起那年，为了安安和教练们怼了几句，躲在这儿睡觉，第二天被老师盖在身上的大衣弄醒了。没睁眼，就听老师说：以后啊，学着怎么和人打交道，不要开口就怼。身正不怕影子歪，怕就怕世人一张嘴，人言可畏啊。

……

"我爸妈走的那天，"他突然说，"在追悼会上我没哭，不知道为什么，没想流眼泪。我弟倒是哭得挺惨的，家里亲戚为这个，背后说了我好几年。"

电话那边，她不说了，停了。

"今天你看着我，觉得奇怪吗？"他低声问。

当时她就看到了。全部家属和徒弟，他站在最后一个。所有人握手时都在哭，除了他这个最受宠的小徒弟，只有他是冷静的。

她能注意到，别人也会注意到。

听林亦扬这么问，她反倒是有些担心了，怕有多嘴多舌的在背后议论这件事。说好听了是悲伤过度，往难听了说，什么都有可能。

"没有，"殷果轻声说，"不觉得。我妈很讲究这些的，也没说你什么。"

电话那边，没有回应。

过了会儿，听到他说："睡了，周四去送你。"

殷果在等他挂断。

连线一直畅通着，他没挂。

她刚趁着和他闲聊，早洗漱完了，此刻已经钻到薄薄的空调被里，枕着手臂，语音开着免提就在枕边。她关上灯，躺到枕头里，就这么睡了。

这一夜没睡踏实，几次醒，连线都还畅通，到四点，那边好像有警车，或是消防车开过的动静，把她吵醒了，想叫他，没叫。再睁眼，看到窗帘上有日光，天亮了。

通话时长 6:27:34，还没断。

"……林亦扬？"她闭上眼，喃喃着，叫他。

"醒了？"像是在自己耳畔回的，好像还有他的呼吸声。

她带着浓重的睡意，轻"嗯"了声。

"挂了，你接着睡。"

"嗯，想你亲我。"她轻声说。

这是她偶尔会说的，过去异国恋之间开发的小乐趣。

他回了句："亲了。"

殷果好像真被亲到，心满意足地搂着身前的空调被，笑了。

通话悄无声息地结束，停在 6:28:19。

* * *

林亦扬洗漱完，去食堂吃饭，刚打了饭，找个四人的空桌子，刚坐下，余下三个位子也坐了人，是三位老教练。

林亦扬好整以暇地掰开个包子，吃着，等着这几位教练开口。

"小六啊，"范文匆的老师打了头阵，"你那些计划还是想简单了。万一送出去，人家回来了单干了呢？跳槽了呢？"

他颔首："可以签一个赔偿协议，制约一下。"

"可是送去三十个，也太多了吧？"辛教练提出疑问。

东新城只有三个能进斯诺克世界排行榜，送出去三十个简直就是毫无理由地烧钱。

林亦扬点点头。仿佛是赞同。

"说得对。"他说。

众人松口气。

"可真要事事计较，当年也就不会有东新城了，"他语气谦虚地反问，"您说对吗？"

当初东新城第一批出来的学生，没一个出名的。就连贺老也是在六十多岁才收到两个资质高的徒弟。他一句话扯到东新城起源，大家也不好往下再说。

"好，先不说英国训练，我们说说办比赛的事儿，"辛教练只好切入下一个话题，"我知道你像你老师，抱负很远大。但我觉得呢，咱还是先把自己家搞好。"

林亦扬喝了口白粥，再点点头。又仿佛是赞同。

"东新城永远是第一位的。"他表态。

众人看到了希望。

"但这件事，本身受益的就是我们自己。只要行业起来了，您不管在体育局，还是出去都会有说话的地位，和现在完全不同。"

辛教练摇头："我老了，倒不在乎这个。"

林亦扬一笑："您不在乎，想想咱们的孩子。"

他不等对方回答，又说："不说斯诺克，您看看女子九球排行榜上一眼看下来，中国姑娘占了大多数，多骄傲？可没人知道，没人想去知道，更没人在乎。"

"我不想咱家孩子以后出去，说是打台球的，都没人搭理，"他最后说，"我想看到有朝一日他们踏上赛场，座无虚席，想他们夺了冠，万人欢呼。而现在呢？观众席上除了教练，根本没有几个观众。"

辛教练叹气："可大家都知道，行业的瓶颈在于冷门，不是奥运项目，亚运会也没了。国家扶持力度肯定不够。"

林亦扬把剩下的包子吃完，沉吟半晌，照旧是说："您说得对。"

老教练们都哭笑不得。

辛教练说："小六啊，不用一开始都是对对对的，咱们说话都直接点儿。"

他低头，几口喝完粥："1896年有奥运会，1988年乒乓球才入奥，每个项目都是慢慢壮大的。各国的台球协会都在提申请，世界几大台球协会也在申请。面包会有的，"他将自己没开封的瓶装牛奶放到几个老教练当中，"牛奶也会有的。"

林亦扬离开，把餐盘放到回收处，在一众选手当中穿行而过，向着清晨的日光而去。

大家都在那愣神——这还是过去那个天天剃个小寸头，没事就和人打架挂彩，见谁都不搭理，狂到没边儿的浑小子吗？

几个老教练说服不了林亦扬，仍觉忧心，以"探病"的名义，去了一趟江杨的医院。

江杨胳膊刚开过刀，用白纱布将打着石膏的右臂挂在脖子上，神色奇差。

他勉力倚靠在沙发角落里，气息不稳地说："我这个小师弟是什么脾气，您很清楚。他要排名有排名，奖金比我都高，闲云野鹤一样，要不是用感情套住他，他是不会回来的，"江杨咳嗽了两声，要给老教练倒茶，"来，我给您倒杯茶，消消气。"

他看上去恢复得"很不理想"，茶壶举得都费力，教练们赶紧把茶壶接了过去。

只见江杨在那又幽幽地叹着气："我这一身伤病，是真带不动了。"

说得是情真意切，无尽伤感。

老教练们回去了一合计。

还能怎么办呢？只能任由林亦扬折腾了。这是贺老嫡亲的徒弟，东新城最正统的接班人。

一星期内，年青一代的骨干们用行动表了态，支持林亦扬。

东新城最赚钱的几个选手更是都把自己的球社提成，从原先两成提高到五成。包括如今最赚钱的林亦扬。这样一来，也算暂时堵住了悠悠众口。

* * *

两星期后。

江杨出院，被林亦扬接到了自己的球房里。

江杨手术很成功，恢复得也快。

现在的他除了胳膊吊在脖子上比较尿以外，举手投足还是那个能在赛场上算计人的老帅哥，出去谈个恋爱把个妹不成问题。

那天纯粹是装个样子，示个弱。

林亦扬让孙尧煮了一壶咖啡送上来，两人坐在休息区的沙发里聊天。

"人老了都喜欢走稳棋，看你一开始给老教练们吓的。"江杨笑着说。

林亦扬没说话。

他最近这一星期，快把前半生没说够的话都说完了。

江杨抿了口咖啡，慢悠悠地品着，享受这得来不易的悠闲："人家今天飞回来吧？"

林亦扬默认了。

"那还不去接？"江杨这纯粹是没话找话。

林亦扬一副"你以为我不会看表"的眼神，扫了他一眼。

他走到球杆架的最右侧，拿起一根球杆，在手里掂了掂，想练练手。不想费力气码球，用球杆拨着球台上的一颗颗红球，让它们自由散开。

最后摆了一颗黑球和一颗白球。

"说句认真的，是个喜讯，"江杨从烟盒里抽出一根烟，没点着，在手里玩着，笑吟吟地看着他，仿佛在卖关子一样说得极慢，"今年的亚运会，有台球。"

原本准备击球的林亦扬，手停住，停了三四秒。

自从2010年广州亚运会之后，台球就再也没能进入这种大型综合赛事。取消多少年了？他都快忘记时间了。

"我以为你忘了我们小时候的话。"江杨笑着说。

林亦扬没回答。他盯着那众多红球里唯一的黑球，打出了一个漂亮的弧线球，以极刁钻的角度，击中黑球，成功落袋。

他曾退役多年，就算回来了，对世界排名也看得淡，可不会忘记这个。

这才是最早根植于心的东西。

每一个自幼入体育这行的孩子都有过这样的经历，家长或是教练会带着幼年的他们，指着电视里的亚运会、奥运会，让你去一次次看国旗升起，让你燃起斗志，畅想未来自己就要站在同样的赛场里，成为下一个赛场英雄。

他和江杨小时候也是这样，在老师的办公室里看过。这是他们最初的梦想。

无关奖金，无关排名。

成千上万的孩子从几岁开始就是日复一日，年复一年，从不间断地训练、负伤、比赛。几岁，这是一个运动员的初始年纪，其后，漫长的前半生都只有这一件事。

可那个领奖台上却只有三个位子，而能让国歌奏响的位子，只有那一个。

身为一个运动员，就算是被亚运会取消多年的冷门项目，可谁不想胸贴国旗，为自己的祖国拿冠军？

哪怕只有一次机会。

给这代台球选手一个机会，为祖国的荣誉而战。

这件事发生得十分尴尬。

她想给他惊喜，谁知道阴错阳差，他竟然不在东新城……

殷果坐在东新城主楼一楼的沙发上，右手边是行李，面前是一杯菊花茶。作为东新城的"老板娘"被前后左右、楼上楼下……围观着。

那天追悼会大家也都在，但是宾客多，大家也无心多看。现在，全部东新城的几百来号人，各个年龄段的都在。

有上下楼的，有要出去比赛的，还有比赛回来的。

人来人往，知道殷果是谁的，笑着招呼，不知道的，都要问一句前台小妹这被围观的小美女是谁。就算不好奇的，也会被人拉过去科普……

职业选手们还矜持一些，最多是路过时和她多招呼两句，小男生们就不一样了。现在，围着殷果的就是一群十五六岁，一个个都长到一米八、大长腿的年轻小帅哥。

现在小孩子发育是真好……

殷果被他们一包围，人都快见不到影子了。

"叫六婶怪不好听的，"一个长着俩酒窝的少年，笑呵呵地建议，"叫果姐吧。"

旁边一个人给了这个少年一脚："六叔的老婆，你叫姐。"

"那也不怪我啊，谁让咱六叔老牛啃嫩草的。是吧，姐。"

"叫什么呢？"大门口，开车匆匆而归的男人几步迈上台阶，教训着，"没大没小的！"

在他说话的工夫，从口袋里掏出来一块东西，背着光丢了过来。

少年反应慢了半拍，身后另一个手快的孩子给接住了，是一块没开封的黑巧克力。

"谢六叔！"接到的人笑着喊。

轰然一下，全体带着笑声，全散了。

为了见她，早上特地去修理了一下没留神养长了的头发，等到剃完寸头，对着镜头看自己的一张脸才记起来，晚上要去她家见家长了。这发型，过于张扬了。

倒是幸亏昨晚烫好了衬衫西裤，还在宿舍里，总不会太坍台。

林亦扬原本是打算去机场接她，回来换身衣服就去她家。

接了殷果电话回来，倒也省了去机场的来回。

在众目睽睽下，他也不好多做什么亲密举动，弯腰，低声逗她："干脆签东新城算了，看你这么受欢迎？"

殷果去拉他的手。

他笑了，反手握住她的。

殷果盯着他手臂上的纹身看，刚一看到这个，就觉得心落下来了。踏实了，他来了。

"你签我，还不如把她签下来。"她用眼神指不远处的刘希冉。

说实话，她由衷佩服这个老将，刚拿了世锦赛冠军回来就收好金牌，打起了陪练……而她这个拿第三的，却在这里吹着初夏的暖风，喝着茶。

林亦扬倒是被殷果提醒了，站直身子，叫了声刘希冉。

"明天晚上食堂有一场庆功宴，是给世锦赛冠军的。"林亦扬说。

刘希冉怔住："算了……我又不是东新城的人，你这样不合规矩。"

"准时到。"他没给对方再反驳的机会。

给漂在东新城外、渴望归属感的女孩子办一场世锦赛金牌的庆功宴，虽然只是在东新城的食堂，却是在给这位世锦赛冠军最好的礼物。

刘希冉半晌没出声，最后也说了两个字："谢了。"

林亦扬笑了笑："客气。"

林亦扬把她行李箱的拉杆拽出来，问她："还不走？"

自己拎着她的箱子往外而去。

殷果马上背着包，追上他。

林亦扬的宿舍在隔壁的一楼，最靠里边。

东新城的男人们都住在一楼，女孩子在二楼南面，因为女选手数量少，所以二楼北面各种配套的休息室和公共浴室也都在楼上。

殷果和林亦扬路过楼梯，有几个洗澡下来的人，和林亦扬招呼着。

林亦扬答应了，打开宿舍门。

他早起走得急，窗帘还在闭合状态，只有右边缝隙里透出一道阳光，落在地板上。

她一进门，抽了抽鼻子。

满屋子都是他的味道。

林亦扬见她一双眼紧盯着自己瞅，单手抱住她，将箱子放到墙边："约了几点？"

殷果知道他问的是今晚去家里吃饭的事。

那天外婆说要请林亦扬吃饭，妈妈表示默许，爸爸却不大乐意，碍于老人家的心情，婉转表达："还早呢，没必要这么早到家里来。"但外婆坚持要道谢，爸爸也不好说什么。

可这个星期，爸爸竟主动在电话里提到了林亦扬。

虽然殷果爸爸不是台球这行的，但曾经也是一名运动员。知道冷门体育项目发展的难处，那些功成名就后，又愿意回报的人，很少，而林亦扬意外地成为其中之一。

"做得好啊，做得好。这一代东新城的孩子有福了。"

爸爸最后在电话里还问了他什么时候到家里来，争取也回家，可以好好和林亦扬聊聊。

所以她一点不担心今晚的晚饭，只是——

"六点。"她说。

"那还早。"林亦扬低声说着，要亲下来。

她躲开："还有件事……"

她纠结了会儿，小声说："我那个……晚了一个多星期。"

在沈阳，所有人在赛后都在兴致勃勃讨论着亚运会，她却满脑子都是这件事。刚毕业……刚开始打职业，她因为这个猜想，全乱套了，未婚先孕想都不敢想的事。

林亦扬停下来。

本是久别重逢，还在计划着在屋里消磨两个小时，再去见见未来的丈母娘和老丈人，晚上去把上次买的机车取回来。

眼下念头全散了。

自己女朋友说，可能会有自己的孩子。

这种事在最浪荡的少年时代，身边混着的人多少都有经历过，全不当一回事，一般谁郁闷地说句"给哥们儿凑点钱"，十有八九是为了这个。

……

他看上去人是冷静的，似乎毫无反应，其实是不知该如何反应。看得出她在不安，他不得不控制自己念头，控制自己视线滑下去，去看看她的小腹。

从未体会的，极其陌生的情绪在操控着神经，环抱着她的那只手，无意识地握紧着，想亲她。亲她的额头，嘴唇在刘海上压了会儿。

半晌，也没说出半个字。

最后，抱她的胳膊用了力，抱紧了："没事，没事。有我呢。"

不管怎么样，先确认是不是再说。

"路上说，"以他过去兄弟们处理的经验，第一步总要去医院，"先去医院，还来得及。"

他说着就要开门。

殷果拽他的胳膊："不用去医院。先去药店……我们自己先验。"

药店？林亦扬愣了一下。

怎么做爱，绝大多数男人都懂，都是聚众看小片长大的，方式方法一应俱全。怎么避孕也知道几种方法，毕竟是受过教育的年轻人。可怎么验孕……

"好，等着。"他先答应了。

掏出手机搜一搜，网上肯定有。

林亦扬离开房间。

殷果坐到沙发里，等着他，在忐忑不安里，环顾房内。

他把读书时的书都打包寄回来了，码放在沙发旁的书架里。乍一看书架，她还以为到了他读书时住的公寓。只是宽敞不少。

那个公寓房间太小了，两人说话都只好并肩坐在床边沿。后来有过亲密关系了，就索性在床上消磨时间，聊天、看电影，还有干点别的什么。

他生日那天从球房回去公寓，两人关了灯，在房间里摸黑亲着对方，脱了衣服钻到被子里，那是夏威夷之后的头次。他过程中明显感觉到自己疼了，在黑暗里停下，亲了半天，用掌心让她放松，低声问：第二次也疼？

后来动作就慢了，停了好一会儿等她习惯自己的存在。

正在最激烈的时候，他却克制着停了。他是一个难得的男人，不管在生活里，还是在床上……那也是两人在一起最美好的几天。

好像还在昨天。

殷果脱掉鞋，抱着膝盖坐在沙发的角落里。

好像只要见到林亦扬，麻烦就被他全盘接手了。她大脑放空，下巴搁在膝盖上，老老实实等着。

* * *

林亦扬开车去最近的药店。

熄了火，看到她的话。

林里的果：记得戴口罩。

林里的果：你有好多球迷。大赛在即，千万别被人发现。

那个口罩还在。殷果给他的东西，他从来不会丢。

他在副驾驶座前的储物格里找到殷果给自己的黑色口罩。下车，往药房走着，想戴上，但一想还是算了，又不是明星，没那么多路人会认识自己。

他戴了又摘下的动作，成功吸引了身边小超市门口的一个小姑娘注意，对方盯着他看了两眼，这么帅，脸到气质，还有这身高，是明星吧？还没大红？选秀的？

小姑娘想掏手机拍一张，林亦扬早完整戴上，大步而过。对方跟上去几步多看了会儿，想拍照，又忐忑，等林亦扬身影消失了，才懊恼没照下来发群里问问，平白错过了一次偶遇。

而林亦扬全程毫无察觉，他右转，进了药店。

药店是开放式的货架，他溜达了两圈，没看到殷果要的东西，只好往柜台前走。那里有一位老阿姨和一个老先生，穿着白大褂。

林亦扬清了清喉咙，漆黑的双眼盯着那位老阿姨，想了想，转而看向老先生。

没说出来。

……

老先生和老阿姨一齐望向他。

他沉默片刻，掏出手机，给对方看屏幕上的搜索结果。

……

老先生和老阿姨对视了会儿。

"这个有，"老阿姨从柜台下边找出来两盒，"一般人都买两盒。"

他盯着两盒，琢磨三秒，双保险检测也好。

于是掏出钱包，付钱走人。

等回来，车停到东新城院子里。

林亦扬左手搭在方向盘上，看着透明塑料袋里装着两盒东西，觉得太扎眼，怕拿进去被谁认出来。他倒没什么，可殷果是个姑娘，被人知道这个不好。

于是，他把东西掏出来，塞进裤子口袋里，说明书留了一份，盒子扔到了垃圾箱里。

＊　　＊　　＊

殷果从林亦扬手里接了两个封闭的塑料袋，还有一份说明书。

他说："我在外边等你。"

她轻点头，进了洗手间。
想了想，把门挂上了锁。内心极度不安地看着手里的两个袋子。

＊　　＊　　＊

林亦扬在房间里，体会了一把度日如年的感觉。

还有三个小时就要去未来丈母娘家，第一次面见家长，而此时，却在忐忑等待着人生的另一场意外。

一分钟后，里边人问了句："……为什么有两个？"

林亦扬不自然地咳嗽了声："试两次。药店的人说，比较保险。"

"哦。"

两分钟后。

"林亦扬？"

他"嗯"了声，屏息等着。

"……要有了怎么办？"

原来还没出结果。他松口气。

"先告诉我，你怎么想的？"林亦扬反问门内的她。

"我想听你说……"

……

"林亦扬？"

"等我想想，怎么说清楚。"他手撑在洗手间旁的墙壁上，把所有的内心想法都重新梳理了一遍，慢慢在说："从你的角度来看，还有三个月是亚运会，这个，应该没什么大问题，对于你的项目。"奥运和亚运赛场上只要不是激烈运动，怀孕运动员参赛并不少见，所以参加亚运会应该不会有大问题。

他又道："不过你刚开始打职业，这么早生孩子是不是合适？至少要有半年的休养期。"

　　洗手间门忽然打开。
　　林亦扬以为她验出来了，人站直了。
　　"还没验呢，"她晃了晃手里的袋子，心虚地看着他，"害怕。"
　　……
　　这一来一回的，他背后也出汗了。

　　"我想看着你，看你说。"殷果也要慌死了。
　　林亦扬盯着她看了好半天，说："我很高兴。"
　　他重复着："很高兴。"
　　不要有忐忑和不安，你面前站着的男人，比你要高兴得多。
　　当初殷果独自坐火车跑去找他，他就做过假设，就算以后被她瞧不上、被甩了，他都会惦记着她，就算她移情别恋、跟人跑了，他也还会惦记她。他知道自己喜欢上什么东西就没法放弃，可不是个喜欢强求的人。
　　过往经历也让他彻悟到，人和人之间的缘分最强求不来。真爱过就行，也不强求她能陪自己走到最后。可现在心境不同了，要真有了，留不留是她决定的，他不强求。
　　但有一点要听他的，必须先结婚。

　　两人对视着，殷果眉心皱着，还在怕。
　　"慢慢来，"他右手扶在她头后，轻声说，"我出去抽根烟。"
　　他估计自己在门外等着，更给她压力，还是出去走走好。

　　一出门，他摸了摸裤子口袋，空的。
　　还说出来抽烟，什么东西都没拿出来。他随便找了一间宿舍，敲了敲隔壁的门，推开，问着里边的一群光着膀子在晃悠的男人："有烟没有？"
　　一屋子男人刚训练完，有人电脑上放着商业大片，有人放着小片儿，到处扔着没洗的衣服。"有。"其中一个反应快，递过来烟和打火机。
　　"大白天的看这个，不怕肾虚？"林亦扬指了指角落里那台电脑，笑嘲了句。
　　"六哥你一个有家室的，就别歧视单身男青年了。"有人控诉他。
　　林亦扬在起哄声里，直接关上门，走了。
　　他走出楼门，想要点烟，但又心里乱，最后放弃了。烟在两指间夹着，也没顾得上抽，人看着马路上的车来车往。

站得累了，坐到台阶上，这才看到一截灰落到鞋上。还想要再点一根烟，脖子突然被一双手臂从身后搂住了。

这感觉，像坐过山车到了最高点，缓慢地，悬在高处。

他夹烟的手都停住了。

"没有，"在耳边的女孩声音如释重负地小声说，"都没有。"

说完，不放心问他："应该就是没事了吧？"

这场人生的过山车绕场一周，高低飞驰了一遍，让人措手不及地冲到了终点。

还是急刹车。

他的心先冲到嗓子口又被拽回去，说不出的滋味。

失落？有，但不多。庆幸？有，反而更多。

刚都在想要怎么去她家负荆请罪、任打任骂，甚至要怎么说服她爸妈让自己娶她的腹稿都打好了。虽说要见招拆招，但显然不是一个好过的关卡。

把一件好事变得这么复杂，就觉得对不起小姑娘。

幸好，所有都没发生。

林亦扬把那一根烟戳到烟盒里，塞回去，扣上盖子。

轻轻地呼出了一口气，笑了。

他反手，摸到她的脸："高兴了？"

摸到她在笑，他也笑了。

殷果偏过头看他的脸："我看你知道没有，也挺高兴的？"

"当然。"他当然更想按步骤来。

"……那你刚还说有了很高兴？"殷果哭笑不得。

"高兴也是真的。"他笑，并不觉得这是冲突的。

刚才坐在这儿，他想到了自己二十二岁那年在干什么。大学刚毕业，找了个算是不错的工作，但不得劲，转而想再努力一把，赚点钱多读点书。

如果在那年，他停下脚步，就不会有现在的林亦扬。

他走过的路、看到过的世界，身边接触的朋友都将完全不同。不会有面对媒体的应对自如，面对外媒直播镜头的坦然，没有一个进退有度，视野开阔，可以扛下东新城的男人。

存在的只会是一个平凡于世的，拿过全国总冠军的中年男人。

让他裹足不前，停在二十二岁，他绝不会甘心。

而现在的殷果，比他当初优秀得多，还可以更好。

生孩子以后再说，姑娘还小。

不过结婚要提上日程，亚运会后？差不多。

当你爱一个人，当然希望所有给对方的都是最好的，包括按照步骤，搞定家长，弄场足够有诚意的求婚，求个七八十回也不成问题，只要她高兴。

殷果完全不知道林亦扬在琢磨结婚进程的事儿，搂着他的脖子，寻思着，老男人开始口不对心了。他都这么大年纪了，估计挺想要孩子的？

殷果下巴搁在他的肩上，好像经过刚刚那一闹，抱着他的感觉都不同了……

有人进宿舍楼时，见林亦扬在，顺口说了句："六哥在这儿啊？承妍刚找你呢，说是商量亚运会报名的事儿。"

林亦扬应了声。

殷果用下巴磕了磕他的肩。想说什么，怕显得自己小气、小心眼、不讲理……可怎么看，承妍看他的眼神都还是怪怪的。

林亦扬是坦坦荡荡，什么都没做。

可她还记得上次在楼梯上碰到承妍时，她看林亦扬的眼神……老被外人惦记着自己家地里的大白菜，这感觉太不好了。修了好几圈篱笆也不踏实。

林亦扬觉得后背上，她一会儿用左脸在蹭，一会儿用下巴磕，一会儿又用右脸贴着，弄得他很想笑。"她是九球的副队长，"林亦扬把打火机也塞进烟盒，给她解释，"避不开的。"

"我又没说什么。"她狡辩。

她被他兜住了两条腿，视线突然就抬高了。猝不及防就被林亦扬背了起来。他个子高，背起她来几乎要撞上门框。

"好多人，"她急忙挣扎，"快放我下来……"

"不是吃醋吗？"林亦扬点破，沿走廊往回走，"给你点安全感。"

这个时间点，宿舍楼的人不少。

他是故意的。

楼梯口，下楼的几个九球组的女孩都惊讶地站住。

刚还在给承妍传话的男人，正被师妹拦住了，在谈正事，一瞅见林亦扬背着殷果回宿舍，马上关心地追上去："嫂子脚坏了？要找队医吗？"

"不用，"林亦扬一本正经地说，"和我生气呢，哄哄她。"

……

男人们全是：老流氓就是不一样……

女人们全是：我也要找六叔这样的……

本来是逗逗她。

可林亦扬背着她从楼门走到底，也被她先挣扎，后自暴自弃的各种小动作点燃了心里的一团火。两星期没见了，上回亲热还是在纽约公寓。

进门把她扔到软绵绵的空调被上，开了空调。

心有余悸，可经过那一折腾，她对他感情更不同了。刚在等待结果的几秒里，她甚至想，就这样结婚也不错。

在他眼前，她面颊染上了淡淡的红。

……

折腾到后面，她没留神，头顶一下撞上床头。还以为他不知道，等再下一次，她的头顶却撞到了他温热的掌心。

"疼不疼？"他问。

只是一瞬，一个动作。

殷果的心全被他掏空了。心底的情绪上涌，一偏头，咬了一下他的胳膊，咬在他手肘内侧的火山上。可是牙齿早用不上什么力气了……

她也不明白自己为什么会因为这个小动作，就无法抑制自己的感情了。只是很小的细节，好像真的能感受到他时刻在关注着自己，是那种本能的留神和在意……

林亦扬看她眼里红红的，覆在她耳边，低低沉沉地笑了声："咬得不重，再来一下。"

话没说完，直接堵住她的嘴。

* * *

现在已经是五月中旬，尤其是今天格外热。

可林亦扬还是穿了昨晚就准备好的长袖衬衫和西裤，为的是第一次上门不要那么扎眼，规规矩矩，尽量能给她家里人留个好印象。

他把车开进殷果家小区的地下停车库，用的是殷果家的车位，以至于两人还没下车，就被相邻车位的邻居叔叔先看到了。

林亦扬下车、锁车，感觉自己在被一双热情而又好奇的眼睛盯着。他不自觉地将自己的衬衫领口扣好，顺便从后备厢提了几袋子的上门礼，对和殷果打招呼的邻居微颔首，算是打了个招呼。

"男朋友啊？"邻居笑呵呵地问。

"嗯。"殷果也被这道注目礼干扰了心，还没出车库，就手心冒汗了。

她带他上楼梯，左转，刷卡，进了电梯间后轻声说："忘了和你说，我妈晚上局里开会，晚饭赶不上。"

林亦扬点头。

"亚运会在即，局里都很忙，"她又解释，"但是特地和我说，让你等着。等她回来。"

他又点头："好。"

两个人都盯着两扇电梯门之间的一个打印出来的小区检修煤气管道的告示，都在认真看着。殷果比他紧张多了，很刺激的感觉，第一次带男朋友回家。

……

等到了家，孟晓东早到了一步，在陪殷果爸爸喝茶。

显然，孟晓东是特地为了给林亦扬暖场而来的，有他在当中润滑，初次见面的生疏感少了许多。林亦扬放下带来的礼物，礼貌地打过招呼，和殷果爸爸握了握手。

殷果爸爸对林亦扬的第一眼印象很不错。

当年比赛殷果爸爸没看过，对林亦扬过去的印象还停留在在赛场摔球杆的禁赛判罚里。今天，林亦扬一进门，从他的站姿和目光来看，就知道这个孩子这些年书没白念，看得出个人素养很高。

"你老师经常提你，和殷果妈妈打电话的时候。生老病死，都逃不过的，要看得开，"殷果爸爸指沙发，"坐。"

孟晓东在一旁，给林亦扬倒了杯茶，推到他面前。

一个长辈和两个晚辈就此打开了话匣子。

从东新城改革的事切入，殷果爸爸早年刚退役时，也到协会里做过事，想干点实事，当时也是被保守派反对，举步维艰。

聊到这个话题感触颇深，一来二去，两辈人找到共同语言。

聊到晚饭开始还不尽兴，在饭桌上忍不住还在说。

殷果姐姐吴桐从回到家，就冷脸旁观着，在饭桌给殷果外婆盛了饭，笑着劝了句："爸，客人来，先吃饭。"

"对，对，让客人先吃饭，"外婆也附和，笑呵呵地看林亦扬，"小林啊，谢谢你啊，在美国照顾晓天。天天那孩子啊，妈妈走得也早，在我身边长大的。孩子啊傻，不如晓东会为人，过去让你多费心了。"

"外婆，应该的，"林亦扬说，"没有殷果在，我和晓东也是多年的朋友。"

"对，"孟晓东接了句，"自小的交情。"

吴桐看了一眼孟晓东，给外婆夹菜，没吭声。

饭后，殷果爸爸还有应酬，意犹未尽地要林亦扬有空来家里坐，就走了。殷果陪着外婆上楼。恰好这空当，孟晓东接了殷果妈妈一个电话，拉开门，上了阳台接。

客厅，只剩了姐姐。

她斜对面，就是林亦扬。

"你过去是七中的？"殷果姐姐忽然说，"咱俩见过。"

林亦扬看了她一眼："刚开始听你的名字，是觉得耳熟。严复的女朋友？"

吴桐像被人拨动了心头扎了十几年的刺，那是荒唐少年事，她甚至不知为什么要和那个人在一起，都谈不上喜欢过："早和他没联系了。"

林亦扬点点头，接着看体育新闻。

到这里，寒暄和叙旧算结束了。

他这个人在气场上确实有点邪性，颇有压迫性，不想应酬谁，就真不给面子。

在纽约听晓天提过几句，小果小时候被姐姐欺负，对这位印象不好。没必要多给面子应酬。况且他和那个"严复"也只能算是朋友的朋友，和殷果姐姐唯一一次见面就在鼓楼的小台球厅北面的小烧烤店，话都没说过，也没什么旧好叙。

殷果从楼上下来，一看到姐姐坐在林亦扬附近，心提起来。

护犊子一样地着急叫了声："林亦扬。"

林亦扬抬头，看她三步并作两步下楼，对自己拼命招手，打眼色："来厨房，帮我弄个果盘。我妈快回来了。"

林亦扬笑了。

心说：我一大男人，你还怕我能吃亏？以为谁都像你一样，小傻子不会吵架？

他径自离开，跟殷果进了厨房。

殷果姐姐仍然坐在沙发上，拿起遥控器，想换台，却没换，在体育新闻的播报里想到了十几岁的自己。

她和殷果是一个中学的，是重点中学，而七中是离她们学校最近的远近有名的流氓学校。可就是那样的学校出了一个被学区点名表扬，来她们学校打友谊赛的男生。打友谊赛那天，重点中学的小礼堂前作台阶上难得出现了一个没穿本校校服的瘦高男孩，留着寸头，穿着白衬衫和七中校服长裤。几乎每间教室的一排窗户边都有女生凑在那儿看他。

十三岁拿下全国冠军，直接拿了保送重点高中的名额。学习差得要命，人还狂得要命。

七中林亦扬，有多少女生在心里有过、在草稿纸上和校服里写过这个名字，连林亦扬自己也不会知道……

* * *

殷果把冰箱里的水果拿出来几样，在那儿忙活着。

林亦扬和殷果爸爸聊得很畅快，知道自己障碍扫除得顺利，心情也不错。看她在忙碌，想逗逗她，于是摸着她的头顶，低头，笑着在脸边，用只有她能听到的声音、笑问了句：下午那一下撞得挺重？

殷果脸红了，用手肘撞开他。

身后，敞开的厨房门被敲了下。

两个人同时回望，是刚回家的殷果妈妈。

"小林，今天会开到这么晚，让你久等了，"殷果妈妈是过来人，看得出来两人之间流动的空气都是无法伪装的热恋氛围，"来，上楼慢慢聊。晓东，你也来，你们都跟我去书房。"

要叫表哥一起？

"还有小果，你们都来。"妈妈最后说。

殷果这里果盘刚弄到一半，是放下刀也不是，继续弄也不是，她手脚慢，起码还要十几分钟才能把切到一半、洗干净的水果都搞定。

林亦扬从她手里抽走薄片的水果刀，利索地在三分钟内就搞好了。他在餐厅打黑工赚学费时什么没做过，这些都是毛毛雨。要再给几分钟，他还能摆出几个样子。

他拧开水龙头，洗着刀锋，甩干水滴，还给殷果："快上去，别让你妈等太久。"

殷果一面惴惴，一面不由得感叹："你干活比我利落多了。"

换而言之，就是从小吃苦吃得多。

殷果把厨房门虚掩上，轻声说："在我家呢，我爸听我妈的，尤其是在我的事情上，你懂吧？"

林亦扬点头。

"我妈很讲道理，也不会当面给人下不来台，"殷果不放心，还在嘱咐，"她要提过去的事，你听着就可以，不用去争论。我哥说，因为你老师，她已经对你改观很多了。"

"好。"

"还有，她其实很宠我，最怕我撒娇，"殷果又小声说，"一会儿我会看情况，要是不对，就撒娇，你就不吭声。有麻烦都丢给我。"

林亦扬笑了："好。"

"还有……"殷果绞尽脑汁想着，最后因为紧张，想不到话了，忐忑地说，"算了，先上去吧，反正还有我哥呢。"

两人打开厨房门，从客厅经过。

客厅已经没人了。

"我姐刚和你说什么了？"她瞧见姐姐上楼，想到刚不在的几分钟，"没说不好听的吧？"

林亦扬摇头："过去见过一面。"

"你过去见过我姐？"她惊讶。

林亦扬点头："朋友的朋友，一面之缘。"

作为一个男人，没必要把一个不相干女人的感情经历到处说。他只当不知道。

殷果点点头："你俩差不多大。"

这两句话的工夫，已经到书房门外了。

殷果推门前，还是不放心地攥他的手背："我妈无论说什么，都不代表我。"

言罢，又轻声说："我这辈子认定你了。"

其实她是怕了。

两人闹得唯一一次严重矛盾就是上次和妈妈见面。

一想到那天林亦扬的落寞，不甘心，还有自负被打压后的样子，她就心疼。纵然知道妈妈的态度已经改观，还有表哥在，但临推开门，让两人面对面，她还是害怕了。

林亦扬没料到，殷果说出这种话，认定的话，会在这样一个普通的场合和时间，在自家的书房门外。他无法形容自己此刻的心情，很复杂。

复杂中，被她强行握住手，说出了最能软化人心的话……

林亦扬反握住她的手，半晌，什么都没说出来。

他没迟疑，主动去推开了书房的门。

妈妈已经坐在了茶几旁的单人沙发里，孟晓东坐了书房的椅子。殷果似乎别无选择，只能和林亦扬一起共享长沙发。

在落座前，她悄悄扯林亦扬的衬衫，想让他坐在外侧。

她可以坐在里侧，隔开妈妈和林亦扬。

"干什么？"妈妈先识破了她的小心思，"让小林坐我这边。"

……

殷果瘪瘪嘴，对妈妈撒娇地皱了下眉。

妈妈笑了。

林亦扬到里侧，落座。殷果只好跟着，把果盘推到茶几当中："都是他切的。"说完，想了想，跟了句："切得好吧？"

孟晓东本是在喝茶，被这句问得想笑，又没好意思。

殷果完全不知道，自从她进了屋的状态就是炸了毛的猫，还要佯作冷静，护着自己身后的宝贝……而刚刚那句话呢？像用爪子捧着宝贝，充满戒备地问大家：我家宝贝漂亮吗？

孟晓东轻飘飘地看了眼林亦扬：看给我妹吓的。

林亦扬眼底也染着笑意：多可爱。

殷果妈妈是个直接的人，笑着问林亦扬："知道小果为什么这么紧张吗？"

"我不紧张。"殷果马上说。

殷果妈妈再次笑了："好了，妈妈不会吃了他，让我好好和他说两句话。"

殷果笑笑，用牙签插了一片芒果，啪的一声滑掉在了茶几上。

真是……越忙越乱。

手边，他递来一张餐巾纸，没看她，反倒是对着殷果妈妈礼貌地说："阿姨，您说。"

"上个月，我们第一次见，你来敬茶，"妈妈说，"我那天就看得出，小果想为你说话。"

殷果慢悠悠擦着桌子，竖着耳朵听。

"所以坦白讲，我始终在观察你，从你申请加入台球协会，到中国公开赛夺冠。可以说，为了小果，你的每一场比赛和赛后采访我都看了，包括你老师到场的那次。"

那天，林亦扬在赛场的鞠躬，是殷果妈妈对他印象的一个转折。

殷果妈妈停了一停，又笑着说："九球的美国公开赛，我也看到了。"

……

殷果傻住，看向表哥：你不是说没看到吗？

孟晓东也很意外。

只有林亦扬觉得这些都在意料之中，他坐在观众席上，从拿起话筒的那一刻就设想了今天的情况。

殷果握着餐巾纸，纸巾里包着掉在桌上的芒果。

原本想去丢进垃圾桶的，但没动。

林亦扬在纽约赛场上的话，对观众和球迷来说，当然是浪漫至极。可让妈妈看到，岂不是就戳穿了孟晓东的话。表哥可是说，是他牵线的……

孟晓东倒是冷静得很，拿起茶壶给殷果妈妈倒茶："没想到您看了。"

殷果妈妈笑着端起茶杯："不看的话，也不会知道你们这些孩子这么怕我。"

"你在现场的英文讲得很出色，"殷果妈妈显然不想为难林亦扬，自然地转到了他的学业，"在美国求学是不是很辛苦？"

林亦扬也很自然地接话："还好。总的来说，吃过的苦都值得。"

"很了不起，"殷果妈妈感慨，"没有家庭的支持，很了不起。"

殷果妈妈最后笑着说："晓天回来之前，我对你的学业了解不多。他在这里陪外婆住了一星期，全在说你。说你的学校，你的专业，我听得也很高兴。"

殷果听得心花怒放，全是表扬："妈，他学习特别用功。在美国，每星期也就能见我一两天，全在忙学业。"

殷果妈妈故意"哦"了声："在美国，是说去年？"

殷果警觉自己说漏了许多话，不吭声了，脸红地和妈妈打眼色：您就别当面说我了……等私下我再认错坦白。

殷果妈妈看女儿的样子，也不打算再当众追问："好了，阿姨说完了。"

林亦扬从一开始的严阵以待，到现在的如释重负，他主动端起茶杯："谢谢您，愿意给我一个机会，重新看我的机会。"

言罢，一饮而尽。

这是他第二次敬殷果妈妈茶。

和第一次截然不同的处境。

殷果妈妈点点头，从沙发上站起身，到书桌前，翻找出了一个文件夹。

等回来，抽出了一张纸，

"聊一点亚运会的事，也不算公事，"妈妈把那张纸放到三人当中，"随便聊聊。"

纸上，是亚运会台球项目的说明——

女子：六红球斯诺克、八球、九球、十球、九球女子团体（三人）

男子：斯诺克、八球、九球、十球、斯诺克男子团体（三人）

一共十个项目，男女各五项。

殷果妈妈简单解释："我想听听你们的想法，报名想法。"

殷果没太明白："我就是九球和团体。"

"这次亚运会，台球的每个项目，一个国家最多两人报名。"殷果妈妈强调。

原来是这样……

殷果去年是世界排名第三，是有点悬。

"我先报预选赛，争取一下。"她回答。

"除了九球，妈妈希望你考虑报六红球斯诺克，"殷果妈妈指了指那张纸，"这个项目没有好选手，希望你去顶一下。"

"六红球斯诺克？"殷果蒙了。

虽然从小她是和孟晓东学的台球，斯诺克不在话下，但……

"这个，妈妈和你单独说。"

殷果"哦"了声，还没回过神。

殷果妈妈转而看向孟晓东："我知道你除了斯诺克，从来不打别的台球。但是亚运会不一样，团体的奖牌数量很重要。"

孟晓东直接缴械："我明白，您要我报哪个就哪个。"

"明天找你单独谈。"殷果妈妈说。

孟晓东点点头，大概懂了，重点谈话对象是今天的这位客人。

殷果妈妈最后看向林亦扬。

林亦扬也猜到重点其实是在自己这里——

"您说。"他主动说。

殷果妈妈笑着说："斯诺克和团体赛，是你的主项。"

林亦扬点头："对，我会报名。"

"你在美国打九球比赛的成绩，大家有目共睹。"

林亦扬再点头："九球我也报名。"

"一般选手都会兼顾八球和九球。"殷果妈妈又说。

"好，八球我也报。"他没迟疑。

"十球你还有力气兼顾吗？"殷果妈妈最后又问他。

……

"都可以，"林亦扬领会了精神，"我全报名，只要预选赛能过，全打。"

最后结果就是，林亦扬在未来丈母娘面前，答应把五项都包了。

殷果终于听不下去了。

她觉得林亦扬可能会累死在赛场上，看上去只是几个比赛项目，但是训练量很大，比赛时压力更大，体力消耗也大。

这不等于让他跑完200米，跑400米，跑完4×100米接力，再跑马拉松吗？

她替林亦扬说话："万一消耗太大……主项也保不住怎么办？"

"看小林自己的意思。"殷果妈妈笑着回答。

"您当面问，他当然说没问题……"殷果嘟囔着，求饶地看妈妈，"他就算再能干，也不能用到油尽灯枯吧。"

孟晓东被逗笑了，心想——出息了，可以为男人和自己妈辩论了。

妈妈倒是笑意渐深："每项两个名额，他要先参加预选赛，也不一定都能拿到名额。"

"只要他去，肯定都能拿到。"殷果毫不怀疑。

她还记得表哥评价林亦扬的话——

没有他不擅长的，只有他想不想打。

……

这下大家都笑了。

林亦扬拍拍她的膝盖，意思是：没问题。

殷果和他对视着，看他一点都不在意，也毫不担心的神情，略放心，但还是据理力争地说："一般这样打多个项目，最后肯定有某一项成绩不够好，您不能怪他。"

"当然不会。"妈妈又说。

* * *

当把亚运会比赛项目聊完，大家又聊了几句家常话。

亚运会在即，殷果妈妈不只要关心台球项目，还有其他各个项目要等着开会，等着组建教练队和国家队。

聊到十点过，殷果妈妈抱歉地对林亦扬一笑："阿姨这里还有很多公务，今天不便多聊。以后经常到家里来，刚刚你叔叔给我电话，也说让你经常来。"

说着，殷果妈妈站起了身。

他们也都起身，做好要离开的准备。

殷果妈妈眼底含笑，对林亦扬伸出了右手："提前恭喜你，中国台球队的队长，林亦扬。"

……

不光是殷果，连林亦扬和孟晓东也都怔住。

书房的灯光落在他的身上，仿佛带着烫人的温度。
如果不是面前的人说出这句话，他一定以为这是个玩笑。

一个多月前，他才刚回到国内。
半个多月前，他顺利拿下中国公开赛的冠军，加入台球协会，入选了国家队。
两个星期前，他突然接手了东新城……

而在今天上午，他在自己还没开张的球房里，刚刚被江杨告知，台球入选了亚运会。
到了晚上十点，他再次被告知——他，林亦扬，将会是中国台球队的队长。
将会在三个月后带队出征，带着中国最强的一批台球队员们去赛场冲击一个个项目，拿回一块块奖牌……

当初在东新城二楼最里边的办公室里，八岁的他和十四岁的江杨在电视机前，被老师指着录影带里的回放画面，分析一场场现场比赛，看选手登上领奖台……好像还在昨天。
自负如他，也从未想过会有这一天。
"这是无记名投票的结果，"殷果妈妈的声音在说，"我回来前刚得到消息。"

可以说，林亦扬用行动和成绩征服了给他投票的所有人。
大家都愿意去相信，新一任队长林亦扬，将会带着中国台球队走向更新的、更辉煌的时代。

那天晚上，林亦扬和孟晓东并肩站在殷果家门外，都觉得能一起出现在这里很玄妙。
林亦扬递给他一根烟，孟晓东八百年不碰这个，但难得今天高兴，接了。

殷果锁了大门，跑出来，从背后抱住林亦扬。
高兴得要飞起了，人都是飘的。
"谢谢哥，"她还没忘了孟晓东这个大恩人，"专门叫天天回来。"
"天天这事，要谢他自己，"孟晓东指了指林亦扬，"你拿得住我弟弟，很有本事。"他一和弟弟说，回来帮林亦扬搞定家里人，孟晓天二话不说，没一分钟耽搁，收拾行李就跑回来给外婆洗脑了一星期。

孟晓东抽完烟，径自走了。

殷果看着孟晓东的车消失，才凝视林亦扬："我哥从来不抽烟。"

林亦扬拍拍她的脑袋，太天真了，小姑娘。

你哥对你，当然是戴着面具的。

"带你去个地方。"他对她招招手，轻车熟路带殷果绕过小区的喷泉，从后边的一条小路往小门走。

殷果走得慢，吹着夜风，看他比自己多走了半步，看他的背影，在想，自己是怎么得了这么个宝贝的？

他简直满足了自己所有对男人的预设。

甚至超出了曾经想象的所有。

四周无人。

他看她走得慢，回头看了眼，还以为她脚崴了。

"看我干什么？"她在月色和路灯的光里，在对他笑。

他探手，握住了她的胳膊。

滑下去，找到了她的手，攥住了。

"你对我家小区真熟……"

"你生日那天，走过一圈。"他说。

是那晚，第一次回国看她，为了她的生日。

两人在酒店短暂相聚后，他把她送回到小区门外，看着她进了大门。随后独自一人下车，绕着外墙走了一圈，从西北偏门进去的。

林亦扬过去的家没产权，是租住式的，属于工厂里的房子。小区里一幢幢老楼紧邻着，了不起有个半米宽的小花坛，都没种花，干燥的土上扔着花盆和一楼住户的杂物。

而殷果家的小区很僻静大气，小区有一半都是高耸的树和灌木，楼和楼之间的路很宽。那晚他兜了一圈，告诉自己，这里就是殷果从小住的地方。

是她爸妈努力大半生，给她创造的生活环境。

而以后，她跟着自己只能更好，不能比这个差。

殷果在解他袖口的纽扣，帮他往上挽袖口："一晚上都想解了吧？"

林亦扬笑了。

其实还好，今晚太重要，没空理会这些细枝末节的。

两人出了小门，过了白色的石桥，往河对岸走。

殷果起初以为他是舍不得走，想到处逛逛，等到了摩托车店外，老板热情地迎出来，她还没在状态："你买摩托车了？"

"何止买啊？"老板看到殷果就笑了，"给你看这个。"

殷果跟着林亦扬走到店内的柜台后。

老板拿出来一个白色小号头盔，格外精致，一看就是定做的。

殷果这辈子还没坐过男人的摩托车，先拥有了头盔，拿起来左看右看，高兴得要命。特地戴上，跑到店里右侧的镜子那里，前后照了半天，一个劲儿问他好不好看。

林亦扬头一偏，示意她跟自己出去。

殷果摘下头盔，抱在怀里就跟着跑出去了，料定了林亦扬是要带自己去兜风了。

深夜里，快十一点了，这个小路上没路灯，也没行人。

这一排店铺都是黑着灯，只有这家店内有灯光透出去，照在外边的空地上。殷果看外面黑灯瞎火的，想说要不然明天再兜风吧，今天太晚了，没路灯好危险。

又不想扫林亦扬的兴。

他忽然一抬手，指了指远处路边的树下。

殷果顺着望过去，没东西。

一辆出租车驶过，灯光一照，更验证了她的判断——空无一物。

殷果眼前一恍，林亦扬用指头勾着一串不锈钢的挂饰，在她眼前晃着。刚是在逗她，现在才是正经要送的。

是一串红色樱桃，在他手掌心里晃着，灯光下每一颗樱桃周身都泛着金属亮泽。

而挂饰下是一把钥匙，门钥匙。

……

她认得这把钥匙。

当初租公寓时，吴魏从走的住户那里收回来，帮着房东给她和表弟的。后来殷果搬走，直接把钥匙留给林亦扬了。

看到这钥匙的一刻，她茫然了几秒，心里冒出一个猜测。他不会一时冲动把这间公寓买下来了吧？不会吧？

"什么时候去，什么时候住。"林亦扬肯定了她的猜测。

"你真买了？"

他没否认："当时着急买，全款不够，就贷款买的。不过等今年年底，差不多就还清了。"

当然还有一句话没说。

等贷款还清，就可以过给她了。本来就是送她的。

"不是，不是……"殷果都快语无伦次了，"你又不住那里，这不是浪费钱吗？"

殷果看着他在笑，自己的手被他拉起来，钥匙连着挂坠都被塞到手心里。

他没说出口的话是——

从她从纽约公寓拉着行李箱下楼，对那个洗衣房恋恋不舍地一看再看，从她上了出租车还在翻看洗衣房的照片起，他就有了这个安排。毕业后发展好了，攒下的第一笔钱就是在那幢楼里买一间公寓。最好是原来住的那个，实在不行也要在同一幢公寓楼里。

殷果知道，这绝对不是今天，或者是回国后买的。

她猜，从他开始打第一场比赛就在攒钱做这件事，她有时候摸不清他，思路跳跃快，做人太看得开，以至于很多时候说话、做事不按常理出牌。

但是在对自己这方面，他就是个大傻子，根本不用猜。

殷果攥着钥匙，还在努力接受这个事实："你这人……真能造钱。买房也要先买这里的，谁会先买个不常住的。"

林亦扬笑着，手在她腰上搭着："这里的？"

黑漆漆的一双眼离近了："你是说婚房？"

……

"谁说要买婚房了？"刚登家门就说婚房，"大跃进"也没这样的。

"我不买谁买？"他好笑，"你买你好像不合适？"

殷果被他一句句顶回来，完全没有还嘴的余地，急了就冲口而出："我没在讨论结婚的事……"不对，怎么越说越歪了，"又没说要结婚。"

"不结婚，你带我回家干什么？"

……

老板在里头擦着摩托车，听两人说话，跟听相声似的，在那儿一个劲儿地笑。

他和林亦扬聊了几回摩托车，一见如故，也不知道这小子是干什么的。只觉得做人洒脱，出手阔绰，看脸也像个富二代浪荡子，可偏偏对女朋友挺上心。尤其今晚一看这位小女友真容，还有两人之间的相处，倒像学生情侣，或者至少是从学生时代一起过来的。

常理说，一般男朋友买房子，女孩最多跟着高兴高兴。

大家都是独立个体，送一把钥匙也是为了共享恋爱空间。可林亦扬不同，殷果了解他，他这种性格的人，你让他去买一辆车挺容易的，买房子就像有着某种特殊的意义，且意义重大。那把钥匙算是"还给"了她，把昔日两人最初的相识岁月都存下来，重新给她。

以至于她跟他回到小区地下车库，在他车边，和他告别时，两人在敞开的驾驶座车门里，一人车上，一人车下，就是不想分开。

她攥他的几根手指，摇了摇，轻声说："恭喜你，林队长。"

林亦扬一笑，另一只手的食指压在自己的嘴唇上，用目光示意她，过来，来点儿实际的。殷果瞄了瞄四下无人，往前迈了半步，一下子就被他搂住了腰。

不等她主动，他已经低头亲上来，先是嘴唇，后是她的舌，他亲了一会儿，移到她的额头上。热烘烘的气息隔着刘海，在她额头上压着。

半晌，他低声笑着说："真想带你回去。"

不想放她上去。

* * *

等出电梯，她在掏家门钥匙时，微信提示音突然响起。

不是在开车吗？怎么还发微信。

她拧开门锁，悄悄推开厚重的红棕色保险门，在门边看到了他发来的话——

Lin：30 天快乐。

30 天？

猛看到这种精确计算的日期，她是蒙的。

初吻初夜？都太遥远了。他归国？那是两个多月前的事。

她忽然想到了一个最吻合的时间点——

两人真正见面的日子。

她只记得是一个月左右，都没算这么仔细。他一个大男人……竟然还会留意这个？

* * *

林亦扬的车停在小区车库外的小马路上，停了有一会儿了。

他敞开车窗，看着午夜十一点的无人马路。

有路灯，无行人。有店铺，无灯光。

也就是说，在这个时间点，在这条小马路上只有他一个人一辆车。他隔着车窗玻璃，发现开始下雨了，一滴滴雨珠子砸在车窗玻璃上。

林亦扬看着玻璃上一条条流下来的水痕，渐渐地整片前挡风玻璃都被水冲刷干净了，他打开雨刷，将水抹掉。

忽然恍惚，这究竟是怎样的一天？

好像他从离开东新城的那晚开始，这十几年来都在等着这一天。

＊　＊　＊

亚运会的封闭集训，将会持续七十天。

这也是殷果第一次和台球领域，各个项目的选手在一起训练，换而言之，这也是她和林亦扬第一次有机会在一起集训。

殷果是跟着北城的几个师姐一起来的。

虽然每个项目能上场的只有两个名额，但每个项目的国家队选手都会参加集训，大家会一起训练，毕竟这样在役最强选手会聚一堂的机会不多，也是培养新人的机会。

殷果在女选手宿舍换上训练服，对着镜子将长发扎起来，想给林亦扬发个消息，问问他在做什么，但一想，马上就能见到了，不如留一点惊喜。

在国家队集训见到他，这是过去她完全没想过的事。

选手多，大家都会聚在训练营的小礼堂里，除了第一排的教练，选手都散坐着。相熟的在一起聊，不熟的新人也都在一旁腼腆笑着。

殷果一进门，就被师姐拉到北城那堆里了，前排是孟晓东和李清严，后边是几个男孩和女孩。东新城的在另一边，中间给了各地新人和单打独斗的选手们。

倒不是刻意按照俱乐部坐，只是因为一个地方出来的比较熟悉，好聊天。

……

突然，有人在击掌，示意安静，是总教练来了。

一个五十多岁的男人，过去负责斯诺克项目的教练，殷果没怎么见过。而他身边，一起进来的就是穿着国家队运动服的林亦扬，走在总教练身边足足高出快一头。

总教练走到场中，笑着看场内的众人，笑着说："很多新面孔啊，或者说，对于很多人来说，我自己也是新面孔。"

大家笑了。

"这算是，时隔多年，我们台球项目再次进入亚运会的第一次会议，2010年广州亚运会我也参加了。很高兴，能再见到台球所有项目的选手齐聚一堂，共同集训。"

孟晓东和这个教练很熟，带头鼓掌，带起了全场的掌声。

"简单些，我是这届国家台球队的总教练，周滨。"总教练微笑着给林亦扬打了一个手势，让这位明星球员自我介绍。

林亦扬抬眼，看向小礼堂的第一排全部教练，还有其后一排排的全部选手，漆黑的瞳孔里映着在场的每一个人："诸位好，我是这届国家台球队的队长，林亦扬。"

没有多余的话，没有复杂的自我介绍。

他的报名囊括了全部男子五项，他的履历在场诸位都很熟悉，无须赘言。

在他的眼里，她好像看到了被孟晓东，被林亦扬的每一个兄弟反复在言语中描述过、回忆过、惋惜过、失去过的最强对手。

在这一刻，殷果突然有了真实的感觉，昔日在赛场上的林亦扬终于彻底回来了。

训练一室——全是斯诺克球台。

也全是……熟人。

六红球斯诺克是一种新式斯诺克，把原先的十五红球减少到六红球，提高了比赛速度。所以亚运会上，成为女子项目。

因为这个项目没有好选手，殷果拿了一个名额，准备拼块奖牌。

而退役的林霖也果断复出，拿了另一个名额，想为中国多拼一块奖牌。毕竟她小时候打过斯诺克，比一般女选手擅长这个。

男子斯诺克自然是林亦扬和孟晓东。

团体赛也是他们，第三人暂定江杨，因为江杨刚做完手术一个月，要看赛前恢复情况，所以李清严是备选。

于是在这个训练室内，从第一天开始就显得格外"热闹"。

全是熟人，还都关系复杂。

殷果到时，林霖和江杨在休息区聊天，孟晓东则独自坐在门边，在休息。

"殷果来了，那就开始吧，"江杨看到她，对李清严说，"今天我陪你练。"

江杨暂时还不能用球杆，但可以调教李清严，这也是他的任务之一，尽量让李清严在集训七十天里有一个质的飞跃。

殷果把自己的球杆拿起来，瞄了眼表哥，又去看在喝水的林霖。

这气氛——要不然我和表哥打？

身后，有一只手推她，往最里边的球台去："你跟我。"

不用回头，就知道是林亦扬来了。

"真让我哥和林霖打？"她悄声问。

林亦扬瞥了她一眼，在旁人看不到的角度，弹了下她的额头："好好操心自己。"

林亦扬从球杆架上拿了他的球杆，那是一根通体黑色，特别定制的球杆。
他弯腰，掏球，给她摆了一局六球斯诺克，"你预选赛打得还不错，算入门了。"
她可是全国预选赛第一……入门了？
好吧，斯诺克是他的主项，自己这个为了比赛半路出家的，确实算入门级别。

"你和我练，自己的训练不会落下吗？"她拿起巧粉，擦了擦球杆头，一边关心他，一边去偷看表哥那边。
"我和你哥，还有江杨会单独切磋，耽误不了。"他说，随即嘴角有了笑意。
是因为发现殷果还在偷看孟晓东和林霖那边，已经开球了，表哥好像一点不让着人家嘛。
眼前，握着白球的手在她面前晃了晃："姑娘，看我。"
殷果心虚地指球台："你先开球。"
"我开球，这局就没你什么事了。"他把白球递给她。

倒也是。他一开球，说不定全收了。
她刚架起杆，就听到林亦扬在说："斯诺克，Snooker，障碍台球。你要学会给别人设障碍，"他完全把她当新手，"哪怕自己状态不好，也要有本事，让对手输掉比赛。"
果然，全是工于心计的老男人……

林亦扬微抬了一下下巴，让她开始。
啪的一声，她冲开了满桌的球。

* * *

四个小时的对抗结束。
大家都在休息。

孟晓东把一颗黑球摆了一个刁钻的位置，忽然对林亦扬说："来，服个众。"
林亦扬一笑。
他俯身，明明瞄准的是下底袋，重重一击后，黑球竟没进底袋，反而在球桌上绕了半圈，直冲向林亦扬手边的中袋。成功入袋。
"继续，"孟晓东在一旁说，"让我看看你有多少花样。"

同样的一颗黑球，摆在同样的一个位置，林亦扬一点没停顿，打出了十几种入袋路线。有的绕球案半圈，有的是一圈，还有绕了一圈半的。六个口袋，他想进哪个就进哪个。

看上去就是一颗球，却打出了十几种进球路线，这种扎实的基本功让在场不了解林亦扬的人都叹为观止。

殷果默默在心里演练了一下，她最多能打出六种路线，也不一定全能成功落袋。这个对精准度的要求太高了。

最后一击，黑球从球桌上跳起来，落下去后一个转弯，撞向球案后，反弹入底袋。

"差不多了。"他收杆。

"这就差不多了？"江杨显然没看够，"摆球看看。"

"让我们看看，你这十几年有多寂寞。"林霖也笑着说。

"我也想看看。"孟晓东接话。

……

林亦扬无奈一笑："看表演，要交钱。"

"少废话，赶紧的。"江杨没空和他逗贫。

林亦扬叹气，捡出来9个球，在桌上摆出了一个等边三角形。

这是职业选手的通病——自娱自乐摆球玩。

平时练习太枯燥了，这也算是一种娱乐的方式，把球摆成一个好看的形状，然后一杆全收。观赏性极高，表演性也高。

啪的一声，等边三角形被撞开，9颗球毫无悬念，一杆全收。

殷果私下里也喜欢这么玩，把球摆成各种形状，她的极限就是9颗球。

所以当林亦扬摆到10颗球，她就看得屏住了呼吸……

东新城的人都见过林亦扬小时候的实力，最多能一次收12颗球，摆的是一个四边形。

等到了13颗，江杨和林霖也都看得更认真了。

而此时，殷果已经在想，他在过去十几年独自练球的日子里，究竟是有多寂寞？可以摆出这么多花样……

13颗球，是一个椭圆形。

14颗球，是两条对称的弧线。

摆到15颗球，众人全都不由自主围拢过来。

15颗球被林亦扬码成了很有规律的波浪形，双层波浪。

林亦扬瞄准某一个位置，在满室的安静里，一杆击出，波浪被瞬间撞开，所有的球都在"毫无章法"地满桌乱飞，1、2、3、4、5……最后第15颗球以极其缓慢的速度停在了袋口，随之，一声轻响，成功落袋。

殷果看得热血沸腾，和大家一起鼓掌。

林亦扬还没停，又掏出来16颗球，在桌上摆出了一个四角星。

"这个只玩过一次，"林亦扬说着，纠正了一下四角星的位置，让形状更完美，"上次没成功，今天试试。"

林亦扬抄起一个巧粉，擦了擦球杆头。

摆好白球，俯身瞄准后，突然一抽手臂，猛地击出——

满室安静着。

殷果屏着息，耳边是球落袋声，桌上球越来越少……真的全进了！

一杆收16个球，太漂亮了！

大家情不自禁为他鼓掌，耳边全是笑声。

李清严、硝子和两个北城的人看得是心情复杂，他们不约而同想到了去年，第一次见到林亦扬，没人知道这个陌生男人叫什么，哪里来的，还想着要怎么给他一个印象深刻的下马威……可看看今天，真服了。

人家不光比赛打得好，连自娱自乐都是绝对碾压式的存在。

就像当初教练说的——人家压根儿就是看在孟晓东的面子上，逗他们玩的。

*　*　*

晚上欢迎宴开始，女选手和男选手分了两桌。

林亦扬正在和江杨低语，拿起筷子的一刻，瞥过来一眼，正中她的目光。几十人的两个大长桌，还有领导在那里热情洋溢地讲话，他却在和她对视着。

殷果怕被人看到，心虚地挪开了几秒，再返回来，发现林亦扬还在看着自己……身后，有个教练拍拍林亦扬的肩，把他叫走了。

殷果收回视线，却发现林霖已经笑着旁观了很久。

"你俩挺像早恋的，偷偷摸摸。"林霖耳语。

殷果窘了下，轻声解释："这是来之前说好的。他是队长，不能明目张胆谈恋爱。"

林霖笑着，给她夹了一筷子菜："你哥十三岁那年弃赛的事，你知道吗？"
"嗯。"
孟晓东公开资料上是十四岁夺冠，但在十三岁那年就进赛场了，只不过打得不理想，中途退了赛，没算成绩。
"我猜有件事你肯定不知道，"林霖轻声说，"他们都是十三岁报名参赛的，你哥小组赛就输给了林亦扬，才弃赛的。第二年你哥铆足了劲，拿下冠军，算正式成名。"
……
难怪表哥对他"情有独钟""念念不忘"，第一年弃赛的挫败感估计能记一辈子。也难怪，俱乐部里的教练总是说林亦扬和孟晓东是同一期的选手。

林霖看了一眼对面的江杨和孟晓东，不无感慨："江杨也是十三岁开始打全国赛，他们有交集的那几年，第一年是你哥退赛，最后一年是林亦扬退赛，也真是有意思。"
同年出生，林亦扬大了孟晓东几个月，又全排行老六，都是天才选手。
难怪虽然是劲敌，却也惺惺相惜。

等到晚餐结束，林亦扬没回来。
殷果故意留到最后，想睡前能见他一面，等人都走光了，失望地离开食堂。
她走出食堂大门，借着月光，看到前面是几个先一步出来的女孩，刚要追上去，听到身后是他的声音叫自己：殷果。

不光停步的是她，几个女孩也下意识回头了。
"送你回宿舍。"他走到她身边。
几个女孩马上扭头回去，努力忍着八卦的心，但笑声是止不住的。

"你专门回来的？"她被人家笑得心虚。
自己男朋友，也不知道心虚什么……
林亦扬没否认，暗示她往操场那边走，殷果跟上他的脚步。
最后两人绕着操场走了两圈，晒了会儿月亮，殷果还想着这么遛弯也不错，林亦扬就拉着她找了个隐蔽的树荫下，藏起来了。

殷果站在树下，仰头看上边："不会掉虫子下来吧？"
林亦扬用手挡在她头上："还怕虫子？"

殷果"嗯"了声："小时候被虫子咬过，就是站在操场树下咬的，"她倒背着手，摸了一个位置，"你没看到过吗？这儿有个疤。"

他笑，低声说："还真没注意，下次好好看看。"

才不理老流氓的"暗示"，她当没听懂，玩他训练服前的拉链。

"什么毛病，一见面就拽拉链？"他低声笑。

可老流氓既然给了暗示，当然不会什么都不做，好不容易找了个背人的地方。林亦扬两手撑在树干上，低头亲她。

草丛里忽然有东西蹿出来。

殷果心一跳，看到个黑色小影子跑出去，看不清是什么……心还在跳得厉害，眼前早被影子挡住了，是林亦扬又亲了上来。

……

等再分开，他挨着她的嘴唇，还在慢慢亲着。她却想到了晚饭的事情："林霖说我哥当初因为你退赛的？听到这个我才承认，你真比我哥厉害。"

他点头："你哥十三岁就承认了。"

"……还真不谦虚。"

"赛场上，没有'谦虚'这个词。"他说。

两人也没时间多约会，十分钟后，他送她回了宿舍。

殷果洗完澡，已经十一点熄灯了。她摸着黑、做贼一样吹了两分钟头发，把化妆袋拿到床上，一边涂护肤品，一边和林霖聊天。

能和林霖住在一个房间是最大惊喜，因为可以从她口中听到许多林亦扬小时候的事。不过也有坏处，林亦扬的家庭背景让那段岁月不管多张扬，都蒙上了一层阴霾。无论林霖讲到什么，她都听着心酸。

大概十一点半，林霖睡着了。

殷果关掉提示音，想给他发个微信说晚安。手机拿到手上，林亦扬同时有了消息。

Lin：聊够了？

林里的果：……你怎么知道我们在聊天。

Lin：猜得到。

林里的果：猜到聊什么吗？

Lin：多半在替我卖惨。

林里的果：……猜得这么准。

Lin 发了个笑脸：开窗。

殷果看到这两个字吓了一跳，还以为他在窗外。

转念一想不可能，十一点休息是规定，他作为队长肯定不会违反的。但还是带着不稳的心跳，悄然下床，掀开了窗帘。

窗户轻轻打开，推向左侧。

窗外是绿色的灌木丛，被凌晨的风吹得叶片微微晃动。外边空无一人，但窗台上，放着一块没开封的黑巧克力。

他什么时候放的？自己洗澡的时候？

殷果悄悄地把巧克力拿回来，关上窗，扣了锁。

林里的果：什么时候放的？

Lin：走前。

Lin：窗外站了两分钟。

她猜，估计是他考虑到这一排房间都是女生宿舍，怕站久了被人看到，也没叫她，只是把随身带着的黑巧克力放到了窗台上，当是个小惊喜。

林里的果：你过去要想追谁，估计全能追到。

这是一句心里话。

Lin：？

Lin：多问问林霖，过去我是什么样的。

Lin：除了你，不可能追谁。

* * *

全部训练室的灯都灭了，唯独这里，灯火依旧。

林亦扬和孟晓东都是身兼几大项目的选手，有总教练的特批，训练时间可以自己掌控。

江杨一只手臂吊在脖子上，披着国家队的运动服，靠在门边的墙壁上，在看着离自己最近的那个球台。球台旁，孟晓东先开了球，他和林亦扬约定是轮流进球，一人两个。

所以当他收了一红一彩球后，握着球杆，站直了身子，眉头微微蹙着，盯着倚靠在墙边在玩手机的林亦扬："你到底练不练？"

林亦扬给殷果发了一个——睡了。

手机揣进运动裤口袋。

"这些年，你怎么受得了他的？"林亦扬不答孟晓东，反而看向江杨。

江杨和他一唱一和："不是受着，是让着。"

林亦扬点头。

孟晓东一直受不了东新城这帮人，从来都不严肃，不管是赛场还是休息室里，全都态度不端正……但他也不得不承认，自从林亦扬回来，自己的状态真开始回升了。

世人慕强，强者更慕强。

林亦扬的才华刺激着每一个同伴，在告诉他们——人的潜能是无限的，不要懈怠。

林亦扬看孟晓东脸都黑了，也不调侃了，直接提着球杆到球台旁："这么练，也没意思。打个快的。"他俯身在那儿，看似在瞄准球，其实是在和孟晓东说话。

"我没问题，"孟晓东压制着想要骂他两句的冲动，冷冷地说，"你别以为我没打过快的，就不会。"

林亦扬一挑眉，笑了。

拭目以待了，老对手。

接下来的半个小时，这个球台上的球都是"飞"着的。

江杨自带了一小袋的开心果，一颗颗剥着瞧热闹，满室除了击球、落袋，就是咔吧咔吧剥壳的声响。

"有点渴，去弄点喝的。"江杨最后来了这么一句。

林亦扬一挥球杆，一个巧粉飞砸过去，江杨披着运动服外衣，偏头让开巧粉，笑吟吟地提着一袋子白色开心果壳，溜达出去了。

没多会儿，他竟然拎着一个老式的红色暖水瓶，还有几个塑料杯回来了。杯子摞着，每个杯子里都放了点儿茶叶。

"歇会儿，"江杨淡淡地说着，将塑料杯子摆在一个木凳上，三个杯子里都倒了滚烫的开水下去，"喝口水。"

孟晓东习惯性皱眉："凌晨一点了，喝茶？"

潜台词是：不怕睡不着？

"喝了二十几年，早免疫了，"江杨笑着放下暖水瓶，"不喜欢喝没味儿的水。"

林亦扬随手拿起木塞子，替他扣上了瓶口。

江杨举起自己的一次性塑料杯，抿了口："上一回，咱们三个坐在一起，还年轻着。"

林亦扬点头。

"等这一天很久了。"江杨举起塑料杯。

"能让两大球社的老板，一起去纽约的，也只有你了。"孟晓东也举起自己的塑料杯。

林亦扬一笑，最后将自己的塑料杯碰上他们的："咱们三个，最不会说话的是我。"

"那是过去，"江杨笑着反驳，"现在你可是最会说场面话的。"

那不一样。

林亦扬看着少年时代的两位劲敌、好友，万绪千头在心头，有许多能说的，少年未完成的梦想，三人曾称霸数年的过去，最后汇到一处只剩下："谢谢你们，去找我。"

"谢谢。"他再次重复。

＊　＊　＊

八月的亚运会，千军万马会聚在同一个城市，等待着下场厮杀。

中国代表团分几批出发，先后在两天内抵达举办城市。

当天有不少林亦扬、孟晓东和江杨的球迷会聚在一起，很有秩序地接机。殷果则跟在队伍里，拉着自己的行李箱，低头给妈妈发着"落地平安"消息，突然被身边的林霖拽住了手臂："抬头。"

殷果抬头。

不只是林霖，陆陆续续有人开始注意到机场内的广告牌，一整排都是殷果的赛场照片。

"你生日？"林霖问。

殷果茫然摇头。

因为看到这一切，前面带队的林亦扬和总教练也停了脚步。总教练是个喜欢开玩笑的人，低声在问林亦扬，队伍里的人也都看向林亦扬，在猜想是不是队长弄的。

可也不对。

毕竟林亦扬的身份是国家队队长，整个队伍都要参赛，如此大张旗鼓给女朋友弄这种浪漫，说不过去。

直到接机的人群里出现了一个穿着休闲服的年轻男人，在中国队队员的几十双眼睛的注视下，对殷果说："祝你拿下金牌。"

他周围都是跟着一起的朋友，一群家境一看就不错的年轻男人。林亦扬留学时，身边的中国同学大多是家境很不错的二代，和这群人看着差不多。

殷果认出这个忠实球迷，匆匆道谢，拉着林霖就钻到队伍的另一面。

队伍仍旧没动。

林亦扬脸上看不出变化，仍旧是在队伍最前面，穿着国家队运动服，拉链拉到头，眼中无波澜，气场压迫的队长。就是因为没一丝丝表情变化，才让人觉得麻烦了。

但大家显然不怕麻烦，就怕没热闹看。

江杨搂住他的肩："咱们运动员行业，不少都嫁得很好啊。"

范文匆认真附和："从小就生活简单，除了训练比赛没别的，人单纯又能吃苦，一身荣誉加身，谁不喜欢啊？"

……

孟晓东忽然说："他追殷果一年多了。"

众人齐齐看他。

"小果比赛场场到，"孟晓东补充着，"人挺腼腆，每次都不太敢和小果说话。上回托生意场上的人找殷果爸爸，问能不能介绍正式认识。"

江杨赞赏地看孟晓东——插得到位，刀刀见血。

"我妹从小追的人很多，她没和你说过吗？"孟晓东看林亦扬。

又是一刀。

江杨欣赏地笑着，在想：是不是小时候大家都说东新城"双林"的名头，让人家孟晓东误会什么了？要不然怎么刀刀精准，不带手软的？

……

殷果在队伍的末尾，他们一群人在队伍前面。

她自然听不到这些人说话。还想着应该没大事，林亦扬在美国的粉丝一整个体育馆，自己也都不觉得什么。可为什么亏心呢？

又没做坏事。

抵达下榻酒店后，大家被安排去做体检。

男女选手是分批去的，她没看到林亦扬。

晚上自由活动。

鉴于今日出现了"小插曲"，她决定悄悄去看看林亦扬。

没提前告诉他，想给个惊喜。

殷果来到林亦扬的酒店楼层，到门外，叩门。

开门的是江杨，见是她，笑了，头一偏指洗手间，意思是：洗澡呢。

"方便吗？"她低声问。

"方便，"江杨笑着从柜子上拿走了一张门卡，"我出去，你们慢慢说。"

他笑里有无尽的内容，殷果摸不透他笑里的意思。

等江杨走了，她反手关上门。

偷偷推开洗手间的门，水声入耳，白色的雾气缭绕，能看到白色浴帘后的一个很高的人影，不用说就是林亦扬了。

她也没吭声，在大理石的水池旁等着他洗完。

里边的男人约莫听到门轴滑动，以为是江杨进来了："还没走？"

殷果抿嘴在笑，忍着，努力不笑出声。

水关了。

"压了一下午的火，也没吃两口东西——"浴帘被拉开，林亦扬探手还想去墙边的银色金属架子上拿浴巾，手停了。

殷果乍一看他全光着的样子，还是在暖黄色的灯光里，浑身带着水珠，肌理分明……突然心猿意马，目光飘啊飘的，没太聚焦在他的身上。

在看和不看的自我斗争之间，林亦扬已经拿了条浴巾，草草擦着头发和上半身，沉默着走到她身前。

膝盖和大腿都湿了，因为挨上了他的腿。

腰后被他半湿的手覆住，用力，抱在胸前："看什么呢？"

她怕被他弄湿了衣服，一会儿没法出门："你先擦干，弄湿我衣服，没法回去了。"

林亦扬攥着浴巾的右手，去把洗手间的门滑上，落锁。

集训七十天最多就是接个吻，拉个手，多余的什么都没干过，猛一置身到这种氛围里，光是目光交缠就够受的了。林亦扬把她抱到洗手台旁，和她接吻，手捏着她的肩头，时轻时重，最后还是没控制住往下滑。

"别闹……"她被热气熏得头晕，感觉他手劲挺大的，捏得疼。通常他没轻没重的，就证明他是真想要了。

在未散尽的水雾里，林亦扬的眼睛黑得吓人，笑着问她："怎么算闹？"

殷果挣扎半响："亲亲算了……"

他慢慢地说："好。"

林亦扬抱起她，把搁在一旁浴巾上的衣服兜住，一起带进了房间。

路过大门，还没忘上个锁。

屋子里，林亦扬和江杨的行李箱敞开着，还没收拾完，江杨那张床靠着门，丢了不少杂物。林亦扬这边的床靠着窗，他把脏衣服丢到沙发上，将殷果放到床上，人也倾身覆上去，亲了嘴唇亲额头，还有眉眼……两个人一个是什么都没穿，一个是穿得整整齐齐，谁都没逾越。

真是点了一把火，把心和身躯都要烧成灰了，人早糊涂了，却还想着不要做得太过分。还要比赛，影响不好。

虽然锁着门，没人知道，但自己心里这道线还是要守着。

殷果闭着眼，摸他的身子，想帮他。林亦扬把她的手捞回来，放到她自己的小腹上，用身体牢牢压住，低声笑着问：摸什么呢？

……

明明是你这样那样，又不是我。

她对上他的眼睛："你说下午压着火？"

他没否认。

"……不是为我吧？"

"你觉得呢？"他反问。

殷果的手又往下滑，再次被他攥着腕子拉上来，这次他是真笑了："找收拾呢？"

"收拾"这个词是两人之间心照不宣的挑逗暗示，他在床上经常说。

"是想摸名字。"她争辩。

他这次不拦着了。

殷果摸到他腰和人鱼线，往下找到了自己的名字，用掌心摸着那里，想到这个男人身上有自己的名字，心里有无法形容的热胀感。

一想到他要打五项，要拿很多金牌，未来还会有更多球迷，想到他这里有自己的名字，就觉得虚荣心被完全满足，甚至都要溢出来了。

他摸着她的长发，忽然问："回去住我那里？"

住一起？

"我爸妈不喜欢同居这种事，"殷果想着可能性，"要是一直住可能不行。"

偶尔住两天应该问题不大，她琢磨着。

林亦扬倒是没多说话，殷果觉察到他的目光一直没挪开，她还想安慰他，没关系她有的是借口跑去他宿舍住。鼻梁被轻划了下。

傻姑娘，让你住，不是想和你做什么，是想娶你。

他翻身下床，从箱子里翻出内裤和长裤，总算是把下半身给穿戴整齐，遮住了无边春色。

殷果没在这件事上想太久，反倒注意到沙发上扔着的一把吉他："江杨还带这个来了？"

"对，"林亦扬扫了眼吉他，"他相亲对象喜欢文艺青年，最近捡起来的。本来过去就会，丢了十几年了，捡起来也是为了哄姑娘。"

"我哥小时候学的钢琴。"

"我们那代，小时候有钱的家里爱给学钢琴，"林亦扬评价说，"像江杨这样的就自学吉他。"要不然就是搞乐队，要不然就当泡妞利器。

江杨的家境和林亦扬父母过世前的家境差不多，女朋友也多，自然擅长这个。

"那你呢？"

"我？"林亦扬摇头，"我对这些没兴趣。"

好像他真是最无聊的一个人，除了比赛，就是练球，倒也没别的记忆了。

殷果光着脚跳下床，踩着地毯到他身前，右手又从他裤腰上的纹身插下去。林亦扬被她几次三番的示爱弄得起起落落，手臂兜在她后腰，也将手指插到她腰后，几根手指在她柔软的皮肤上轻轻划着。

殷果看到他下巴上的胡楂冒出来了，手指摸上去，刺拉拉地从指腹滑过去，被自己摸着胡楂的男人低了头，望到她的眼里："出去转转，再待下去，我没谱的。"

今天真是不太顺畅，下午是心里压着火，现在是身上压着火。

像五指山压到背脊上，只等着天光炸裂，巨石崩塌，才能活动活动筋骨了。

一分钟之内，房间的电话和林亦扬的手机先后响起。

一个是女队队长林霖，一个是已经进了电梯准备回来的江杨，两人都在提醒林亦扬赶紧放人回去。国家队有队规，亚运会期间禁止一切私人活动，可别玩火。

其实两人都在说废话，这是亚运会，他当然知道严重性。

要真心里没谱，早就不接电话，该干什么干什么了。

林霖说完就挂了电话。江杨是多年带着球社，养成了瞎操心的脾气，还当他是十几岁的小师弟，一句接着一句说得热闹。

要搁过去，他早挂了。

可现在，林亦扬听着江杨在那边边抽着烟，边废话连篇的，突然发现这世上能有人是单纯为自己操心，也算是一种运气。

"你听懂我意思没有？"江杨听他不说话，不耐烦地问了句。

"说完了？"他反问。

"……"

"说完就回来，一起去试球台，"他说，"再晚，都让别人抢了。"

*　*　*

在赛程的第三天，台球馆正式开赛。

一共三天比赛，十个项目，从小组赛到总决赛全都一次性比完。

男女穿插，项目穿插，所以全程大家都要聚在一起。

大家在更衣室把国家队队服换下来，重新穿上行业内的比赛服，男人是衬衫西裤，女人也都是赛场常服，把一根根球杆拿出，球杆盒留在更衣室。

林亦扬在休息室外赛场入口的甬道口等着大家，队伍很快凑齐。

第一排，每一个都是在世界公开赛拿过冠军的人，孟晓东、江杨、殷果、林霖、刘希冉……

第二排的，都是第二梯队，李清严、吴魏、陈安安、范文匆等人。

总教练看着这些人，笑了："大家都是拿过世界公开赛金牌的，假模假样地说两句，反倒影响比赛心情。队长有什么要说的吗？"

林亦扬想了想，也确实没什么好动员的。

眼前全是世排前几的高手，今天如果是奥运会的话，还需要鼓鼓劲、拼一拼，但在亚洲赛区打比赛还要赛前动员？……说出去都丢人。

中国队在亚运会上历来都是金牌第一、奖牌第一。台球队难得来一回，总不能掉链子。

总教练咳嗽了声，略觉尴尬，挥挥手："走走走，进场拿金牌了。"

可走出去两步，又觉得不对劲儿，难得来一趟，不热血热血也太不着调了，于是五十多岁的老爷子高举右手，重重一挥："拿不下金牌第一！都给我走回国！"

大家配合着，齐声答应："好！"

于是，中国队就带着被总教练激发出来的热血，一个个握着自己的球杆，进了赛场。

甬道的路很短，没几分钟，视线豁然开朗。

令人意外的是，整个台球馆都坐满了人。

此刻是在赛前休息，观众席上本是嘈杂无序，见到中国队入场，竟然渐渐地安静下来。原来这个城市是没机会举办台球各种公开赛的，难得这个台球馆里能出现一批世界排名前几的选手，其中更是不乏斯诺克和九球的明星选手们，自然吸引了

357 - ✳

满城的球迷。

教练带大家走到休息区，和邻近的新加坡、日本和韩国教练们握手寒暄。

"现在大家都已经注意到了，我们的中国队已经进入比赛休息区，"赛事解说一看到他们入场，就开始兴奋地介绍今天的重磅明星们，"大家可以看到，这一届的中国台球队是众星云集，有斯诺克的林亦扬、孟晓东和江杨，这三位都为亚运会报名了多项比赛，其中林亦扬更是报名了男子全部五项，而孟晓东也报名了斯诺克、斯诺克团体和十球。江杨在三个月前刚做了一场大型手术，只在本次亚运会报了斯诺克团体一项，令人十分遗憾。

"再看女队，坐在最左侧的是殷果，这员小将去年花式九球的世界排名第三，刚刚在四月拿下九球全美公开赛冠军。而她身边的刘希再更不简单，是刚结束的花式九球世锦赛的冠军，全美公开赛亚军。

"在两人身边坐着的是曾经宣布退役的林霖，这也是一员让人无法忽视的悍将。为了这次亚运会，她再次复出，将会在六红球斯诺克和九球团体赛上亮相……"

……

每说到一个名字，观众席上就有相应的球迷响应。
小小的台球馆，掀起了一阵阵的声浪。

大家已经开始进入了小组赛的状态。
殷果有三个项目，已经觉得三天赛程从小组赛一直打到总决赛，不间断会很吃力。更别说林亦扬了，完全就是三天连轴转……
还好，他在每一个项目的另一个搭档都很给力。就算他一时失误，也有对方在，不会丢掉金牌。
斯诺克，有孟晓东；
十球，还是孟晓东；
八球，有李清严；
斯诺克团体，更是有孟晓东和江杨一起打配合。
而九球……就是那位被殷果狠狠赢过一次的新人王，当然，曾经不驯服于林亦扬的年轻男人，已经在七十天集训里被林亦扬降得服服帖帖。

* * *

第一天，都是小组赛。
第二天下午三点，台球馆诞生了首金，是最无悬念的、男子九球金牌。

"是林亦扬！报名五项的林亦扬顺利拿下了第一块金牌！恭喜林亦扬拿下男子九球项目的金牌！"

"九球曾是林亦扬的主项目，这块金牌他拿得很轻松！在亚洲赛区根本没有他的对手。"

"相信此时此刻，在另一个半球，也有大批Lin的九球球迷在观看这场赛事直播！"

解说的对话充斥在场馆里，首金的诞生让这个体育馆有了第一次欢呼的浪潮。

中国队的另一个选手止步于四强。

林亦扬独自一人登上领奖台，站在最高处，接受了主办方给自己戴上的金牌。

毕竟是台球在亚运会上的首金，他回到休息区，记者就已经把他包围了。林亦扬在镜头前显得很冷静。这只是第一块金牌，好戏还在后面。

"女子九球是我们的最强项，"他在简短的采访最后，把焦点直接给了女子九球，"相信我，金牌和银牌都会是我们的。"

正如林亦扬所言。

下午三点十五分，全场掌声再度爆发，第二块金牌诞生了。

夺下女子九球金牌的是已经三十四岁、退役又复出的中国老将刘希冉，拿下银牌的就是她的队友——殷果。

殷果从球台的另一侧跑过去，给了冠军一个大大的拥抱。她握着球杆的手全是汗，眼睛里都是笑容："实至名归，这个金牌你能拿到真好！"

刘希冉眼睛已经完全红了，没忍住，眼泪直接掉了下来。

作为一个退役数年的选手，她是多害怕回到这个赛场上会不行。可这一路行来，她用实力证明了自己可以，甚至比当年更好："谢谢……谢谢。"

"明年千万不要退役，"殷果小声开着玩笑，"等着我打赢你。世锦赛加亚运会的，一起赢回来。"

"好！等你赢回来！"刘希冉含泪，笑着点头。

殷果躲开两步，让冠军对着满场观众鞠躬致意，庆祝这第一块金牌。

刘希冉一下台，第一个拥抱的就是江杨，给她最大帮助的老朋友："谢谢你，让我一直留在东新城练球。"江杨笑着拍她的后背："应该的，都是兄弟。"

十分钟后。

殷果站到了亚军领奖台上，她身边，比她高一头站在冠军位的就是刘希冉。

她远远能看到，林亦扬站在一众队友前，在注视着自己，在她看过去的一秒，林亦扬帅气地对她比了一个大拇指。

中国队以九球双金，赢得一个漂亮的开端。

自此奖牌不断收入囊中。

下午六点三十九分。

女子八球，中国队收入一块银牌。

晚八点。

女子十球，中国队再收入一块铜牌。

晚上八点四十分。

林亦扬最终拿下男子八球的金牌。

这是他今天的第二块金牌，当他再次站到领奖台上，在场的球迷都纷纷起身，不管是不是为了观看他比赛来到这里的人，都在恭喜他摘下个人第二金。

这也是今天最后一块金牌，最后一次颁奖礼。

第一次的九球获胜后，他还要继续比赛，没办法换衣服，但是这一次他预先换回了中国队的统一队服。他独自一个人从甬道而回，拿下铜牌的李清严看他换了衣服，也把运动服套在了衬衫外边。盛夏温度高，即使在体育馆里有空调吹着，马上就出了一身汗。

林亦扬走到李清严面前，对他笑了："不嫌热。"

"难得一次，"李清严笑着回，"没事儿。"

李清严是斯诺克的选手，可显然有三员悍将在，他完全没机会报斯诺克，所以转而打了八球的预选赛。未料，竟真的摘下了一块铜牌。

今天的全部比赛结束了，已经决出了五个项目的胜负。

在休息区里，大家都放松了，殷果揉着自己的小臂和肩膀，等着看他再次站上领奖台。突然，一块金牌绕过自己的脸，被挂到了脖子上，是林亦扬的第一块九球金牌。

顺便，他还捏了下她的小圆脸，笑着比了个"1"。殷果知道他的意思：这是第一块，马上他要去领回第二块。

她的男人，在走向属于他的巅峰。

穿着运动服的林亦扬在工作人员的带领下，迈上领奖台的最高位。身边是中国香港的一名选手，还有李清严。林亦扬一身中国队的运动服、运动鞋，倒背着手，微弯腰，被主办方戴上了一枚金牌。对方笑着拍拍他的肩："期待你明天的表现。"

明天，斯诺克单人、斯诺克团体，这是林亦扬的另一个主项。

林亦扬微笑颔首。

上一次是单面国旗，而现在，是双面国旗。

他和李清严一同站在领奖台上，看着国旗在场馆上空缓缓升起，听着国歌响彻体育馆，想到的是老师曾经的一句话：

起步晚了，真是晚了啊，你看看人家国家的项目发展。

还有另一句：

小六啊，别掉链子，你的路还长着呢。

……

当天晚上，林亦扬更新了一条新的朋友圈。是今天的两块金牌，并排放在中国队队服上的合照，文字——赠恩师贺文丰。

同日深夜，林亦扬旧伤复发，紧急找了队医，做了处理。

第三天，是台球馆的最后一天比赛。

上午一开场就是男子斯诺克单人赛。

林亦扬和孟晓东在各自的小组赛上，把同级别的亚洲选手击退，在总决赛成功会师。当两人站到球台旁，准备角逐金牌时，江杨在赛场下，不无感慨："要我没动手术，这俩没这么轻松。"这话别人说是吹牛，江杨说倒是真的。

言罢，江杨还是觉得遗憾，没法在难得一次的亚运会上打单人斯诺克，问身边同样没机会上场的李清严："欸？你说，我们仨要是没退，是不是你一辈子没机会上这个赛场了？"

说完没过瘾，再道："咱们这行职业寿命太长了，都是四十来岁退役，我估计你真悬了。"

……

范文匆不太明白，和吴魏咬耳朵："这人和他有仇？"

吴魏干干一笑，耳语："这人是殷果的青梅竹马，好像是好过一段，还是追过殷果来着。你忘了？去年在纽约酒店里，孟晓东说过。"

哦……是他。

那就难怪了，那江杨还嘴下留情了。

上午十点，今日第一块金牌——男子斯诺克个人赛金牌意外落到了孟晓东的手里。

而林亦扬惜败，斩获银牌。

虽然孟晓东在斯诺克榜单上的世界排名比林亦扬要高，但他这一年的状态不好，这是在场解说和球迷都知道的。

其实两人决赛的第一局开始，孟晓东就已经感觉到林亦扬赢得开始吃力了。

在这种大型国际赛事上，多少双眼睛在看直播，林亦扬就算吃力也不能懈怠，否则反而会被人指摘是"打假赛"。

幸好，昨天队医给他疗伤时就和亚组委报备了，算是事先有了一个预警。

林亦扬尽全力，在旧伤复发的情况下，完成了斯诺克的总决赛，也因此诱发了他下午的伤病彻底大爆发。

午饭后，林亦扬肩膀已经完全肿了起来，全程冰敷，等待上场。

十球比赛在两点开始。

小组赛对手不算太强，他撑到半决赛，面对一个出名的印度选手，也是男子十球的夺冠热门。

林亦扬是专业打九球和斯诺克的，基本打九球的人都会在八球榜单上出现。所以这三个对林亦扬来说，都算是主项。

十球就是凑数的了。

林亦扬和孟晓东都是临时补上的，因为没有好选手能出战。

正常健康状态下，他还能和对手搏一搏，此时手臂完全用不上力，差距变得明显。他在第三小局开始，就要时不时把球杆换到另一只手上，缓解疼痛。

虽然林亦扬脸上看不出是在承受剧痛，但中国队的人都清楚，队长从昨晚上就没好受过。

林亦扬的对手也注意到了这一点，用英文轻声问了林亦扬一句：有没有问题？

林亦扬摇头，也回了一句英语：继续。

裁判趁着间隙，询问他是否有什么问题？需要暂停比赛吗？

林亦扬摇头，再次拒绝。

他清楚自己的旧伤，暂停没戏，除非退赛。

但都打到半决赛了，退了太可惜。

孟晓东离开赛场，回到中国队的休息区，没来得及喝半口水，已经和江杨肩并肩站在一起，专注地看起了林亦扬的那一场比赛。

"还好你进决赛了，"江杨说，"金牌没问题吧？"

"不知道，"孟晓东实话实说，"又不是我的主项。"

江杨点头。

"还好十球不是我们的强项，"吴魏在一旁说，"要不然他肯定要被喷了。"

想都不用想，说"浪费名额"什么的。

万幸，这个项目压根儿中国队的夺冠机会就不大，也没好选手。

殷果目不转睛地看直播屏幕。

林亦扬拿起自己的杯子，喝了口水，又放回到桌上。

他摸到自己球杆的同时，觉得手臂不得劲，抱歉地和裁判解释，自己肩部不太舒服，能不能脱掉马甲？

裁判申请后，得到了准许。

林亦扬很快脱下黑色马甲，交给总教练，穿着一件白色衬衫回到了球台旁。

他屏着一口气，左手捞起一个巧粉，擦着自己的杆头……

其实是在努力让自己恢复一点状态。

这一口气连收了两个球。

桌面上仅剩下 10 号球，收了这个就赢了。

他缓缓抽杆，肩部已经严重影响了他手臂的动作，但还是顺利击中了白球。一声轻响，只有他自己能听到的轻响，白球飞出，撞上 10 号球。

在撞上的一秒，他大概猜到——这球悬了。

最后，10 号球撞上底袋，弹了出来。

满场抽气。

太可惜了，最后一个球没进。

林亦扬等于把到手的决赛入场券，拱手让给了对手。

他知道自己已经尽了全力，直起身，走到印度选手的面前，主动伸出右手，提前恭喜对方获得比赛的胜利。

印度选手含笑，紧紧握住他的左手，说："很荣幸。"

"很荣幸。"他也报以微笑。

全场观众都因为这个握手，鼓起了掌。

随即退后两步，看着对手将 10 号球收入底袋。

结束这场比赛后，林亦扬回到了休息区。

……

他单手解开几粒纽扣，在队医的帮助下进行紧急冰敷。人被两个队医和总教练围住，衬衫全解开了，上半身露出，在中国队自己的包围圈里，一声不吭地坐在那里让队医处理。

殷果在队医后，担心地看着他。

林亦扬仿佛有所察觉，抬眼，在周围找了一圈，找到了殷果的位置，对她摇摇头，意思是：没事。

十分钟后。

赛事主办方通知林亦扬上场，进行十球铜牌的争夺战。

林亦扬和总教练商量下来，只有十分钟的休息，根本没办法打，硬上就彻底废了。为了保住今天晚上的斯诺克团体赛，林亦扬和总教练一致决定——退赛。

他在队医的帮忙下，一颗颗系好纽扣，将衬衫塞回到西裤的裤腰里，刚要重新系皮带，被殷果的一双手接过去。她帮他扣好金属搭扣，在他离开座椅后，轻轻拽平衬衫。

林亦扬在满场观众的目光中，走到赛场当中，郑重鞠躬致歉。

"林亦扬旧伤复发，很遗憾，他在十球的项目上，只能止步四强了，"解说不无遗憾地说，"让我们期待他在晚上可以恢复状态，回到男子斯诺克团体赛场上。"

……

最终，男子十球金牌归属印度队。

孟晓东抢回了银牌。

下午四点。

女子六红球斯诺克金牌产生，归属中国香港队。

林霖摘下了一块银牌。

殷果止步于四强，但这已经是让她惊喜的成绩，毕竟她是为了凑名额，被迫集训出来的新手，和林霖这种从小就斯诺克和九球双行的人不同。

殷果回到休息区，在林亦扬身边落座。

林亦扬披着自己的队服，上半身其实是光着的，在做着冰敷，他在等最后的集体赛。

"你们东新城的人……都是斯诺克和九球双修吗？"殷果为了给他缓解压力，陪他闲聊着，"太残暴了。"

林亦扬笑了笑，摸摸她的头发："回去教你，下次再来。"
"嗯。"

在随时更新的金牌榜和总排行榜上，中国仍旧和往届一样，一骑绝尘。
"举重队又把金牌都包了，"总教练遗憾地叹气，"咱们还是弱了。"
众人终于齐齐看向总教练——
您怎么不比跳水队呢，不仅全包了，还有 10 分满分震慑全场呢……

总教练不只要刷榜，还在几个社交媒体轮番刷新。
"哎哟，我们队长走光了。"总教练给大家看刚刷新出来的。
也不知道哪个球迷手快，拍下林亦扬脱掉衬衫、冰敷疗伤的样子，上传到网上。江杨扫了眼，看到这照片，撇嘴："你小子是不是知道自己要这么露一下，肌肉练得这么漂亮？"

林亦扬知道大家都在故意开着玩笑，目的只有一个，缓解彼此的压力。
所以也没吭声，任由大家调侃。

他估摸了一下自己的状态，和队医要了止痛片，吃到嘴里，拧开一瓶矿泉水，把药吃了下去。想的都是晚上的比赛，只剩了两场团体赛——男子斯诺克团体和女子九球团体。

殷果、林霖和刘希冉，倒是不太担心这块金牌旁落。
女子九球是中国最强项，又是三强联手，自然不用担心。

难的是他们三个大男人。
现在自己伤病复发，江杨手术初愈，孟晓东状态不稳，三个人都不在最佳状态。

"怎么样啊？"江杨走到林亦扬面前，语气轻松地问，"撑得下全场吗？"
他点头，咬咬牙没问题，但确实无法用全力："胳膊不吃劲儿。"
"巧了，"江杨笑着说，"你哥哥我也一样，胳膊不太吃劲儿。"但也没办法，报名时后边的小辈还不行，李清严也只是在前二十，完全不够格打亚运会。

两人同时看向孟晓东，这是唯一一个健全人。
孟晓东觉得他们两个好像在给自己挖坑，和东新城的这两位打交道，他还是更愿意做对手。做兄弟……心里还不太踏实。

江杨语重心长地拍拍孟晓东的肩："我和林亦扬都是客观伤病，你是主观心理问题。克服克服，全靠你了。"

　　孟晓东沉默了半晌，点点头。接下来的主力，就是他了，东新城的老六已经贡献出了最大的力量，也该轮到北城的孟老六了。

　　林亦扬披着队服，在最尽头的椅子里，望着那个球台。

　　此刻，比赛到中场休息阶段。

　　球台旁没有人，没有一个人，他的全部注意力、信念都在那里，聚光灯下的绿色球台。那是他从八岁开始就驰骋过的战场，他熟悉球台的尺寸，甚至是每一寸边沿的厚度……疯狂的热爱成就了他、江杨和孟晓东。

　　接下来一战，不能输，也绝不会输。

　　夜幕降临时，殷果和林霖、刘希冉联手，拿下了中国女子最强项的九球团体赛。这也是第五块金牌，到此为止，金牌榜已经稳坐第一。

　　她们三个拿下冠军的一霎，兴奋得无法自抑。

　　不只为了自己，更因为这一块金牌，为男子团体斯诺克缓解了一部分压力。

　　大家在后台吃晚饭时，殷果趁着短暂的用餐时间，在林亦扬身边坐着，给他喂了几口饭。林亦扬笑着，把叉子拿走，低声说："又不是全废了，吃得了。"

　　她摸摸他的手背，什么都没说。

　　因为已经全部比赛结束，队员里很多都开始上网刷新闻。

　　看看别的项目的比赛新闻，振奋一下，看看自己项目的，骄傲一下。虽然亚运会已经不是太受关注的赛事了，可对运动员来说，却是个重要大赛。

　　大家都看到了网上的负面言论，都没互相交流，一点语言交流都没有，怕传到还没有比赛的三位斯诺克选手耳朵里。

　　但也都憋着火呢。

　　从开始弃赛，就有不好的言论出现——

　　"才打了一年多比赛，怎么可能有旧伤？瞎说的吧，怕输？"

　　"我也是这么觉得，退赛比输好听多了。"

　　"人家去年在米国打比赛，压根儿瞧不上中国的比赛。谁知道回来是为什么？"

　　"他在米国好多代言，早就是商业化选手了。回来是因为中国市场大，打出名气，代言赚得更多。"

"运动员丢了初心，只想着赚钱。"

……

林亦扬低头，把饭盒搁在腿上，吃了两口。

个子太高，这么低头吃饭难受。

"帮我挪过来一个椅子。"他难得示弱向她求助。

殷果给他拉过来椅子，帮他把饭盒放上去。

林亦扬吃饭的速度一直很快，没多会儿，吃完了，看殷果一直发呆，以为她单纯是担心自己，摸了摸她的头发："拿了一金一银，还不高兴？"

殷果故意转移话题："比赛完想去哪儿？我请你去。"

他笑了，没回答。

两人对视着。

"比赛完再说。"他最后说。

把手里的饭盒和叉子交给殷果，拿起水杯，喝了两口水润喉。

今天晚上的台球馆将迎来最后一场比赛，是本次亚运会的最后一场台球赛，是最受瞩目的斯诺克男子团体项目。

赛场旁，两边都摆了三把椅子和小茶几，用来放水杯。

林亦扬一入场，就和印度队长一起，到裁判那里勾选出出场顺序。

一共 12 局——9 局单打，3 局双打。

单打，每个人都要上场比赛 3 局，分别面对三个对手。

双打，每个人都要上场 2 局。

一个人要打 5 局。

第一轮单人赛。

林亦扬第一个上场，他知道，这应该是他今晚最好状态的一局，必须速战速决。所以一鼓作气，只用了 12 分钟就拿下第 1 分。

江杨碰上了对方最强的队长，输掉此局。

孟晓东刚夺下金牌，对手正好就是他半决赛遇到的同一个对手，有了应对经验，自然事半功倍，拿下了第 2 分。

此轮结束比分 2:1，中国队暂时领先。

第二轮双打。

林亦扬和江杨搭档，一对伤病患者，自然讨不了便宜，输得毫不意外。

比分回到 2:2，平局。

"咬得紧，"江杨回到座位上，平静地总结，"白忙活了。"

"最废的组合已经用完了，没关系，"孟晓东说，"后边只会更好。"

江杨虽然也这么想，但显然被"最废"戳中，瞟了一眼孟晓东。这小子真是难得抓到嘲讽机会，利用得不错。

第二轮单人赛。

江杨上场，速胜 1 分。

林亦扬鏖战到中途，明显吃力，输了。

孟晓东状态欠佳，也输了。

比分 3:4，中国队处于弱势。

林亦扬知道，自己速战撑了两场，接下来就要退出主舞台了……他几乎全部力气都用在两轮单人赛上。

第二轮双人赛是江杨和孟晓东搭档。

在临上场的十分钟，孟晓东离开了座椅，走到中国队休息区暂时缓解心情。他知道，接下来的两场双人赛全要靠自己……

孟晓东看到林霖。看了会儿，又折回去了。

第二轮双人赛。

孟晓东和江杨搭档，孟晓东找回了自己的状态，稳扎稳打，江杨也协助孟晓东进行了一次次的进攻。

最终，这场双人赛耗时 37 分钟，终于让中国队赢下了 1 分。

比分继续胶着——4:4。

江杨忽然看林亦扬："你今天打完，要废几个月？"下一次公开赛肯定是泡汤了。

林亦扬看了江杨一眼，没吭声。

江杨又对孟晓东说："抓紧时间，趁顿挫缺赛，把他积分压到底。"

孟晓东也看着江杨，什么都不想说。

……

第三轮单人赛。

孟晓东上场就狂轰对方，以今晚最精彩的一局，单杆 118 分赢了。

比分成了 5:4。

而江杨也拿出了最磨叽的打法，以今晚耗时最长的一局，赢了。耗时 51 分钟。

最后一轮单人……

林亦扬坐了一整场冷板凳，得到了今晚最惨分数……0 分。

其实这是老天眷顾，林亦扬最后是和对方最强对手，眼下状态没机会赢。

那还不如坐冷板凳，养精蓄锐。

"竞技精神不错，"林亦扬评价说，"明知道最后双打有我，这一局也没让我摸杆。"

"当然不能假赛，"江杨顺口说，"人家是状态好，你小子是运气好。"

这点他承认。

林亦扬始终知道自己运气不错，尤其是这两年，也许真应了自己的名字，先抑后扬。

全部单人比赛结束，比分 6:5。

可以说是他们三个人生最憋屈的一晚，这么费劲，还只领先了 1 分。

最后一局赢了才算赢，要是输了就是平局。

还要加赛……

孟晓东状似冷静地端起玻璃杯，在喝水。

"空了。"江杨在一旁提醒，他把自己的水分了一点给孟晓东。

孟晓东看着自己杯子里的水，洁癖上脑，纠结了十几秒，还是放下杯子。

江杨一副复杂神情，目送孟晓东先拿了球杆，走到球台旁。林亦扬这次比赛是全程穿着马甲的，毕竟对于斯诺克协会来说，着装要求比天高。

下午脱下马甲打十球没关系，今晚打斯诺克，还是要穿得整齐一些。

林亦扬左手握着球杆，走到孟晓东身边。

"这局必须赢，"孟晓东说，"你和江杨撑不起加赛。"

林亦扬没说话，但也明白。

两个伤病能到现在是奇迹了，加赛就等于输。

开球权属于中国队。

林亦扬和孟晓东错身而过，把击球位给了孟晓东。

主攻要靠孟晓东，他要找准机会给对手做斯诺克，让对手罚分。

当然这也要孟晓东一起配合，不过两人从没打过双打，也没并肩作战过，历来都是对手……林亦扬看了一眼已经俯身击球的孟晓东，最好的对手就是最好的搭档。

桌面的红球被打散，很零散。

在赛场边的殷果抬头看直播画面。

林亦扬真是做斯诺克的好手，抓到一个机会，就让对手连罚 8 分……她想到在集训一开始林亦扬对自己说的，在不好的状态下，也要让对手输。

一开局并不算好，等到林亦扬让对手罚分之后，孟晓东抓住了这个机会，和林亦扬一起占据了场上的主动权。顺风顺水时，最快拿下比赛是聪明的选择。

孟晓东倒没什么，要是自己打，早就连攻下来了。

一人一杆，他还要带林亦扬的节奏。

谁都看不到，林亦扬马甲内的衬衫，前胸后背都湿透了。

主要是疼。

他拿走了孟晓东最招牌的动作，眉心始终皱着，桌上还剩下三个红球，他完全靠毅力在撑着。到全都剩下彩球，胜利在望时，已经能从直播镜头里很清晰地看到，他的脸侧、脖子上都是汗，还在往下淌着……

手指是虚的，还有三个球。

倒数第二个是林亦扬的球，江杨坐在凳子上握着玻璃杯，孟晓东站在林亦扬右侧，两人同时压住了呼吸。

难度有，平时对他不成问题……

林亦扬缓缓出杆，盯着自己的杆头击中了白球，白球撞上倚在球案边的粉球，两颗球都在缓缓滚向底袋。

白天他还能判断，这颗球是有戏？还是没戏？

现在在出杆后，都没谱，直到那颗粉球落下，掌声在四周响起，他终于站直了，手撑着球杆，笑了。

最终，孟晓东收入黑球。

这个深夜，中国队在最后一局的双打局，最终锁定胜局。

黑球落袋的一瞬，掌声震动全场。

这块男团金牌来之不易，和女团横扫千军的架势比起来，简直这一局就是一个健康的孟晓东，一手拽着一个兄弟，撑下了全场。

双伤病状态下，撑了足足 12 局，最终啃下了这个场馆里的最后一块金牌！

也是中国台球队在本届的最后一块金牌！

……

场外的那些对退赛的冷嘲热讽，他还没机会看到。

眼前只有鼓掌的观众，耳边有掌声，还有解说兴奋的致辞、结语……

在高度紧张之后，林亦扬的左手完全吃不住劲儿，腿也是。他慢慢抹了把自己脸上的汗，没想到手里全是水……真跟去了跳水队一样。

他仰头，靠在江杨的肩上，闭上眼，听着掌声笑了："能两人领奖吗……我真走不动了。"

如潮的掌声，炫目的领奖台，全场的目光，转播的盛况。

都是我们的，全是我们的。

您看到了吗？老师。

体育馆内，三位最壮烈的男人，都不约而同地要了十分钟空闲时间。

一起来到了观众席上。

林亦扬在中国公开赛赛后也是如此，谁都找不到他，江杨不用猜就带着一众东新城后辈们摸到观众席，捉了他一个正着。

这是少年时的习惯。

林亦扬找了个角度好的位子，江杨挨着他，孟晓东坐在最外侧。

空旷的体育馆，欢呼散去，掌声消散，仿佛从未有过。

林亦扬终于脱下了束缚自己的衬衫和短袖，穿着运动裤和短袖，右手臂不敢动弹，左手臂搭在椅背上，看着灯光下的球台："羡慕你们，一直没离开过。"

人生只有一次的黄金年华。后悔也没用，已经过去了。

孟晓东淡淡一笑，视线落点和林亦扬一样："我却羡慕你的天赋，从小就嫉妒。"

从小顺风顺水的他，都是从林亦扬这里体会到了什么叫"挫败"。

江杨摘下眼镜，打了一天的比赛都戴着隐形眼镜，刚换了框架镜，眼睛干涩得要命。他单手撑在脸上，也看球台："两个天才互相捧什么呢？"

在这一行，有天赋的都十二三岁打比赛、拿冠军，江杨却十四岁才入社。这是一个遗憾，他和林亦扬同一年拜师，却比林亦扬早拿了一年全国冠军，拼到如此地步，也只是被认为：是个没什么天赋，十八岁才真正夺冠的"勤奋拼搏"型选手。

"你这些年，怎么糟蹋自己的？"江杨问林亦扬，"还有旧伤？"

"运动员身上有不带伤的吗？"他说，"你身上有多少，我不会少。"

几十万次的重复动作，日复一日，机器也会坏。谁都一样，全都一样。

孟晓东看了两人一眼。

江杨和孟晓东对峙多年，最了解他："想说什么？"

"我前年年底，也做过手术。"孟晓东说，这件事除了他父亲，没有第三人知道。

"我说你怎么忽然去海外封闭一年，"江杨终于解惑，为什么孟晓东状态起伏这么大，"太子爷的面子真是比天大。"

孟晓东沉默地盯着江杨。果然不能和你做兄弟。

……

果然，江杨能把孟晓东压得死死的，一直没变。

场馆里的工作人员走到场中，关掉了一个个照明灯，场内越来越暗，反倒是场外的月色和灯光越发耀眼。

等到最后一盏灯关掉前，终于，人家看到了他们三个，在底下挥挥手臂，示意他们要离开了。说话的人指着台球馆外，大声说："你们的球迷还在外边。"

江杨笑着，答应着，拍了拍林亦扬的后背："走了。"

孟晓东和江杨向观众席出口走去。

林亦扬则是从另一侧的楼梯，下到了赛场中。今天他没力气翻栏杆，直接跳下看台，但还是老路线，从赛场中往后台而去。

"为什么要从中间走？"这个谜团困扰孟晓东许多年了。

"他想摸一摸球台，每次比赛完都会这样。"每个运动员都有自己获胜时的庆祝仪式，林亦扬没有，他最多挥下手就结束了。

他的仪式在赛后，四下无人时，从场中走过，去和球台告个别。

……

林亦扬从黑暗的场中往外走，经过台球旁，摸了摸球台边沿，静了一会儿。他知道，外边有灯光，有球迷，还有所有昔日的少年们。

而在这里的他，想起了十三岁的后台休息室。

年纪小的都在最外侧，紧挨着门的一排衣柜前，坐着休息。

江杨是上届冠军，在休息室内受众人追捧，孟晓东是北城的太子爷，没来就被人反复提起，林亦扬则是那个，坐在椅子边角，也不穿衬衫西裤，也没擦拭球杆，也没和人闲聊的无名少年。

那天，范文匆也在，吴魏也在。陈安安还小，没到打比赛的时候。

吴魏戴着小眼镜，和林亦扬背靠背坐着，把练习册放在腿上，在做题。而范文匆冲进休息室时，手里攥着和裁判借来的备用球杆，大喝一声："老子的金箍棒到了！如来佛祖呢？天兵天将呢？"

十几个少年齐齐看过去。

……不嫌丢人？江杨想。

……这就是东新城的人？孟晓东想。

……林亦扬什么都不想想。

少年的声音，不管是哄笑，还是吵闹都还在。

那一间休息室内，有人离开，有人留下，有人归来……

那一场大赛，横扫千军的是他，脚踏天地的是他，一朝犯错被压下五指山的是他，历经九九八十一难回到这里的也是他。

这世间所有的荣耀，都要经过千万次的锤炼，无一例外。

* * *

回到后台，中国队没走，好多国家的队伍也都还在。外边球迷太热情了，主办方不让他们出去，主要是怕观众人群踩踏，要等疏散了球迷再说。

没有任何公开赛的城市，可能是唯一一次能见到这么多亚洲明星选手的机会，谁都不愿走。大家反正也没比赛了，又有 Wi-Fi，各自看着电影，玩着游戏，刷着社交网。

队医看到林亦扬出现，低声训了两句，将他拉到休息室的沙发上，让他老老实实坐着，不能再乱跑了。

林亦扬环顾休息室，没见到想见的人。

手机振动，像在回应他。

殷果发了一个好友推送——树林里的果子。

林亦扬笑了。

小姑娘就是花样多……

他猜到这是殷果的小号，加了。

通过后。

树林里的果子：看朋友圈。

林亦扬坐在沙发里，翻到了这个小号发的朋友圈。

他的拇指在屏幕上滑着滑着，想到底，也想停下，视线里掠过的全部文字都像个钩子，钩他引他，让他停下细看。

是两人异国恋的流水账，幸好，他还是坚持到了最开始的一篇。

第1天，一张回国的机票。

"郑艺在给我打预防针，说她身边的异国恋没一对成的。我们会是例外吗？"

郑艺？哦，她闺蜜。

第2天。

"在干什么呢？"

林亦扬看了看发布时间，还能干什么……在睡觉。

第3天。

"想去看他。郑艺说我可能疯了。"

这个闺蜜真要见见，完全不说好话？

……

他想，这些小日记够他反复看无数遍。

于是开始跳跃。

第60天。

"他给我打电话，身边有女的在说话，叽里咕噜的，口音很重，听不清。问他是谁，说不认识，是想和他一夜情的人？"

林亦扬记得，那个女的直接问他要不要到她家喝酒，一起过个夜。殷果问，他就照实说了，因为当时拿着电话，以为她都听到了，也没想瞒着。

第61天。

"今天试探几句，他完全不想多说……分手先兆……"

这还真是冤枉。那天是个聚会，女孩见他不乐意也就放弃了，后来和别人闹得欢，被人往杯子里倒过东西，林亦扬给同学一个暗示，让同学去和那帮下药的人讨价还价半天，把女孩强留住。他觉得没什么好多说的，怎么就成分手先兆了？

林亦扬盯着这个日期看了半天，只能理解为——三个月的动荡不安期。

第62天。

"今天视频，他光着膀子，露纹身给我看。危机解除。"

……解除得还真容易。

林亦扬的手指在屏幕上随便滑着，找她生日那几天。

很重要的见面，这次是一张截图，截图上是记事本里的字。看来朋友圈字数限制，不够她讲这一天的心情。

"他黑眼圈好重，到酒店房间，光着脚开门的，一看就是累睡着了。房间挺大的，床也大，他拉我的手都觉得陌生。后来他坐在书桌边上，我在沙发上，面对面坐着，好想抱他，可他没主动，我也不好意思抱……还好，后来他把我拉过去抱住了，就是闻着都是身上长途飞机上的臭味，不洗也没法干什么……"

其后的描述，是从女孩子的角度，叙述了那天两人共浴。殷果因为不方便，一开始洗得不是很放得开，林亦扬抱她在怀里亲了十几分钟，把她亲迷糊了，算是搞定了她的心理障碍。主要还是许久未见，生疏感太强烈。

他也怕，太陌生会稀释她对自己的感情，没别的办法，也只有亲热。

那天是两人在一起后最不安的一天，比纽约分开后，见不到面的日子还要不安。面对面了，反倒生疏了，才真觉得害怕。

怕那天见面是最后一次……其后感情会不了了之。

没人能自信到认为自己就能得到长久不变质的感情。越在乎，越怕失去，在这一点上，其实没有性别之分。

洗完澡，她把他轰出去，还是恋爱初期的心理，不想让他看自己是怎么穿衣服的，尤其还要处理女孩的经期问题。

穿衣服的一会儿工夫，林亦扬又睡着了。

他是从公开赛的赛场赶回来的，半刻没停，输了球，心情一般，全靠要见她的一口气吊着，洗完澡舒缓了神经，一松懈，挨着枕头就睁不开眼了。

没多会儿，他听见门响，她好像拿着门卡出去了，再回来，她手里多了一袋子东西……再有意识，床颤了颤，穿着羊毛裙的她，小腿冰凉凉地挨到他手指上。

肩上热乎乎的，能感觉她用手指在沿着膏药边沿滑动，贴紧实。

刚洗澡，他脱掉衣服揭下来旧的，她看到，问了句是不是旧伤。

林亦扬瞥了眼盒子，是他在纽约药箱里常备的那种，殷果见过，还记下了，特地去外边找的。"我有更好的，"她给他用掌心搓了搓膏药，"下次给你快递几盒。"

他的手从她小腿往上走："又赢了？公开赛？"

她眼睛里都是笑，点点头。

可是他这场输了。

殷果把膏药剩下的透明塑料膜塞回到袋子里，拿过手机，靠在他左肩窝里，给他看自己的奖金小金库："你猜我现在有多少存款了？"献宝一样给他亮出自己的网上银行，手指点了几行，"这几个都是理财，都能当天取。"

"能当天取的都利率低，应该买长线。"还真是小姑娘，也不多琢磨琢磨自己的情况——在家里住，用不着多少花费，也不买房不买车，还不如买点长线产品。

"万一你周转不过来，不是麻烦了？"

她说话的声音在他脸边上，如此近，带着温热的气息。
类似的话，在一年前的华盛顿酒店——
"你要周转不过来，和我说。"

林亦扬未发一言，倦意满满地倚着白色枕头，手搭在她的腰上，柔软的毛衣有着她的体温。在想这件衣服挺漂亮，不是自己买的，从遇见她以后看到她所有的衣服、鞋和包都很漂亮，全不是自己买的，浑身上下的首饰也没有一件是自己买的。所以，到底是用什么把她骗到手的？花言巧语？没有。一张脸，勉强能看，比少年时差远了。
一顿海鲜？一杯酒？成本真是低。
他在反思自己。
怀里的她本来在欣赏自己一次次攒下的奖金，忽然留意到时间，该走了。她仰头看他，林亦扬低头亲她，两人不带什么情欲地亲着对方，亲了一会儿，再对视着，都笑了。
他从没见她这么难过，难过得在笑。
"怎么了？"他问。
"你真会回国吗？"
一句话轻易暴露了今晚笼罩在两人心头最大的阴云——对未来的不安。
他点点头，摸她的长发。

这是那晚的全部。
林亦扬舍不得再看了，虽然他以后的日子还会看无数遍。
他关掉图片。
发现同天，她回到家后还发了另一条朋友圈，是一行英文。
"You know, you know I love you so."

殷果拿着自己的热水瓶回来，好多运动员都在接热水，她等了好久。

这次中国队的两块团金是压轴戏，是大戏。

六名选手里有五员老将，只有殷果一个二十出头的，自然引人注目。排队时就有小男生用蹩脚的英文和她打招呼，殷果望着人家，满脑子都是：快接水，你接完我好接……

成功灌到热水后，她迫不及待回了休息室。

队医一见殷果回来，笑眯眯地让了位子。

殷果悄悄到沙发后。

林亦扬披着中国队的那件红白相间的运动衣，背对着她，在她想探头看时，反手摸到她的手臂上："去哪儿了？"

"倒水。"还想吓唬他一下，耳朵真灵。

她被他拉着，坐到他身边。

林亦扬瞅着她，想说点什么。

"我是想给你明年生日礼物的。"殷果被他看得不自在，在想他是看到什么了，这么严肃？

殷果瞥他。

他还在偏头盯着她瞧。

……

最后，林亦扬左手轻拍了拍她的膝盖，拿着殷果给自己的保温杯，起身而去。只是在直起身的前一秒在她头顶说了句："谢谢。"

好像当初在夏威夷大岛的无人区，他用手机给她发：谢谢你。

多少层面具揭下来，把受过的教育和生活历练都剥去，将自我保护的外衣脱下，他还是那个昔日的少年——

不善言辞，越爱，越不会表达。

就好像是他初次见到她，在脑海里想了无数的话，还是怕搞砸。

不过是一句"请你的"三个字，是在心里删减了几十句话后的结果。

可殷果觉得自己真是中了他的毒了，字越少，话越少，越觉得男人才用了真心。

林亦扬的手机还在她这里，人已经出去了。

吴魏一见林亦扬离开，一个箭步到殷果身旁："看了吗？微博。"

"看了。"殷果说，她一直在刷。

当男子团金到手，网上的冷嘲热讽都被大众对夺冠的恭喜压了下去。有时候这个世界就是这么残忍，你想堵住悠悠众口，靠什么都没有用，只有用实力、用成绩证明自己，别无二法。

"看了你这反应？"吴魏脸上写满失望。

"……还行吧，都看习惯了。"

"看习惯了？"吴魏震惊，在想林亦扬的这个女朋友还真是追求者众多，连这种都看习惯了？

……

但吴魏毕竟和殷果认识最早，反思了一下，认为殷果一定还没懂她在说什么。

"林亦扬上热搜了。"

"我哥和江杨也上了。"

斯诺克男子团金刚结束比赛，自然成了最热门的讨论词。

她给林亦扬接水时，看到了好几个关键词，都有关于团金的三个男人。无非就是为国争光，突然发现了一个冷门项目，最突然的是冷门项目里帅哥这么多，当然会引起讨论。

"你都看完了？他小号看了吗？"吴魏又问。

小号？殷果茫然。

吴魏把他的手机塞到她手里。

热搜里最新的一个关键词——"LinY"。

还真有小号？不是不玩微博吗？

殷果点开来，立刻看到了满屏都是来自 LinY 的微博截图。

全是赛后挖出来的。

起源是在斯诺克团体赛前，有好心网友想要安慰这个明明夺了双金，却还要因为退赛被人冷嘲热讽的台球队队长，想去这位队长微博留言，却发现林亦扬没有注册微博。

当然，大家不肯相信，继续寻找蛛丝马迹。

很快，网友就发现东新城的老选手都不约而同关注了一个没几个粉丝的 LinY，根据林亦扬在美国的比赛名字"Lin"，对上了号。

大家一致断定——能让这么多同行大咖关注的一定就是这位队长本尊。

之所以能上热搜，并不是因为一个"小号"有多稀罕。

稀罕的是，这个小号只有一个用处，就是转发一个女选手的比赛新闻和视频。

一连串系统默认的文字"转发微博",只有一次出现了三个字的点评……

转发:新加坡公开赛的视频。
"转发微博"
转发:中国公开赛的视频。
"转发微博"
转发:九球世界杯决赛的视频。
"转发微博"
转发:今年杭州比赛冠军的新闻。
"有突破。"
转发:今年世锦赛的视频。
"转发微博"
……
殷果都要被他笑死了。
还真是能省则省,能不打字就不打字。

林亦扬从来不提她的比赛,殷果还以为他没看,毕竟他自己一个人在去年就身兼了斯诺克和九球的比赛,忙得要命。

突然看到他转发所有自己比赛的网页新闻,还特地四处找视频,转发到微博上,才真实感受到这一年多的异国恋,他也在用他的方式,默默关注着自己。

当然,除了视频和新闻,他也偶尔会把最新收集的照片发个九宫格。
都是角度好的、漂亮的照片,甚至还有他自己在比赛视频里的截图。
对于殷果的照片,林亦扬也没有任何文字评价。
除了今年九球世锦赛集训时爆出来的照片,他评价了句:这衣服谁设计的?

也就是在这张明显嫌弃运动服的微博下,江杨的回复印证了这个 LinY 就是林亦扬。
江杨:你怎么不转我们的比赛?
LinY:没兴趣。
江杨:……

全部微博只有这两句文字,还有一句和江杨的对话。
但足够传达一个信息:这个帅得没边儿的国家台球队队长有个心上人,心上人也是一个同行,打九球的小美女。

而且看上去人家小美女压根儿不屑于和他互动？关注都没关注他。

台球过于冷门，过去没人想要八卦这些。

所以两人到底熟不熟？追上没追上？或者还没开始追，还在闷不吭声暗恋？这成了一个巨大的疑团。

她看得笑个不停。

林亦扬被大家想象得太苦情了……

很快，有更伟大的网友截图了林亦扬在全美公开赛赛前，在观众席上对殷果的告白，竟然还配了中文翻译："大家别猜了，在这位队长还没复出前，就已经开始狂追人家了。"

"到底追上没追上啊？"

"我视频看了十几遍，他说得含含糊糊，没追到吧？"

"作为一个台球圈的资深球迷，据可靠消息，还在追。"

"我×。这么帅还追不到？！"

"叫他偶像吧，对不起他的球技；说他是体育天才吧，又无法突出他帅炸人心的脸……刚想厚脸皮喊个老公，你们又给我看这个……果然不该进这个热搜。"

"好嫉妒，被这种人追是什么感觉啊啊啊啊……"

……

殷果刷到后来都不好意思了，吴魏却陪她看得无比兴奋："虚荣心爆了吧？"

想想就来劲。

赛场上叱咤风云、受万众瞩目的男人，被人挖出来跟个小追星族一样拿个小号不是发你的比赛视频，就是比赛新闻，要不然就是自己跑去截一堆你的比赛视频图存在微博上……

无论把这个"你"换成谁肯定要感动疯。

而偏偏两人还是半地下恋，大家都还在认为，这个男人还没成功，还在苦苦追——更要被人嫉妒死了。

"看什么呢？"

头顶上方传来这个男人的声音。

吴魏收敛笑容，从殷果手里夺回自己的手机："该走了，教练说要走。"

他解释说，总教练决定让中国队打个头阵，出去和本地的球迷们握手告别。要不然一堆人在外边等着怪可怜，一堆人在体育馆里等着也怪可怜。

交代完，人闪了。

殷果也不能承认在和吴魏一起刷他的热搜："我帮你穿衣服。"

指的是他披在身上的队服。

"我自己来。"林亦扬说。

随即被殷果不满地盯了一眼。

他只好任由她帮忙。

殷果帮他把右臂的那个袖口，一点点给他套上去，随后才套上左臂。她绕到他面前，搭上了拉链扣。塑料拉链滑动的声响，只有两人听得到。

"你微博还有小号？"她试探问他。

林亦扬静了一秒……原来刚在看这个。

他解释："微博存东西方便。"

"哦。"她忍着笑。

林亦扬被她笑得莫名。

当初注册微博，确实是为了转存新闻和视频方便，微博上搜搜，资料还是很多的，相对而言朋友圈什么都搜不到。

而没告诉她，也是因为经常会点评两句。男女想法有别，怕她看到会不高兴。

殷果最终还是没把他的"LinY"已经被挖掘出来的重大事件告诉他，想象着他晚上回去刷到自己留言破万是什么表情，绷不住又笑了。

林亦扬总觉有什么不对："笑什么呢？"

她摇摇头，帮他折好运动服的领子："没想到你一直看我比赛，还会存。"

他倒不觉有什么。

当然会看，见不到的日子，看她比赛就是最大消遣。

不管是文字，还是视频。

殷果找到他的球杆盒："让江杨帮你拿运动包，球杆我拿。"

林亦扬看着离开的殷果，还是有一种直觉——有什么被大家瞒住了。

一时也猜不透，先回酒店再说。

很快，中国台球队的全部队员都收整好，大家都挎着自己的运动包，提着各自的球杆，在主办方的带领下，跟着林亦扬走向玻璃大门。

玻璃门外，体育馆外的照明灯全都打开了，在门被推开的一霎，嘈杂的欢呼声冲撞上每个人的耳膜。殷果一下子什么都听不清了。

大家都以为林亦扬会最先走出去，他却停下了脚步。

林亦扬左手撑住一扇玻璃门，江杨笑着，顺手把另一扇玻璃门也推开，两个前辈，为后边的人打开了一条光明的前路——

林亦扬靠在门边上，回头，催着身后的众人："还不走？"

大家迟了一秒，一个个紧跟上去，身影先后融入那望不到尽头的人海当中。

林亦扬和江杨等到最后一个队员走出去，相视一笑。

两人同时松手，两扇玻璃门闭合。

殷果回头看了眼，刚好看到林亦扬和江杨被堵在了人群当中，他们两个可没大家那么容易脱身。每个人都在伸出手，想和他们告别。

……

她不知怎的就想到了林亦扬第一次长途而归，陪自己在纽约公寓楼下的小球房练球时，那天放着的那首歌——

"叱咤风云，我任意闯万众仰望。

叱咤风云，我绝不需往后看。

翻天覆地，我定我写自我的法律……"

也许从那天起，

当她站在球台旁，看到那个穿着黑长袖 T 恤和一条普普通通的牛仔裤，拿起一根公共球杆的背影，就该知道这个男人会走到这一天，走到这里。

半个月后。

当飞机降落在夏威夷的机场，天降暴雨。

林亦扬和殷果带着一行人，走出机场，联系上了预先订的出租车。

这一次他没打算再去大岛看火山，留在了主岛——欧胡岛，也是游客最多的地方。

上了车，江杨坐在前排副驾驶座。

林亦扬带着殷果、林霖坐在第一排，余下吴魏、范文匆和陈安安挤在最后一排。不多不少刚好七个人，一辆出租车。

这是众人从小到大第一次聚这么齐，出来度假。

东新城里的人，除了吴魏家境还不错，都是苦孩子出身，这些年偶尔也自己旅游，但凑在一起从未有过。

"当初提过一次吧？我们？"范文匆问，"后来是谁说的，凑不齐人，出来也没意思？"

这话显然说给林亦扬听的。

江杨回头教育范文匆："带着家属呢，嘴下积点儿德。"

"彩虹。"陈安安突然出声，一个闷不吭声的老实男人乍一说出小女孩才会有的感叹，引来了满车人的嘲笑。

酒店是海岸边的希尔顿。

大厅前后镂空式，大家一下车就已经能透过酒店楼群当中的空旷，望到沙滩和大海。陈安安是个度假绝缘体，头次到海边，站在那儿看着望不尽的蓝，又脱口惊叹："又有彩虹？"

这下连殷果都笑了，想到自己上次和林亦扬来，完全和安安一样，被彩虹惊艳了一次又一次。

林亦扬让大家等在这里，带殷果一起去办入住。

当酒店前台和林亦扬确认是不是"Rainbow Tower"时，殷果还以为自己听错了，趴在柜台边沿，轻声问："彩虹楼？"

"对。"

这是这个威基基海滩观景最好的楼。

当然还有另一层原因，他记得殷果看到彩虹的开心，来彩虹之州，住彩虹楼，是他在亚运会集训前就想好的。当时也已经订了房间，否则在这个旺季，根本不可能住在这儿。

几个大男人拿着房卡，相约下去游泳池和海岸。

林亦扬怕殷果太累，反正有十几天的行程，没着急下去，和大家约了晚饭集合的时间，带殷果去了 22 层最里边的一个房间。

殷果洗完澡，把箱子里的衣裙一件件挂到衣柜里。身后，林亦扬脱掉短袖上衣，进去冲了一个冷水澡，光着膀子走出来。

殷果还在给一条吊带裙撑衣架，肩上就有他的手在捏来揉去的了："还想挂多久？"

"还有两件，"她指了指箱子里的，"你的还没挂。"

林亦扬没说话，去把阳台门推开，热浪卷入。

她以为他要去看风景，但发现自己想多了。他又把窗帘拽上一半，免得床上都是阳光太晒，紧跟着回到她身后。

殷果的耳下有他的温度，先是手指的抚摩，随后是亲。

腰后的绑带松开……他在飞机上就琢磨过，这条裙子要先解开后边的收腰绑带，才能脱。林亦扬把她的裙子边缘卷到了腰上。

殷果还在想着老男人真是毫无遮掩，想干什么，一分都不耽搁。可额头压在衣柜门上，看到他环抱着自己腰的手臂上的漂亮纹身，立马缴械投降。他的花臂太好看，一直对她极其有诱惑力……

林亦扬就此得寸进尺，一边亲着她的耳朵，一边开始了。

起初在衣柜那里，角度很差，他让她趴在门上，抱起来。柜门是滑动的，一会儿就滑得砰的一声撞上木质边沿。殷果一个激灵，不太乐意在这里。

右手边就是门，隔着门就是走廊。

林亦扬了解她的每一个小心思，也不用问，抱她直接去了床上。

他身体压在她后背，阳台门吹进来的一层层热浪，对冲着室内空调，有热有凉，还有他洗完澡没擦干留下的水，全到了她的身上。

这么没多会儿，突然有人敲门。

林亦扬停了，问了句是谁，门外人用英文回答，是客房来送水果的。林亦扬本来想让人先走，但想到殷果喜欢吃水果，刚长途飞机下来就需要补充这些东西，还是抽身下床，把浴巾在身上绕了一圈，简单围上，开门接了水果回来。

果盘丢在桌上。

长了个经验，先按了免打扰。

殷果一来因为时差在犯困，二来在等他，乖乖趴在床上。

保持着刚才的差不多姿势，就是手里多了手机，想上一个闹钟，怕一会儿睡着了错过吃晚饭的时间，毕竟已经约好了江杨他们。

他把浴巾扯掉，回到她身上，腰上一用力："这么一会儿都等不了？"

"想上个闹钟，怕睡着。"她手指在打滑，死活按不下"确认"，低声说了句："慢点儿。"

"不用上。"他手掌按住她的手，把那个碍眼的手机按到白床单里。根本没打算睡。

他不再说话，干正事。

……

后来林亦扬又去洗了澡。

他光着身子在房间里走来走去的，没多会儿，给她切了水果过来，喂了两口。

殷果没吃两口，趴他怀里睡着了。

林亦扬靠在床头，盘子放在枕头上，用水果刀插着，把剩下的西瓜和芒果吃完。刚好为了给她擦身上，餐巾纸盒就在床头柜上，顺手将水果刀擦了擦，裹了刀锋丢在那儿。

殷果觉得身上凉，是汗干了后被空调吹的，想往暖和的地方钻，在睡梦里手脚胡乱地往林亦扬身上扒着。

林亦扬想着棉被肯定热，把上一层的床单掀起来，盖着她大半身子。

林亦扬低头，看睡梦里的她，看她鼻尖上的红点点，在飞机上她照了半天镜子郁闷过是上火发的。他再往下看，她嘴唇很红，挨在自己的手臂外侧，唇角上扬着，睡得挺高兴？

他低头，亲她，起初只是想亲亲脸和唇角，后来就成了深吻。

殷果没醒的时候浑身都不会有力气，舌也是，被他搅了会儿，翻了个身又被他拽回去。

她不知道为什么，他今天格外磨人。

没够的，等她想睡着了，他人再上来。

……

到了晚上六点多，他看殷果累得不想动，给江杨打了个电话，说是时差问题，还想多睡会儿，让大家去一楼的海鲜自助吃饭，他早订了位子。

林亦扬自己跑到旁边的小吃街，买了一份菠萝饭和冰激凌回来，等把饭盒搁在书桌上，殷果才穿了沙滩裙从床上下来，两手从他腰后插到裤袋里，半环抱住他："去哪儿了？"

"买东西喂你。"他手指敲了敲饭盒。

殷果笑："喂吧。"

林亦扬把饭盒打开，用白色塑料叉子给她插着菠萝饭里的菠萝块和海鲜，一口一口喂她，他在楼下自己吃过了。

六点半，两人下了楼。

一伙人终于碰头。

殷果不想晚上下水游泳，在沙滩旁的泳池旁点了一杯冰沙，吸了两口，险些被甜死。

"好甜。"殷果和身边坐着的旱鸭子陈安安诉苦。

陈安安看那一大杯，不喝也浪费，但人家已经喝过了，也不好帮人家解决掉。

"一会儿再喝。"殷果不好直接说不想喝了。

林亦扬游了两圈上来，浑身是水地走到殷果面前，摸了一把她的脸，被殷果哭笑不得地挡开，擦着脸上的水。

他看满杯的冰沙没动，直接问："不好喝？"

殷果在刷着朋友圈，苦闷地点点头："嗯，没想到这么甜。"

林亦扬把饮料要过来，给她放到面前："点别的。"

"这个不喝浪费了。"好大一杯。

林亦扬把吸管拿出来，连着几口喝了半杯，又把吸管插回去："我喝。你换别的。"

陈安安旁观着两人这无声的交流，真是下巴都要掉了。

所以，原来林亦扬竟然会吃女朋友吃过的东西？

林亦扬从小可就是谁的东西不喜欢碰，也不喜欢人家碰他东西的男人……更别说是这种吃喝的东西了。果然……对女朋友不一样。

七点半一过，开始有人流涌向这个沙滩。

四周泳池畔也都是，各处的酒店里还有住客在往沙滩走。殷果在泳池畔看着人山人海，问刚上了岸，在用浴巾擦干身上，重新穿回沙滩裤和短袖上衣的林亦扬："大家要干什么？"

"我带你看大家干什么。"他把剩下的冰沙全部喝完，招呼身边的一干兄弟原地解散，一会儿在订了位子的酒吧会合。

他拉着她的手，走入人流当中，尽量往彩虹楼下的那块空地前走去。

起初沙滩的人都是站着的，越往前走，视线渐渐开阔，前面二十几排的人全都散落地坐在沙地上。林亦扬勉强找到一块空地，让殷果坐在自己的前面，他想蹲着，但人太高会挡住后边的，于是就把殷果环抱在身前。

人家情侣是肩并肩，他们倒是占了身高差的便宜，和俄罗斯套娃一样……

他腿当中刚好够她坐。

"是有表演吗？"她小声问。

话音未落，眼前炸开了大片烟花，殷果以为自己看错了，心怦怦直跳。

一个又一个，没有停歇，整个威基基海滩的夜空很快就布满了烟花。

殷果仰头，枕在他肩上，看着天空上的烟火，左边是照相的，右边是录影的，全都在举着手机拍。赞叹声和烟火声融在了一起。

殷果一看到好看的图案就笑，拽他的胳膊。她的拖鞋在一旁丢着，满脚都是白色沙子，腿上也是，还在往他腿上蹭着沙砾。

过了两分钟，她忽然有了反应，为什么他会特地带自己看烟火。

因为仰头看上去，不光是烟火，也是星空。

夏威夷的星空对他们的意义不同。

殷果回头看他，林亦扬也望着她："不看烟火，看我干什么？"

她笑，不说话，摸到他环抱着自己的那只手臂，摸上边的纹身，用手指反复摩挲着，低头，亲了亲他胳膊上的星图。

其实彩虹楼拥有最好的视角，林亦扬原本想带她从阳台往下看，看着沙滩上密密麻麻观看烟花的人群，看着夜色里深蓝的大海，看着满天炸开的各型各色的烟花。

但后来一想，坐在人群里才热闹。

上次来，他也刚巧碰上了星期五，才知道每周五在威基基海滩会有烟火表演。

当时他单身，没女友，也没钱住在彩虹楼，是从遥远的酒店走到这个沙滩上的，看了几眼，兴致不高。看着沙滩上人山人海，想着这么密集人群会有踩踏风险，随便找了泳池边的酒吧进去坐着了。

现在抱着怀里的大宝贝，觉得以后还是要多走走，多积累积累，哄女朋友很有用。

烟火很快结束，十五分钟。

涌到这个沙滩上的游客也都渐渐散去，仿佛退潮一样，人山人海在往后悄然挪行。

殷果抓了一把沙子，在等人群都散了再走。

她耳后忽然热烘烘的，被亲得痒，用手肘撞他：你今天怎么回事……一直亲。

他笑。

没回答。

殷果想了想，难道是太热了？

人群散得慢，殷果坐不住，没多会儿就跑去踩海水了。

白天都用来睡觉倒时差，到夜幕降临，倒是清醒了，才想起自己竟然一直没下来过。

林亦扬还坐在原地，在大椰子树下，看着远处的殷果。

他说过她长直发好看，她就刻意没剪短，留到快到腰了，追着海水往前跑的时候，两条细细的腿在海水里踩着，要不是因为白，都几乎看不到了，太瘦。

等她被海浪追回来，往沙滩上跑，能远远看到一张巴掌大的小圆脸，他不用看清，就知道酒窝在哪里，也知道那双眼睛有多亮。

他还记得，在那个暴风雪夜的旅店外，她戴着白色羊毛编织的渔夫帽，帽檐下就是那双黑得发亮的眼睛。她当时用手指拉下自己的围巾，露出完整的一张脸，生疏又礼貌地抿嘴笑着，站在台阶上、行李箱旁，对着自己又是道谢，又是鞠躬。

当时，他对她一无所知，也许只是在纽约游玩几天的中国游客，而他却在华盛顿读书。

当时，他甚至不知道，以后还会不会再见到她。

当时，他以为自己不太正常，看到她鞠躬道谢的小动作，都想让时间慢点，多看会儿。

但他什么都没做、没说。

这些年他已经习惯这样了。

直到，要上出租车离开前，她弟弟追出来，一定要加他的微信，林亦扬完全没有迟疑，直接就给了。天知道，他都有多久没加过新的好友了。

如果那天没有她弟弟在，估计，那个鞠躬道谢的女孩子会留在风雪夜的记忆里，两人根本没机会有什么交集。

……

身后，江杨和范文匆溜达着，看到林亦扬坐在这儿，走过来想打个招呼。

林亦扬察觉到身旁站着他们，随口问："我老婆漂亮吗？"

两人走了，不想搭理他。

陈安安路过，林亦扬把他叫过来，又问："漂亮吗？我老婆？"

陈安安憋了半天，夸人家女朋友漂亮也不太好，默默地让自己消失了。

林亦扬发现，有人在看殷果，还是男孩子。

他对着被海浪追回来的殷果叫了声。

殷果马上光着两只脚，飞速踩着沙子，跑向他，一下子扑到他身上，笑个不停："一起去，一起去海里。"

"先去酒吧，"他搂着她，笑着从兜里掏出手机，给她晃了晃，"你朋友到了。"

林亦扬抱她站起身，拎着两人的拖鞋，让她先去冲水池洗掉脚上的沙子。

林亦扬特地订了露天酒吧的两个桌子，在晚饭就点了单，付了钱，一直让江杨他们占着位子。吴魏不喜欢游泳，对烟花也没太大兴趣，而余下的人，是坐一会儿就跑。

所以第一个见到郑艺的，竟然是吴魏。

他没想到殷果的朋友会是一个比林霖还高的女孩，黑头发随便绑起来，估计和吴魏差不多高，腿比他还长，穿着热裤。坐下就笑着自我介绍，没两句，吴魏已经晕了。

等殷果和林亦扬来，这两位一直存在在微信话题的人，终于有机会见面。

郑艺主动伸出右手："你好，校友。"

林亦扬笑着和对方握手后，四人落座。

还没坐稳，郑艺就问了最好奇的："当初她在朋友圈嫌弃你'没多帅'，你什么感想？"

林亦扬反应了下。

真是遥远的问题。当时看到的第一想法应该是——她竟然来了DC。

吴魏倒是听着开心："你还嫌弃过他啊？"

他对殷果竖起大拇指，好姑娘，能搞定顿挫的果然不一般，不被美色诱惑。

"那天是开玩笑的。"殷果真是百口莫辩。

她在桌下，踢了一脚郑艺。

趁着林亦扬和吴魏说话，给郑艺发了条微信——

林里的果：干什么一来就问这个？

郑艺：我这不是想活跃气氛吗？

郑艺：要不，换个问题。

郑艺：上次你们在夏威夷嘿嘿的无人区是怎么找到的？

林里的果：……

*   *   *

没多会儿，大家都到了。

在酒吧外的露天区域，最里侧的两张桌子旁，林亦扬的儿时兄弟们围了一圈。

最后到的是江杨。

他拎着自己的吉他，穿过几张桌子过来，把吉他递给林亦扬。

大家笑着，把椅子纷纷拉开，桌子也换了位置，让林亦扬能单独对着殷果。

……

殷果盯着他："你不是……不会弹吉他吗？"

林亦扬一笑，没说话。

"他是不会，"江杨说，"和我现学的，70天突击训练的成果。"

"……他不会要求婚吧？"作为女方唯一到场亲友，郑艺也蒙了。

初次见面就见证求婚？真是中大奖了。

照林亦扬的性格，这种半公开场合的表达，不是他擅长的，他说到底还是个偏内敛的人。幸好这里中国游客不算多，起码邻桌的人看面孔都不是亚裔，不会听懂他们的全部对话。

他低头回忆了下，江杨还怕他紧张忘了调子，给他耳语了两句。

殷果全程看着，傻子一样，一句话不敢多说。

林亦扬也看着她。

做这种事，他过去没想过，以后也不会有机会。只此一次。

围着林亦扬的人也是深知他从小的脾气秉性，知道护着他，给他一个小小的包围圈，让他像在一个小小的封闭空间里。

慢慢地，这个小角落里有吉他声传出，是《Yellow》的前奏。

他是真不擅长，一点点跟着江杨学到了今天的地步，从那个下午，去殷果家之前想要和她结婚的念头起，就开始做这个准备。订酒店，学个乐器。

当然，最差的情况也想到了，实在不行让江杨在一旁帮个忙。但他这个人呢，又追求完美，还是坚持自己学下来了。

只是弹得一点都不帅。

干什么都游刃有余的林亦扬，做起这件事竟然很谨慎，怕弹错。虽然江杨给他改的谱子已经格外简单了。

谁都没听过林亦扬唱歌。

大家也知道他是没音乐细胞的，没有人是全能的，但幸好歌不难，他英文又好，哼唱下来不难。

甚至这个角落以外的人，是听不到他哼唱这首歌的。

但殷果把这首歌早就背下来了，哪怕他低低地，连歌词都快听不到，也知道他在唱哪句。

那句——"Look at the stars, look how they shine for you."

他抬头，看她的双眼。

那句——"You know, you know I love you so."

他又抬头，再次看她的双眼。

到结束，没了琴音。

先有掌声的倒是角落外的几桌人，还以为是这两桌中国游客在自娱自乐，笑着夸赞弹得不错。江杨回头道了谢。

而这里，大家围着的两个人，都没出声。

殷果的眼睛全红了，眼泪都在眼眶里。

林亦扬从没告诉任何人，包括教自己弹这首曲子的江杨，告诉他们这首歌的意义。

好像这是一个秘密，他和她的。

他仅仅对江杨说，这首歌很重要，务必教会自己。

江杨的理解也仅限于，歌词不错，尤其那句"you know I love you so"，适合煽情。

而对林亦扬来说，他需要一个酒吧，一首歌，还有夏威夷的星空。

这里，今晚全都满足了。

"我不知道你有没有看过一个老片子，《楚门的世界》，"林亦扬用中文，远近只有这圈人听得懂的母语，对她说，"那个电影，有个人叫楚门，他生活在一个虚假的世界里，每天被所有人围观着，所有人都知道他的生活是假的，除了他自己。直到有一个女孩出现，让他惊醒，让他看到了真相，也让他离开了那个虚假的地方，回到了真实的世界里。"

他静了一会儿，又说："这十几年里，我也给自己造了一个虚假的世界，看起来很不错，但这不是我真实想要的。同样地，也出现了一个女孩，她把我带了出来。"

时隔这么久，他还能记得，自己加上殷果微信，看到她朋友圈的心情。

那天，他怕纽约地铁站里信号不好，在入站口刷的那些朋友圈刷了足足一个小时，在那一个小时里，他不只是获取了她的信息，也看到了自己曾经所在的世界。

国内的那个圈子，那个他曾熟悉的圈子。

当时的他听着地铁里的人在低声闲聊着瘫痪的交通，糟糕的暴雪天气，讨论着大面积的停课通知……他却在翻看着她的朋友圈，一翻就停不住。

还在想，身边的这些全部的噪声，异国的交通拥堵和暴雪，到底和自己有什么关系？

林亦扬的手搭在吉他上。

他又为了她，完成了一件过去不可能做的事情。

一点文艺细胞都没有，少年时完全不追求这些，甚至觉得这些很无聊的男人，为了让她嫁给自己，学会了这个。

"殷果，谢谢你。"他说。

"谢谢。"他重复。

她能感觉到，自己的眼泪在滑落，落到大腿上，还有手上。

她摇头："我没有……"

"我知道你想说，你什么都没做。"林亦扬接过她的话。

但你带给我的太多了——

你的每一场小组赛直播，我都在华盛顿球室看了一遍又一遍。

你期盼见到我的愿望，帮我跨越了障碍，在十几年后第一次迈入赛场。

你在打赢比赛后，跨越大半个赛场，握住我的手，把胜利的喜悦传递给我。你一定不知道，你传递的还有什么。

对一个项目的疯狂热爱，还有一个赛场之王的骄傲，这都是曾经的林亦扬所拥有的。是你，让我重新记起——

人之所以会活着，就因为血是热的。

林亦扬和她对视着，慢慢地说："我想娶你。"

殷果，我想娶你。这是他的心里话。

他和她四目相对，又问她："你想嫁给我吗？"

……

他不是在对她说：嫁给我。

而是在问：你想嫁给我吗？

面前的姑娘，红着眼，在用手背抹着眼泪，对着他不停点着头。

林亦扬笑了。

他伸手，掌心托着她的脸，用指腹帮她抹着眼泪。可是抹不干净，他的姑娘哭得很彻底。

曾经的我，无论多努力，多拼命，都会有无法摆脱的空虚感。既然生活不公，为什么要拼成这样？没有非去不可的地方，没有真心想要的东西，更没有非要在一起的人。

直到，

在暴雪时分，遇到你。

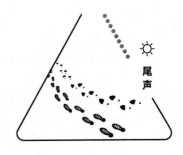

尾声

在纽约公寓附近的那个小球房里，正是最热闹的夜晚。

小球房的包房里，有一个五岁的女孩和一个六七岁模样的男孩子在吵架。

"你知道，我爸爸是谁吗？"女孩眼睛圆溜溜的，白嫩嫩的小手拍着球台边沿，"是中国台球队的队长，东新城的负责人。"

"过去的，你爸已经卸任了，"男孩拍着小女孩的脑袋，毫不留情地再次重复一个残酷的事实，"东新城是我爸一手壮大的，告诉你很多次了。"

……

小女孩一瘪嘴，跑出去，没多会儿，抱进来了一个小凳子。

她放下，摆好，又跑出去，没多会儿，再拖进来了一根公共球杆。她爬到凳子上，将球杆搬上球台，凶巴巴地说："你开球！"

男孩子无奈地望了她一眼。

女孩子才五岁，力气不够大，单独打一个球没问题，想要冲开一桌球没戏。

所以每次都要他来打第一杆。

男孩子看女孩这么较真，也没办法，走出去，挑了一根看上去还算趁手的杆子回来。想着一会儿被打输了，又要哭，于是把包房里的那扇门给关上了。

……

包房外。

有个人坐在九球的球台旁，在陪着一个白发苍苍的外国老头儿打球，两人还有一搭没一搭地聊着。"不去看看你的女儿？"老人问。

那个人不太有所谓："闹着玩儿呢。"

每隔几天就要大吵一架，吵不过就要切磋，每逢切磋必输，大哭一场。

都成了固定游戏了。

外边是暴雪来袭。

室内热火朝天，还有人在大声叫着，要冰镇啤酒。

林亦扬坐在台球椅上，看着表，在琢磨着要不要回去公寓看一看，怎么她还没醒。这念头刚冒出来，就看到门口有个小身影，沿着台阶跑下来，满身都是雪，帽子上也是。她怕自己身上的雪蹭到别人身上，一路走一路让着，摘下帽子。

随即环顾球室，在看到林亦扬时，笑了。

跑过来的同时，习惯性看那个小包房，果然门又关上了。

"又吵架了？"她把羽绒服脱下，放在台球椅上。

两只手插到林亦扬的运动上衣口袋里，被他自然地握住了手。

林亦扬点头。

天天看这俩吵架是一个不错的消遣。

林亦扬自从被江杨套牢在东新城后，用了七年时间将东新城带入了一个新轨道，等运行顺利，刚好江杨宣布退役。

江杨退役当天，东新城就被林亦扬还回去了。

林亦扬没有一点留恋，照他自己的话说就是：当初是在救火，责无旁贷。

老师离世，江杨伤病，他临时插手顶上。

但说到底，他还是喜欢闲云野鹤的闲散生活，打打比赛，教教爱好者们打球，培养培养一些新人，开开不盈利的小球社。这才是他追求的生活。

因为纽约公寓在这里，所以林亦扬最后也把这间小球房盘下来了。

练球方便。

孙洲跟着搬到纽约这里，华盛顿球房交给了另外的人。

她进来没多久，孙洲就冲了热咖啡送过来，殷果刚接到手里，就听到一声大哭。

殷果险些被呛到，不厚道地先笑了。

不知道的还以为不是自己亲生的……但实在是——每天都要哭，已经麻木了。

突然，门被一下子拉开。

屋子内的小女孩拖着球杆，满眼、满脸都是泪地走出来："爸……他说你从小就打不过他爸，所以我才打不过他……是不是真的？"

林亦扬正拿着一个巧粉，抹着球杆杆头："你信吗？"

小女孩红着眼，闷着想了几秒："不信。"

"不信就对了。"他笑。

殷果把咖啡塞给林亦扬，跑过去想给女儿抹掉眼泪，被女儿用手挡开了。某方面，她是真像爸爸……闷不吭声用毛衣袖子擦着眼泪，又拖着球杆走回去，带着哭腔说："再来一局。"

说完，主动把门给撞上了。把自己亲妈给关在了门外。

殷果蒙蒙地看着门，回头看林亦扬："你小时候也这样吗？"

林亦扬一笑，算是默认了。

他俯身，右手一用力，冲开了刚被摆好的一个菱形。

啪的一声撞开了满桌彩球。不间断落袋声，一桌球只剩了三颗，最后连9号球也滚到了老人家面前的球袋，应声而落。

9号球直接落袋。

如同，当年江杨来到纽约和他见面的那一局。

开球一杆，就赢了第一局。

那天，两人还在聊殷果是哪国人，怎么认识的。

自己还在想，要不要下个表情包，用来和她聊天……

心结打开，重回赛场，兄弟团聚，那两年真是发生了许多的事。

这一晃多少年了。

他赢了这一局，看向被女儿冷落，郁闷地坐在台球椅上抱着咖啡在喝的殷果，低声用英语问老人家："我老婆漂亮吗？"

老人家点头，竖起了一个大拇指。

林亦扬心情愉快，从裤子口袋里掏出了半块没吃完的黑巧克力，没几口，巧克力吃完了，纸攒成团，丢到了角落的垃圾桶里。

他把球杆放到架子上，把羽绒服给殷果披上："带你去吃晚饭。"

"我去叫他们出来。"殷果要去叫孩子们。

"他们刚吃完。"他说。

小孩子吃饭早，刚给两人吃了比萨和意面，正好喂饱了在球室玩，省心。

林亦扬搂着她往外走。

大门外，雪大片在往下落，人来人往，行色匆匆。

远近的道路旁都堆积了厚厚的白色积雪，林亦扬看到有流浪汉在门口避风雪，笑着递出一包烟，指了指球室门内，说了句进去避。

他把殷果的帽子给她戴上，用左臂将她搂到了怀里，和她走入了风雪里。漫天的雪里，路灯一盏盏绵延向远方，照得整个夜空都是昏黄的颜色。

殷果走到一条人行小路上，被林亦扬拉到了右侧。

"为什么每次你走小路，都要把我拉到这边？"又没有车，也不危险。

这些年冬天来了几次，好像总有这种印象，他会喜欢在小路上把自己拽一下。每次她都觉得奇怪，但每次一晃就过去了，没深琢磨，也没特地问过。

林亦扬指公寓楼下一个个斜向下的楼梯："怕你摔进去。"

"原来你是怕我摔进去？"

"你以为是什么？"

……

在法拉盛，第一次他这么做的时候，还以为他是强迫症。

殷果望了一眼公寓底下满是雪的台阶，终于又解开了一个多年的谜团。

这个男人，还真是，不问就不说，能闷一辈子。

怎么被他追上的？太神奇了。

她的靴子不停在一层新雪上踩下新鲜的脚印，跟着林亦扬的脚步，他慢慢地走着，等着她。她呵了一口白气，偏过头，对他笑："明天去法拉盛吧？"

林亦扬点头："好，去法拉盛。"

她开心地笑了，那个地方对自己很特别。

一切都始于那里，那间华人球房。就是在那里，她才见到了一个真实的林亦扬。

那天，也在下着雪。

图书在版编目（CIP）数据

在暴雪时分 / 墨宝非宝著 . —— 南京：江苏凤凰文
艺出版社 , 2020.5（2023.8 重印）
ISBN 978-7-5594-4450-9

Ⅰ . ①在… Ⅱ . ①墨… Ⅲ . ①言情小说 – 中国 – 当代
Ⅳ . ① I247.5

中国版本图书馆 CIP 数据核字 (2019) 第 296057 号

在暴雪时分

墨宝非宝 著

责任编辑	李龙姣　张　倩	
特约编辑	王　晶	
出版发行	江苏凤凰文艺出版社	
	南京市中央路 165 号，邮编：210009	
网　　址	http://www.jswenyi.com	
印　　刷	嘉业印刷（天津）有限公司	
开　　本	700mm×980mm　1/16	
印　　张	25.25	
字　　数	487 千字	
版　　次	2020 年 5 月第 1 版　2023 年 8 月第 9 次印刷	
书　　号	ISBN 978-7-5594-4450-9	
定　　价	48.00 元	

江苏凤凰文艺版图书凡印刷、装订错误可随时向承印厂调换